HEYNE BÜCHER

WESTERN

LOREN D. ESTLEMAN

BUFFALO BILL

Western-Roman

WILHELM HEYNE VERLAG
MÜNCHEN

HEYNE WESTERN Nr. 05/2733

Titel der amerikanischen Originalausgabe
THIS OLD BILL
Deutsche Übersetzung von Joachim Honnef

Printed in Germany 1986
Umschlaggestaltung: Atelier Ingrid Schütz, München
Gesamtherstellung: Elsnerdruck, Berlin

ISBN 3-453-20599-5

Es tut mir leid, daß ich so schamlos in diesem Märchen lügen mußte. Mein Held hat mehr Indianer bei einem einzigen Feldzug getötet als ich in meinem ganzen Leben. Doch wie ich höre, wird das von Geschichten aus dem wilden Westen erwartet. Wenn Sie der Meinung sind, daß Revolver und Bowiemesser zu reichlich benutzt werden, können Sie einen tödlichen Schuß oder Messerstich streichen, wo immer Sie es für angebracht halten.

William F. Cody an seine Verleger, 1875

PORTSMOUTH, VIRGINIA
11. November 1916

Der alte Mann stirbt bald.

Der Tod schimmert in seinen Augen, und im hellen Schein der Glühbirne hinter dem Vorhang wirkt seine fleckige Haut wie durchsichtig auf den Knochen. Mit seinem blauen Flanellhemd, dem gelben Halstuch, der Wildlederhose und den langschäftigen, schwarzen Stiefeln sieht er aus wie eine Wachsfigur, die einen falschen Kopf trägt. Die berühmte Haarmähne, der Schnurrbart und die Tupfer von Koteletten sehen so trokken und weiß aus wie die Federn eines toten Huhns. Seine Stulpenhandschuhe schlottern um seine abgemagerten Handgelenke. Ein breiter Gürtel mit einer viereckigen Schnalle umschließt seinen erschlafften Bauch, und er ist vom süßlichen Geruch des sicheren Verfalls umgeben.

Johnny Baker, dessen lange Locken jetzt grau werden und der zu alt ist, um noch Johnny genannt zu werden, führt den alten Mann zu seinem Pferd McKinley. Er stützt ihn nicht, bleibt jedoch nahe an seiner Seite, obwohl der alte Mann auf dem Weg ins Zelt kein einziges Mal zusammengebrochen ist. Im Zelt riecht es nach frischer, aufgewühlter Erde und Tau und warmem Pferdemist. Auf der anderen Seite des Vorhangs schwillt der Applaus an und verebbt beim Einsatz der Blaskapelle. Das Trompetengeschmetter und Tubaspiel läßt den Boden erbeben. McKinley wedelt mit dem Schweif nach einer verspäteten Motte und sieht gelangweilt aus. Weiterer Beifall, und dann schmettert die Band ›The Girl I Left Behind Me‹.

»Wir sind spät dran, Colonel«, sagt Johnny.

Der alte Mann nickt und setzt seinen Stetson auf den weißhaarigen Kopf. Nachdem er den Hut zurechtgerückt und ihm den alten verwegenen Kniff gegeben hat, wirkt der alte Mann weniger zerbrechlich.

»Ich habe Angst.«

Er hat seinen weichen Bariton der Jugend behalten, doch er klingt spröde und zu laut für eine normale Unterhaltung. Seine Stimme ist in zu vielen Zelten ertönt, hat von den hinteren Rängen zu vieler Theater und Säle widergehallt. Zwischen den Worten muß er lange Pausen einlegen, um Luft zu schöpfen.

»Du nicht, Colonel. Du hast vor nichts Angst.«

»Ich fürchte mich nicht davor, es zu tun, verstehst du, sondern nur davor, daß es vor all diesen Leuten in der Arena geschieht. Der Indianer glaubt, daß man allein sein muß, wenn es soweit ist, oder seine Seele wird für immer zwischen Himmel und Erde wandern und keine Ruhe finden.«

»Du wirst es nicht tun, Colonel.«

Der alte Mann sieht ihn mit dem Tod in den Augen an und schließt die Lider.

Er hebt ein Bein an, und mit Johnnys Hilfe schiebt er den Stiefel in den Steigbügel und läßt sich mit einem Ächzen in den Sattel schieben. Als er sitzt, sinkt sein Kinn auf die Brust, und er schließt die Augen ein zweites Mal wegen der brennenden Schmerzen in seinem Unterleib. Sein keuchender Atem ist bis zu den beiden Bühnenarbeitern zu hören, die darauf warten, den Vorhang aufzuziehen.

»Es ist soweit, Colonel!«

Die Musik schwillt an, und der Vorhang gleitet auf. Das

grelle Licht des Scheinwerfers über der Haupttribüne erfaßt die Bühne. Der alte Mann hebt das Kinn, reitet in die Arena hinaus und schwenkt seinen großen Hut, während Hochrufe aufbranden.

Ein feuriger Wirbel von Farben und Licht und Lärm und Bewegung. Johnny wirft die blauen Glaskugeln in die Luft, die präparierte Winchester des alten Mannes kracht und spritzt Sand auf die blitzenden Ziele, und das Echo der Schüsse hallt dumpf gegen seine abgestumpften Trommelfelle. Die Kugeln zerplatzen wie üblich, und bald ist der Boden mit feinem glitzerndem Pulver bedeckt. Zinnfarbener Nebel erfüllt die Arena.

Die letzte Kugel. Johnny zögert vor dem Wurf der Glaskugel und sieht zum Colonel. Wird er die letzte Kugel auf die Glaskugel abfeuern oder . . .

Der alte Mann hebt das Gewehr an und senkt kaum merklich den Kopf. Johnny wirft die Kugel. Sie fliegt hoch zu den Scheinwerfern auf, wird langsamer, erreicht ihren Scheitelpunkt und fällt herab. Der alte Mann streichelt liebevoll den Abzug der Winchester, als wäre es die Brust einer Frau, holt tief Atem und stößt die Hälfte davon aus. Der Scheinwerferstrahl erfaßt die Glaskugel, und der alte Mann drückt ab. Die Kugel zerplatzt. Glitzernde Bruchstücke rieseln herab.

Hochrufe, neue Musik, die große Parade der Künstler in der Arena – Kunstreiter, Kunstschützen und Clowns – der alte Mann an der Spitze, und dann wartet er allein im kalten Scheinwerferlicht in der Arena, während die Kapelle leiser spielt und der Schimmel den Kopf sinken läßt und die Mähne schüttelt. Der Applaus erreicht seinen Höhepunkt, flaut ab und geht in vereinzeltes Husten und Stille über.

»Dieser Auftritt ist mein letzter und mein Abschied von euch allen . . .«

Die vollklingenden Töne hallen durch das Zelt, in dem die letzten Spuren blauen Rauchs wallen. Seine Stimme klingt angespannt, und er atmet schwer. Schweiß glitzert wie Diamantenstaub an seinem Haaransatz. Seine dichten Brauen beschatten die Augen, und niemand sieht den Tod darin.

». . . vor dreißig Jahren hießt ihr mich zum ersten Mal willkommen. Ich bin dankbar für eure Treue. Während dieser Zeit haben sich viele meiner Freunde unter euch und viele meiner Kollegen in der großen, unbekannten Arena eines anderen Lebens versammelt. Nur wenige von uns sind übriggeblieben. Wenn ich bisher jedes Jahr von hier fortritt, sagte ich nur gute Nacht; diesmal sage ich Lebewohl. Meinen kleinen Freunden auf den Rängen und den Erwachsenen danke ich noch einmal. Lebt wohl, ihr alle!«

Stille, während er sein Pferd um die Hand zieht und anreitet. Das Zaumzeug klirrt in der Stille. Dann erklingen Hochrufe, als er sich dem Vorhang nähert. Nach einer scheinbaren Ewigkeit schwenkt das Scheinwerferlicht von ihm fort, und Dunkelheit hüllt Pferd und Reiter ein. Der Vorhang fällt. Ein Ruck geht durch den alten Mann, und er gleitet aus dem Sattel in die Arme des wartenden Johnny Baker.

»Ich habe es nicht getan, Johnny.«

»Das wußte ich, Colonel.«

Auf dem Weg aus dem Zelt lehnt sich der große alte Mann an seinen kleineren Freund. In der Arena spielt die Kapelle. Die Zuschauer drängen sich zu den Ausgängen. Die beiden Bühnenarbeiter schauen hinter dem Paar her.

»Was glaubst du, wie oft der alte Furzer diese Ansprache schon gehalten hat?« fragt einer leise.

Sein Gefährte spuckt braunen Tabaksaft auf den Boden. »Ich war bei dem Publikum, als er sie 1910 zum erstenmal hielt.«

ERSTES BUCH

1854–1872

Blühende Prärie

»... ein zügelloses und unbekümmertes Leben.«

William F. Cody, 1879

1

Big Isaac Cody, stoppelbärtig wie ein Grenzbandit, mit der Gestalt eines Kanalbootruderers und den Augen eines Jungen bei seinem ersten Besuch eines Bordells in Leavenworth, legte eine schwielige Hand auf die Schulter seines achtjährigen Sohnes und sah vor seinem geistigen Auge, wie Kansas blutete.

»Wenn es nach mir ginge, würde jeder gottverdammte Sklaveneigegner aufgehängt!« Der Verleger Stringfellow stieß eine knochige Faust zum Himmel und zu den Dachsparren der Salt Creek Handelsstation. Sein ergrauendes Haar und der Bart waren in der Mitte gescheitelt, und das Weiß seiner Augen schimmerte um die Iris. »Und jeder, der nördlich der Mason-Dixon-Linie geboren wurde, ist ein gottverdammter Abolitionist!«

Die übelriechende Menge der Siedler redete zustimmend durcheinander. Ein tierischer Schrei gellte zwischen den Leuten, die nahe bei der Tür standen, und den Unvorbereiteten richteten sich die Nackenhaare auf. Es war einer der ersten Rebellenschreie, die man in diesem Territorium gehört hatte.

In dem engen Raum mischten sich der Geruch von Kaffee und ungewaschener Menschen, eine Kombination, die ein Junge bis an sein Lebensende in Erinnerung behalten kann.

»Ich wurde nördlich der Mason-Dixon-Linie geboren«, murmelte Cody.

»Wer war das?« Stringfellows zorniger Blick tastete die Gesichter der Leute ab, die sich unterhalb von ihm versammelt hatten.

»Der hier!« rief eine Stimme hinter Isaac Cody. Hände schoben ihn. Der junge Will klammerte sich an die Jacke seines Vaters.

Der Verleger starrte Isaac Cody wütend an. »Wollen Sie mich als Lügner bezeichnen?«

»Ich bezeichne niemanden in Anwesenheit von anderen als Lügner.« Cody reckte das Kinn vor.

»Welche Ansichten haben Sie bezüglich der Sklaverei in Kansas?«

»Wenn Sie von dieser Kiste runterklettern und mir Platz machen, werde ich Ihnen das sagen.«

»Laßt uns hören, wie er dazu steht!« schrie jemand.

Stringfellow stieg von der Kiste, und Cody nahm seinen Platz auf dem improvisierten Rednerpodium ein. Er war größer als sein Vorredner, und seine Gestalt war wesentlich beeindruckender, zwei Tatsachen, die Respekt abnötigten. Es wurde still, während der Blick seiner dunklen Augen über die Versammelten glitt. Seine Rede begann leise und steigerte sich langsam zu der Lautstärke, die Will so oft bei Tisch gehört hatte.

»Ich war einer der Pioniere im Staat Iowa«, sagte er. »Ich half bei seiner Besiedelung und beim Aufbau. Ich stimmte dafür, daß es ein weißer Staat werden sollte, daß Neger, freie oder Sklaven, niemals die Erlaubnis erhalten sollten, sich innerhalb seiner Grenzen niederzulassen.«

Ärgerliches Stimmengewirr. Will schob sich näher an die Kiste und seinen Vater heran, der die wütenden Rufe ignorierte.

»Ich sage euch jetzt frei und offen, daß ich mich mit allen zur

Verfügung stehenden Mitteln dafür einsetzen werde, Kansas zu der gleichen Art Staat zu machen.«

»Verdammter Abolitionist!«

»Und ich werde immer gegen eine weitere Ausbreitung der Sklaverei kämpfen . . .«

»Verschwinde von der Kiste oder ich hole dich runter!«

»Laßt mich ausreden . . .«

Stimmengewirr und Bewegung. Ein Mann – Will erfuhr später, daß er Dunne hieß – kletterte mit irgend etwas in der Hand auf die Kiste. Der junge Will wollte sich zu ihm zwängen und ihn aufhalten, doch er wurde niedergetrampelt. Sein Vater kämpfte ums Gleichgewicht und beachtete den Mann nicht. Will sah nicht das schnelle Aufblitzen des Bowiemessers, das Blut so rot wie Kirschmarmelade, und er hörte nicht das Röcheln, mit dem sein Vater in die fluchende, tobende Menge stürzte. Heiße Tränen liefen über Wills Gesicht, während er um sich trat und mit den kleinen Fäusten um sich schlug.

Ein vertrautes Gesicht und eine bekannte Stimme, der Arm eines Nachbarn um den schwankenden Vater, der Kampf zur Tür und in die frische, klare Luft. Das Stolpern in einen wartenden Wagen. Keine Zeit zum Verarzten oder auch nur zu sanfter Behandlung seines Vaters. Ein Schlag mit den Zügeln und die holpernde, durchrüttelnde Fahrt über Land zur Hütte des Nachbarn. Das hastige Verbinden der tiefen Wunde in Isaacs Codys Brust. Dann im Schutz der Dunkelheit die Fahrt mit der Fähre über den Missouri zum Haus von Wills Onkel. All das blieb dem Jungen unauslöschlich eingeprägt.

»Ist alles in Ordnung, Pa?« fragte Will, als sie dem Verletzten ins Haus halfen.

»Oh, Will, ich habe uns alle umgebracht.«

Die friedlichen Tage zerrissen wie Fleisch und Muskeln unter einer Messerklinge, doch nur dicker grüner Eiter quoll heraus. Salt Creek, Leavenworth, Kickapoo und Atchinson stimmten für die Sklaverei; Lawrence dagegen. Rauhe Typen des Grenzlandes, die Sklaven hielten, ritten von Missouri herbei, um für Gold Wählerstimmen gegen die Sklavenbefreier zu kaufen. Sharps-Gewehre wurden mit Fähren in langen Kisten übergesetzt und als ›Bücher‹ deklariert, und der Begriff ›Beecher's Bibles‹ wurde geboren. Jeder Mann trug eine solche ›Bibel‹.

Musketenfeuer erhellte die Nacht, und der Morgen dämmerte durch den blauen Pulverrauch. Erschütternde Erlebnisse für einen Jungen, die sich über drei Jahre erstreckten, sich jedoch in einer einzigen langen Nacht zeitlich und räumlich zusammenfassen lassen: Die Wahl für die Sklaverei im Jahre 1854 und der selbstgerechte Fanatismus auf den Gesichtern der Sieger; die angsterfüllten Augen eines Predigers gegen die Sklaverei, der gefedert und geteert über die Kruppe eines Maultiers starrte, das mit einem Stock geschlagen wurde; die Schlacht von Hickory Point, Sklaven gegen die Free Staters, die keine Sklaven in ihrem Staat haben wollten; verschossenes Pulver, das wie verfaulte Eier stank; Leichen, die den Fluß hinabtrieben; das Herzklopfen und die Angst bei einem Ritt, um seinen Vater vor einem neuen Anschlag zu warnen; Rufe hinter ihm, wenn er erkannt wurde; Blei, das hinter ihm her gefeuert wurde; niedergebrannte Häuser, brennende Ställe; der Geruch von gekochtem oder gebratenem Pferdefleisch.

Einmal zog Isaac Cody eine Frauenhaube und ein langes Umhängetuch an, um dem bewaffneten Mob zu entkommen, der das Haus umzingelt hatte. Will beobachtete, wie sein Vater davonschlurfte, als wäre er eine alte Frau. Er sagte sich, daß er den Respekt vor ihm verloren hatte, doch er ließ es sich nicht anmerken, denn er kannte das Temperament seines Vaters und wußte, wie schnell er im Jähzorn zum Gürtel griff. Natürlich kann ein Mann für einen Jungen, der ihn als Frau verkleidet gesehen hat, niemals mehr die gleiche Respektsperson sein, selbst wenn das Bild verblaßte und der Junge sich den Anblick von Zeit zu Zeit in Erinnerung rufen mußte. Und dann kam der Tag, an dem der Sonnenschein bernsteinfarben auf den Boden in Isaacs Schlafzimmer fiel, und Isaac schließlich vor Erschöpfung und an den Folgen seiner drei Jahre alten Messerverletzung starb.

»Du bist jetzt bald der Mann im Haus, Will. Du wirst aufwachsen und mich bald genug für alles hassen.«

Der Junge, jetzt elf, öffnete den Mund zu einer Erwiderung, doch er konnte keinen Protest hervorbringen. Er hatte das Gefühl, eine Faust steckte in seiner Kehle. Er wußte nicht, warum er so empfand, seit er seinen Vater in Frauenkleidung gesehen hatte.

Isaacs blutleere Hand lag grau und reglos auf der weißen Tagesdecke. Er wünschte ganz offensichtlich, daß Will sie hielt, doch der Junge tat es nicht. Isaacs Augen in dem eingefallenen Gesicht glänzten und nahmen einen weichen Ausdruck an, als der Tod nahte.

»Deine Mutter ist davon überzeugt, daß du eines Tages Präsident wirst. Ich habe niedrigere Ziele für dich. Nicht daß du untauglich wärst, aber ein Junge, der in einer Zeit wie dieser aufwächst, muß das meiste seiner Energie aufbieten, um zu überleben. Sag ihr nichts davon.«

Will schüttelte so vorsichtig den Kopf, als befürchte er, er könnte herunterfallen.

»Ich möchte dir etwas sagen, und ich denke, du wirst es verstehen, weil du mitangesehen hast, wie dein älterer Bruder in Iowa starb, als Betsy durchging und auf ihn stürzte, und weil du erlebt hast, was mit Leuten geschieht, wenn sie für etwas eintreten, an das sie glauben.«

Will wartete. Das Sprechen bereitete seinem Vater Schmerzen, und manchmal wurde seine Stimme so leise, daß sich der Junge vorneigen mußte, um die geflüsterten Worte verstehen zu können.

»In Zeiten wie diesen, mußt du feinere Dinge wie Ehre aufschieben, Will. Du mußt wissen, wann du lügen mußt und dann dabei bleiben. Ich habe das nicht getan, und du siehst, wohin es mich geführt hat. Wenn es um dein Leben oder das derjenigen geht, die du liebhast, dann lüge wie ein Nigger. Es ist in Ordnung, solange du weißt, was die Wahrheit ist. Wenn du alles sonst vergißt, was ich dir gesagt habe, dann behalte das in Erinnerung: Gott hat nie einen schlimmeren Narren erschaffen als jemanden, der sich selbst belügt. Verstehst du das?«

Will schluckte, weil er immer noch die Faust in der brennenden Kehle zu spüren glaubte. »Jawohl, Sir.«

Sein Vater musterte ihn, und jetzt schimmerte der Tod in seinen Augen. »Nein, du verstehst es nicht. Du bist noch zu jung. Aber du wirst es noch verstehen. Erinnere dich nur an meine Worte. Und jetzt bitte deine Mutter hereinzukommen.«

Er sagte es seiner Mutter. Sie wischte sich nervös die Hände an der Schürze ab und ging ins Schlafzimmer, und ihr langer Rock raschelte über den Lehmboden. Will ignorierte das Weinen seiner Schwestern und seines kleineren Bruders. Er hatte nicht mehr geweint, seit sein Vater niedergestochen worden war.

Isaac lebte noch einen weiteren Tag, doch sie sprachen nicht mehr miteinander, und für den Jungen war der Vater bereits tot.

Die neuen Büros der Frachtlinie von Russel, Majors & Waddell in Leavenworth rochen nach Sägemehl und frischem Holz. Alexander Majors, ein großer Mann mit scharfblickenden Augen und einem viereckigen, schwarzen Bart, der von grauen Strähnen durchzogen war, musterte den Jungen, der mit seiner Mutter vor dem Schreibtisch stand. Will, der seit Monaten der Ernährer der Familie gewesen war, sah mit seiner tiefen Bräune und dem fülligen, von der Sonne gebleichten Haar, das er vor diesem Gespräch sorgfältig angefeuchtet und gekämmt hatte, beeindruckend aus – doch er war klein für sein Alter und mager. Er hatte große braune Augen und einen offenen Blick.

»Das Frachtgeschäft ist hart genug für einen erwachsenen Mann, Mary Ann«, sagte Majors zu der Frau. »Ich bin mir nicht sicher, ob ein Junge wie Will diese Arbeit schaffen könnte. Der Trailboß hat mit tausend Rindern und zweieinhalb Tonnen Fracht genug zu tun und kann den Jungen nicht jedesmal aufheben, wenn er vom Pferd fällt.«

»Ich werde nicht vom Pferd fallen«, sagte Will, »und wenn ich falle, stehe ich von selbst auf.«

Mrs. Cody kniff ihm so hart in den Nacken, daß es schmerzte. »Sei nicht respektlos.« Sie wandte sich an Majors. »Er kann so gut reiten wie die meisten Männer, und er ist ein guter Schütze. Er hat es geschafft, uns all die Zeit mit Wild zu versorgen. Und er versteht etwas vom Rindertreiben.« Sie legte eine Pause ein. »Wenn du ihn sonst nicht gebrauchen kannst, dann nimm ihn als Beifahrer und Boten. Du brauchst Boten.« Ihre Stimme klang fest, doch ihr Blick war flehend.

Majors hakte die Daumen in seine Westentasche und runzelte nachdenklich die Stirn. ›Onkel Aleck‹ für Will und dessen Schwestern und den jüngeren Bruder, wußte um die Not der Familie seit Isaacs Tod.

»Es ist gefährliche Arbeit«, sagte er zu dem Jungen. »Wenn es regnet, verwandelt sich der Boden in Achsenschmierfett. Du könntest unter einen der Wagen rutschen und ein Bein verlieren. Oder ein Ochsentreiber könnte dir mit dem Peitschenstiel ein Auge ausschlagen, wenn du ihm in die Quere kommst. Dann gibt es dort Indianer. Und Mormonen. Gegen sie werden die Soldaten von Ford Kearney kämpfen, denen wir die Lieferung bringen.«

»Ich habe keine Angst.«

»Das haben Jungen nie.« Majors schaute zu der Frau. »Vierzig pro Monat und Verpflegung. Ich behalte seinen Lohn ein und zahle ihn dir am Ende der Arbeit aus.«

»Ich danke dir, Alexander.«

Sie drückte die Schulter des Jungen und ging straff aufgerichtet hinaus. Majors schaute ihr nach. Wenn er nicht schon eine Frau und drei Töchter gehabt hätte . . .

Er blickte finster auf Will hinab. »Kannst du deinen Namen schreiben?«

»Noch nicht, Sir. Aber ich kann Zahlen schreiben.«

»Das hilft hierbei nichts.« Er zog eine Kopie des Gelöbnisses aus einem Ablagefach über seinem Schreibtisch und las laut vor:

»Während ich in Diensten von A. Majors bin, gelobe ich, keine gottlosen Worte zu gebrauchen, mich nicht zu betrinken, nicht zu spielen, keine Tiere zu quälen und alles zu unterlassen, was konträr zum Verhalten eines Gentleman ist. Und ich akzeptiere, daß ich beim Verstoß gegen irgendeine dieser Vorschriften entlassen werde, ohne Lohn für die geleistete Arbeit zu erhalten.« Er knallte das Papier vor Will auf den Schreibtisch. »Fragen?«

»Ich verstehe nicht dieses komische Wort kon . . .kon . .«

»Konträr?«

Will nickte.

»Im Gegensatz zu. Wenn du dich *nicht* wie ein Gentleman aufführst. Das ganze Gelöbnis bedeutet, daß du versprichst, ein guter Christ zu sein, während du für mich arbeitest. Ist das deiner Meinung nach zuviel verlangt?«

»Überhaupt nicht, Sir.«

»Dann mal dein Kreuz darunter.«

Majors tauchte eine Feder ins Tintenfaß, schüttelte die überflüssige Tinte ab und reichte dem Jungen schwungvoll die Feder. Will malte ein schiefes X an den Fuß des Blattes. Dann zog der Manager eine Schreibtischlade auf und holte eine neue, in Leder gebundene Bibel hervor. »Jeder erhält eine zusätzlich zum Lohn. Sieh zu, daß du lernst und sie bald lesen kannst. An den Sonntagen pausiert die Mannschaft, um die Tiere ausruhen zu lassen und ihren Frieden mit Gott zu machen. Arbeite den Rest der Woche hart, halte dich an die Bestimmungen, und wenn du dann einen festen Job suchst, komm zu mir.«

Er nahm den Mississippi Jaeger, den Vorderlader seines Vaters mit. Die Waffe war bewährt in hundert Jahren. Sie war kurz und schwer und verschoß mit einer Ladung eine Blei- und zwei Schrotkugeln. Sie nannten Will ›Aushilfe‹, und er stellte bald fest, daß sie darunter zwei zusätzliche Hände und Beine verstanden, wann immer sie gebraucht wurden. Sie wurden jede Minute gebraucht.

Vom ersten Tageslicht bis zum Einbruch der Dunkelheit ritt oder ging Will neben den Ochsengespannen, trieb Rinder, übermittelte Nachrichten zwischen den Wagenfahrern, brachte den Ochsentreibern Arbeitsgeräte, wenn an einem Wagen etwas repariert werden mußte, untersuchte die Wasserfässer nach Lecks, half blökenden Färsen auf, die im Flußschlamm eingesunken waren, sammelte und hackte Brennholz, wenn die Mannschaft das Camp aufschlug, und holte Wasser für die Tiere. Er fragte sich, weshalb Majors das Gelöbnis für notwendig hielt, denn es gab kaum einen müßigen Augenblick, in dem er dagegen hätte verstoßen können. Als er am ersten Abend in seinen Schlafsack kroch, schien sein Körper an tausend Stellen zu schmerzen. Fünf Minuten später, so kam es ihm vor, weckte ihn jemand mit leichten Stiefeltritten, und er mußte dem Koch beim Zubereiten des Frühstücks helfen. Der Himmel war noch dunkel, als er aus dem Schlafsack kroch.

Der Treckboß war Frank McCarthy, ein ehemaliger Ochsentreiber, der Will ›Billy‹ nannte und alle Mahlzeiten im Sattel einnahm. Er ließ die Wagen in Sichtweite voneinander fahren, schickte Reiter hinter versprengten Rindern her und schlichtete Streit mit einem knappen Wort oder einer aufgerollten Peitsche in der Hand. Sonntags las er allen aus der Bibel vor, die zuhören wollten, während die Tiere grasten und die Männer ausruhten oder Briefe nach Hause schrieben. Will schlief sonntags, und sein Körper wuchs und wurde muskulöser.

Die Prärie atmete unter dem blauen Himmel, und ihr Mantel von hüfthohem Gras wogte im unaufhörlichen Wind – lebendes Land, das keine Notiz von den nach hinten geneigten Conestogas und der formlosen Rinder-Eskorte nahm, die sich langsam über seinen Rücken bewegte.

Große schwarze Büffel zogen nordwärts, und ein einsamer Adler segelte auf der Suche nach einem Berg zwischen vereinzelten Wolken. Wachteln ergriffen urplötzlich die Flucht, und dem Jungen stockte der Atem, bis sie fast außer Schußweite waren. Dann krachte die Jaeger Flinte, Federn flogen und der lange Absturz zur Erde folgte. Zusätzliches Fleisch für den Eintopf des Abendcamps. Unterdessen stampften achtzehn Ochsengespanne dahin und legten ihre 14 Meilen pro Tag zurück.

Purpurnes Zwielicht auf den sandigen Ufern des Platte River. 35 Meilen Waten durch brackiges Wasser und Schlick bis zu den Knien, um feindlichen Indianern auszuweichen. Erschöpfung breitete sich in Will aus, während er sich hinter dem Treck herschleppte und das schwere Gewehr von Zeit zu Zeit von einer Hand in die andere wechselte, um die Taubheit in seinem Arm zu mildern. Sein Gesicht, der Hals und die Handgelenke waren mit Schlamm beschmiert, zum Schutz gegen die dichten Moskitoschwärme, von denen er umgeben war. Aus der Nähe betrachtet, sah die rissige gelbe Schlammschicht wie die Haut eines sehr alten Mannes aus. Doch Will war zufrieden, eingehüllt in die Wärme der Einsamkeit und Müdigkeit.

Voraus ging der zunehmende Mond orangefarben auf. Während Will den Mondaufgang bewunderte, tauchte vor dem Mondschein der Kopf und die Federn eines Wilden auf, verharrten und wirkten scharf wie die Prägung auf einer Geldmünze.

Will handelte mit dem Reflex eines Jägers. Er riß das Gewehr an die Schulter und feuerte. Federn flogen, und die alptraumhafte Gestalt stürzte, rollte am Ufer hinunter und wurde immer schneller, als sie durch das Schilf raschelte, bis sie mit einem Klatschen im Flußbett landete und mit einem Arm im Wasser liegenblieb, während das Echo des Schusses in der Ferne verhallte.

Will behielt seine Position bei und schwankte ein wenig unter dem Gewicht des erhobenen Gewehrs. Metallfarbener Rauch stieg träge empor und zerfaserte im Wind, der über die Uferböschungen wehte. McCarthy ritt auf seinem großen, glotzäugigen Rotschimmel durch das Wasser zurück zum Ende des Trecks und zügelte das Pferd. Er schaute von dem Jungen zu dem toten Indianer und wieder zurück.

»Wie alt bist du, Billy?«

Er durfte hinter McCarthy aufsitzen, und der Trailboß brachte ihn zum Treck. Als die Ochsentreiber und Fahrer die Neuigkeit erfuhren, klopften sie Will begeistert auf Rücken und Schultern, tätschelten ihm den Kopf und nannten ihn den jüngsten Indianertöter auf den Prärien. Nachdem McCarthy weitergeritten war, um das Aufschlagen des Camps zu überwachen, hielt ein langhaariger, vielleicht achtzehnjähriger Ochsentreiber namens Jim dem Jungen mit einem breiten Grinsen eine Feldflasche hin. Will hatte einen trockenen Mund. Er bedankte sich, setzte die Feldflasche an und würgte bei seinem ersten Schluck Roggenwhisky. Als er schließlich mit dem Husten aufhörte, erwiderte er das Gelächter der anderen mit einem verlegenen Lächeln und nippte noch einmal vorsichtig an dem Whisky, bevor er die Feldflasche zurückgab. Sie klopften ihm noch ein wenig mehr auf die Schultern, und jemand gab ihm Beeren zum Kauen, damit sein Atem nicht nach Alkohol roch, und als er in seinen Schlafsack kroch, waren die anderen damit beschäftigt, eine alte Ballade umzuschreiben, um Wills Heldentat unsterblich zu machen.

Als Will am nächsten Abend vor dem Abendessen ein wenig rare Freizeit totschlug, hörte er hinter sich das Klicken eines Hufeisens auf einem Kieselstein. Er wandte sich um und sah Alexander Majors, der von einem großen graubraunen Pferd auf ihn herabsah.

Der Junge versteckte den angekohlten Stock hinter dem Rücken und stellte sich vor das Beweisstück, doch der Manager hatte bereits die krakelige Aufschrift ›William Frederick Cody‹ auf dem Wagenbrett gesehen, die Will mit dem angekohlten Stock darauf gemalt hatte.

»Du lernst schnell«, bemerkte Majors. Die obere Gesichtshälfte lag im Schatten eines schwarzen Huts und die untere war ganz Bart. »Hast du die Bibel gelesen, wie ich es dir gesagt habe?«

»Ja, Sir.«

»Wer erschlug Abel?«

»Ich war es nicht, Sir.«

Majors hielt eine Hand vor seinen Bart. »Nun, lies weiter. Du hast keine Mormonen gesehen?«

»Ich weiß nicht, wie einer aussieht, Sir.«

»Wenn du einen siehst, wirst du ihn erkennen. Sie sehen wie der Teufel aus. Halte die Augen offen und berichte Mr. McCarthy alles Ungewöhnliche.«

Will versprach es. Majors musterte ihn eingehend.

»Ich habe heute abend drei Trecks besucht, und überall redete man über den Jungen, der einen Indianer tötete. Was ist das für ein Gefühl, einen Menschen umzubringen, Will?«

»Sir, es gibt ein Gebot, das lautet: ›Du sollst nicht töten‹.«

»Ich weiß.«

»Sir, ich glaube nicht, daß Moses je einem Cheyenne begegnet ist.«

»Lästere nicht, Junge.« Majors trieb sein Pferd an. »Komm zu mir, wenn du zurück in Leavenworth bist. Wir brauchen Indianerkämpfer.«

Als Will am nächsten Mittag die Tiere tränkte, spürte er plötzlich eine Hand auf der Schulter. Er schaute auf zu Frank McCarthy, dessen Blick auf die Hügelkuppe oberhalb des Flusses gerichtet war. Zuerst glaubte Will, daß dort oben Majors mit einem Gewehr im Anschlag stünde, doch dann sah er, daß der Bart des Mannes zu lang und die Krone seines schwarzen Hutes zu hoch war. Die Gefährten des Mannes waren ebenso zottig und trugen dunkle Kleidung und schwarze Hüte. Alle waren bewaffnet.

»Hände hoch, Brüder!« sagte der Mann in der Mitte.
»Wer seid ihr?« rief jemand von der Mannschaft.
»Wir sind Danites. Und ihr seid umzingelt.«
Die Männer am Fluß schauten zum Ufer hinauf, wo die Wagen von weiteren bärtigen Männern mit schwarzen Hüten und Gewehren umringt waren.
»Danites?« murmelte Will und sah den Boß fragend an.
»Destroying Angels. Mormonen.«
Man befahl ihnen, aus dem Wasser zu kommen. Sie wurden sofort entwaffnet. Zwei der Mormonen richteten ihre Gewehre auf Jim, den jungen Ochsentreiber, während ihm ein dritter Mann die Sechsschüsser abnahm. Jims Gesicht war angespannt und bleich wie die Knöchel einer fest geballten Faust.
»Wir sind gottesfürchtige Männer, Bruder«, sagte der Anführer der Mormonen zu McCarthy. »Wir überlassen euch einen Wagen mit Ochsengespann, damit ihr dorthin zurückkehren könnt, woher ihr gekommen seid.«
»Das sind fast tausend Meilen!« protestierte der Boß.
»Einige der anderen würden euch lieber nicht von hier fortlassen.«
»Können wir wenigstens unsere Waffen haben?«
»Nein, nichts außer Nahrungsmitteln und Decken.«
»Wenn ihr uns wie Weiße entgegengetreten wärt, anstatt herumzuschleichen wie diebische Indianer«, schnarrte Jim, »dann sähe es jetzt anders aus.«
»Und wenn ihr nicht Krieg gegen ein friedliches Volk führtet, wäre es nicht nötig, euch überhaupt entgegenzutreten.« Der Anführer ruckte mit seinem Gewehr. »Wählt einen Wagen aus und beladet ihn mit dem, was ihr braucht.«
Nachdem der Wagen beladen war, kletterte ein Ochsentreiber auf den Fahrersitz und fuhr an, und der Rest des Trupps stiefelte hinterher. Die Blicke der Mormonen brannten förmlich auf ihren Rücken. Als sie den nächsten Hügel erreicht hatten, schrie jemand auf, und sie schauten zurück und sahen den Rauch der brennenden Wagen.
»Hundesöhne!« stieß einer der Fahrer hervor.
»Es reicht, um einen zu lästerlicher Sprache zu bringen, nicht wahr, Cap'n?« sagte Jim und schaffte ein mattes Grinsen.

McCarthy sagte ihm, er solle verdammt die Schnauze halten und marschieren.

Man gebe einem jungen Fohlen drei Jahre, um die frische Erde aufzuwühlen und das kurze, süße Gras des Frühlings zu schmecken. Man lehre es, mehr zu schreiben als nur seinen Namen und mehr beantworten zu können als die Frage, wer Abel erschlug. Man gebe ihm eine Peitsche, setze ihn hinter den Ochsen auf einen Wagen zu einer ereignislosen Fahrt nach Fort Laramie und stelle ihn am Ziel dem kleinen Angestelltentyp Kit Carson mit seinem Quaker-Haarschnitt und der sanften Stimme und dem lauten, lästerlichen, knorrigen Jim Bridger vor. Man gebe ihm genügend Informationen, damit er ein Siouxzeichen von einem Taschenrattenbau unterscheiden kann und weiß, daß eine frische Wolfsfährte im feuchten Sand scharfe Ränder hat, bis der Wind sie verwischt. Man gebe ihm längere Gliedmaßen, eine tiefere Stimme und schärfe seine Treffsicherheit, bis Wild, das die Flucht ergreift, binnen eines Lidschlags Bratenfleisch ist. Und nach alldem hat man einen ganzen Mann.

»Ich bin vierzehn, Sir.«

Will war jetzt hochaufgeschossen und hatte eine kräftige Brust und breite Schultern. Er stand auf dem Hof des Hauptquartiers der Holladay Overland Mail & Express Company in Horseshoe Station, und er trug die leichte Kleidung, die von seinen Kollegen, den Kurieren des Pony Express, bevorzugt wurde. Kupferfarbener Flaum schimmerte über seiner Oberlippe.

›Captain Jack‹ Slade stieß einen Grunzlaut aus. Obwohl er nicht größer als der Junge war, wog der Superintendent der Sweetwater Postkutschenlinie von Julesburg, Colorado, bis Rocky Ridge, Wyoming, sechzig Pfund mehr, wovon sich das meiste auf seinen Bauch verteilte. Er stand in dem Ruf, brutal zu sein, und das sah man seinem Gesicht an. Seine Bartstoppeln erinnerten an Baumwolle, die nur noch gepflückt und verschickt zu werden brauchte.

»Das ist ziemlich grün, selbst für einen Expreßreiter«, sagte er. »Ich würde dich keinesfalls nehmen, wenn da nicht dieser

Empfehlungsbrief von Majors' Partner wäre. Aber du hast dich gut entwickelt. Du kapierst die Situation, nicht wahr?«

»Indianer, Sir.«

»Räuberische Cheyennes. Sie haben bisher jede Kutsche überfallen, die ich durch ihr Gebiet schickte, und sind mit den Gespannpferden abgehauen. Ich werde ihre rote Haut an die Stationswand nageln!«

Wills Arbeitgeber hatte den Spitznamen ›Der schreckliche Slade‹ verdient. Ein Stationsmeister hatte Pferde gestohlen, und als Slade ihn stellen wollte, hatte der Mann seinen Revolver auf ihn leergeschossen. Slade, dessen Verletzungen kaum verheilt gewesen waren, war mit einem Trupp Agenten der Gesellschaft zurückgekehrt, hatte den Stationsmann an einen Corralpfosten gebunden und ihn als Zielscheibe für Schießübungen benutzt. Nachdem er zweiundzwanzig Kugeln auf den Mann abgefeuert hatte, war er mit dessen Ohren in den Satteltaschen davongeritten. Der Junge konnte vor seinem geistigen Auge schon sehen, wie die Haut der Indianer blutig in der Sonne trocknete.

»Ich habe schon gegen Indianer gekämpft, Sir.«

»Das habe ich gehört. Wie bist du im Spurenlesen?«

»Ich lernte es von Kit Carson und Jim Bridger in Ford Laramie.«

Der Superintendent saugte an seinem schlechten Zahn. »Wir werden auf dem Trail herausfinden, was die Referenzen wert sind.«

Er rief einen sehr großen Mann aus einer Gruppe von Fahrern herbei, die vor dem Stationsgebäude standen. Der Mann war Anfang 20, hatte breite Schultern, schmale Hüften und trug sein lohfarbenes Haar in Locken bis über den Kragen. Sein Schnurrbart hing mit den Enden herab und konnte nicht ganz die vorstehende Oberlippe verbergen, die ihm zusammen mit dem kurzen Kinn eine deutliche Ähnlichkeit mit dem Gesicht einer Ente verlieh. Er rauchte eine lange schwarze Zigarre und trug die Uniform der Company, breitkrempiger Sombrero, hochhackige Stiefel, Kordjacke und Hose mit Samtpaspelierung. An ihm wirkte die Kleidung natürlich.

»Jim Hickok, dies ist Will Cody. Der Junge begleitet uns.« Zu Will sagte Slade: »Jim war Constable in Monticello, und du findest keinen in dieser Gegend, der mit dem Revolver besser ist.«

Will grinste, als er ihn wiedererkannte. »Wie geht's denn so?«

Hickok war anzusehen, daß er nicht wußte, wo er den Jungen schon einmal gesehen hatte.

»Ihr kennt euch?« fragte Slade überrascht.

»Wenn man einen Mann nicht kennt, nachdem man tausend Meilen mit ihm zu Fuß zurückgelegt hat, dann lernt man ihn wohl nie kennen«, sagte Will. Er erzählte von dem Mormonenüberfall auf den Treck, von seinem ersten Indianer und seinem ersten Whisky, den er der Freundlichkeit des jungen Ochsentreibers zu verdanken gehabt hatte, dessen Nachnamen er soeben erfahren hatte.

Es gab inzwischen verschiedene Versionen von der Geschichte, nachdem sie von anderen weitererzählt worden war. Will hatte sein Talent zum Geschichtenerzählen entdeckt. Hikkok, der ihn nun wiedererkannte, lächelte schwach und säuerlich während Wills Erzählung.

Slade sagte: »Ihr habt euch einfach die Waffen abnehmen lassen?«

Jim Hickok ließ die Zigarre fallen und trat sie mit dem Absatz eines ungewöhnlich schmalen Stiefels aus.

»Sie hätten dabei sein und es mit eigenen Augen sehen müssen, um es zu verstehen, Cap'n«, sagte er.

»Zu schade, daß ich nicht dabei war. Seid ihr bei Rothäuten auch so liebenswürdig?«

Hickok wurde bleich bis zum Haaransatz, und Slade suchte festen Stand. Beide Männer waren bewaffnet, der Superintendent mit einem alten Paterson Revolver in einem weichen Lederholster an der Hüfte. Hickok mit zwei Navy Colts, die er mit den Griffen nach vorne hinter einer Schärpe trug, die um seine Taille geschlungen war. Will wich zurück aus der Schußlinie. Dann lächelte Hickok und zeigte vom Tabak verfärbte Zähne.

»Ich mag Sie, Cap'n Jack«, sagte er. »Das muß ich wohl.«

Die Spannung wich. Slade nickte knapp.

»So ist es bei den Leuten im allgemeinen. Packt etwas Proviantkleidung ein, ihr beide, und zieht Trailkleidung an.«

Hickok zog seinen Sombrero tiefer in die Stirn und schaute Slade nach, der zum Stationsgebäude stampfte.

»Das ist einer, der nicht auf natürliche Weise stirbt«, bemerkte er.

»Das könnte man auch von dir sagen«, meinte der Junge.

Die Nacht überzog die Prärie wie mit Teer und spuckte Sterne wie Zimmermannsnägel über den Himmel. Grillen zirpten im Unterholz. Das gelbe Flackern des Feuers am Fuß des langen Hangs, unendlich fern und dennoch atemberaubend nahe, sah durch den Feldstecher aus wie eine helle Motte, die im Glas gefangen ist. Dann zerriß ein Eulenschrei die friedliche Stille und machte die Illusion zunichte. Slade wartete einen Augenblick lang, bevor er die Hände an den Mund hielt und mit dem Ruf einer Nachtschwalbe antwortete.

Wieder war nur das Zirpen der Grillen zu hören, bis das gedämpfte Pochen von umwickelten Hufen auf Gras erklang.

»Es sind vierzig oder fünfzig von ihnen im Camp«, berichtete Will, als der leise Hufschlag verstummte. Sein Gesicht war nur zwei Schritte von Slade entfernt, doch in der Dunkelheit kaum zu erkennen. »Der Corral ist etwa hundert Yards westlich des Camps.«

»Scheiße!« Slade war kein Mann von Majors. »Mit solch einer Überzahl hatte ich nicht gerechnet. Bei einem Verhältnis von vier zu eins lasse ich lieber die Finger davon.«

Andere des Trupps murmelten Zustimmung.

Hickok sagte: »Das habe ich nie getan. Teilen wir uns, die Hälfte zum Corral und die andere zum Camp. Wir heizen ihnen mächtig ein, während die anderen die Pferde wegtreiben.«

Als der Superintendent zögerte, ergriff Will das Wort: »Indianer sind keine Naturtalente in Organisation, Captain. Wenn man sie überrascht, bleiben sie überrascht. Wir müssen natürlich schnell sein.«

»Nun, dann sehen wir mal, wie weit wir kommen.«

Slade, Hickok und Will ritten mit der Gruppe, die das Camp angreifen sollte. Sie führten ihre Pferde gegen den Wind, damit die Hunde sie nicht witterten, die es überall gab, wo Indianer waren. Sie wickelten die Stoffetzen von den Pferdehufen ab, um so schnell und laut wie möglich zu sein. Dann saßen sie auf, und auf einen leisen Pfiff vom Corral her donnerten sie zwischen die Tipis. Sie brüllten und feuerten auf die Ziele im Schein des Feuers. Bläuliche und orangefarbene Mündungsfeuer stachen durch die Dunkelheit. Hickoks Grauer wieherte und streckte sich, und das Weiß der weit aufgerissenen Augen war zu sehen. Der Reiter hatte die Zügel zwischen die Zähne genommen und feuerte mit einem Navy Colt in jeder Hand nach rechts und links.

Die meisten des Trupps, einschließlich Will, schossen nur, um Lärm zu machen, doch Jim Hickok verfehlte selten ein Ziel. Wenn ein Krieger versuchte, zu den Pferden im Corral zu gelangen, kam er keine fünf Schritte weit, dann öffnete sich ein Loch von der Größe eines Zehn-Dollar-Goldstücks in seiner Stirn, und er stürzte aufs Gesicht.

Ein unbewaffneter Cheyenne hob einen flachen Stein vom Boden auf und schleuderte ihn verzweifelt nach Hickok. Dessen erste Kugel wirbelte den Stein in die Nacht. Die zweite schlug durch die Kehle des Kriegers.

Will verwundete einen Indianer mit einer Kugel aus seinem Dragoon Colt am Bein und preschte durch eine Wolke stinkenden Rauchs in frische Luft. Dann schwenkten sie nach Osten ab, um zu den Männern zu stoßen, die inzwischen die Pferde zurückerbeutet hatten. Hunde kläfften im Camp. Die ganze Aktion hatte weniger als eine halbe Minute gedauert.

»Jemand verletzt?« fragte Slade atemlos, als sie nach zwei Meilen das Tempo verlangsamten, um die Pferde nicht zu verausgaben.

Allgemeines Betasten von Gliedmaßen und Torsos. Keiner meldete sich.

»Diese verdammten Heiden können nicht mal einen Büffel bei hellem Tageslicht in die Seite treffen«, sagte Slade. »Langsam jetzt. Wir wollen nicht, daß sich einer der Gäule ein Bein bricht, nachdem wir soviel Arbeit hatten, um sie uns zurückzuholen.«

Sie ritten im Schritt weiter.

»Dein Pferd ist ziemlich schnell«, sagte Hickok zu Will.

»Old Mountain?« Will klopfte dem großen Hengst, dessen

Fell dampfte, auf den Hals. »Er kann alles mit vier Beinen schlagen.«

»Das glaube ich dir. Warst du jemals in St. Louis? Dort lassen sie Pferde für Geld laufen, doch ich wette, sie haben noch kein Pferd wie deinen Bergrenner gesehen.«

»Ich möchte gerne St. Louis kennenlernen«, sagte Will.

St. Louis in der Sommerhitze. Die Luft war heiß und schwül. Ein Mann und ein Junge gingen am Kai entlang, den Blick auf den Boden gerichtet. Sie schauten nicht zu den Schaufelraddampfern hin, die den Missouri hinabfuhren und dichte Rauchwolken hinter sich herzogen, zweihundert Meilen flußabwärts von der Stelle, an der ein Kind namens Will und sein verwundeter Vater vor sieben Jahren den Fluß überquert hatten, um sich zu verstecken.

»Hast du überhaupt noch Geld, Jim?« fragte Will.

Hickok wandte sich zur Seite und spuckte ins Wasser. Die weiße Spucke hüpfte im Kielwasser eines Dampfers. »Ich habe auch alles verloren. Diese gottverdammte magere Stute aus Peoria! Ich habe diese Stadt immer gehaßt.«

»Hier ist Flachland. Old Mountain bevorzugt das Hochland. Wir hätten nicht auf ihn wetten sollen.«

»Hinterher ist man immer klüger.«

»Wohin jetzt, Jim?«

Er zuckte mit den Schultern. »Weiter im Osten ist Krieg. Ich denke, ich sollte Soldat werden und mir den Elefanten ansehen.«

»Welche Seite?«

»Wieviele Seiten hat ein Elefant?«

»Du weißt, was ich meine.«

»Ich bin Yankee bis auf die Knochen. Und du?«

»Ich auch. Mein Vater war ein Sklavereigegner. Ich könnte auch einrücken.«

»Wenn deine Mama dich läßt.«

Will blieb stehen. »Was heißt das?«

»Das heißt, daß ich auch mal fünfzehn war.«

»Vor nicht allzulanger Zeit, wette ich.« Der Junge lief, um zu ihm aufzuschließen.

»Sag nichts von ›wetten‹! Ich kann davon nichts mehr hören!«

Wills Lachen war so tief und kräftig wie das eines Mannes.

2

»Louisa Frederici, William F. Cody.«

Sie raffte ihren Rock, daß Taft und Spitze laut genug raschelten, um eine Horde Sioux zu erschrecken oder einen Angriff der Konföderierten zu stoppen, und hielt ihm eine plumpe Hand hin, über die er sich höflich verneigte und ihre Handfläche mit Schmirgelpapier-Fingern berührte. Ihre ziemlich groben Gesichtszüge wurden beherrscht von dicken, geschwungenen Augenbrauen, und sie trug das dunkle Haar nachlässig aufgetürmt und mit Klammern festgesteckt. Ihre Stimme klang kehlig und hatte einen französischen Akzent.

»Kommen Sie gerade vom Kampf zurück. Mr. Cody?«

Der große, junge Mann in blauer Uniform sagte etwas über Hospitaldienst in St. Louis, während sich Louisas Cousin, der seine Pflicht als Gentleman mit der Vorstellung erfüllt hatte, unbemerkt zurückzog. Stimmengewirr erklang aus dem Raum, in dem die erste große Versammlung der feinen Gesellschaft nach dem Krieg stattfand. Private Cody plauderte nun über General Sterling Price und die Niederlage der Rebellen bei Westport, doch wie stets, wenn das Gespräch auf den Krieg kam, hörte sie nicht zu. Er hatte die Gesichtszüge, die ihre Mutter als klassisch bezeichnete, und braunes Haar mit einem rötlichen Schimmer, und wenn er sprach, schimmerten sehr weiße Zähne unter dem gepflegten Schnurrbart. Sie hörte gern seinen volltönenden Bariton, auch wenn sie den Worten keine Beachtung schenkte. Die meisten Leute in dieser Gegend sprachen eine Mischung von schwerfälligem Französisch und nasalem Amerikanisch.

». . . tötete ich den ersten feindlichen Indianer. Waren Sie je im Westen, Miß Frederici?«

»Im Westen?« Sie zögerte und fragte sich, wie er vom Thema Westport auf die Indianer gekommen war. »Himmel, nein!

Stammen Ihre Verwandten von dort?« Besorgt suchte sie in seinem Gesicht nach charakteristischen Merkmalen eines Wilden.

»Ich wurde in Iowa geboren. Doch meine Eltern brachten meinen jüngeren Bruder, meine fünf Schwestern und mich nach Kansas, als ich sieben war.«

»Leben sie noch dort?«

»Meine Brüder und vier Schwestern leben dort. Mein Vater starb vor acht Jahren, und meine Mutter folgte ihm im letzten November. Meine Schwester Martha verschied noch vor meiner Mutter.«

»Es tut mir so leid. Aber sechs Kinder! Sorgen Sie für Ihre Geschwister so gut wie für sich?«

»Es waren ursprünglich acht. Mein ältester Bruder Samuel kam in Iowa ums Leben, als ein Pferd auf ihn stürzte. Ich versuchte, Geld nach Hause zu schicken, doch das war vom Sold eines Soldaten nicht immer möglich. Ich habe die Chance, ziviler Scout bei der Armee zu werden, wenn meine Dienstzeit vorüber ist. Die Bezahlung ist viel besser.«

»Aber ist das nicht schrecklich gefährlich?«

Und dann erzählte er eine andere Geschichte von zurückerbeuteten Pferden und Cheyennes und einem Mann namens Hickok. Es war für Louisa nach vier Jahren von Kriegsberichten alles sehr langweilig, doch sie sah ihn an, und ihre Augen weiteten sich instinktiv im richtigen Moment, weil sie Hinweise in seinem Mienenspiel erhielt, auch wenn sie die Einzelheiten nicht erfaßte. Er hatte rehhbraune Augen mit winzigen Goldsprenkeln darin.

»Gewiß werden Sie irgendwann einen ständigen Beruf ergreifen«, warf sie ein, als er eine Pause einlegte.

»Nun, ja«, sagte er nachdenklich. »Ich nehme an, das werde ich tun müssen, wenn ich für das andere zu alt werde.«

Sie heirateten im folgenden März, nachdem er für General Sherman als Kurier Botschaften durch das Land der Cheyennes befördert und in Kansas Postkutschen gefahren hatte. Bei seiner Rückkehr erkannte Louisa ihn in der Kleidung der Siedlungsgrenze, dem jetzt schulterlangen Haar und dem Beginn eines rötlichen Spitzbarts fast nicht wieder. Doch seine Manieren blieben höflich, und sie verzieh ihm, daß er sie zuvor getäuscht hatte.

Für die Feier im Haus ihrer Eltern zog der 20jährige Bräutigam gebleichte Wildlederkleidung an, besetzt mit Hermelin und Fransen, dazu weiche Wintermokassins, verziert mit Stachelschweinstacheln, rot und weiß gefärbt, und das Ganze wurde von einem, nicht dazu passenden, konventionellen Kragen und Schlips gekrönt.

Louisa verspürte Stolz und eine Spur von Eifersucht wegen der nicht nur familiären Blicke, die ihr großer Mann bei dem Empfang von einigen der Kusinen anzog, doch er war nur mit ihr beschäftigt und schien die bewundernden Blicke nicht zu bemerken. Obwohl sie seine Schwestern freundlich und höflich fand – sein jüngerer Bruder Charles war ein Jahr nach dem Tod seiner Mutter verstorben –, enttäuschte es sie, daß sie sie mit den Augen ihres Mannes ansahen und auf seine Art sprachen. Das gab ihr das Gefühl, als wäre etwas, das sie allein zu besitzen geglaubt hatte, nur ein Glied in der Kette, die jeder erhalten konnte. Sie führte das Gefühl auf einen Teil der zwangsläufigen Enttäuschung am Ende einer langen Zeit der Erwartung zurück, und es kehrte jahrelang nicht mehr wieder.

Will war ein überraschend guter Tänzer, bewegte sich graziös und geschmeidig, wenn auch einige seiner Tanzschritte in St. Louis unbekannt waren, was er auf den eigenwilligen Tanzunterricht seiner Schwester Martha zurückführte. Bei dem Applaus, den das Paar nach dem ersten Tanz erhielt, schoß Louisa das Blut in die Wangen. Die hastigen Umarmungen und Abschiedsworte waren gleichfalls nur taumelhafte Bilder aus demselben fiebrigen Traum.

Es war an Bord des Flußdampfers *Morning Star* auf der Hochzeitsreise den Missouri hinauf nach Leavenworth, als Louisa Will zum erstenmal lügen hörte. Er erklärte einer interessierten Gruppe von Zuhörern aus New Hampshire, seine Frau und er hätten sich kennengelernt, als bei einem morgendlichen Ausritt das Zaumzeug ihres Pferdes gerissen sei und er das durchgehende Pferd eingefangen hätte. Als sie allein waren, fragte sie ihn, warum er gelogen hatte.

»Die Leute aus dem Osten erwarten das«, meinte er.

In Salt Creek, wo Wills Vater niedergestochen worden war und wo Wills Kindheit abrupt geendet hatte, legte er einen Arm um die Taille seiner Braut, jetzt auf vertrautem Gebiet, und beobachtete einen Jungen, den er angeworben hatte und der ein neues Schild über die Tür der alten Pension seiner Mutter nagelte. *The Golden Rule Hotel* stand in funkelnder Goldschrift mit verschnörkelten Buchstaben darauf.

»Nun, Lulu, du hast einen Geschäftsmann geheiratet.«

»Ich könnte nicht stolzer sein, wenn du der Besitzer einer Eisenbahnlinie wärst.«

»Vielleicht werde ich das eines Tages sein, einen Zylinder tragen und in einem privaten Salonwagen fahren.«

»Du bereust nicht, daß du mich geheiratet hast?«

»Bereuen!« Er schwenkte sie herum, legte eine Hand auf ihre Hüfte und hob sie vom Boden ab. »Ich habe vergessen, was das ist, als ich den Job als Scout aufgab!«

»Laß mich bitte runter, William.«

»Was soll das, Will, schätzt du ihr Gewicht?« fragte ein graubärtiger Trapper in Otterhaut, der auf dem Gehsteig stand.

»Leicht wie eine Feder«, rief Will und wirbelte Louisa im Kreis, daß ihr Rock und der Petticoat flogen.

»William!«

Lachend setzte er sie sanft auf dem Gehsteig ab. Mit einem schnellen Blick zu der Zuschauergruppe, deren Aufmerksamkeit sie auf sich gezogen hatten, richtete sie ihre Kleidung. Ihr Gesicht war gerötet und zeigte Ärger.

»Kein Glück gehabt, Rufe?« fragte Will den Trapper.

Der Mann verharrte mit einem Fuß, der in einem Mokassin steckte, auf der Türschwelle des Hotels und schüttelte den Kopf. Er trug ein paar Pelze auf der Schulter. »Bei Gunderson einen fairen Preis zu bekommen, das ist, als ob man einen texanischen Blutegel aus dem Hintern ziehen will. Verzeihung, Mrs. Cody. Will, ich wäre dir dankbar, wenn du noch etwas auf die Miete wartest.«

»Laß dir nur Zeit.«

Louisa sah ihren Mann scharf an, doch er bewunderte das neue Schild.

Das Golden Rule Hotel hatte einen neuen Namen, jedoch

den gleichen alten Dreck in feuchten Ecken, in denen Wanzen hausten, Spinnweben von den Decken hingen und gelbe Streifen von altem Fett den schwarzen Eisenofen bedeckten.

Louis stellte ein 15jähriges farbiges Mädchen ein, deren Mann für die 10. Kavallerie gekämpft hatte und gefallen war, und zusammen säuberten sie die Fenster, scheuerten die Wände und schrubbten die Böden, bis das Haus vom Keller bis zum Dachgeschoß glänzte. Sie hängten Vorhänge auf und breiteten Teppiche über die verschrammten Dielen. Als Will sich wieder ins Haus wagte, nachdem er zum x-ten Male von wütenden Frauen mit dem Mop hinausgejagt worden war, wanderte er mit einem Taschentuch um die Hand von Raum zu Raum, um nicht die glänzenden Türgriffe aus Porzellan zu beschmutzen.

Buchführung war Louisas nächstes großes Projekt, obwohl sie keine Erfahrung darin hatte und gezwungen war, ein eigenes System zu entwickeln, das auf Informationen der örtlichen Geschäftsleute basierte. Sie waren froh, dem Bewahrer dessen zu helfen, was sie für Salt Creeks Zukunft angesichts des Friedens und der Expansion nach Westen hielten.

Nach vier Wochen im Geschäft erfuhr Louisa, daß Will noch keinen einzigen geschäftlichen Vorgang schriftlich festgehalten hatte. Sie kaufte zwei große Hauptbücher, die in braunes Steifleinen gebunden waren und Messingkanten hatten, und zwei Fäßchen rote und schwarze Tinte. Dann räumte sie den Rollschreibtisch in Wills Arbeitszimmer von Schwarzpulver und allerlei Brimborium zum Laden von Waffen frei und begann, die finanzielle Situation des letzten Monats zu rekonstruieren. Nach zwei Stunden bei dieser Arbeit hatte sie einen Überblick, als Will hereinkam. Er brachte einen Armvoll Brennholz, das er in den Kohlenkasten neben dem Kamin warf. Staub wolkte auf und senkte sich über die sorgfältig mit Tinte geschriebenen Zahlenreihen.

»Gute Neuigkeiten, Lulu! Dingle sagt, daß er heute morgen östlich der Stadt einen Trupp Kriegsheimkehrer gesehen hat, der auf dem Weg hierher ist. Du weißt, was das für uns bedeutet.«

»Zweifellos weitere Gäste, die nicht zahlen.« Louisa tunkte die Feder in die Tinte.

»Das bedeutet, daß die Bahnlinie bis hierher vorstößt, wie wir gehört haben. Wenn die Bahn hier ist, werden wir gar nicht alle Gäste aufnehmen können.«

»Weil du bis dahin alle Zimmer verschenkt haben wirst.«

»Aber Lulu!«

Sie knallte die Feder hin, und rote Kleckser spritzten auf das cremefarbene Papier. Sie sah ihn ärgerlich an. »Versteh mich richtig, William«, sagte sie. »Ich halte es für bewundernswert, daß du deine Schwestern eingeladen hast, hier kostenlos zu wohnen. Deine christliche Nächstenliebe, jeder Prärieratte im Umkreis von hundert Meilen zu erlauben herzukommen und an der berühmten Gastfreundschaft Codys teilzunehmen, ohne an seinen Geldbeutel zu denken, steht über aller Kritik. Ich bin sicher, daß sie dir am Campfeuer Loblieder singen. Aber das ist keine Art, ein Geschäft zu führen. In den letzten vier Wochen haben wir mehr für Essen und die Instandhaltung und Pflege der Zimmer ausgegeben, als deine Mutter für das gesamte Gebäude hingeblättert hat, und wir haben keinen einzigen Konföderierten-Dollar eingenommen. Will, uns geht das Geld aus!«

»Wenn die Eisenbahn kommt . . .«

»Sie wird nur noch schneller weitere Schmarotzer bringen. Bald werden wir betteln gehen müssen, um unser gutes Werk fortsetzen zu können. Wir führen wirklich kein Hotel.«

»Diese Leute zählen zu meiner Familie und meinen Freunden. Soll ich sie etwa vor die Tür setzen?«

»Wenn deine Freunde nicht zahlen, ja. Deine Schwestern können bleiben.«

»Jeder ist auf die Hilfe seiner Freunde angewiesen, wenn es ums Überleben geht. Manchmal besteht kein großer Unterschied darin, ob man jemandem Hilfe verweigert oder ihm eine Schlinge um den Hals legt.«

Sie senkte die Stimme. »Ich habe dich gebeten, nicht von solchen Dingen zu reden.«

»Entschuldige, Lulu. Das hatte ich vergessen.«

»Jedenfalls sind diese Tage vorbei. Du hast mir ein normales Leben versprochen.«

»Ich habe nicht vor, mein Wort zu brechen.«

»Davon wäre ich überzeugter, wenn du dich bemühen würdest, wie ein Hotelbesitzer auszusehen. Dieses Haar und die Kleidung! Selbst der minderwertigste Trapper zieht einen staubigen Anzug an, wenn er in der Zivilisation ist.«

Er schaute an seiner Wildlederkleidung hinab. »So war ich an unserem Hochzeitstag gekleidet. Da hast du dich nicht beschwert.«

»Da waren wir nicht allein. Aber wenn ich gewußt hätte, daß das ein ständiger Zustand ist, dann hätte ich es gesagt. Dein Haar ist länger als meines.«

»Wenn ich es jetzt abschneide, wird jeder denken, ich hätte Angst, meinen Skalp zu verlieren.«

»Hör auf! Hör auf damit!« Tränen des Zorns liefen über ihre Wangen. »Oh, bin ich es leid, etwas von Skalps und Wilden und Pferden zu hören! Jedesmal wenn du dich mit deinen schrecklichen Freunden triffst, redet ihr über nichts anderes! Reicht es denn nicht, daß ich meine Familie und meine Freunde in St. Louis verlassen habe und hierhin gekommen bin, um mit Tieren zu leben? Muß ich mir auch noch deine endlosen Horrorgeschichten anhören?«

Louisa brach in bitteres Schluchzen aus. Sie standen jetzt sehr dicht beieinander, und Will legte automatisch die Arme um sie und zog ihr Gesicht an seine Brust. »Schon gut, Louisa, schon gut«, sagte er sanft. Es klang, als wolle er eine scheue Stute beruhigen. Tief innen spürte sie Zweifel, ob es richtig gewesen war, ihn zu heiraten.

Nach außen hin hatten sie finanziellen Erfolg. Vorauskommandos der Eisenbahngesellschaft kamen, um die Örtlichkeiten zu besichtigen. Sie quartierten sich im Hotel ein und stellten Will hundert Fragen über das Terrain im Westen und die Lage mit den Indianern. Dann zogen sie weiter, die Taschen voller Geld aus dem Osten, gefolgt von Überlebenden des Krieges und Bahnarbeitern.

Anschließend kamen Männer mit Derbyhüten, um das Land oberhalb des Flusses nach geeigneten Grundstücken für Läden und Restaurants abzusuchen. Will trug ihre Namen ein und gab die Einnahmen Louisa, die sie in die Kasse legte und die Summe in den Büchern vermerkte. Doch als sie später Geld für

Einkäufe und Reparaturen aus der Kasse nehmen wollte, fand sie weniger vor, als sie hineingelegt hatte. Wenn sie Will damit konfrontierte, zuckte er mit den Schultern und erklärte, daß er Geld für den Unterhalt seiner Gäste gebraucht habe. Er hatte vorgehabt, es ihr zu sagen, es dann jedoch vergessen. Sie schimpfte und er senkte den Blick und versprach, es nicht mehr zu tun, und dann fing alles von vorne an.

Am Ende eines halben Jahres hatten sie Schulden bei jedem Händler in der Stadt, und die Bank drohte, eine Hypothek zu kündigen, von deren Existenz Louisa gar nichts gewußt hatte, wenn das Paar nicht entweder verkaufte oder die Einwilligung gab, einen Manager zu bestellen. Weder Will noch Louisa hatten je das Wort ›Konkursverwalter‹ gehört, doch es klang für beide unheilvoll.

Morgendämmerung in Leavenworth. Orangefarbenes Licht fiel zwischen die Reihen neuer Gebäude und vertrieb die Septemberschatten. Helen Cody, fast zwanzig, mit Isaacs kräftiger Gestalt und der stolzen Haltung ihrer Mutter, sah Will an ihrer Tür und verharrte auf der Schwelle. Er war fast einen Kopf größer als seine Schwester, breitschultrig und mit schmalen Hüften, ein beeindruckender Mann, der sich mit der Leichtigkeit bewegte, mit der klares Wasser über Steine im Flußbett strömt. Die Sonne hinter seinem Rücken betonte noch die imposante Gestalt.

»Was ich für das Hotel bekommen habe, sollte Louisa über Wasser halten, bis ich ihr mehr schicken kann«, sagte er. »Ich danke dir, daß du sie aufgenommen hast, Nellie.«

»Du hast keinen von uns im Stich gelassen, solange du es konntest.«

Er drehte den Schlapphut in den Händen. »Ich glaube, du hältst mich für einen schlechten Ehemann, weil ich sie an dich abgeschoben habe.«

»Ich weiß nicht, was ein guter Ehemann ist, Will. Pa war immer fort, um sich zu verstecken oder um gegen Sezessionisten zu kämpfen.«

»Ich werde es bei ihr wiedergutmachen, wenn ich zurückkomme.«

»Wie lange wirst du diesmal fort sein?«

»Lange genug, um ein halbes Jahr zivilisiertes Leben abzuschütteln und um etwas Fett abzuarbeiten. Ich hörte, die Eisenbahn heuert in Salina Leute an.«

»Viel Glück, Will. Schreib, wenn du kannst.«

Er nickte und wandte sich zum Gehen. Dann verharrte er und warf einen Blick zu den Fenstern im ersten Stock. »Sag ihr, wie es mit mir ist, ja? Wenn sie es von einer Frau hört, wird sie es verstehen.«

»Sie versteht es gut genug.«

Die Tür wurde geschlossen. Will stand einen Augenblick lang auf der Veranda, dann setzte er seinen Hut auf und kehrte zum Wagen zurück, mit dem er gekommen war.

Junction City, Kansas. Cowboys und Eisenbahnrowdys, Kavalleristen und Büffeljäger zogen Schwärme von Fliegen hinter sich her. Der Geruch von frischem Bauholz und Bier und Mist nahm zu. Der Betrunkene am hinteren Tisch in einem der belebten Saloons saß in seiner staubigen Wildlederkleidung zusammengesunken da. Die Lider wollten ihm zufallen, und er hielt die Spielkarten in der plumpen linken Hand und zeigte sie fast den Mitspielern.

»Los, los, du Säufer!« forderte ihn der gegenübersitzende Spieler auf, ein dünner Mann mit rotgeränderten Augen, der einen fleckigen schwarzen Anzug und eine Schnürsenkelkrawatte trug. »Das sind deine fünf Karten. Hältst du mit oder nicht?«

Der Betrunkene rülpste und kratzte sich. »Muß erst was sehen«, sagte er lallend.

»Du kannst ja nicht mal deine Karten sehen, so besoffen bist du.«

Der ›Betrunkene‹ hielt urplötzlich einen Navy Colt in der rechten Hand, und als er den Hahn zurückzog, klang es, als würden Knöchel knacken. »Fangen wir mit den Karten in deinem linken Ärmel an.«

Er sprach jetzt völlig klar und setzte sich aufrecht hin.

Der Mann mit den rotgeränderten Augen zögerte. Seine Rechte zuckte, verharrte, bewegte sich wieder, als wolle er zur

Waffe greifen, und senkte sich dann auf den Tisch. Er hatte es sich beim Anblick des leeren Auges des Todes anders überlegt.

Die beiden anderen Spieler am Tisch beobachteten in angespanntem Schweigen. Der Mann mit der Waffe warf dem Spieler an seiner Seite einen schnellen Blick zu. Der Spieler packte den Arm des dünnen Mannes und schüttelte das Herz- und Kreuzas aus dem Ärmel.

»Laß alles auf dem Tisch liegen und verschwinde«, sagte der Mann, der den Betrunkenen gespielt hatte.

Der Mann mit den rotgeränderten Augen erhob sich linkisch. »Ich brauche etwas Geld, um weiterzukommen, wenn ich die Stadt verlasse.«

»Fordere nicht dein Glück heraus.«

»Wer, zur Hölle, sind Sie?«

»James Butler Hickok.«

Dem Falschspieler wich das Blut aus dem Gesicht. »Wild Bill Hickok?«

»So hat man mich genannt. Man hat mich auch Schlimmeres genannt, aber du wirst keinen mehr finden, der das getan hat.«

Der Falschspieler stand lange wie erstarrt da. Dann wandte er sich um und stolperte auf die Schwingtür zu. Er prallte mit einem großen Mann in schweißverklebter Kleidung zusammen, der gerade eintrat. Keuchend sah er zum Gesicht des Neuankömmlings auf, wich ihm aus und murmelte vor sich hin, daß die Stadt voller langhaariger Killer sei.

Der große Mann ließ seinen Blick durch den gefüllten Saloon gleiten und entdeckte den Pokerspieler, der mit dem Rükken zur Wand saß und einen Revolver in der Hand hielt. »Jim!« rief er mit dröhnender Stimme. »Kann ich dich nicht mal ein paar Jahre aus den Augen lassen, ohne daß du den Bären losläßt?«

Der Ausdruck von Hickoks Miene, die wie aus Holz geschnitzt wirkte, verwandelte sich von Wachsamkeit in Erkennen. Seine Schnurrbartenden bewegten sich plötzlich nach oben. »Will, du kleiner Gauner, du bist aber groß geworden!« Schwungvoll entspannte er den Navy Colt und schob ihn mit dem Griff nach vorne hinter den Gürtel. Zu den Gefährten am Tisch sagte er: »Zerreißt die Schecks des Halunken und versucht euer Glück beim Faro.«

Als das Händeschütteln und Schulterklopfen vorbei waren, rief Hickok nach einer neuen Flasche, und er und Will setzten sich an den Tisch.

Hickok stapelte seine Chips nach der Farbe mit der linken Hand, während er die rechte freihielt, wie immer. »Du hast sicher von Slades Tod gehört.«

»Ich kann nicht sagen, daß es mich überraschte.« Will trank. »Wer verpaßte ihm eine Kugel?«

»Keiner. Nachdem Holladay ihn feuerte, ritt er rauf nach Virginia City und wurde dort wegen unsittlichen Lebenswandels gelyncht.«

»Hölle, wenn ich gewußt hätte, daß man deswegen aufgehängt werden kann, dann wäre ich seit Jahren in die Kirchenarbeit eingetreten.«

Hickok lachte nicht. »Die gottverdammte Zivilisation ruiniert alles, Will. Wo ich auch hingehe, sind Leute vor mir da und erlassen Gesetze. Sie ergießen sich hier wie Pisse aus einem Stiefel, seit der Krieg vorüber ist. Deshalb verließ ich Illinois, und ich muß weiter und weiter nach Westen ziehen, um davon loszukommen.«

»Du hast Illinois wegen dieses Maultiertreibers verlassen, den du fast im Illinois und Michigan Kanal ertränkt hättest. Du redest mit mir. Mir kannst du nichts vormachen, Wild Bill!«

»Jim für dich, verdammt. Wieder typisch für diese Carpetbaggers – sie können nicht mal einen Namen richtig behalten.«

Will grinste. »Jedenfalls scheinst du nicht sehr darunter zu leiden.«

»So kam es, daß ich einen Job als Scout bei der Army annahm. Auf diese Weise konnte ich sehen, wie ein Ort ist, bevor die Weiber und die Bibelzitierer eine Möglichkeit haben, Vorhänge aufzuhängen.«

Sie tranken eine Weile schweigend und hingen Erinnerungen an vergangene, gemeinsame Abenteuer nach. Gäste kamen und gingen und starrten die beiden langhaarigen Männer an, die mit ihren Zeigefingern imaginäre Waffen bildeten und vorgaben, den Tisch zu durchlöchern.

»Was treibst du denn jetzt?« fragte Hickok schließlich, während er die zweite Flasche entkorkte.

»Schienenlegen für die Kansas Pacific.«

»Wie ist das?«

»Ich hab' schon Gras gegessen, und das war besser. Wie ist der Job als Scout?«

»Manchmal frißt man wesentlich Schlimmeres als Gras. Doch die Bezahlung ist besser als bei der Eisenbahn, und du bist in neun von zehn Tagen dein eigener Boß.«

»Werden noch Scouts angeheuert?«

»Es gibt in Ford Hays mehr Jobs als Männer, die sie ausfüllen können.« Hickok legte eine Pause ein. »Aber ich muß dir sagen, daß es keine Arbeit für einen verheirateten Mann ist. Ich hörte, du hast dich einfangen lassen.«

»Macht das denjenigen etwas aus, deren Fährte man aufnimmt?«

»Davon habe ich bisher noch nichts gemerkt.«

»Dann ist ja alles klar«, sagte Will.

Hickok grinste langsam, das einzige Sanfte und nicht Explosionsartige an ihm, und füllte von neuem die Gläser.

Das erste Tageslicht sickerte kalt und stahlblau in die tiefe Schwärze über Fort Hays und fiel auf einen Mann auf einem grauen Maultier. Der Atem von Tier und Reiter bildete Wölkchen in der eisigen Luft. Auf dem Vorbau der Kommandantur stand ein großer, hagerer Mann mit dem Hut eines Konföderierten-Offiziers und einem Wildlederhemd über der Kavalleriehose mit den Streifen. Kupferfarbenes Haar hing in Locken bis in den Nacken, und ein großer, trauriger Schnauzbart in einem etwas helleren Schimmer und von der Größe und Form eines auf den Kopf gestellten Hufeisens, bedeckte den größten Teil der unteren Gesichtshälfte. Seine blaugrauen Augen lagen tief unter buschigen Brauen, die sich traurig nach unten zu einer großen, leicht hakenförmigen Nase hinabwölbten. Sein kalter Blick glitt über den nahenden Reiter und heftete sich dann auf den uniformierten Offizier, der neben ihm stand.

»Captain, ich habe den Befehl gegeben, daß ein Führer mit dem besten Reittier zur Verfügung steht, das es in diesem Fort gibt. Mein Regiment wartet auf mich in Ford Larned, und ich habe keine Zeit, um mit einem Maultier herumzutrödeln. Beschaffen Sie ihm ein Pferd, und zwar ein gutes.«

Seine Stimme klang schrill, und er stieß die Worte abgehackt hervor.

»Das ist das beste Pferd im Fort«, beharrte der Reiter, der vor der Kommandantur angehalten hatte. »Ich versichere Ihnen . . .«

»Das ist überhaupt kein Pferd.«

Der Captain sagte: »General, die Pferde sind bei der Jagd auf den Feind fast alle auf der Strecke geblieben. Wir haben nur noch Maultiere in Reserve. Cody schwört auf dieses Tier, und ich vertraue auf sein Urteil in solchen Dingen.«

»Das Urteil von Hinterwäldlern und dahintrottenden Muli! Mit diesem Material soll ich Kriege gewinnen! Sehr gut, wenn dies das Beste ist, was Sie haben, dann lassen wir aufbrechen.« Der General stampfte die hölzernen Stufen vom Vorbau hinab und zupfte seine Stulpenhandschuhe zurecht.

Will tippte mit zwei Fingern gegen die Hutkrempe. »General Custer«, grüßte er und nannte den Rang des Lieutenant Colonel, den er zu Kriegszeiten bekleidete, wie es höfliche Sitte war.

Ein kleiner Trupp von Offizieren und Unteroffizieren und ihr Scout formierten sich zu einer Kolonne und hob sich von dem strahlendblauen Himmel ab. Sandbänke erstreckten sich bis zum Horizont, und der Sand rutschte und knirschte unter den Hufen der Tiere. Die Flanken der Pferde hoben und senkten sich schwer und waren mit Schaum bedeckt. Wills Maultier blähte die Nüstern und atmete normal. Custer, der etwas vorausritt, wandte den Kopf, als wolle er den Stand der Sonne feststellen, doch Will vermutete, daß er aus den Augenwinkeln heraus das Maultier und den Reiter beobachtete. Als der Commander wieder nach vorne schaute, gab der Scout dem Maultier die Sporen. Es schnaubte und raste los.

»Halt!« rief Will. »Langsam, alter Junge! Wir haben noch einen weiten Weg vor uns.«

Ein stahlblauer Himmel und ein kleiner Trupp von Offizieren und Unteroffizieren, der sich in einer Kolonne davor abhob. Weiterer Sand. Die Pferde rollten die Augen, daß das Weiße zu sehen war, und ihr Atem rasselte. Das Maultier war jetzt an der Spitze und ging in schnellem Schritt. Sporen, wenn Custer nicht hinsah, der Drang vorwärts, weitere besänftigende Worte, als müsse das Tier zurückgehalten werden. Der General spornte sein Pferd an und ritt an Wills Seite.

»Das ist mehr ein Pferd als ein Maultier.«

»Es ist erst gut, wenn es wieder zu Atem gekommen ist.«

Sie ritten ein paar Hundert Yards schweigend nebeneinander.

»Welche Art Taktiker ist dieser Häuptling Black Kettle?« fragte Custer schließlich.

»Dies ist seine Domäne«, antwortete Will.

»Ich habe schon viele Feldherrn gekannt, die einfach verloren, weil sie das als den einzigen Vorteil betrachteten, den sie brauchten. Die Siege, die den Krieg entschieden, fanden alle unterhalb der Mason-Dixon-Linie statt.«

»Verzeihung, General, aber Black Kettle ist kein normaler Offizier, und die Cheyennes sind keine richtigen Soldaten. Sie haben hier seit Jahrhunderten gelebt und gekämpft, und ihre Regeln sind nicht die gleichen wie unsere. Wenn zum Beispiel der Häuptling eine Entscheidung trifft, müssen die Krieger zusammenkommen und darüber abstimmen, bevor sie ausgeführt wird, und wenn die Krieger dagegen stimmen, tun sie sonst was. Sie befolgen nicht blindlings Befehle wie Soldaten.«

»Das ist ein sehr dürftiges System in der Praxis, wenn es um sekundenschnelle Entscheidungen geht.«

»Das mag sein, aber auf diese Weise können Sie, General, nicht damit rechnen, daß ein Krieger Fehler zu Ihren Gunsten macht.«

Ein paar Meilen weiter hielten sie an, damit Custers Eskorte aufschließen konnte. Das Vollblutpferd des Generals schnaufte. Will klopfte dem grauen Maultier auf den Hals und zog die Zügel straff, als wolle er das Tier am Durchgehen hindern.

»Ich hörte, daß die Cheyennes hervorragende Reiter sind und daß die beste Zeit für einen Angriff gegen sie das Frühjahr ist, wenn kein Schnee die Truppenbewegungen behindert und es noch nicht zu heiß ist«, bemerkte Custer. »Stimmen Sie dem zu?«

»Nein, Sir, ich würde den Winter wählen.«

»Warum den Winter?«

»Die Cheyennes sind es gewohnt, bei warmem Wetter zu kämpfen. Im Winter ruhen sie sich aus. Wenn Sie die Cheyennes überraschen wollen, sollten Sie einen Zeitpunkt wählen, an dem hoher Schnee liegt. Die Roten halten den Schnee für ihren besten Schutz.«

»Genau meine Meinung. Doch die Scouts, mit denen ich in St. Louis sprach, rieten mir davon ab.«

»Die Scouts von St. Louis mögen kein kaltes Wetter.«

»Aber Sie mögen es.«

»Wenn ich die Wahl hätte, würde ich die Wärme wählen. Doch ich arbeite, wenn ich dafür bezahlt werde.«

»Cody, Sie bringen einen frischen Wind mit, auch wenn Sie ein mausfarbenes Maultier reiten.«

Die anderen schlossen auf ihren schaumbedeckten Pferden auf.

»Weiter!« rasselte Custer und trieb sein Vollblutpferd an.

Der Trupp näherte sich einer verschwommenen Linie in den Sandhügeln. Es war der Pawnee Fork Creek. Das Maultier zukkelte dahin, und Custer mußte traben, um Schritt zu halten. Sie zügelten die Tiere, um erneut auf die Offiziere und Unteroffiziere zu warten.

»Fort Larned befindet sich etwa fünfzehn Meilen creekabwärts«, erklärte Will und wies hin. »Sie brauchen jetzt nur dem Creek zu folgen, General. Wenn Sie irgendwelche Kurierpost haben, nehme ich sie mit und warte im Fort auf Sie.«

»Sie machen sich einen Spaß daraus, mir's zu zeigen, weil ich vor dem Aufbruch abfällig über Ihr Maultier geredet habe.« Custer wandte sich an einen Offizier, der sich soeben auf einem schnaufenden, erschöpften Pferd zu ihnen gesellt hatte. »Captain, Sie bringen die Eskorte zum Fort. Ich reite mit Cody voraus.«

Das erste Tageslicht fiel auf Fort Larned, und ein Mann auf einem grauen Maultier warf einen langen, scharfumrissenen Schatten. Custer stand in Uniform auf dem Vorbau der Kommandantur und hatte die Daumen hinter das Koppel gehakt. Finster starrte er den Reiter an.

»Ich bin heute morgen schlechtgelaunt«, sagte er. »Mein Pferd starb heute nacht.«

»Es tut mir leid, daß es schnelle Gesellschaft hatte, General.«

Custer sagte nichts.

»Wenn Sie irgendwelche Befehle für Fort Hays haben, dann reite ich mit meinem mausfarbenen Maultier jetzt gleich zurück.«

Der General stieß einen Grunzlaut aus. »Nun, in Zukunft werde ich nichts mehr gegen Ihr Maultier zu sagen haben.«

Abenddämmerung in den Great Plains. Dichter, schwarzer Rauch von den brennenden Wagen färbte den violetten Himmel. Hufschlag trommelte, und das Knattern von Repetiergewehren mischte sich mit dem Krachen von Army Springfields und dem Zischen von Pfeilen. Berittene Krieger mit roter und schwarzer Kriegsbemalung jagten an Will vorbei. Ein paar waren mit Winchester Gewehren bewaffnet, andere schwangen Bogen und Lanzen. Einige trugen Federn und Brustpanzer, die aus den Knochen kleiner Tiere gefertigt waren, doch die meisten waren fast nackt.

Die scharfen trillernden Kriegsschreie, mit denen sie den Angriff eingeleitet hatten, waren im Kampf zu kurzen, kehligen Aufschreien abgeflaut. Will zog sich weiter unter den Ambulanzwagen zurück, um den umgebauten Springfield Hinterlader vom Kaliber .50 zu laden, den er Lucrezia Borgia nannte, während Sergeant Monroe von der 10. Kavallerie, einem Regiment von Schwarzen, die Wilden mit Kugeln aus seinem Gewehr und seiner Faustfeuerwaffe beschäftigte. Verschossenes Pulver hatte Sergeant Monroes zimtbraunes Gesicht verdunkelt. Als er sprach, waren seine Zähne wie eine weiße Wunde im Gesicht.

»Zur Hölle, ich wünsche, General Custer würde auftauchen. Uns gehen die Nigger aus.«

»Hör auf zu wünschen und schieß weiter.«

Die Kugel eines Sioux durchbohrte die Plane des Proviantwagens hinter der Ambulanz und schmetterte gegen eine Pfanne.

»Ich wette, Sie wünschen, Sie wären wieder daheim, Mister Cody«, sagte der Sergeant.

Will robbte vor und zielte auf den glänzendbraunen Rücken eines Kriegers, der geduckt auf einem Mustang um die Wagenburg galoppierte.

»Ich *bin* daheim, Sergeant«, sagte er und erschoß den Indianer.

3

Ellsworth, Kansas.

Louisa zog den Hut tiefer ins Gesicht, um sich gegen die treibende Asche und den Rauch der Lok zu schützen, und hielt die kleine Arta fest an ihren Busen gedrückt. Sie trat aus dem Zug auf die nackte Erde; es gab keinen Bahnsteig. Sie schaute sich die bärtigen Gesichter der Männer an, die verstreut zwischen den ungestrichenen und verwitterten Gebäuden standen, die dicht beieinander beide Seiten der zerfurchten breiten Straßen säumten. Zuerst sah sie nur Fremde und Lücken leeren Himmels, und das Herz wurde ihr schwer. Dann entdeckte sie ihren Mann.

Will schritt aus der Menschentraube hervor, die sich versammelt hatte, um die Ankunft des Zuges zu beobachten. Er wirkte größer, als sie ihn in Erinnerung hatte, fast zwei Meter Wildleder und Leder und Staub und Schweiß. Bei seinem Anblick hatte sie das Gefühl, eine heiße Windbö schlüge ihr entgegen.

Er wollte sie in die langen Arme schließen, doch sie wich zurück und umklammerte das Baby, das in eine Decke gehüllt war.

Seine Augen nahmen einen gekränkten Ausdruck an. Dann fiel sein Blick auf den Grund ihrer Zurückhaltung, und seine Züge wurden sanft vor Staunen, und die Augen glänzten. Er lächelte jungenhaft.

»Ist das . . .«

»Warum nimmst du deine Tochter nicht auf den Arm, William?«

Er nahm das Bündel so vorsichtig, als enthielte es feines Kristall. Während Louisa besorgt beobachtete, bewegte sich das Baby, und ein kleines rotes Gesicht starrte in Wills mahagonifarbenes Gesicht, dessen Bart in der Sonne gebleicht war, und es begann zu blöken wie ein Schaf.

»Ich würde auch schreien, wenn ich aufwachen und eine solche Visage sehen würde«, rief einer der Zuschauer. Die Menge brach in Gelächter aus, und das Baby schrie lauter.

Will reichte Louisa das Bündel unbeholfen zurück. »Sie ist naß.«

»Sie ist eine Schönheit, Will!« rief jemand.

»Ja, sie sieht dir kein bißchen ähnlich«, bemerkte ein anderer.

Abermals Gelächter. Will stimmte darin ein. Immer noch lachend half er seiner kleinen Familie in einen Kutschwagen, hinter dem drei Wagen mit aufgestapelten Möbelstücken standen und ein Trupp von bewaffneten Reitern mit harten, sonnenverbrannten Gesichtern wartete. Dann kletterte er neben seiner Frau in den Kutschwagen.

»So viele Waffen«, sagte Louisa mit einem Blick zu den Reitern. Als sich die Kolonne in Bewegung setzte, zog Louisa dem Baby die Decke übers Gesicht, um die Augen vor der Sonne zu schützen.

»Die Jagd ist gut in dieser Gegend«, erwiderte Will und ordnete die Zügel.

Nachdem sie fast eine Meile gefahren waren, sagte Will: »Ich bin ein Millionär, Lulu, oder fast einer.«

»In deinem Brief hieß es, du hättest eine Viertelmillion Dollar.«

»Nun, noch nicht, genau gesagt. Doch soviel bin ich auf dem Papier wert. Dieser Kumpel Rose, mein Partner, hat einen Erschließungsvertrag mit der Kansas Pacific. Wir errichten eine Stadt am Westufer des Big Creek und reservieren die Eckparzellen für uns. Wenn wir das Land für 250 verkaufen, kommt jeder von uns leicht auf eine Viertelmillion.« Er grinste. »Wirst du mich noch lieben, wenn ich ein reicher Mann bin, Mama?«

»Ich bin die Mutter deiner Tochter, William. Es ändert für mich nichts, ob die eine Viertelmillion oder nur einen Vierteldollar besitzt.«

Es wurde ihm warm ums Herz.

In der Nacht verschmolz das Dunkel des Himmels mit dem der Prärie. Weil Grillen in ihrer monotonen Serenade beim Geräusch von nahenden Schritten innehalten, bewegte Will sich lautlos wie ein Schatten. Er näherte sich geräuschlos den Wachtposten, kauerte sich im verdorrten Gras des letzten Jahres auf die Hacken und pfiff, um zu verhindern, daß die Schreckhaften ihm in Panik eine Kugel durch den Kopf jagten, wenn er sie plötzlich ansprach. Der Wortwechsel war stets der gleiche; die Wiederholung hatte ihn auf das Wesentliche beschränkt.

»Irgendwas gesehen?«

»Nichts, Cap'n.«

»Halte Augen und Ohren offen. Du weißt, wie schnell diese Bastarde zuschlagen.«

Die gleichen Worte wurden entlang der Postenkette gewechselt, von der das Camp umgeben war. Auf dem Weg zwischen den Wachtposten verharrte Will oftmals, um den gelegentlichen Schreien von Nachtvögeln nachzulauschen. Gespannt wartete er auf eine Antwort. Er hörte keine Echos, und nachdem er seine Runden beendet hatte, ging er wieder zu seiner Frau ins Bett, das sie in einem der Wagen teilten, auf denen die Möbel transportiert wurden. Die kleine Arta schlief in der Wiege, die ihr Vater angefertigt hatte.

»Jetzt bist du das dritte Mal in dieser Nacht aufgestanden«, sagte Louisa, als er die Decken über sie beide gezogen hatte, nachdem er nur Stiefel und Hemd ausgezogen hatte. »Ist etwas nicht in Ordnung?«

»Ich bin nur ein bißchen aufgeregt, Mama. Ich kann es kaum erwarten, dir unsere Stadt zu zeigen.«

»Will, droht uns Gefahr von Indianern?«

»Natürlich nicht. Die Kavallerie hat sie unter Kontrolle. Schlaf jetzt. Wir werden morgen den ganzen Tag lang reisen und übermorgen ebenfalls lange.«

Sie hätte die Unterhaltung gern fortgesetzt, doch die gleichmäßigen Atemzüge ihres Mannes verrieten ihr, daß er bereits eingeschlafen war. Sie starrte zur dunklen Wagenplane empor und lauschte dem Atem ihrer Tochter und den Schritten der Wachtposten draußen.

Die Stadt Rome, die noch in den Kinderschuhen steckte, wuchs auf einer Ebene hoch über dem Big Creek, eine Meile von Fort Hays entfernt. Bretterbuden, die als Läden dienten, und ein Hotel erhoben sich sauber und weiß über ein Meer von Zelten und kahlen Parzellen, die abgesteckt waren und zwischen denen Männer mit Wagen fuhren und Schubkarren mit Plankenstapeln über die grasbewachsenen Wege schoben.

Überall wurde gehämmert und gesägt. Sägemehl wolkte im Sonnenschein. In Zelten und Hütten schliefen die Prostituierten. Ihre Etablissements hatten an diesem Tag ebenso wie die Saloons und Spielhallen zu Ehren des Mitbegründers der Stadt, seiner Frau und seines Kindes geschlossen.

Louisa schaute skeptisch das Hotel an, als ihr Gepäck in ein kleines Haus auf der anderen Straßenseite getragen wurde. Will lachte.

»Das ist das Problem von jemand anders, Mama. Wir verdienen mit Grundbesitz.«

Die Siedler, von denen viele auf ihre Frauen und Familien warteten, zogen den Hut und eilten herbei, um beim Entladen der Wagen zu helfen. Die Ehrerbietung, die sie gegenüber Romes erster respektabler Frau zeigten, entzückte Louisa. Für sie war das ein Beweis für den hohen Rang ihres Mannes in der Stadt.

Louisa und Will aßen einfache Kost im Hotel, und als sie bei Einbruch der Dunkelheit ins Haus zurückkehrten, fanden sie alles hergerichtet vor. Artas Wiege wartete neben dem Bett auf das Baby, so daß die Mutter nur die Hand auszustrecken brauchte, um sie zu schaukeln, ohne aufzustehen. Als sie zu Bett gingen, krachten draußen Schüsse.

Eine kurze Pause, dann wieder eine unregelmäßige Salve. Das Echo verhallte grollend in der Prärie.

»Was ist *das*?« Louisa riß Arta aus tiefem Schlaf an sich. Das Baby begann zu weinen.

Will streifte seine Hosenträger ab. »Nur eine kleine Serenade. Das bedeutet, daß sie dich willkommen heißen.«

»Sie schießen mit Platzpatronen?«

Er lachte. »Bestimmt nicht. Niemand hat Platzpatronen in seinem Revolver. Die ganze Stadt ist bewaffnet.«

»Warum in Gottes Namen?«

»Um Recht und Gesetz aufrechtzuerhalten.«

»Habt ihr hier keine Polizisten wie in St. Louis?«

»Ein Polizist wie in St. Louis würde sich nicht lange in einer Stadt wie Rome halten können.«

Das Baby war jetzt still. Louisa legte es in die Wiege zurück und deckte es gut zu. Dann zog sie ihren Rock aus und faltete ihn sorgfältig, bevor sie ihn auf einen Kleiderbügel hängte. »Ich glaube nicht, daß ich deine Stadt gern haben werde, William.«

Er trat hinter sie, schlang einen Arm um sie und zog sie zu sich herum, während sie den Rock aufhängte. Rock und Kleiderbügel fielen auf den Boden vor dem Kleiderschrank. Er lächelte auf seine Frau hinab. »Aber du hast mich gern.«

»Ich liebe dich.«

»Du wirst Rome ebenso lieben lernen.«

Sie küßten sich.

Seine Hand glitt über ihren Rücken zu ihrem Gesäß. Sie wand sich und legte eine Hand gegen seine Brust, um ihn zurückzuschieben.

»Nein, William. Ich bin erschöpft von der Reise.«

»Ich habe das Richtige, um dich zu entspannen.«

Das Baby begann von neuem zu weinen.

Wills Partner Rose war schlank und einen Kopf kleiner als Will, ein extravertierter Mann mit lebhaften Blicken und Händen. Obwohl er nur ein paar Jahre älter als sein Partner war, hatte er bereits silberfarbene Koteletten, die nach drei Tagen auf seinen sonnenverbrannten Wangen wie Metallspäne glänzten.

Er holte Will am Morgen ab, und sie wanderten zusammen durch ganz Rome, erbauten im Geiste Fabriken und Opernhäuser und einen Herrensitz des Bürgermeisters auf der einzigen

Parzelle in der Stadt, wo die Sonne genauso lange am Nachmittag in den Hinterhof schien wie am Morgen an die Frontseite. Vor ihrem geistigen Auge reihten sich an der Main Street Läden auf, deren rot-weiß gestreifte Markisen den Gehsteig beschatteten, und verlegten Wasserrohre vom Bach, so daß sich niemand mit Pumpen und Brunnen abmühen mußte. Durstig nach soviel Kopfarbeit, kehrten sie in einen Saloon ein, bevor sie sich beim Hotel trennten, an dem Rose mit seinem Vorarbeiter zur Hälfte beteiligt war. Will ging dann nach Hause, wo ihn Louisa informierte, daß ein Besucher auf ihn wartete.

Er kannte den Mann nicht, der durch die Diele auf ihn zuschritt und ihm mit beiden Händen die Hand drückte.

»Mr. Cody? Mein Name ist Webb. Welch eine Freude, Sie persönlich zu sehen! Jetzt kann ich die Geschichten besser verstehen, die ich auf dem Weg von Chicago bis hier über Sie hörte.«

Ein gutaussehender Mann aus dem Osten. Webb hatte ebenmäßige Züge, einen sandfarbenen Schnurrbart, und er trug die derbe Kleidung eines Mannes aus dem Westen, als wäre sie maßgeschneidert.

Will war vorsichtig. »Was kann ich für Sie tun, Mr. Webb?«

»Man sagte mir gleich, Sie seien direkt und offen. Es reizt mich, Büffel zu jagen, und ich hörte, daß keiner ein größerer Fachmann auf diesem Gebiet sei, als Sie. Ich dachte, vielleicht . . .«

Will atmete auf. »Den Rest können Sie sich schenken, Mr. Webb. Wann wollen Sie reiten?«

Der Büffelbulle, den Will auswählte, war alt und halbblind. Ein Auge war trüb, und der graue Bart war in Jahrzehnten, in denen er über den Boden geschleift war, fast vom Kinn gescheuert. Von einer gewaltigen Brust und den Schultern unter einer dichten Masse staubigen, zottigen Fells verjüngte sich der Körper zu einem schmalen, muskulösen Rumpf, über dem ein kurzer Schwanz wie ein Stück Seil mit einer zottigen Quaste aufragte, was Zorn signalisierte. Das Tier suhlte sich noch in seinem Urin, obwohl seit langem Büffelkühe stehengeblieben waren, die auf seinen starken männlichen Geruch ansprachen, und er zog Fliegen an, deren Stiche blutende Wunden hinterließen, wo sein Fell in Streifen abgefallen war. Seine tapsige Gangart war trügerisch. Gelber Staub wallte unter seinen trommelnden Hufen auf, und heiße Luft stieß aus seinen Nasenlöchern. Nach den dicken Narben zu schließen, die kreuz und quer über sein nußbaumfarbenes Fell verliefen, hatte er oftmals getötet.

Will ritt sein bestes Büffeljagdpferd Brigham. Er hielt sich auf gleicher Höhe mit dem einsamen Büffelbullen, außer Reichweite der scharfen Hinterhufe, und er wich weiter aus, wann immer der Büffel den großen Schädel mit den gekrümmten Hörnern zu dem Ding wandte, das sich auf der Seite näherte, auf der das Auge blind war. Das Pferd führte diese Manöver fast von selbst aus. Will verfolgte den Büffel, bis sie weit genug weg vom Rest der kleinen Herde alter Büffel waren. Dann zog er das Gewehr Lucrecia Borgia aus dem Futteral am Sattel, lenkte das Pferd nur mit den Knien, zielte und feuerte.

Staub wolkte von der Seite des Büffelbullen auf. Er fuhr plötzlich zu dem Schützen herum und zwang das Pferd zu einem schnellen Ausweichen nach links, um einen Zusammenprall zu vermeiden. Der Büffel rannte weitere zwanzig Yard, dann knickten seine Beine ein, er stürzte kopfüber und riß mit der großen, schaufelartig geformten Schnauze eine lange Furche in den Boden, bis er zitternd liegenblieb. Seine Lungen füllten sich langsam, und er stieß die Luft mit einem gewaltigen Röhren aus. Dann rührte er sich nicht mehr.

Staub wogte und senkte sich langsam.

»Hervorragend!« Webb gab seinem Graubraunen die Sporen und ritt zu dem Schützen. Seine Augen glänzten, und sein Gesicht war vor Aufregung gerötet, als wäre er es gewesen, der den Büffelbullen gejagt und erlegt hätte. »Wie Sie das machten, sah es ganz leicht aus.«

»Alles ist leicht, wenn man es tausendmal für die Eisenbahn getan hat, Mr. Webb. Und die meiste Arbeit erledigt das Pferd.«

»Sie sind viel zu bescheiden. Würden Sie mir die Ehre erweisen und eine Einladung zum Dinner in der Stadt annehmen?«

»Das kann ich nicht tun.«

Webbs Lächeln eines Politikers erlosch.

»In Rome«, erklärte Will, »lade *ich* ein.«

Im Hotelrestaurant war es sauber und ruhig. Als Webb seine Mahlzeit beendet hatte, legte er sein Besteck mit einem leisen Klappern auf den leeren Teller.

»Ausgezeichnet«, sagte er. »Ich wußte nicht, daß Büffelfleisch so gut schmeckt.«

»Viele Leute bevorzugen es«, erwiderte Will und trank einen Schluck Wein. »Das Fleisch vom Höcker ist immer zart, und das Fett macht einen nicht krank wie das vom Rindfleisch. Außerdem ist es praktisch hier draußen das einzige Fleisch außer Präriehuhn, und man weiß, wie man es am besten zubereitet.«

»Als meine Kollegen erfuhren, daß ich in den Westen reise, warnten sie mich, ich könnte meinen Skalp verlieren. Bis jetzt habe ich nur einen Indianer gesehen, und der hat mir das Pferd im Mietstall vermietet.«

»Die Roten benehmen sich im allgemeinen so nahe beim Fort.«

Der Mann aus dem Osten füllte Wills Glas und sein eigenes aus der Karaffe auf, die auf dem Tisch stand. »Ich bin sehr beeindruckt von dem, was ich in Rome gesehen habe. Es ist ein hervorragender Fleck.«

»Uns gefällt es hier.«

»Ich hörte, Sie hatten großen Anteil bei der Auswahl des Standorts, und Sie sollen den Aufbau überwacht haben.«

»Meine Eltern waren Pioniere. Ich glaube, davon färbt etwas ab.«

Webb schwenkte das Glas mit dem Rotwein und beobachtete, wie er sich trübte und wieder klar wurde.

»Ich werde Ihnen ein Achtel der Stadt geben«, sagte er.

Will verharrte kurz mit dem Glas in der Hand. Dann hob er es weiter an die Lippen und nippte am Wein. Lächelnd stellte er das Glas ab. »Ich habe keine Zeit, um über solche Dinge zu diskutieren, Mr. Webb. Dessert? Hier gibt es feinen Apfelkuchen.«

Webb schüttelte den Kopf und musterte seinen Gastgeber nachdenklich. Später erzählte Will seiner Frau lachend von dem Mann, der ihm ein Achtel seiner eigenen Stadt angeboten hatte.

Am nächsten Morgen ritt er kurz nach der Dämmerung los, um seinen Vertrag mit der Kansas Pacific zu erfüllen und Büffelfleisch für die Schienenleger zu liefern. Er blieb drei Tage lang fort. Er war verschwitzt, seine Haut war sonnenverbrannt, und er stank nach Innereien, als er zurückkehrte.

Er zügelte Brigham auf dem Hügelrücken oberhalb Romes und blinzelte gegen den Sonnenschein des späten Nachmittags an.

Über die Hälfte der Stadt war verschwunden.

Bauholz, das auf leeren Parzellen lag, war alles, was von einigen Gebäuden übriggeblieben war. Andere Gebäude waren von denselben Männern abgerissen worden, die sie errichtet hatten. Die Bretter und Balken waren auf Wagen und Schubkarren gestapelt, die nach Osten wiesen. Die freien Flächen sahen aus wie Zahnlücken.

Wills Haus stand allein an der Straße, die von Gebäuden gesäumt gewesen war, als er die Stadt verlassen hatte. Er fand Rose, dessen Augen jetzt weniger lebhaft blickten. Der Partner lehnte mit dem Rücken an einem der Stützpfosten des Gehsteigs und schnitzte an einem Stock herum. Der Boden zu seinen Füßen war mit Holzspänen bedeckt. Louisa kam aus dem Haus, als Will vom Pferd stieg. Er warf einen Blick auf den wütenden Ausdruck ihres Gesichts und wandte sich an Rose.

»Was ist passiert?«

»Du hast mir geschrieben, du wärst eine Viertelmilion wert«, sagte Louisa.

»Später, Mama.«

Sein Partner schnitzte einen langen Holzspan ab. »Dieser Webb, mit dem du diniert hast, ist verantwortlich für den Bau der Bahnstation und die Streckenführung der Kansas Pacific«, erklärte er, ohne aufzublicken. »Du warst kaum zur Jagd geritten, als er auch schon jeden einlud, sich Hays City drüben anzusehen.«

»Dort gibt es keinen solchen Platz.«

»Jetzt gibt es den.«

Will starrte seinen Partner an.

»Er begann sofort, Parzellen zu verkaufen, und er lieh den Leuten Wagen der Regierung, damit sie alles rüberkarren können. Das sind einige davon.« Er wies mit dem Messer auf die Wagen, auf die Wills bisherige Nachbarn Balken und Türen luden.

»Kann er das tun?«

»Sieht so aus.«

»William, was ist mit der Viertelmillion?« sagte Louisa.

Er sah sich um. Fast alles war jetzt verschwunden. Nur sein Haus und ein paar Steinfundamente waren noch da. »Du stehst auf dem, was davon übriggeblieben ist«, sagte er. Er atmete tief durch und grinste Rose an. »Wie fühlt man sich, wenn man in nur drei Tagen vom Millionär in die Armut zurückfällt?«

»Das ist ein ziemlicher Schock. Ich bin noch nicht darüber hinweg. Ich hätte mich besoffen, aber sie haben die Saloons ebenfalls abgerissen.«

»Du hättest Mr. Webbs Angebot annehmen sollen«, sagte Louisa zu ihrem Mann.

»Das gebe ich zu. Aber man gibt keinem Pferd die Sporen, nachdem das Rennen verloren ist. Außerdem bin ich erst 21. Ich glaube, ich habe noch genug Zeit, um es zu schaffen.«

Rose warf das, was von seinem Stock übrig war, zum Abfall zu seinen Füßen und klappte das Taschenmesser zusammen. »Nun, ich habe immer noch einen Arbeitsvertrag von der KP. Willst du einen Job?«

»Ich bekomme fünfhundert pro Monat von den Gebrüdern Goddard in Ellsworth für die Fütterung der Bahnarbeiter«, erwiderte Will. »Als reicher Mann hätte ich den Job drangegeben. Jetzt klingt er langsam schon besser.«

»Wenn du deine Familie unterbringen willst, dann kannst du das vielleicht in Hays City. Die Leute dort sollen freundlich sein.« Rose grinste kurz.

»Ich denke, Hays City ist so gut wie jeder andere Ort, bis ich sie wieder mit dem Zug nach St. Louis zurückschicken kann.«

Sie schüttelten sich die Hände. Und lachten.

Louisa sagte: »Du hättest Mr. Webbs Angebot annehmen sollen.«

»Will Cody?«

Der Mann, der ihn ansprach, war ein paar Jahre älter als Will. Er hatte schwarzes Haar, das ihm hinten glatt in den Nacken fiel wie das eines Apachen, einen herabhängenden Schnurrbart und blaßblaue Augen, die einen starken Kontrast zu der sonnengebräunten Haut bildeten. Er trug ein Wildlederhemd und eine Köperhose, die zum gleichen Gelbbraun verblichen war. Die Hand, die er Will reichte, war so kräftig und schwielig zwischen Daumen und Zeigefinger, wie es seine eigene vom Scheuern der Zügel war. Er ritt eine Buckskin-Stute, in deren Sattelholster ein Henry Gewehr steckte.

»Sie dürfen sich als erster vorstellen«, sagte Will.

»Billy Comstock. Man nennt mich Buffalo Bill.«

»So hat man mich selbst schon ein paarmal genannt. Sie sind der Chef der Scouts drüben in Fort Wallace.«

»Ich bin außerdem der beste Büffeljäger westlich des Platte.«

»Mag sein. Ich bin der beste östlich davon.«

Sie grinsten einander an und belauerten einander wie zwei junge Bullen.

Will saß auf Brigham. In der Nähe waren seine Abhäuter damit beschäftigt, Wagen an die Felle der Büffel zu haken, die er an diesem Morgen erlegt hatte, um die Felle von den rosafarbenen und grauen Kadavern abzuziehen. Fliegenschwärme summten über der Prärie. Will bemerkte, daß sie die Mannschaft aus den Augenwinkeln heraus beobachtete.

»Ich hörte, Sie haben einen guten Job daraus gemacht, Fleisch für die KP zu schießen«, bemerkte Comstock.

»Bis jetzt bin ich in dieser Saison auf zweitausend für die Kansas Pacific gekommen. Sie sollen auch keiner sein, der Gras unter seinen Füßen wachsen läßt.«

»Ich habe meinen Teil getan. Sie benutzen immer dieses Zündnadelgewehr?«

Will klopfte auf die Flinte Lucrezia Borgia, die quer über seinen Oberschenkeln lag. »Ich würde sie nicht für Gold eintauschen.«

»Sie wären besser mit einem Repetiergewehr dran.«

»Nicht mit dem Kaliber. Außerdem bin ich nicht daran interessiert, besser dran zu sein. Ich bin der beste Büffeljäger, den es zur Zeit gibt.«

»Ich habe Offiziere, die das bestreiten. Sie setzen fünfhundert Dollar auf mich.«

»So viel?«

»Für weniger wäre ich gewiß nicht hierher geritten.«

»Also abgemacht«, sagte Will.

Die Vorbereitungen wurden durch Fort Hays getroffen. Vom Fort wurde ein Sonderzug aus St. Louis bestellt. An einem strahlendblauen Tag im späten Frühjahr stiegen die angereisten Gentlemen und ihre Frauen auf freier Strecke, etwa zwanzig Meilen von Sheridan entfernt, aus dem Zug. Die Frauen rafften ihre Kleider und Röcke über dem Schotter, damit sie nicht staubig wurden. Sonnenschirme erblühten rosafarben und weiß, als die Ladies zu den Pferden und Wagen schritten, die sie zum Jagdplatz bringen sollten.

Will ritt aus einer Gruppe von Offizieren hervor und saß ab, um Louisa in die Arme zu schließen, die mit Arta von Hays City gekommen war. Diesmal dachte er an das Baby in der Decke und umarmte seine Frau so, daß das kleine Bündel nicht erdrückt werden konnte.

»Ich weiß nicht, warum du mich eingeladen hast, William«, sagte Louisa. »Du weißt doch, daß ich es nicht leiden kann, daß dumme Tiere nur aus Spaß abgeschlachtet werden.«

»Das Fleisch wird nicht verschwendet, Mama. Sobald der Wettkampf vorüber ist, wird es mit diesen Wagen an die Schwellen- und Schienenleger geliefert. Und fünfhundert Dollar sind fünfhundert Dollar. Dafür muß ich sonst einen Monat lang arbeiten.«

»Du tust das nicht für Geld, und das weißt du.«

Will pflockte Brigham an und half ihr in den Wagen, der von einem rotgesichtigen Lieutenant gefahren wurde. Der Lieutenant tippte grüßend an den Hut und nahm die Zügel auf. Zwei Paare, mit denen Louisa zusammen gereist war, saßen bereits auf den hinteren Sitzen.

Als die Reisegesellschaft zum Aufbruch bereit war, kletterte ein kleiner Mann mit Zylinderhut auf einen Wagen und wandte sich mit erstaunlich sonorer Stimme an die Zuhörer.

Die beiden Wettkämpfer saßen soeben auf. Als sein Name gerufen wurde, stellte sich Will in den Steigbügeln auf und schwang seinen Hut zu der Ovation der Besucher und einem rauhen Hurraruf der Delegation von Fort Hays.

Louisa zog die Decke von Artas Gesicht und hielt sie hoch, damit sie ihr später, wenn sie alt genug war, erzählen konnte, daß sie ihren Vater an diesem Tag gesehen hatte. Sie ignorierte die bewundernden Bemerkungen der Frauen über die beeindruckende Gestalt ihres Mannes und die kastanienbraune Locke, die über ein Auge fiel, als er seinen Hut wieder aufsetzte.

Comstock, der auf seiner Buckshin-Stute saß und ein Bein über das Sattelhorn gelegt hatte, winkte nur, als er vorgestellt wurde. Die Offiziere und Mannschaftsdienstgrade von Fort Wallace feuerten ihn mit Rufen an. Ein einzelner Pfiff ertönte unter Wills Anhängern.

»Mr. Cody und Mr. Comstock werden acht Stunden lang jagen, und danach wird derjenige, der die meisten Büffel erlegt hat, zum Sieger erklärt werden«, kündigte der kleine Mann mit der klangvollen Stimme an. »Ein Schiedsrichter wird jedem von ihnen zu Pferde folgen und die toten Büffel zählen. Wenn wir den Jagdplatz erreicht haben, bleiben die Zuschauer bitte an der Stelle, die ihnen angewiesen wird, bis das Schießen begonnen hat. Danach können Sie weiter vorrücken, um sich die Jagd aus der Nähe anzusehen.«

Der Ansager verließ den Wagen und stieg auf den Sitz neben dem Fahrer. Die Gefährte setzten sich in Bewegung, begleitet von einer Kavallerie-Eskorte aus beiden beteiligten Forts.

Scouts, die seit Tagen die umherziehende Herde aufgespürt hatten, erwarteten die Gesellschaft am Ziel, gewelltes Terrain, auf dem dunkle Massen der zottigen Tiere in ein paar Hundert Yards Entfernung gerade noch sichtbar waren. Als die Wagen hielten, bat der kleine Mann die beiden Wettkämpfer um Aufmerksamkeit und zog eine Uhr aus der Westentasche. Er sprach mit gesenkter Stimme, um die Büffel nicht zu erschrecken.

»Es ist jetzt acht Uhr. Sie haben Zeit bis 16 Uhr. Viel Glück, Gentlemen.«

Die Jäger galoppierten an. Der Hufschlag brachte die Büffel in Bewegung. Sie liefen zuerst schwerfällig los, dann gewannen sie an Schnelligkeit und fielen in einen plumpen Galopp, der den Boden erbeben ließ. Sie zogen die Schädel zwischen die Schultern und die Höcker bewegten sich auf und ab wie lebende kleine Hügel. Beim Nahen der Reiter teilte sich die Herde. Comstock übernahm den Herdenteil, der nach links abschwenkte. Will hielt die Zügel locker und gab dem kleinen Rotschimmel den Kopf frei. Ohne zu zögern, bog Brigham nach rechts ab und hielt auf die Leittiere zu. Zu diesem Zeitpunkt krachte bereits Comstocks Henry Gewehr, und Nachzügler und Versprengte stürzten am Ende des Herdenteils, auf den er es abgesehen hatte.

Will wartete, bis er fast auf gleicher Höhe mit dem Leittier, einer Büffelkuh, seines Herdenteils war; Büffelkühe übernehmen bei Gefahr die Führung. Dann hob Will sein schweres Springfield Gewehr. Der Kolben stieß seine Schulter, und der Schuß krachte. Die Kugel schlug Staub aus der Flanke der Büffelkuh, genau hinter der linken Schulter. Das Tier ächzte laut und stürzte kopfüber.

Der Büffel, der dahinter galoppierte, stolperte über die gefällte Büffelkuh und brüllte auf. Dann gewann er sein Gleichgewicht zurück und stürmte rechts vorbei, wodurch eine Kettenreaktion bei den anderen Tieren ausgelöst wurde. Will lud, zielte und erschoß einen weiteren Büffel. Der Rest schwenkte hart nach rechts ab. Brigham hielt sich parallel mit der Herde, während sein Reiter neue Patronen in den Hinterlader schob und drei weitere Male schoß, um diejenigen Büffel zu erlegen, die ausbrechen wollten. Er hatte sie jetzt soweit, daß sie in einem dichten Kreis liefen.

Die schneller fallenden Schüsse des Repetiergewehrs seines Gegenspielers wurden leiser, als Wills Herdenteil ihn weiter fortführte, in einer geraden Linie, die mit erlegten Büffeln übersät war.

Die erste Runde dauerte so lange, wie es Büffel zum Erlegen gab. Am Ende hatte Will 38 Tiere erschossen, und die zottigen Kadaver lagen in einem Kreis von etwa hundert Yard Durchmesser. Als die Abhäuter und Schlachter an die Arbeit gingen, trabte Will zurück zu den Wagen. Gläser und eine Reihe großer grüner Flaschen warteten auf ihn auf der Ladefläche eines Farmwagens. Er stieg vom Pferd, ließ Brigham von einem Soldaten mit Wasser aus einem Eimer tränken und nahm eine der Flaschen, um sich das Etikett anzuschauen. Die Aufschrift war französisch.

»Wein?«

»Champagner, Mr. Cody«, erklärte ein junger, sommersprossiger Kavallerist. »Mit den besten Empfehlungen der St. Louis Touristen.«

Will streifte die goldene Folie der Flasche ab und stieß einen Freudenschrei aus, als der Korken mit einem Strahl weißen Schaums aus der Flasche schoß. Er füllte ein Glas mit perlendem Champagner, prostete zu den gutgekleideten Gönnern hin und leerte das Glas auf einen Zug. Dann leckte er sich über die Lippen. »Nun, das ist gewiß besser als Wasser, um den ersten Durst zu löschen.« Er schenkte sich noch einmal ein. »Wieviel Punkte hat Comstock?« fragte er den jungen Kavalleristen.

»Das Ergebnis steht noch nicht fest, Sir. Er schießt noch.«

»Sie meinen, er jagt sie noch.«

Der Chef-Scout von Fort Wallace tauchte zehn Minuten später auf. Er ließ seinen erschöpften Buckskin im Schritt an einer Linie von Fleisch gehen, die sich über drei Meilen erstreckte.

»Dreiundzwanzig!« rief der Schiedsrichter, der hinter ihm ritt.

Wills Anhänger von Fort Hays brachen in Jubel aus.

Sie ritten noch zweimal zur Jagd los. Beim ersten Mal bestand die Herde fast ausschließlich aus Büffelkühen und -kälbern. Bei seinem siebzehnten Abschuß in dieser Runde patzte Will. Seine Kugel riß einem Muttertier den Bauch auf, so daß der Büffelkuh die Eingeweide herausquollen und sie darüber trampelte. Brüllend versuchte sie, auf die Beine zu kommen. Er zielte sorgfältig und schoß ihr durchs Herz. Sie stürzte mit einem Keuchen, zitterte und seufzte.

Stille, und dann das laute Brüllen eines halberwachsenen Kalbs, das Will vergessen hatte und das bei seiner toten Mutter stand. Er lud auf und schoß ihm eine Kugel ins Gehirn. Das brachte ihm für diese Runde vier Punkte mehr als Comstock.

Am Nachmittag entdeckten sie drei Meilen vom letzten Jagdplatz entfernt eine dritte Herde. Will ließ Sattel und Zaumzeug zurück – sehr zum Entzücken und vorgetäuschten Sorge der Ladys und einem Blick übertriebener Toleranz von Louisa – und ritt gegen den Wind auf die Büffel zu. Er erlegte dreizehn Büffel, so schnell er die Lucrezia Borgia laden konnte. Dann visierte er Nummer vierzehn an, zögerte und ließ das Gewehr sinken. Mit den Schenkeln lenkte er Brigham an der rechten Schulter des jungen Büffelbullen vorbei. Der Bulle schnaubte, drohte mit den Hörnern und schwenkte nach links ab. Will blieb an seiner Seite und trieb Brigham näher heran. Abermals änderte der Büffel die Richtung. Will hatte das Tier jetzt dort, wo er es haben wollte. Der Büffel donnerte geradewegs auf die Zuschauerwagen zu.

Die Ladys schrien entsetzt auf, als der Büffel auf sie zuraste. Federn knarrten, als die Männer von den Wagen sprangen und hastig den Frauen hinabhalfen, deren Petticoats wie weiße Flaggen flatterten.

Will ließ den Büffel bis auf etwa fünfzig Yard an die Wagen herankommen, bevor er ihn erlegte. Das Echo seines letzten Schusses brach sich in den fernen Hügeln.

Cody hatte 69 Büffel erschossen, Comstock 46.

Die Zuschauer applaudierten, als sich die Wettkämpfer die Hände schüttelten. Comstock verließ dann Will, dem die Männer von Fort Hays auf den Rücken und die Schultern klopften, und gesellte sich zu der besiegten Mannschaft von Fort Wallace. Schließlich wurde dem Sieger ein Leinenbeutel mit fünfundzwanzig 20-Dollar-Goldmünzen überreicht, und Comstock korrigierte Leute in seiner Hörweite, die ihn Buffalo Bill nannten, bis zu dem Tag, an dem ihn im Alter von 26 Jahren eine Cheyenne-Kugel in den Rücken und ins Herz traf.

Der Vorarbeiter bei der Nachtschicht der Kansas Pacific war ein lächelnder Ire mit breiten Schultern und einer wirren blonden Haarmähne. Er behauptete, daß seine Haare von der ewig gleichen Kost aus Büffelsteaks und Büffeldörrfleisch kraus geworden seien. Er bekannte seinen Männern, daß er sich bisweilen dabei ertappte, mit unanständigen Absichten auf Kühe zu starren, und er erklärte, daß sein Stuhlgang mit blauen Flammen brenne. Als er gegen Ende der Nachtschicht von einer neuen Variation des Themas durch den Schrei eines Bahnarbeiters unterbrochen wurde, ließ er den Hammer sinken und spähte gegen die aufgehende Sonne. Davor hob sich der purpurfarbene Umriß eines großen Mannes ab, der einen Planwagen fuhr. Fliegen schwärmten um den Wagen.

Der Vorarbeiter seufzte. »Da kommt dieser alte Bill mit weiterem verdammten Büffelfleisch.«

4

Scharfe Schneeflocken fielen wie Lanzen aus der tiefhängenden grauen Wolkendecke und stachen die ungeschützte Haut. Heftige Windböen zerrten an Hutkrempen und Schals und Rockschößen. Die Pferde kämpften sich keuchend durch Schneeverwehungen, und ihr Atem bildete weißen Dampf, der vom Sturm zerfetzt wurde. Es war kein Horizont zu sehen, nur ein verschwommener Wirbel von Weiß und Grau, wie die Spucke in einer Pfütze.

General E. A. Carr, mit Fellmütze und Eiszapfen im Bart, entdeckte einen einsamen Reiter, dessen Pferd quer zum Trail stand und bis zur Brust im Schnee eingesunken war. Dann drehte sich der Wind wieder, und Schneegestöber löschte das verschwommene Bild aus. Der General zog sein Pferd um die Hand und zügelte es mit dem Rücken zum Wind. Er zog das Halstuch hinab, das er sich über Nase und Mund gebunden hatte.

»Was gesehen?« rief er. Schnee flog ihm in den Mund.

»Ich denke, ja.« Der andere Reiter war im Schneetreiben wieder zu sehen. Unter dem Hut trug er einen Schal, um die Ohren zu schützen, und seine Augenbrauen und der Spitzbart waren steif und weiß. Dunkelbraune Haare hingen ungebändigt fast bis zur Mitte des Rückens hinab. »Wir fanden ein altes Camp und folgten den Spuren bis zum Westufer des Cimarron hinauf.«

»Penrose?«

»Ich hoffe es. Ich ließ die anderen zurück, um die Stelle zu markieren.«

»Wie kommen Wagen durch?«

»Gar nicht. Aber am Ostufer ist der Weg passierbarer.«

Carr nickte abwesend. »Wie groß sind die Chancen, daß General Penrose und die anderen noch leben?«

»Der Chef-Scout ist Hickok. Wenn sie eine Chance haben, dann die.«

»Gut. Führen Sie uns.«

Will tippte an seinen Hut und nahm die Zügel auf.

Der Hilfstrupp aus Ambulanzen, Packmuli mit Bündeln, die wie Kamelhöcker wirkten, und 57 Wagen, die von jeweils sechs Maultieren gezogen wurden, kämpfte sich durch das Schneetreiben, das dichter wurde. Die Männer der 5. Kavallerie hielten den Kopf gesenkt, um das Gesicht nicht der eisigen Kälte auszusetzen. Sie lenkten ihre Reittiere, überwiegend Muli, über den Pfad, den ihr junger Scout durch den Schnee gebahnt hatte und der sich schnell wieder mit Schnee füllte.

»Stop!« Das Kommando hallte an der Kolonne entlang. Leder knarrte, und Gebißketten klirrten.

Will ritt auf dem Trail zurück. General Carr starrte vom Sattel seines großen Falben aus den steilen Hang hinab, der von der Raton Hochebene zur schneebedeckten, gefrorenen Senke des Cimarron River abfiel.

»Davon haben Sie nichts gesagt«, bemerkte Carr.

»Ich dachte mir, Sie stellen es zu gegebener Zeit selbst fest.«

»Wir schaffen die Wagen niemals in einem Stück dort runter.«

»Bringen Sie nur Ihre Kavallerie hinunter, General. Um die Wagen kümmere ich mich.«

Die Reiter bahnten sich einer hinter dem anderen einen Weg hinab. Die Maultiere rutschten und bockten. Ihre Beine waren steif, und ihre Schreie wurden vom Wind verweht.

»Es gibt keine Wagen mit Flügeln«, sagte ein Fahrer zu Will und beobachtete, wie das letzte der Muli das Eis am Fuß des Hangs überquerte. »Und nur mit Flügeln könnten sie dort hinüber gelangen.«

»Es ist der leichteste Weg dort hinab«, sagte Will. »Fahrt, rutscht oder fallt runter – nur kommt runter. Auf der anderen Seite des Flusses sind vier Kompanien der 10., die ihre Maultiere schlachten, um noch etwas zu essen zu haben, und wir werden ihnen diesen Proviant bringen, bevor sie zu Kannibalen werden.«

»Sie wissen nichts von Wagen und Maultieren.«

»Nur alles, was man darüber wissen muß. Du da! Fahr mit dem Küchenwagen voran!«

Das Gespann wurde an den Rand des Hangs manövriert. Will rief nach Ketten und kroch unter den Wagen. Als er alle vier Räder blockiert hatte, rollte er sich unter dem Wagen hervor und stand auf. Er klopfte sich den Schnee ab und nahm den Platz des Fahrers ein.

»Sieh genau zu.« Er zog die Peitsche aus der Halterung und ließ sie über die Rücken der Gespanntiere knallen.

Die Muli setzten sich in Bewegung. Die Räder knirschten auf der dicken Schnee- und Eisschicht. Die Maultiere wollten bocken, doch der Wagen rutschte hinter ihnen hinab, und das Knallen der Peitsche trieb sie weiter.

Der weiße Atem der Tiere wehte zu Will und hüllte sein Gesicht ein wie mit warmer, feuchter Wolle. Der eisige Wind blies ihm ins Gesicht, und er spürte den Blick des eigentlichen Fahrers auf seine Schulterblätter gerichtet. Sein Hemd war trotz der Kälte schweißgetränkt.

Der Wagen rutschte bei jeder Unebenheit des Bodens zur Seite, und das Gespann scheute. Doch Will parierte die Tiere mit hartem Zügeldruck und setzte die Litanei von Flüchen fort, die für die altgedienten Führtiere wie ein Wiegenlied waren. Ihre Ruhe übertrug sich auf die anderen. Fast am Fuß des Hangs angelangt, holte Will wieder Luft, und er erkannte erst jetzt, daß er angehalten hatte.

Und auf einmal war die Hölle los.

Der Wagen hatte die Tiere den Weg hinabgezwungen, doch als der Hang steiler abfiel, gaben die Führtiere es auf, sich gegen den Druck anzustemmen. Sie galoppierten los. Will riß an den Zügeln, stellte sich auf und stemmte die Füße gegen das Wagenbrett. Er hätte ebenso versuchen können, den Wind aufzuhalten. Der Wagen hüpfte und schlingerte heftig, und die Räder hoben so weit vom Boden ab und setzten hart wieder auf, daß er hinuntergefallen wäre, wenn er sich nicht an den Zügeln festgeklammert hätte. Töpfe, Pfannen, Zinnteller und andere Utensilien klapperten und schepperten hinten im Wagen.

Der Wagen prallte so hart auf dem Fluß auf, daß die Eisschicht brach. Die Gespanntiere rutschten in Panik über das Eis und versuchten, auf der glitschigen Fläche Halt zu finden, während sie auf das andere Ufer zu jagten. Der Wagen hing eine scheinbare Ewigkeit in der Luft, bevor er mit einem Krachen aufsetzte und durch eine Schneeverwehung auf Carrs Camp zudonnerte.

Zwei Soldaten, die einen schweren Baumzweig als Brennholz trugen, ließen ihre Last fallen und hechteten zur Seite. Die Muli sprangen über den Zweig, der Wagen schrammte darüber, und Will zog mit aller Kraft an den Zügeln und brüllte dabei. Die Maultiere wurden langsamer und schrien. Der Wagen hielt ruckartig, drehte sich zur Seite, und Rauch wolkte von den Rädern. Einen schrecklichen Augenblick lang schlingerte der Wagen, als würde er umkippen, dann setzte er jedoch mit einem Knall wieder auf. Ein gerissenes Kettenglied klirrte, und schließlich war es still.

Will atmete tief durch. Er schlang die Zügel von seinen brennenden, geschwollenen Händen und sprang vom Wagenbock zu einer Gruppe von Soldaten hinab. Bei ihnen befand sich einer der Männer, die das Brennholz geschleppt hatten und die er gezwungen hatte, den Weg frei zu machen.

»Wo sind Sie hergekommen?« fragte der Soldat verwundert. Seine Uniform war mit Schnee bedeckt.

»Von dort oben«, sagte Will und wies den Hang hinauf.

Binnen einer Stunde waren alle wichtigen Wagen im Camp.

Die Abkürzung ersparte dem Hilfstrupp Tage im Zeitplan. Das Wetter klarte auf, als wollte es Beifall zollen, und vom Fluß aus war Penroses Fährte deutlich zu erkennen, markiert von den Resten alter Campfeuer und toten Maultieren, die fast bis auf die Knochen verzehrt worden waren. Fellstreifen waren von den Kadavern gefetzt worden, und die verzweifelten Soldaten hatten ihre Stiefel damit geflickt.

Eines Morgens ritt Will am Schluß des Trecks und zog den Fahrer auf, der seine Kenntnisse von Wagen und Maultieren angezweifelt hatte, als ein Soldat herangaloppierte. General Carr befahl seinen Scout zu sich. Will fand den General zu Fuß vor. Carr unterhielt sich mit drei schwarzen Soldaten, deren Uniformen um die abgezehrten Körper schlotterten. Ihre Augen erinnerten Will an hartgekochte Eier.

»Diese Männer gehören zu Penrose«, sagte General Carr zu Will. Seine Miene war ernst.

»Die Einheit ist schrecklich dran«, sagte einer der drei Männer, und er blinzelte zu Will in einer Art, die verriet, daß er fast schneeblind war. Dunkles Blut aus Frostbeulen und aufgeplatzter Haut bedeckte sein Gesicht. »Es sind nur noch wenige Maultiere und Pferde zum Essen übriggeblieben, und sie kauen schon einander an den Mähnen und Schweifen, als wir aufbrachen, um Hilfe zu holen.«

Der Mann war außer Atem und völlig erschöpft. Seine Gefährten waren in noch schlimmerer Verfassung. Sie stützten sich gegenseitig, hatten Frostbeulen auf den Wangen, und ihre Hände und Füße waren in schmutzige Lumpen gehüllt. Carr gab ihnen den Befehl, zu den Wagen zu gehen, wo sie Essen empfangen, ausruhen und ärztlich versorgt werden sollten. Männer der 5. Kavallerie brachten sie fort und stützten sie. Der General wandte sich an Will.

»Ein Treck dieser Größe braucht mindestens eine Woche«, erklärte er dem Scout. »Wählen Sie zwei Kompanien aus und beladen Sie fünfzig Maultiere mit Proviant für den Notfall. Wir folgen später.«

Der Schnee gleißte unter einer blassen Sonne wie eine Kugelnarbe. Will riet seiner Kavallerieeskorte, nur jeweils ein paar Sekunden lang auf den Schnee zu schauen. Nach drei Tagen entdeckte er Rauch, und bei Einbruch der Abenddämmerung stieß er mit seinem Trupp auf das erste Mitglied von Penroses Einheit, eine dürre Stute, die frei herumstreunte, glasige Augen und einen blutigen Stummelschweif hatte. Ein paar hundert Yards jenseits davon hockte eine in Lumpen gehüllte Gestalt bei einem winzigen Feuer aus Büffelkot und massierte rote, aufgesprungene Hände über der dürftigen Wärme. Als

Will fast heran war, schaute der Mann auf. Will sah ein stoppelbärtiges Gesicht mit einem zottigen Schnurrbart und eingesunkenen Augen, deren Blick voller Bitterkeit war.

Will grinste. »Was machst du denn da, Wild Bill?«

»Nun«, erwiderte der Mann am Feuer gedehnt, »ich hatte vor, meine Finger zu fressen, wenn sie heiß genug sind. Doch deine sind fetter.«

Im Hauptcamp wurde Will herzlicher willkommen geheißen.

Hickok, aufgetaut und genesen, gekleidet in Wildleder, das von den kräftigen Zähnen einer Squaw so weich wie Butter gemacht worden war, lag ruhig auf dem Bauch. Sein Blick glitt über die verschneiten Ufer hinab zum träge fließenden, grauen Wasser des Canadian River. Nach fünf Minuten hob er seinen Hut auf, drehte sich herum und glitt den Hang hinab wie eine große, lohfarbene Eidechse. Als er weit genug unterhalb der Hügelkuppe war, erhob er sich, klopfte sich den Schnee mit dem Hut ab und kletterte den Rest des Hangs hinab zum Fuß des Hügels, wo Will mit den Pferden wartete.

»Wir reiten flußabwärts«, sagte Hickok.

Zwei weitere Male stieg er zur Hügelkuppe hinauf. Jedesmal saßen sie wieder auf und setzten den Weg nach Süden fort. Beim dritten Ausflug auf den Hügel steckte Hickok Daumen und Zeigefinger in den Mund und pfiff. Sein Partner ließ die Pferde Gras unter der Schneedecke knabbern und gesellte sich zu ihm. Bevor er sich der Hügelkuppe näherte, ließ er sich auf alle viere nieder.

»Dort.« Hickok wies hin.

Der Schnee glitzerte und blendete im Sonnenschein. Will kniff die Augen zusammen und entdeckte die verschwommenen Umrisse, die sich am Flußufer entlang wie eine Kolonne Ameisen bewegten.

»Wie willst du die Sache anpacken?« fragte Hickok.

»Das liegt an dir. Ich habe noch nie einen Treck beraubt.«

»Bei der Armee nennt man das konfiszieren.«

Sie warteten, während sich die Wagen näherten. Als der erste Wagen unterhalb von ihnen war, schickte Hickok Will hinab zu den Pferden. Er nahm sein Gewehr und schoß über die Köpfe des Maultiergespanns hinweg. Eines der Muli schrie und scheute, doch es war im Geschirr gefangen. Der Fahrer zügelte das Gespann. Männer sprangen aus den Wagen, schwenkten Gewehre und riefen auf Spanisch durcheinander.

»Wer hat das Kommando?« Hickoks Ruf hallte zwischen den Uferböschungen flußabwärts.

Der Fahrer des ersten Wagens, ein untersetzter Mexikaner mit einem krausen schwarzen Schnurrbart, Bärenfellmantel und Hut, wartete mit der Antwort, bis das Echo verklungen war.

»No hablo Ingles! – Ich spreche kein Englisch.«

»Büffelscheiße!« Hickok feuerte eine Kugel gegen die Wagenrunge dicht über dem Kopf des Fahrers.

»Ich habe das Kommando, Señor!« rief der Mann und duckte sich.

»Was habt ihr geladen?«

»Baumwollstoff. Kleidermaterial für die Offiziersfrauen in Fort Lyon.«

Diesmal zielte Hickok sorgfältiger und schoß dem Fahrer den Hut vom Kopf.

»*Cerveza, Señor* – Bier! Für Colonel Evans und seine Kavallerie aus dem Territorium New Mexico.«

»Das hörte ich auch.« Hickok zog seinen Geldbeutel unter der Wildlederkleidung hervor und hielt eine Goldmünze hoch. Er drehte sie, daß sie in der Sonne funkelte. »Ich konfisziere diese Notrationen im Namen der U.S. Army und General E. A. Carr.«

Der Mexikaner schielte auf die Münze in Hickoks Hand. »Steckt eure Waffen weg, *muchachos!«* sagte er zu seiner Mannschaft. »Sie werden bei dem Gespräch nur stören.«

Zwei Stunden später begleiteten die Scouts die Wagen zu Pferde ins Camp. Sie schlugen mit der Reitgerte nach Soldaten, die auf die Wagen klettern wollten, und nach vielem Schieben und Drohen schafften sie es, daß die durstigen Männer mit ihren Zinnbechern eine Reihe bildeten.

»Einen Penny für einen Becher voll, macht flott!« Während Münze auf Münze in den Eimer klirrte, den Hickok neben das erste angeschlagene Faß gestellt hatte, füllte er einen Becher, reichte ihn dem Besitzer und griff nach dem nächsten.

»Hey, da ist Eis im Bier«, beschwerte sich ein Soldat.

»Was hast du erwartet, Eier?« sagte Will, zog einen der glühendheißen Eisenpflöcke aus dem Campfeuer und tunkte ihn in den Becher des Mannes, daß es zischte.

Einige der Männer stellten sich zum dritten Mal an, als General Carr mit einem Lieutenant auftauchte, der Anfang 20 war.

»Das sind sie, Sir«, sagte der Lieutenant. »Dieser Treck war für Colonel Evans bestimmt.«

Einige Soldaten verkrümelten sich aus der Reihe. Andere, entschlossenere, nahmen ihre Plätze ein.

Carr wandte sich an Will. »Cody, sind das die Wagen, die Evans erwartet?«

»Wir hörten etwas in dieser Richtung, General, doch weil die Behauptung von Mexikanern aufgestellt wurde, schenkten wir ihr keinen Glauben.« Die Augen des Scouts glänzten nach den Kostproben, die er und Hickok auf dem Weg zum Camp genommen hatten.

Der Lieutenant schnaubte. »Er versucht sich herauszureden, Sir. Er ist ein Lügner und ein Dieb. Hickok ebenfalls.«

»Ich würde den Mund nicht so voll nehmen, Kleiner«, sagte Hickok, und dem Lieutenant schoß das Blut in die Wangen.

»Es gibt für mich keinen Zweifel daran, wer der Besitzer dieser Wagen ist.« General Carr hakte die Daumen hinter sein Koppel und klopfte mit den Fingern gegen den Bauch. Sein Blick glitt über die Übeltäter und die Männer, die ihre leeren Becher hielten, und heftete sich auf den jungen Offizier an seiner Seite. »Lieutenant, lassen Sie die Fässer abladen und sorgen Sie dafür, daß die Wagen an Colonel Evans geliefert werden. Reiten Sie mit und melden Sie mir, wenn die Wagen ihr Ziel erreicht haben.«

»Sir . . .«, begann der Lieutenant verwundert.

»Wegtreten!«

Der Lieutenant schloß den Mund und salutierte zackig. Dann machte er auf dem Absatz kehrt und ging, und die Reihe der Männer pfiff und buhte hinter ihm her.

»Ich habe mein Zelt verlassen, ohne Kleingeld einzustekken«, sagte Carr. »Ich borge mir selten etwas, aber . . .«

Grinsend nahm Will einen gefüllten Becher von Hickok entgegen und reichte ihn dem General. »Das geht auf Kosten des Hauses, General.«

Der lange, bitterkalte Winter endete stürmisch. Donner hallte in den Bergen, wenn Eis- und Schneebänke von der Größe von Häusern auseinandergerissen und als Lawinen niedergingen, Bäume und Trapperhütten niederwalzten, als wären es dünne Äste, und zu tosenden Sturzbächen schmolzen, die Wurzeln und Büsche von den Ufern schwemmten und hilflose Tiere von den Beinen rissen. Wenn ihre zerschmetterten und blutigen Kadaver die Vorberge erreichten, trieben sie in langsamen Kreisen im hohen Wasser, das mit entwurzelten Bäumen und mit zerstörten Bisamrattenbauten gesprenkelt war. Fliegen legten ihre Eier in die schlüpfrigen Felle, und Elstern hackten nach ihren Augen. Tod und Wiedergeburt, und der helle Schein des Morgens legte die Verbrechen der langen Nacht frei.

Andere Wahrheiten kamen mit dem Tau zutage. Black Kettle, der mächtige Häuptling der Cheyennes, war tot. Im Morgengrauen des Novembers war er mit seiner jungen Squaw auf der Flucht vor Custers Angriff am Washita ums Leben gekommen – einige behaupteten, daß Wild Bill Hickok ihn im Zweikampf mit einem einzigen Stoß seines Bowiemessers getötet hatte. Doch während Black Kettles Leiche flußabwärts trieb, aß der Scout wie die Kameraden von General Penroses 10. Kavallerie und taute seine Hände über einem kleinen Feuer auf.

Als der Kampf vorüber war, hatte Custer das Indianerlager niedergebrannt und die erbeuteten Indianerponys erschossen. Es waren hunderte, und bis spät in die Nacht hinein fielen Schüsse. Die Cheyennes, die für alles einen Namen hatten, nannten es die Zeit des Blutigen Mondes.

Will erlebte das letzte Jahr des Jahrzehnts in Fort Lyon, wohin er mit der 5. Kavallerie zurückgekehrt war. Die Blizzards des Januars und Februars tobten sich aus, während er als Kurier zwischen General Carr und General Sheridan ritt. Kurz vor seinem letzten Melderitt erwachte er in der Baracke der Scouts. Strahlendes Sonnenlicht fiel durch das Fenster. Draußen hörte er aufgeregte Stimmen. Instinktiv griff er als erstes nach Lucrezia Borgia und zog auf dem Wege zur Tür seine Mokassins an. Er trug nur die Wildlederhose und seine graue Flanellunterwäsche.

Am Tor wimmelte es von Blauuniformierten. Zuerst dachte Will, es sei das Kommando, das vom morgendlichen Brennholzholen zurückgekehrt sei. Doch dafür herrschte dort zu große Aufregung, und so ging er hin, um festzustellen, was los war.

»Wer ist es?« fragte jemand.

»Hölle«, erwiderte ein anderer, »kennst du nicht Wild Bill?«

»Ist er tot?«

»Sieht nicht mehr sehr lebendig aus.«

Der Scout bahnte sich mit den Ellbogen einen Weg. Männer protestierten und fluchten, dann raunte jemand seinen Namen, und es wurde still.

Zwei Soldaten stützten Hickok zwischen sich und hatten seine kraftlosen Arme über ihre Schultern gelegt. Sein Kinn ruhte auf der Brust. Seine Wildlederkleidung war schmutzig, als wäre er durch Dreck und Mist gekrochen. Dunkles Blut bedeckte sein linkes Bein von der Hälfte bis zum Stiefel. Sein Gesicht war leichenblaß.

Will sah den Mann zu Hickoks Rechten hart an. Der Soldat sagte: »Wir fanden ihn, als wir Brennholz suchten.«

»Er benutzte das hier als Krücke.« Sein Gefährte hielt eine Cheyenne-Lanze hoch, die mit Blut besudelt war.

»Schafft ihn zum Knochenflicker.«

Sie hämmerten an die Tür, bis der Stabsarzt im Nachthemd öffnete. Dann marschierten sie durch das Büro in den angrenzenden Wohnraum und legten den Patienten auf das Bett, das noch warm war. Will scheuchte alle außer dem Doc aus dem Zimmer und blieb, um zu assistieren.

Hickok zuckte zusammen, als seine blutgetränkte Hose aufgeschnitten und von der Wunde fortgezogen wurde, doch er blieb bewußtlos. Der Arzt entkorkte eine Flasche mit Alkohol und säuberte das Bein sorgfältig mit einem alkoholgetränkten

Tuch. Dann wies er Will an, den Patienten an den Schultern zu packen und festzuhalten, bevor er den Alkohol direkt in die gezackte Wunde schüttete.

Hickok brüllte auf, daß die Flaschen im Schrank im Büro nebenan klirrten. Will stemmte sich mit seinem ganzen Gewicht auf die Schultern seines Freundes. Er wunderte sich über die Kraft, die Hickok hatte, obwohl er viel Blut verloren haben mußte. Der Arzt säuberte die Wundränder.

»Halten Sie ihn fest«, sagte er. »Die Wunde ist tiefer als ich dachte.«

Er benutzte weiteren Alkohol. Will mühte sich ab, den Patienten festzuhalten. Schließlich wurde Hickok wieder bewußtlos. Der Arzt ging in sein Behandlungszimmer und kehrte nach langer Zeit mit einer sterilisierten Nadel zurück, um die Wunde zu nähen. Auf seine Bitte hin nahm Will den Schirm von der Petroleumlampe ab und hielt sie hoch, während der Arzt geschickt nähte. Schließlich legte er einen Verband an. Hickoks Brust hob und senkte sich gleichmäßig. Sein Gesicht war entspannt unter einer Schweißschicht. Der Arzt breitete eine Decke über ihm aus und winkte Will, ihm ins Behandlungszimmer nach nebenan zu folgen. In seinem Nachthemd, mit den dünnen, haarlosen Beinen und Krampfadern und den Pantoffeln wirkte der Doc von hinten wie eine alte Frau. Er öffnete den Schrank neben dem Schreibtisch, füllte zwei Gläser mit bernsteinfarbenem Brandy aus einer Kristallkaraffe und reichte eines Will. Er trank die Hälfte des Brandys auf einen Zug. Wärme breitete sich in seinem Körper aus.

»Er wird es überstehen«, sagte der Arzt. »Er hat viel Blut verloren, doch wer die Behandlung mit dem Alkohol übersteht, ist verdammt fast unsterblich.«

»Hätten Sie ihn nicht mit Chloroform oder Äther oder so etwas betäuben können?«

»In den meisten Fällen tue ich das. Doch bei Shiloh, wo ein sauberes Skalpell Luxus war, habe ich mir das abgewöhnt.«

»Wann wird er Ihrer Meinung nach wieder als Scout reiten können?«

»Nie mehr.«

Will starrte ihn an.

Der Arzt nahm einen Schluck Brandy und verzog das Gesicht. Es war ein längliches Gesicht mit krausen, grauen Koteletten. Eine dicke Brille saß auf seiner rotgeäderten Nase. »Er ist nicht mehr so jung, wie es Scouts im allgemeinen sind, und je älter er wird, desto mehr Schwierigkeiten wird er mit dem Bein haben. Es sind Muskeln beschädigt. Muskeln erneuern sich nicht selbst wie das meiste Gewebe, und mit Nähen kann nicht wiederhergestellt werden, was fort ist. Er wird stets hinken. Wenn er versucht, zu lange auf einem Pferd zu sitzen, wird er sich wünschen hier wieder mit Alkohol behandelt zu werden. Ein wahrer Freund würde ihm raten, sich eine andere Art Job zu suchen. Indianer wittern Schwäche wie Wölfe. In der Siedlungsgrenze können sich nur junge, völlig gesunde Männer behaupten. Es sei denn, man ist ein verdammter Narr von einem Doktor.«

»Er wird nichts davon hören wollen.«

»Deshalb zähle ich darauf, daß Sie es ihm sagen.« Er hob die Karaffe an. »Noch einen Brandy?«

Am nächsten Tag wurde der Patient ins Krankenrevier des Forts gebracht, wo Will ihn am Nachmittag besuchte. Will zog eine Flasche Whisky unter seiner Jacke hervor, als die Sanitäter mit den weißen Kitteln woanders beschäftigt waren. Nachdem sie ein paarmal abwechselnd getrunken hatten, erzählte Will seinem Freund, was der Arzt gesagt hatte. Hickok nickte gleichgültig, als betreffe die Nachricht jemanden, den er nur flüchtig kannte.

»Es war ein Rückzugsgefecht«, erklärte er. »Sie trugen das ganze Gefecht aus, und ich war ganz Rückzug. Ich schüttelte alle ab bis auf einen. Der Bastard war mit einer Lanze bewaffnet. Er traf mein Pferd mit einem Glückswurf und ließ mich als vermeintlich Toten zurück.«

Erschöpft von diesen wenigen Worten, sank er auf das Kissen zurück, das zwischen seinem Rücken und dem eisernen Bettgestell eingezwängt war. Seine pomadisierten Locken und das sonnengebräunte Gesicht waren so dunkel wie altes Holz und bildeten einen starken Kontrast zu der gestreiften Bettdecke und dem Weiß seines Nachthemds. »Ich bin ein alter Mann, Will.«

»Büffelscheiße, Wild Bill. Du kannst noch keine 30 sein.«

»Ich bin 31. Mein Pa war 36, als ich geboren wurde, und er war ein alter Mann, soweit ich zurückdenken kann. Alle Scouts, mit denen ich zusammen anfing, sind entweder tot oder haben mit dem Job aufgehört.«

»Was wirst du tun?«

»Heimkehren und auf der Farm meiner Mutter arbeiten, denke ich, oder meinen Brüdern im Krämerladen helfen.«

»Das würdest du kein halbes Jahr aushalten.«

Hickok nickte. »Ich werde bestimmt nicht den Rest meines Lebens Konservendosen stapeln oder hinter einem Maultier auf dem Feld herwandern.«

»Wie wäre es mit einem Marshaljob? Es gibt viele neue Städte an der Bahnlinie, wo gute Schützen als Sternträger gesucht werden.«

»Ich habe noch nie etwas von 30jährigen Marshals gehört.«

»Du könntest der erste sein.«

»Zehn Dollar im Monat und einen Nickel für jede Ratte und jeden streunenden Köter, den ich innerhalb der Stadtgrenze erschieße? Vergiß es!« Hickok tastete geistesabwesend über sein verletztes Bein. »Ich könnte mir meinen Lebensunterhalt mit Kartenspielen verdienen.«

»Das ist kein Leben«, wandte Will ein. »Die Hälfte der Zeit wärst du pleite und den Rest würdest du damit verbringen, auf einem gestohlenen Pferd heimlich aus der Stadt zu verschwinden.«

Hickok nickte und seufzte. Dann öffnete er die Augen und heftete den Blick auf Will. »Aber nicht, wenn ich gleichzeitig Marschal bin.«

»Wild Bill«, sagte sein Freund lächelnd, »du bist mir einer!«

Hitzeschleier wallten über den sandigen Hügeln und reflektierten das Blau des Himmels wie kleine Seen auf dem jeweils nächsten Hügel. Durch sie hindurch, wie Schatten auf einem wellenförmigen Spiegel, wateten Carrs 4. Kavallerieregiment und Kompanien der 10. und 7. Kavallerie. Die weißen Regimenter waren so dunkelgebräunt wie das schwarze, und die Gesichter der Männer waren mit Sand und Schweiß bedeckt.

Die schweißnassen Felle der Pferde glitzerten wie mit Pulver bestreutes Glas unter der weißen Sonne.

Carr hielt auf einem hohen Hügel, um seinem Pferd eine Verschnaufpause zu gönnen, während die Männer ihre Positionen einnahmen. Er beobachtete ihr Vorrücken durch das Fernrohr. Der Vormarsch fand lautlos statt bis auf das Klingen von Gebißstücken, ein sonderbares Geräusch in der Einöde. Von Zeit zu Zeit richtete der General sein Fernrohr auf die Ponys, die auf der Kuppe einer Erhebung im Westen grasten, um sich zu vergewissern, daß die Cheyennes immer noch auf der anderen Seite des Hügels kampierten. Als sich der Staub senkte, schob Carr das Fernrohr zusammen und verstaute es wieder in den Satteltaschen.

»Trompeter, zur Attacke blasen!«

Der Corporal, der auf seinem Pferd hinter ihm wartete, hob die Trompete an die Lippen – und zögerte.

Carr drehte sich im Sattel. »Worauf warten Sie? Zur Attacke blasen!«

»Ich – ich habe das Signal vergessen, Sir.« Das Gesicht des jungen Corporals lief bis zum Haaransatz rot an.

»Dann sollten Sie sich schnell erinnern.«

Der nervöse Trompeter versuchte, sich das Signal in Erinnerung zu rufen.

»Quartermaster?« rief der General.

»Jawohl, Sir.« Ein stämmiger Sergeant trabte heran, nahm dem Corporal die Trompete ab, blies das richtige Signal, warf die Trompete weg, zog seine Seitenwaffe und gab seinem Pferd die Sporen.

Sie überraschten den Feind im Schlaf. Zwei Gruppen regulärer Kavallerie und ein dritter Trupp aus Pawnee-Scouts unter Major North, die bis zur Hüfte nackt waren, damit ihre Wunden sauberbluten konnten, und die auf sattellosen Pferden ritten, jagten auf das Lager der Cheyennes zu, zogen die Säbel oder Revolver oder Gewehre, daß es wie das Knarren der Federung eines sehr belasteten Buggys klang. Wills Springfield Gewehr donnerte durch das hellere Krachen der anderen Waffen zwischen Camp und Fluß. Die überraschten Cheyennes liefen schreiend zu ihren Pferden. Kugeln rissen sie von den Beinen und schleuderten sie wie Stoffbündel zu Boden. Ätzender blauer Rauch hing in der Luft.

Der Kampf erreichte seinen Höhepunkt in den ersten fünf Minuten, flaute zu vereinzelten Schüssen ab und endete mit einem letzten Krachen nach einer Viertelstunde Blutvergießen. Danach konnte man mit etwas Fantasie den Rauch über den Boden gleiten hören.

Carr ging zu Fuß durch das Camp der Besiegten. Zwischen den brennenden Tipis lagen tote Indianer, und die Leichen stanken bereits in der Hitze. Scherben von zerbrochenem, irdenen Geschirr knirschten unter Carrs Stiefeln. Die Klageschreie der Squaws erklangen in schaurigem Rhythmus wie Wind, der auffrischt. Bei der Armee waren keine Verluste zu beklagen.

»Sie haben eine der weißen Frauen getötet, Sir«, meldete ein Offizier, nachdem er erschöpft salutiert hatte. »Die andere ist schlimm mißhandelt worden, doch der Arzt meint, daß sie durchkommt.«

Der General nickte grimmig. »Sonst noch etwas?«

»Ihr Häuptling, Tonka Haska, ist tot. Major North sagt, das heißt übersetzt Tall Bull.«

»Wer hat ihn getötet?«

»Das weiß anscheinend keiner. Doch Cody reitet sein Pferd.«

General Carr warf einen Blick zu dem Scout, der einen großen Braunen zwischen Reihen von Gefangenen lenkte, die niedergeschlagen auf der verbrannten Erde kauerten. »Dann schreiben Sie es so in den Rapport. Cody tötete den Häuptling.«

»Jawohl, Sir.«

5

»*Colonel* Judson, sagten Sie?«

Major Frank North, Chef der Pawnee-Scouts unter General Carr in Fort McPherson, Nebraska, der neuen Heimat der 5. Kavallerie, musterte zweifelnd den kleinen, dicken Mann in dem abgetragenen braunen Anzug, der mit Staub bedeckt war.

Ein grauer Hut saß schief auf dem strähnigen Haar des Neuankömmlings. Die Präriesonne fiel auf sein runzliges Gesicht, die grauen Haare in seinem Schnauzbart und die häßliche rote Narbe an seinem Nacken. Er wirkte wie ein heruntergekommener Vertreter.

»Der Titel wurde mir während der unvergeßlichen Unerfreulichkeiten auf dem Schlachtfeld in Mexico verliehen«, erklärte der kleine, dicke Mann mit seiner Predigerstimme, wobei er theatralisch mit seiner sonderbar feingliedrigen linken Hand gestikulierte. »Vor Gott sind wir alle Zivilisten. Edward. Z. C. Judson, wenn es Ihnen recht ist.« Er verneigte sich und streckte dabei sein umfangreiches Gesäß aus den Rockschößen hervor.

»Ich nehme an, Sie wollen zum Kaplan. Sie werden in meinem Fort nicht viel von Gott finden.«

»Worauf meine guten Freunde unter den Geistlichen erwidern würden, daß Er überall ist. Obwohl mir Ihre Empfehlung sagt, daß Ihr Kaplan einen Besuch wert ist, bin ich vierhundert Meilen mit dem Zug gereist, um Sie zu sehen, Major.«

North unterdrückte ein Seufzen. Sie standen in der Mittagshitze, und die heiße Luft flimmerte über dem kahlen, zerfurchten Boden. »Was kann ich für Sie tun, Colonel?«

Der so Angesprochene strahlte. »Die Frage ist eher, wie ich Ihnen zu Diensten sein kann. Meine Informanten haben mir von der kürzlichen Aktion Ihrer Kompanie bei Summit Springs berichtet und besonders vom Tod des Cheyenne-Häuptlings Tall Bull. Ich glaube, es ist meine Ehrenpflicht, unseren Brüdern und Schwestern im Osten die Einzelheiten Ihrer Tapferkeit bei diesem aufwühlenden Duell zur Kenntnis zu bringen. Kurz gesagt . . .«

»Sie sind ein Journalist.«

»Ein bescheidener Biograph, Sir. Ein Minnesänger ohne Musik, ein Prosa-Troubador, wenn Sie so wollen, dessen Schicksal es ist, im Schatten der Geschichte jener Männer zu stehen, deren Heldentaten aufzuzeichnen ich die Ehre habe. Meine Leser kennen mich als Ned Buntline.«

»Sie schreiben diese Schundromänchen, Colonel?«

»Volksliteratur, Major. In der heiligen Tradition von Homer

und Shakespeare, wenn Sie mir den Vergleich erlauben. Millionen, die sich niemals weiter westlich als Chicago gewagt haben, erwarten von mir und meinen Kollegen ein Beispiel des amerikanischen Pioniers. Ich biete Ihnen Unsterblichkeit für ein paar Stunden Ihrer Zeit.«

Der Major warf einen mürrischen Blick durchs Fort und grinste plötzlich.

»Sie reden mit dem falschen Mann, Colonel. Wenn Sie einen Mann suchen, der zu diesem Bild paßte, dann werden Sie ihn dort drüben unter dem Wagen finden.«

Judson schaute in die Richtung, in die North wies, und runzelte die Stirn, als er ein langes Paar Beine in Wildleder zwischen einer halben Tonne aufgestapelter Munitionskisten hervorragen sah.

Will lag ausgestreckt im Schatten des schweren Munitionswagens. Fliegen krabbelten über sein Gesicht. Er träumte, daß Renegaten sein Camp überrannt hatten. Kläffend wie wilde Hunde schlugen sie mit schweren Äxten, die ihre Großväter von den Missionaren erhalten hatten, Schädel ein. Einer der Wilden, ein hagerer Kerl, dessen Gesicht so bemalt war, daß es einem Totenkopf ähnelte, und der ein Halsband aus braunen, zusammengeschrumpften Menschenfingern trug, packte Will an der Schulter und schwang einen Tomahawk. Will riß Lucrezia Borgia hoch und wollte dem Indianer das Gehirn aus dem Schädel blasen.

»Ruhig, Junge. Wie nennt man Sie?«

Will zögerte, mit dem Finger im Abzug, und blinzelte den Schlaf aus den Augen. Der rundliche Mann, der neben ihm auf den Hacken kauerte und noch eine Hand auf seiner Schulter hielt, wirkte gegen die Sonne wie ein gewaltiges Präriehuhn, das in seinem Nest sitzt.

»Will Cody, Sir.«

Das Präriehuhn runzelte nachdenklich die Stirn. »Das klingt gut. Der Name muß noch bekannt werden, aber da steckt schon was drin. Kommen Sie, wir werden uns unterhalten.«

Lustig, dieser fette Ned Buntline. An diesem Tag lud Will ihn auf einen Erdkundungsritt ein. Er sagte ihm nicht, daß sich die Indianer im Augenblick aus dieser Region zurückgezogen hatten, und er lächelte über das übertrieben vorsichtige Verhalten des Journalisten. Er hustete, um ein Kichern zu verbergen, als Ned Buntline sich in den Steigbügeln aufstellte, die Augen mit einer Hand beschattete und angespannt in die Runde spähte wie der dickbäuchige Chef eines Zigarrenladens. Der Scout lieh ihm sein Kriegspferd Powder Face und ritt den großen Braunen, den er nach seinem früheren Besitzer Tall Bull genannt hatte. Buntlines geborgte Wildlederjacke und der Schlapphut mit der vorne hochgewölbten Krempe vervollständigten die Karikatur.

»Die Leichen werden kniehoch aufgestapelt wie gefällte Bäume, und das Blut am Boden spritzte bis zu den Knöcheln«, sagte Ned Buntline. Er entkorkte eine Flasche, trank einen Schluck und reichte sie Will, der erst einmal schnüffelte, bevor er ebenfalls trank. Bei dem starken Geruch des Whiskys mußte Will an diesen Treck vor langer Zeit denken, bei dem ihm der junge Hickok großzügig Whisky angeboten hatte, nachdem er den ersten Indianer getötet hatte.

Ned Buntline fuhr in seiner blumigen Art fort: »Ich hastete die Leiter hinauf, obwohl diese römisch-katholischen Teufel sie von der Wand stießen, hielt mich an einer Zinne fest und erschoß die ersten sechs Mexikaner, die sich zeigten, mit meinem zuverlässigen Colt Paterson. Ermutigt durch meinen Erfolg, griffen die Belagerer mit doppeltem Einsatz an, und bei Einbruch der Dunkelheit war Montezuma in unserer Hand.«

»Was taten Sie, als Ihr Colt Paterson leergeschossen war?« fragte Will.

Buntline räuserte sich laut. »Ich drehte ihn herum und benutzte ihn als Keule, bis Verstärkung eintraf. Aber ich bin nicht hier, um über alte Geschichten zu diskutieren. Wie kam es, daß Sie den Häuptling erschossen?«

Als der Abend dämmerte, ritten sie nach dem nahen Cottonwood Springs, wo der Mann aus dem Osten als Colonel Judson später in der Woche einen Vortrag halten sollte, und setzten sich in einen schummrigen Saloon an einen Tisch. Dort tranken sie Whisky und entwarfen das Buch vom ersten Skalp bis zum letzten Schuß. Die Trinker an der Bar starrten das ungleiche Paar an und tuschelten darüber.

»Wie alt bist du, Will?«

»Dreiundzwanzig.«

»Ein junger Mann! Sag mal, hat man dich jemals Buffalo Bill genannt?«

Will trank sein Glas leer und lachte. »Mich und jeden, mit dem ich für die Kansas Pacific ritt, der zufällig William hieß, und eine ziemliche Anzahl darüber hinaus.«

»Wenn ich fertig bin, wird es nur einen Buffalo Bill geben. ›Buffalo Bill, der König der Westmänner‹. Die wildeste und wahrste Geschichte, die ich bei Gott jemals schrieb! Ich kenne einen Verleger, der sie wie Erdbeermarmelade schlucken und nach mehr schreien wird.«

»Ich muß sagen, daß einige der Geschichten, die ich erzählte, ziemlich unwahrscheinlich klingen.«

»Schriftstellerische Freiheit, Junge. Das ist der Unterschied zwischen einer demokratischen freien Presse und dem Totalitarismus der Alten Welt.«

»Du bist der Schreiber.«

»Biograph«, korrigierte Ned Buntline. »Ein Troubadour ohne Gesang, ein Prosadichter, wenn du so willst, vom Schicksal dazu ausersehen . . .«

»Kannst du das auch rückwärts aufsagen?«

»Das Schwert schneidet nach beiden Seiten.« Er hob die Stimme. »Wirt! Noch eine Flasche von dieser Teufelsmilch! Nun, Junge, es wäre ratsam, allein um den Wert der Geschichte willen, weitere tausend Büffel zu der Zahl hinzuzufügen, die du für die Kansas Pacific geschossen hast.«

»Bei jedem Whisky sterben tausend weitere Büffel. Wenn wir noch 'ne Weile hierbleiben, wird keiner mehr übrig sein.«

»Was macht das denn schon?«

Es wurde Abend. Auf dem Weg zu seinem Pferd blieb Will von Zeit zu Zeit stehen, damit sein humpelnder Gefährte aufholen konnte. Sie schritten in einer Zickzacklinie durch die gelben Lichtbahnen, die aus den Fenstern zu beiden Seiten der dunklen Straße fielen. Die Luft war frisch, die Hitze des Tages war in den Sandhügeln abgeklungen. Will hatte das Gefühl, einen leeren Kopf zu haben und kaum den Boden mit den Füßen zu berühren.

»Was ich fragen wollte, Colonel. Wie kommst du an das steife Bein?« erkundigte sich Will.

»Ein Mißverständnis. Ich tötete als sorgloser junger Hüpfer einen eifersüchtigen Ehemann in einem fairen Duell, und das mißfiel der Bürgerschaft, die sich zusammenrottete.« Er sprach mit schwerer Zunge. »Ich war ernsthaft verletzt und gezwungen, in ein Hotel in Nashville zu flüchten. Dort gab es nur noch einen Ausweg durch ein Fenster im zweiten Stockwerk, und ich sprang hinaus und brach mir das Bein, woraufhin sie mich schnappten und an einen Gehsteigpfosten hängten.«

»Was geschah dann?« fragte Will gespannt.

»Erinnere mich daran, daß ich dir die Aufzeichnungen schicke, in denen ich diese Episode aus meinem unglaublichen und abwechslungsreichen, manchmal triumphalen, oftmals tragischen, aber stets faszinierenden, 36jährigen Leben auf diesem verrückten Planeten schildere.«

»Wenn dein Leben so abenteuerlich war, kann ich nicht verstehen, weshalb du dann nach Geschichten suchen mußt.«

»Zu dem Thema Edward Zane Carroll Judson fällt mir nichts mehr ein. Ich arbeite daran, die lebende Geschichte von Gottes irdischem Eden in seinem ursprünglichen Zustand zu Papier zu bringen. Eine Herkulesaufgabe und nahezu unmöglich für einen einzelnen Sterblichen, aber eine richtige und notwendige.«

»Mir gefällt deine Art zu reden. Wie ein Roman.«

»Du mußt deine Bücher erleben, Junge, oder deine Bücher leben in dir. Bleibe deinen Idealen treu, habe Respekt vor anständigen Frauen und rühre nicht das Gebräu an, das aus den Tiefen der Hölle brodelt.« Er rülpste freundlich und blies Will eine Whiskyfahne ins Gesicht.

»Eine Menge Wahrheit kommt aus deinem Mund, Colonel.«

»Ich habe ein Magengeschwür. Ein hübsches Pferd hast du da.«

Der Scout band den Braunen los. »Cheyennes haben keine häßlichen Pferde.« Er saß auf. Tall Bull wieherte und schüttelte Fliegen ab, die um ihn herumsummten und sich auf ihm niedergelassen hatten. Powder Face war wieder im Stall von Fort

McPherson, und Buntline war mit seinem Buggy in die Stadt gefahren.

»Wie kann ich mit dir Verbindung aufnehmen?« fragte Ned Buntline.

»Im Fort, oder wenn ich nicht dort bin, wird man mir oder meiner Frau in St. Louis Nachrichten nachsenden. Sie wird wissen, wo ich zu erreichen bin. Das hat sie stets gewußt.«

»Was treibst du, wenn du keine Wilden jagst?«

»Postkutschen fahren oder Jagdexpeditionen durchs Indianerterritorium führen, wenn sie im voraus bezahlen. Alle Jobs, die getan werden müssen und für die bezahlt wird. Ich komme zurecht.« Er nahm die Zügel auf. »Danke für die Drinks, Colonel. Ich denke, wir werden uns wiedersehen.«

Ned Buntlines Augen spiegelten das rötliche Licht wider, das aus einem oberen Fenster des Hotels fiel, als er zu Will hochschaute. »Ich bin fest davon überzeugt, Junge. Das ist so sicher, wie der Mond die Sterne sieht.«

Dezember. Wills Wangen und Nase waren in der eisigen Kälte gerötet. Er trank Whisky, und langsam kroch Wärme durch seine Adern. Er schloß die Tür, die in Lederangeln hing, vor dem kalten Wind, zog die Handschuhe aus und rieb sich die Hände über dem schwarzen Eisenofen. In der Hütte roch es nach Kaffee und dampfender Wolle und Mann. Draußen wirbelte eine Windbö körnigen Schnee gegen die Hütte, und Schnee prasselte gegen das Ölpapier des einzigen Fensters.

»Hört euch das an.« Lute North, der Bruder von Major Frank North, zwinkerte den beiden anderen Scouts zu, die mit ihm die Hütte teilten. Sie saßen auf ihren Feldbetten am Rande des gelben Lichtkreises der Petroleumlampe, die auf dem Tisch stand. »Keine Mutter hatte je einen besseren Sohn, so wild er auch sein mag. Rauh mag er anderen gegenüber sein, doch zu uns ist er freundlich und sanft wie die Brise eines Sommerabends.«

»Wer ist das, der Papst?« fragte Will und zog sein Bärenfell aus.

Die anderen brachen in Gelächter aus.

Lute grinste und las weiter aus der dicken Zeitschrift vor.

»›Ja, Ma'am‹, antwortete Wild Bill, höflich wie immer. Da ist kein Makel in seinem Leben, kein schwarzer Punkt in seinem Herzen.«

»Wenn von Hickok die Rede ist, könnt ihr wetten, daß die Worte von irgendeinem armen Bastard stammen, den er gerade beim Pokern ausgenommen hat.«

»Du solltest es besser wissen.« Lute rollte die Zeitschrift zusammen und warf sie Will zu, der sie vor der Brust auffing. Es war die Dezemberausgabe von *New York Weekly* mit einer schwarzweißen Lithographie eines langhaarigen, bärtigen Dandys in verziertem Wildleder, der ein Zündnadelgewehr in beiden Händen hielt. Sein Spitzname Buffalo Bill stand in verschnörkelten Lettern zweimal so groß auf der Titelseite wie die Unterzeile: ›Von Ned Buntline‹. Will öffnete die Zeitschrift auf gut Glück und fand sich zitiert:

»Da ist mehr Kampf, mehr Kopfschmerz – aye, mehr Herzschmerz in einer Rumflasche als in all dem Wasser, das je in Gottes strahlendem Sonnenschein glitzerte. Und ich beabsichtige um meiner lieben Brüder und Schwestern willen und für das süße vertrauensvolle Herz, das nur für mich schlägt, den Rum dorthin zu schütten, wo er hingehört, und das ist jetzt in meine Kehle.«

»Dieser Rum ist Teufelszeug«, bemerkte Lute. »Gut, daß wir beide Whisky saufen, nicht wahr, Will?«

»Hurensohn!« Beeindruckt blätterte er die bräunlichen Seiten um und bewunderte die Lithografien, einschließlich einer von ihm selbst, auf der er Häuptling Tal Bull bei Summit Springs tötete, gerade, als der Indianer im Begriff war, eine der beiden gefangenen weißen Frauen zu skalpieren.

»Da hat deine Ma aber einige nette Dinge über dich gesagt«, bemerkte Red, ein Pawnee-Halbblut mit Messernarben auf beiden Wangen. »Wie lange ist sie schon tot?«

»In diesem Monat werden es sechs Jahre.«

Lute sagte: »Dieses aufwühlende Abenteuer kam für dich im Postpaket, während du in der Stadt die Sau rausgelassen hast. Frank wird es interessieren zu erfahren, daß du es warst, der im letzten Juni diesen Häuptling getötet hast. Bisher dachte er, daß er das getan hätte.«

»Es war Lieutenant Hayes«, erwiderte Will. »Doch der war nicht da, als ich mit Buntline sprach.«

»Da ist noch etwas für dich gekommen.« Red zog einen gelben Telegrammumschlag unter seinem schmuddeligen Hemd hervor und hielt ihn Will hin.

Will öffnete das Kuvert und entfaltete das Telegramm. »Es ist von meiner Frau.«

»Sie erwartet ein Baby«, sagte Lute zu Red. »Ich übernehme einen Monat Nachtdienst, wenn es kein Mädchen ist.«

»Ein Junge!« jubelte Will. Er schlug Tiny, einem hühnenhaften Fährtenleser aus Wyoming auf die breite Schulter. Tiny taumelte zwei Schritte zurück, bevor er sein Gleichgewicht wiedergewann.

Lute fluchte.

Der Junge hatte die braunen Augen von Cody und Louisas ausgeprägtes Kinn. Er griff mit einer, für sein Alter überraschend kräftigen Hand nach der Wange seines Vaters, lächelte und zeigte sein Zahnfleisch. Seine Wangen waren rund und rosig.

»Er weiß schon, wie man mit einem Indianer kämpft!« rief Will stolz und hielt das Baby.

»Er hat gerade damit angefangen. Ich glaube, die Hebamme hat ihm das beigebracht, aber sie leugnet es.« Louisa trug einen schwarzen Rock, eine gestärkte weiße Bluse, die am Hals mit einer Brosche geschlossen war, und sie hatte ihr Haar hochgesteckt wie an dem Tag, an dem sie sich kennengelernt hatten. Sie standen im Wohnzimmer ihres Elternhauses in St. Louis.

»Kid Carson Cody.« Will ließ den Namen auf der Zunge zergehen. »Das wird verdammt gut mit ›Präsident‹ davor klingen.«

»William, fluche nicht vor dem Kind.«

Er blieb eine Woche, unternahm ausgedehnte Spaziergänge mit Louisa in der wachsenden Stadt und half den Fredericis auf die Kinder aufzupassen, wenn sie zu Besuchen fort waren. Er spielte mit der kleinen Arta, jetzt eine plappernde blonde Schönheit in rosafarbenem Trägerkleidchen, und er verwöhnte sie alle mit den Geschenken, die er von seinem Scoutgehalt gekauft hatte. Um Louisa zu gefallen, zog er einen Cut und eine gestreifte Hose an, die sie gekauft und abgeändert hatte für einen Empfang, den sie gab, um ihn Bekannten vorzustellen, die sie in seiner Abwesenheit kennengelernt hatte. Doch als sie sah, wie sein langes Haar über den schwarzen Baumwollstoff fiel, ließ sie ihn den Cut gegen seine beste Wildlederkleidung wechseln. So bekleidet fiel er in der dezenten Gesellschaft auf wie ein Indianer bei einer Presbyterianer-Hochzeit.

Mehrmals im Verlauf des Abends fand Louisa ihn umringt von kichernden Frauen, die seinen Erzählungen hingerissen und mit glänzenden Augen lauschten. Dann legte sie zumeist besitzergreifend eine Hand auf seinen Arm und lotste ihn fort, um ihn mit jemandem bekannt zu machen, der ihr gerade in diesem Augenblick eingefallen war. Beim letzten Mal brachte sie Arta ins Spiel, barfuß und in ihrem Nachthemd, die ihrem Vater einen Gutenachtkuß geben wollte.

Als Louisa zurückkehrte, nachdem sie die Kleine zu Bett gebracht hatte, sah sie, wie Will ein imaginäres Gewehr angelegt hatte und zur Erbauung einer weiteren Gruppe kichernder Anhängerinnen einen unsichtbaren Büffel anvisierte. Zum ersten Mal seit ihrer Hochzeit fragte sie sich, ob es auch so war, wenn sie nicht zusammen waren, und was ohne ihre ernüchternde Anwesenheit daraus wurde. Ihre Zweifel und Sorgen wuchsen.

Als er zum Aufbruch bereit war, um nach Fort McPherson zurückzukehren, überraschte sie ihn mit zwei neuen Wildlederanzügen, die sie nach seinen Maßen angefertigt hatte, einem leuchtendroten Hemd und einem gelben Seidentaschentuch ›für besondere Anlässe‹. Sie war eine hervorragende Schneiderin. Will war gerührt von dem Beweis, daß sie sich mit seinem unkonventionellen Lebensstil wenigstens teilweise abgefunden hatte. Er hörte nicht auf ihre Proteste, als er sie hochhob und im Kreis schwenkte, wobei er zu Artas Entzücken Nippsachen von Tisch und Kommode fegte, woraufhin Arta sofort das gleiche mit einer ihrer Puppen tat, jedoch mit weniger zerstörerischen Ergebnis. Louisa hatte in den Wochen nach der Abreise ihres Mannes alle Mühe, der Kleinen dieses Spiel abzugewöhnen.

Die Indianerkrise hatte nachgelassen. Will fühlte die langen

Perioden zwischen Feldzügen und der Führung von Jagdtrupps damit aus, in die Zivilisation zurückzukehren, beladen mit Büffelfellen und Antilopenköpfen. Auf den besonderen Wunsch von General Sheridan hin, führte er eine Reisegruppe durch die Prärien Nebraskas. Die Gruppe bestand aus dem General, anderen hohen Offizieren und prominenten Millionären aus dem Osten wie Commodore James Gordon Bennett junior, dem extravaganten Verleger des *New York Herald.* Sie schossen Büffel, tranken Champagner und lauschten Wills Erzählungen am Lagerfeuer.

Als sie sich auf der North Platte Bahnstation verabschiedeten, steckte der Commodore Will eine Handvoll Geld zu und rief vom abfahrenden Zug eine Einladung, ihn in New York zu besuchen.

Will lächelte und vergaß die Einladung, kaum daß er sie gehört hatte.

Ein weiterer Winter. Ein großer junger Mann in einer straffsitzenden schwarzen Uniform mit goldenen Tressen unter einem Hermelinmantel trat auf der North Platte Station in die eisige Kälte Nebraskas, begleitet von einigen schnauz- und vollbärtigen Männern in gleicher Kleidung. Der große Mann trug einen zylinderartigen Fellhut. Er hatte ein freundliches Gesicht, einen dichten Backenbart, und sein Schnurrbart, dessen Enden über die Mundwinkel hingen, war zu einem umgekehrten V gestutzt. Der Blick seiner klaren blauen Augen glitt über den Bahnsteig, über die barhäuptigen Einheimischen hinweg, die am Ende des Bahnsteigs am Straßenrand standen, und heftete sich auf den Mann, der auf einem Schimmel saß. Zum ersten Mal bei seiner langen Reise zeigte seine Miene Freude.

Der Reiter war so groß wie er und ziemlich schlank. Er trug weiche, gebleichte Wildlederkleidung, die mit Pelz besetzt war, dazu ein leuchtendrotes Hemd, und das Ganze war von einem breitkrempigen schwarzen Hut mit einem Schlangenhautband gekrönt, der schief auf seinem Kopf thronte. Dichte braune Haare fielen bis auf seine Schultern und glänzten kastanienfarben in der Sonne. Mit der Andeutung eines Barts wirkte er fast wie ein Schauspieler in einem Shakespeare-Stück.

Dann kam ein kleiner beleibter Mann in der Uniform eines amerikanischen Generals über den Bahnsteig und verdeckte die Sicht. Der Besucher erkannte ihn und nickte höflich.

»Ich freue mich, Sie wiederzusehen, General Sheridan.« Der Besucher hatte eine tiefe Stimme und einen angenehmen Akzent.

»Es ist mir eine Ehre, Exzellenz«, sagte der dicke General, dessen Manieren und elegante Verbeugung so geschliffen waren, wie seine Gestalt komisch war. Er warf einen Blick über die Schulter des jungen Mannes auf einen anderen amerikanischen Offizier, der aus dem Privatzug stieg, und ließ sein Kinn sinken. »Ich sehe, Sie haben General Custer getroffen.«

»Er hat mich mit seinen abenteuerlichen Kämpfen gegen die Indianer seit Omaha fasziniert«, gab der Besucher zu und lächelte den Mann mit den traurigen Augenbrauen und dem herabhängenden Schnauzbart an.

»Sie werden nur wenige finden, die wie Curly Experten dieses Themas sind.« Sheridan wandte den Kopf. »Will!«

Der Mann auf dem Schimmel saß so geschmeidig ab, wie der Besucher es bisher nur in den Western-Shows in seiner Heimat gesehen hatte. Er sprang auf den Bahnsteig und zog schwungvoll seinen großen Hut.

»Hoheit, es ist mir eine Ehre, Ihnen William F. Cody vorzustellen, auch und überall bekannt als Buffalo Bill. Will, dies ist Seine Königliche Hoheit Großherzog Alexis, der dritte Sohn von Zar Alexander II. von Rußland.«

»Ich freue mich, Sie zu sehen«, sagte Will. Er sprach langsam, wie er es tat, wenn er einen Indianer auf Englisch ansprach. »Sie sind gekommen, wie mir der General sagte, um einige Büffel zu schießen!«

»Ja, und ich hoffe, es wird eine schöne Zeit für mich. Ich habe schon von Ihnen gehört, und ich freue mich, Sie hier kennenzulernen.« Die Miene des Großherzogs war jetzt etwas verschlossener, doch seine Augen glänzten wie die eines aufgeregten Kindes.

»Ich war so frei, Seiner Hoheit eine Reihe von Ned Buntlines veröffentlichen Berichten über Ihre Abenteuer auf der Prärie zu geben, als wir beide in New York waren«, erklärte General

Sheridan. »Sie sind wie eine Sensation im Osten eingeschlagen.«

Wills Lächeln vertiefte sich. »Danke, danke. Wenn sich das Wetter gut hält, werden wir eine der besten Jagden haben, die es je auf dem Kontinent gegeben hat.«

»Wir werden die Einzelheiten auf dem Weg zu Camp Alexis erörtern«, sagte Sheridan. »Eure Hoheit?« Der General wies zu einem offenen Concord-Wagen und vier grauen Gespannpferden, die am Rand des Bahnsteigs warteten.

»General«, grüßte Will, als Custer sich im Gefolge der Reisegruppe näherte.

Der Kommandeur der 7. Kavallerie nickte Will zu, und seine grauen Augen funkelten belustigt. Er trug seine Galauniform und den roten Binder der Michigan Brigade. »Und wie geht es heute Ihrem Maultier?«

Die Hügel, von denen das Camp umgeben war, das nach dem ausländischen Gast benannt worden war, warfen gespenstische Schatten im Schein des Mondes, der wie eine Seifenscheibe wirkte.

Roter Feuerschein zuckte über die glänzenden, fast nackten Körper von Spotted Tails Siouxkriegern, die mit kehligen Stimmen zum monotonen Trommeln der Tam-tams ihre Kriegslieder sangen.

Alexis saß im Schneidersitz auf einem Büffelfell am Rande des Feuerscheins und beobachtete gebannt. Im Halbkreis saßen bei ihm Will, General Sheridan, die russische Eskorte des Großherzogs, Custer und Colonel Michael Sheridan, der Bruder des Generals. Alexis saß in der Mitte des Halbkreises, flankiert von Will und General Sheridan. Die Haut der Indianer dampfte in der kalten Nachtluft.

»Großartig«, sagte Alexis, als die Tänzer Decken über ihre schweißnassen Schultern zogen. »Die Kosaken hätten Mühe, ebenbürtig zu sein.«

Will lockerte seine Stimmbänder mit Champagner des Großherzogs und erzählte, wie er General Penrose und Wild Bill Hickok am Canadian River gerettet hatte. Die Flasche machte die Runde und klang gegen silberne Becher.

»Wie jagt man die Büffel?« fragte Alexis den Scout, als Will die Geschichte zu Ende erzählt hatte.

»Fragen Sie Curly«, sagte General Sheridan mit einem Blick zu Custer und lachte. Seine Augen glänzten nach dem Genuß des Champagners. Die anderen Offiziere lachten ebenfalls leise. Der Großherzog sah Custer an, der einen schwarzen Pelzhut trug wie der Russe. Custer schwieg.

Sheridan sagte: »Komm schon, Curly, sei nicht so bescheiden. Er hat eine eigene Methode entwickelt«, erklärte er Alexis. »Zuerst verwirrt er die Büffel, indem er sein Pferd erschießt. Wenn er dann am Boden hockt, starrt er den Büffel an, bis der aufgibt.«

»Das Pferd geriet in Panik, als der Bulle versuchte, es aufzuspießen.« Custers Stimme erhob sich über das schallende Gelächter. »Der Kopf des Pferdes geriet in die Schußbahn des Revolvers. Das hätte jedem passieren können.«

»Sie versuchten, einen Büffel mit einem Revolver zu erschießen?« setzte Will nach.

»Die Idee war nicht schlecht zu dieser Zeit.«

Nach einer Weile fiel Alexis in das wilde Gelächter ein.

Custer wartete, bis es verklungen war. Dann sagte er: »Es ist eine gute Nacht für eine Schnepfenjagd, finden Sie nicht, Cody?«

»Nun, es scheint eine gute zu sein, wenn ich's mir recht überlege.«

»Freunde!« mahnte der General.

Der Großherzog sah von einem zum anderen. »Was ist diese Schnepfenjagd?«

Sheridan sagte: »Nichts, woran Sie interessiert wären, Hoheit.« Er wandte sich an die anderen. »Es tut mir leid, Freunde, aber mir gefällt der Gedanke nicht, was ich dem Außenministerium sagen soll, wenn man mich fragt, warum wir den dritten in der russischen Thronfolge mitten in der Wildnis einen Sack halten und darauf warten ließen, daß ein Tier kommt und hineinspringt, das es hier gar nicht gibt.«

»Wer sagt dann, daß er den Sack halten soll?« erwiderte Custer und zwinkerte Will zu.

Schließlich lachte auch Sheridan.

Aus der Ferne erinnerte ihre erste Herde bei dieser Jagd an den Schatten einer tiefhängenden Wolke, die langsam unter der grellen Mittagssonne dahinzog. Will, der dem Russen in der Nacht zuvor seine ›Umzingelungs‹-Technik erklärt hatte, gab eine Demonstration in der Praxis davon und erlegte ein halbes Dutzend Büffel in ebensoviel Minuten.

Dann war Custer an der Reihe, und seine sechs Jagdhunde flogen wie dürre Geister hinter seinem Schecken her, als er bis auf Armeslänge an jedes Ziel heranritt und seinen Revolver darauf leerschoß, nur um vorzuführen, daß es möglich war. Auf diese Art erlegte er drei Büffel und lud zwischendurch auf, während er das Pferd mit den Knien lenkte.

Schließlich wechselte Will die Pferde, lieh Alexis sein neues Büffeljagd-Pferd Buckskin Joe und gab ihm dazu Lucrezia Borgia. Will und Custer begleiteten den Großherzog. Alexis zog seinen Colt Revolver, wie er es von Custer gesehen hatte, und feuerte sechsmal auf den Höcker eines Büffelbullen, der Bulle geriet noch nicht einmal ins Stolpern. Alexis steckte den Colt weg und hob das schwere Springfield Gewehr an. In diesem Augenblick schlug Will Buckskin Joe die Zügelenden auf die Kruppe. Das Pferd wieherte und preschte durch eine Lücke in der Herde.

»Schießen Sie!« rief Will dem Großherzog zu.

Alexis feuerte. Der Büffelbulle röhrte auf und fiel.

»Champagner!« Der Großherzog zügelte das Pferd und winkte heftig einem Mann seines Gefolges, der sofort gehorsam eine der großen Flaschen öffnete, deren grünes Glas mit Goldfolie umhüllt war.

Während der Trupp den Ehrengast feierte, der seinen ersten Büffel erlegt hatte, ritt Will langsam zu dem Büffelbullen, der keuchend am Boden lag und aus dessen Nasenlöchern rosafarbenes Blut quoll, und schoß ihm eine Kugel ins Gehirn.

Die Jagd dauerte fünf Tage, und am Ende schenkte Will dem Großherzog acht schöne Büffelschädel. Während Diener sie im Gepäckwagen von Alexis' Zug verstauten, lud der Großherzog den Scout in den Luxus aus Messing und rotem Plüsch seines privaten Salonwagens ein.

»Für Sie«, sagte der Großherzog und hielt Will eine mit Juwelen besetzte Schatulle hin.

Will nahm sie überrascht und bedankte sich.
»Öffnen Sie.«
Er tat es. In der Schatulle lagen ein Paar diamentenbesetzte Manschettenknöpfe und eine dazu passende Krawattennadel in der Form eines winzigen goldenen Büffelschädels.
»Eure Hoheit, so etwas Wertvolles kann ich nicht annehmen.«
»Reichtümer sind nichts, wenn man sie nicht mit jemandem teilen kann, den man bewundert. Beleidigen Sie nicht den Besucher von einer befreundeten Nation.« Der Großherzog ließ Sheridan zu sich bitten. »Ich möchte jetzt den Indianern auf Wiedersehen sagen«, erklärte er. »Welche Geschenke sollte ich ihnen geben?«
»Nichts Großes, Hoheit. Sie wären nicht in der Lage, es zu schätzen. Ein paar Ihrer roten Decken würden sie glücklicher machen als Gold.«
Alexis ließ von einem Diener die Decken holen und führte die Gruppe nach draußen, wo Spotted Tail und seine Krieger jenseits des Bahnsteigs warteten.
Der Sioux-Häuptling trug seinen Federschmuck, und sein Pony war von der Mähne bis zum Schweif mit grellen Farben bemalt.
Sheridan flüsterte: »Will, ich erhielt heute morgen eine Nachricht von unserem Freund James Gordon Bennett.«
»Wie geht es dem Commodore?« Will drehte die juwelenbesetzte Schatulle in den Händen.
»Er schwärmt immer noch von der Jagd im letzten Jahr. Er und seine Freunde brennen darauf, sie als Gast in New York zu sehen.«
»Ich werde hier gebraucht.«
»Das Indianerproblem ist zur Zeit unter Kontrolle. Wir können Sie entbehren. Es ist höchste Zeit, daß Sie und die Zivilisation Bekanntschaft miteinander machen.« General Sheridan klopfte Will auf den Arm. »Bennett ist ein hervorragender Gastgeber. Denken Sie darüber nach und schicken Sie ihm ein Telegramm, wenn Sie sich entschieden haben.«
Die Sioux nahmen die Geschenke mit ernster Dankbarkeit entgegen und stiegen wieder auf die Pferde.

»Mir fällt ein Stein vom Herzen«, murmelte Will, immer noch benommen wegen des großzügigen Geschenks und der Einladung aus New York. »Ich konnte mich nie mit dem Gedanken abfinden, daß Spotted Tail mit einem geladenen Gewehr hinter mir steht. Er und Sitting Bull sind zu eng miteinander befreundet.«

Custer, der in der Nähe stand, sagte: »Entspannen Sie sich, Cody. Wenn es etwas auf dieser grünen Erde gibt, das man vorausberechnen kann, dann ist das ein Indianer.«

DENVER, COLORADO
8. Januar 1917

Der alte Mann liegt im Sterben.

Gelber Lichtschein gleitet höflich wie ein Leichenbestatter in das Schlafzimmer und fällt auf die bernsteinfarbene Wand. Der alte Mann ist an der Grenze zwischen Schlafen und Erwachen. Gegenwart und Vergangenheit kommen und gehen hinter seinen Augenlidern, der lange Tod mischt sich mit dem neuen Leben, Namen von Menschen und Pferden vergessener Jahre kommen über seine trockenen Lippen.

Dr. East, ein junger Mann mit rundem Gesicht und einem schwarzgerandeten Kneifer an einem Band, wirft einen blaßbraunen Schatten über die Bettdecke, als er seine Instrumente in seiner Arzttasche verstaut, wobei sie leicht klappern, und seine gestärkten Ärmel rascheln wie Blätter in einer Windbö. Seine Anwesenheit drängt sich sanft doch beharrlich in das Bewußtsein des alten Mannes. Er formt die Worte, bevor er sie hörbar ausspricht.

»Wo bin ich?«

»Sie befinden sich im Haus Ihrer Schwester May, Mr. Cody.« Die Stimme des Doktors klingt höflich und leise. »Sie sind aus dem Sanatorium hierher verlegt worden, nachdem die Mineralwasser-Kur keinen Erfolg hatte.«

»Ich weiß das alles«, schnauzt er alte Mann. »Ich bin nur ein bißchen benebelt aufgewacht. Reden Sie nicht mit mir, als wäre ich senil. Wie steht es mit mir?«

»Sie haben eine kritisch entzündete Prostata, und ich darf gar nicht an Ihre Leber denken. Darüber hinaus ist ihr Zustand geschwächt durch eine Mondfinsternis.«

»Sparen Sie sich das für die Zeitungen auf. Wie sind meine Chancen.«

»Es gibt einen Zeitpunkt, an dem der größte Arzt seinen Patienten einer höheren Macht überantworten muß.«

Der alte Mann schließt die Augen und atmet schwer. Gerade als der Arzt ihn schlafend wähnt, öffnet er wieder die Augen. »Wie lange habe ich noch?«

»Der Sand verrinnt langsam . . .«

»Wie *lange,* verdammt?«

»Etwa 36 Stunden, Sir.«

Er atmet wieder schwer. »Also gut. Wer ist draußen?«

»Ihre Frau, Ihre Töchter Irma und May und Lew Decker, der Mann von May.«

»Ich weiß, wer Lew ist. Bitten Sie ihn herein.«

Der Arzt zieht sich mit seiner Tasche zurück, und seine Gummisohlen verursachen kaum Geräusche auf den Dielen.

Der alte Mann wartet, betrachtet den gelben Lichtfleck auf den Decken und wundert sich darüber, daß er etwas Vertrautes hat. Dann erinnert er sich dran, daß das Sonnenlicht wie jetzt in den Raum gefallen war, in dem sein Vater gestorben war. Verdammter junger Bengel! Er hätte ihm die Hand halten und nicht daran denken sollen, daß er ihn in Frauenkleidung gesehen hatte.

Er schließt die Augen und kehrt sofort wieder auf die Prärien zurück. Vor seinem geistigen Auge sieht er jedoch nicht die Szenen aus seiner Jugendzeit, sondern eine grellerleuchtete Arena mit einem bemalten Segeltuch als Kulisse im Hintergrund und dem Publikum, das in der Dunkelheit am Rande des Scheinwerferlichts murmelt, und er hört Musik, bei dem ihm die Fußsohlen kribbeln. Dies ist stets die Leinwand, auf die seine besten Erinnerungen projiziert werden, Erinnerungen an Freunde und Feinde, die tot und begraben sind, bevor er den Fuß in eine Arena setzt, orangefarben und verschwommen und sprunghaft wie die Bilder seines einzigen Films, der nun in den Lagerräumen verstaubt. Die Blutsauger haben seine Träume mit allem anderen ausgeschlachtet.

Jemand auf der unsichtbaren Zuschauertribüne ruft seinen Namen.

»Will? Du wolltest mich sprechen?«

Noch unter dem Einfluß des Traums, denkt er zuerst, daß es die Stimme von Ned Buntline ist, der ihn im kühlen Schatten des Armeewagens wecken will. Dicker, komischer Ned Buntline, Homer für eine Generation aussterbender Helden. Doch Buntlines Überreste sind in Alkohol eingelegt, und die Seiten seiner köstlichen Geschichten sind längst vergilbt und so tot wie Hickok, so tot wie Custer. So tot wie er. Er sieht seinem

Schwager in die Trauermiene und weist schwach zu dem Kartenspiel auf dem Nachttisch.

»Der Doc sagt, ich habe noch 36 Stunden. Laß uns pokern.«

ZWEITES BUCH

1872–1883

Buntline Spezial

»Oh, Mama, ich bin ein schlechter Schauspieler!«

William F. Cody, 1872

6

Trotz seiner Fremdartigkeit, und in gewissen Maße gerade deshalb, erinnerte New York City Will an die Küche in der alten Pension seiner Mutter. In seiner Jugendzeit hatte er dieses gleiche, starke Gefühl verspürt, wenn seine Mutter und seine fünf Schwestern vom Herd zum Tisch und zurück geeilt waren, in Pfannen gerührt, Messer geholt, dampfende Töpfe geschleppt und dem Jungen die Gefahren demonstriert hatten, die durch Unfälle beim Schneiden oder Stolpern oder Verbrühen drohten. Aber damit endete die Ähnlichkeit.

Ein kurzer Zwischenaufenthalt in Chicago, wo er Phil Sheridan besuchte, hatte Will nicht auf die Pracht und den Terror des am schnellsten wachsenden Handelszentrums der Welt vorbereitet, in dem Turmspitzen in anthrazitfarbene Wolken stießen und Züge über die erhöhte Bahnlinie längs der Sixth Avenue ratterten und Funken und Ruß auf die Schotterstraße niedergingen.

Hübsche rote Sandsteinhäuser, die den neuen Reichtum der Stadt zeigten, rümpften die Nase über die Neuerungen, über das Apartmenthouse, das an der East 18th Street und längs des Central Park entstand, mit seinem zweifelhaften Versprechen von Leben in Regalen wie Bücher und Flaschen mit patentierter Medizin. Pferdedroschken und Straßenbahnen verstopften die Avenues und Boulevards. Der einzelne Reiter war selten, und meistens war es ein Polizist mit Helm und Uniform, die bis zum Hals zugeknöpft war. In einem einzigen Block waren mehr Leute, als Will in ganzen Städten der Siedlungsgrenze gesehen hatte. Wenn sie sich in Hauseingängen und an Straßenecken sammelten, waren ihre Stimmen ein Getöse von fremdartigen, unmelodischen Akzenten.

Will schätzte, daß es wesentlich mehr Fußgänger gab als auf einmal in die Gebäude paßten, wie elf Anzüge für einen Schrank, in den nur zehn paßten und deshalb immer einer draußen war, um gebürstet zu werden.

J. G. Heckscher und Schuyler Crosby, Veteranen der gefeierten Büffeljagd Bennetts, teilten mit ihm die Droschke. Sie machten ihn auf das Stahlskelett der Brooklyn Bridge aufmerksam, die im Bau war, und wiesen ihn auf Boß Tweeds berüchtiges Viertel-Million-Dollar Gerichtsgebäude hin, das bis jetzt die New Yorker Steuerzahler über dreizehn Millionen gekostet hatte. Doch Will war wie ein Wolfsjunges, das sich zum ersten Mal aus dem Bau gewagt hat, benommen von der Gewaltigkeit und Vielfalt der Welt und unfähig, alles auf einmal aufzunehmen.

»Wo ist die charmante Mrs. Cody, über die wir alle soviel gehört haben?« fragte Crosby.

»Zu Hause bei unseren Kindern. St. Louis ist genug Zivilisation für sie.«

Es hatte einen Streit deswegen gegeben, Louisa war der Ansicht, daß Reisen für Kinder zu gefährlich sei. Sie hatte Wills Erwiderung ignoriert, daß er mit seinen Schwestern und dem Bruder ohne den geringsten Zwischenfall mit dem Wagen von Iowa nach Kansas gereist war. Es lief darauf hinaus, daß er sich wie ein Deserteur fühlte, weil er Bennetts Einladung annahm und seine Familie zurückließ.

Die Droschke hielt vor dem hochaufragenden Union Club. Will folgte seinen Gefährten hinein, und später, vom Alkohol benebelt, zu Heckschers Schneider, wo er sich einen neuen Anzug anpassen ließ. Der Anblick, der sich ihm in dem großen Spiegel bot, entsetzte ihn. Er fand sein Haar auf einmal erschreckend lang. Er fragte nach einem Barbier, um sich die Haare schneiden zu lassen, worüber seine New Yorker Freunde entsetzt waren.

»Sie brauchen nur einen Seidenhut«, sagte Heckscher und rief den Schneider mit einem Fingerschnippen herbei. Der kleine Mann mit dem schmucken Schnurrbart und dem schmalen Gesicht, das osteuropäische Züge hatte, erkundigte sich nach der Größe. Der New Yorker sah Will fragend an.

»Ich probiere sie immer an, bis ich einen finde, der paßt«, gestand der Scout.

»Sieben«, schätzte Schyler Crosby. »Nein, 7½, wenn sein Haar unter die Krone passen soll.«

»Siebeneinhalb«, stimmte Heckscher zu.

Der Schneider holte den Hut. Er hielt geschickt Wills Locken zusammen und setzte ihm den Hut auf. Will rückte ihn auf die verwegene Art zurecht und bewunderte das Ergebnis im Spiegel. Mit seinem sorgsam gestutzten Spitzbart sah er aus, als besuche er ein Königshaus. Sein dunkelgebräuntes Gesicht bildete einen starken Kontrast zum gestärkten Weiß des Hemdkragens.

»Welch eine Verwandlung!« sagte Heckscher.

»Man könnte ihn nicht von einem Fifth-Avenue-Gentleman unterscheiden«, warf Crosby ein.

»Ziehen Sie nur nicht den Hut vor den Ladys, denn Sie würden einen Aufruhr verursachen.«

Der Schneider sagte, daß der Anzug morgen fertig sei. Will zog wieder die Kleidung an, die er in Chicago gekauft hatte, und begleitete seine Gastgeber per Fahrstuhl zum Erdgeschoß. Die zweite Fahrt in dem Käfig entnervte ihn nicht weniger als die Aufwärtsfahrt, besonders als der Fahrstuhl hielt und Will das Gefühl hatte, seine inneren Organe bewegten sich noch. Crosby bemerkte die Blässe unter Wills Sonnenbräune und riet ihm, sich beim nächsten Mal gegen die Fahrstuhlwand zu lehnen.

Will winkte ab. »Ich hatte das gleiche Gefühl auf einem bokkenden Pferd, wo es keine Fahrstuhlwand zum Anlehnen gab.«

An diesem Abend sah Will zum ersten Mal ein Bühnenstück, ein Melodrama mit dem Titel *The Black Crook*, und er scherzte in der Pause, daß er froh sei, seine Waffen in der Hotelsuite zurückgelassen zu haben, denn sonst wäre der Schauspieler, der den Bösewicht so überzeugend darstellte, schon ein paarmal tot. Heckscher lachte, woraufhin Will ihm auf den Rücken klopfte und ebenfalls lauthals losbrüllte. Die anderen Theaterbesucher in der Lobby starrten.

Später zogen sich die drei in den Club zurück, wo sie James Gordon Bennett junior begrüßten. Sein Gesicht war gerötet vom Trinken, und Krümel hafteten an seinem gutgestutzten Schnauzbart. Er überredete Will zu einer tückischen Mischung von Brandy, Absinth und Ginger Ale und starrte verdutzt, als der Westmann den Drink in einem Zug hinunterkippte. Will war an Drinks gewöhnt, die so scharf wie ein geiler Büffelbulle waren. Danach wechselte er auf Roggenwhisky über, und sie setzten sich in tiefe, braune Ledersessel mit hohen Rückenlehnen und riefen sich den Jagdausflug mit Will als Führer in Erinnerung und hörten zu, als er von der Jagd mit dem Großherzog erzählte.

Um Mitternacht kehrte Will in seine Suite zurück, warf sich vollbekleidet bäuchlings aufs Bett und fiel in Schlaf, während er noch auf und ab federte. Zu solch später Stunde schlief man für gewöhnlich längst in den Prärien im Westen.

Er erwachte um acht und frühstückte in der Suite – Steak, Eier, Pfannkuchen, Würstchen und dampfenden schwarzen Kaffee, ein Luxus, den er seit dem letzten Festessen bei seiner Mutter vergessen hatte. Dann verließ er das Hotel.

Der blasse Winterhimmel schien wie eine Zinndecke von den Turmspitzen der braunen und grauen Gebäude gestützt zu werden. Will ging zur Battery hinunter, wo er im Hafen ein- und auslaufende Schiffe beobachtete, deren Segel sich blähten wie die Nüstern eines schweratmenden Pferdes. Bei einem italienischen Händler kaufte er geröstete Kastanien und warf sie in einen Zinnbecher, den ein zitternder Affe hielt, der mit einer

Silberkette an die Drehorgel eines Leierkastenmannes angebunden war.

»Sie sollten Pennys werfen«, beschwerte sich der Drehorgelspieler.

»Pennys kann er nicht fressen«, erwiderte Will verwundert. Doch er legte ein paar Münzen in den Becher.

Im Central Park hörte er sich eine politische Rede von Horace Greeley an. Dann entdeckte er in der Canal Street das Studio eines Fotografen und ließ sich in seiner Stadtkleidung vor einer gemalten Landschaft fotografieren, um das Bild Louisa zu schicken.

Auf dem Rückweg verirrte er sich, doch er bemühte sich nicht, nach dem Weg zu fragen. Er hatte sich schon früher verirrt, und zwar nicht unter hundert Leuten, von denen er Hilfe, Essen und Trinken kaufen konnte. Er wanderte von Block zu Block, schaute zu der Rokoko-Architektur hinauf, las Reklameschilder und ignorierte die neugierigen Blicke von Passanten, die diesen Giganten anstarrten, der Haare hatte, auf die eine Frau neidisch sein konnte, und der am kältesten Tag des Jahres mit offenem Mantel herumlief. Schließlich entdeckte er ein Gebäude, das er wiedererkannte, und er fand den Weg zum Hotel. Eine vertraute dicke, kleine Gestalt in Weste und Cut wartete auf ihn in der Halle.

»Colonel!« Will ergriff Ned Buntlines gepflegte zarte Hand und drückte sie, bis dem Journalisten Tränen in die Augen traten.

»Du siehst gut herausgeputzt für einen wilden Helden aus, Junge.« Buntline knetete seine Knöchel wieder an Ort und Stelle und bewunderte Wills Weste und das winzige goldene Hufeisen, das an seiner Uhrkette hing. Das Haar und der Schnurrbart des Biographen waren eine Spur grauer, und seine Augen glänzten unnatürlich für diese Tageszeit. Tabakasche haftete auf seinem Wanst. Er zog einen Stapel Schriften unter seinem linken Arm hervor und drückte sie dem Scout in die Hand. »Nur damit du siehst, daß ich nicht untätig war.«

Will blätterte das Material durch. Jedes Titelbild zeigte einen unterschiedlichen Stahlstich von einem scharf profilierten Westmann mit langem Haar, Spitzbart und Wildleder. Er posierte jeweils in Heldenmanier. Will las die Titelüberschriften: *Buffalo Bill's Best Shot, Buffalo Bill's Last Victory* und *Hazel Eye, the Girl Trapper.*

»Wer ist Hazel Eye?« fragte er.

»Du rettest sie im letzten Kapitel vor den Wilden.«

Will musterte die letzte Ausgabe des Stapels, die kein Romanheft war wie die anderen, sondern ein dünnes Theaterprogramm mit der simplen Aufschrift ›Buffalo Bill‹ und einer Liste von Namen neben fantastisch klingenden Western-Spitznamen, von denen er einige wiedererkannte. Die richtigen Namen waren ihm alle unbekannt.

»Ich dachte, das könnte deine angeborene Neugier wecken«, bemerkte Buntline. »Ich wette, daß du keine Ahnung hast, daß du in dieser Saison der Theaterlöwe bist. Vielleicht können wir beide heute abend zum Niblo's Garden gehen und uns die Schau ansehen.«

Bevor Will eine Antwort geben konnte, wandte sich der weißhaarige Mann an der Rezeption unterwürfig an ihn und überreichte ihm drei Botschaften. Schuyler Crosby lud ihn zum Lunch bei Delmonico's ein, und seine Freunde vom Union Club gaben an diesem Abend zu seinen Ehren einen Empfang im Ballsaal des Fifth Avenue Hotel. Die dritte Nachricht war von Heckschers Schneider, der ihn informierte, daß sein Maßanzug fertig war. Will brannte darauf, ihn in der Öffentlichkeit zu tragen.

»Vielleicht morgen abend«, sagte er zu Buntline, und als er dessen enttäuschte Miene sah, fügte er hastig hinzu: »Ist es zu früh für dich für einen Drink?«

Der Journalist strahlte. »Es war zu früh, als ich fünf war. Hätte ich nur den dunklen Abgrund gekannt, der mich am Boden dieser ersten Flasche erwartete! Doch es gibt für alles einen Grund auf Gottes guter Erde, und wer sind wir, daß wir Seine Schöpfung in Frage stellen?« Er ergriff seinen Freund am Ellenbogen. »Hier geht's zur Bar. Paß beim letzten Barhocker auf, er hat ein zu kurzes Bein.«

Wills großer Auftritt im Fifth Avenue Hotel unterstrich seinen quasi königlichen Status, doch er fühlte sich bald auf der Tanzfläche bei den neuen Tänzen aus Europa unbehaglich und flüchtete zur Bar. Dort saß er mit den Locken, die über das feine schwarze Tuch auf seine Schultern fielen, und erzählte einer wachsenden Menge von Zuhörern Geschichten, während sich der Barmann bemühte, sein Glas ständig aufzufüllen.

Einen Teil des nächsten Tages verbrachte Will im Central Park, der noch in der Entwicklung war. Er spazierte zwischen Bäumen, die bereits von den Gebäuden jenseits davon überragt wurden, während Schnee in Flocken von der Größe von Goldstücken fiel. Rotgesichtige Maurer bei der Arbeit an Fußgängerbrücken wunderten sich über den Dummkopf, der ein Dach über dem Kopf und einen warmen Ofen verschmähte, ohne dafür bezahlt zu werden, doch der weiche Boden tat ihm gut unter den schmerzenden Füßen. Seine hochhackigen Stiefel, die er trug, um seine neuen Kunstlederschuhe zu schonen, waren auf Spaziergängen über lange Strecken unbequem, besonders wenn diese langen Wege viele Blocks mit Zement und Schotterboden bedeuteten. Doch ein Mann, der tausend Meilen gewandert war, weil es eine Bande bewaffneter Mormonen so gewollt hatte, litt weniger als die meisten. Trotzdem nahm er eine Droschke für den Rückweg zum Hotel.

Weitere Einladungen warteten auf ihn, und einige trugen Unterschriften, die er nicht kannte. Er nahm an, daß es sich um Leute handelte, die er auf dem Empfang kennengelernt hatte. Diesmal sagte er höflich ab, entschuldigte sich mit Erschöpfung und schickte einen uniformierten Pagen zu Buntline und ließ ihm ausrichten, er möge am Abend beim Hotel vorbeikommen, und dann würden sie das Theater besuchen. Den Rest des Tages blieb er im Hotel und schrieb einen langen Brief an Louisa.

Die Schau basierte auf Buntlines Büchern, und ein extravaganter Schauspieler namens J. B. Studley spielte Buffalo Bill. Obwohl Will sich nicht in dem tapferen Jungen wiedererkennen konnte, der einen wütenden Mob von Sklavereianhängern zurückdrängte, der seinen Vater in der Salt Creek Trading Post ermorden wollte, blinzelte er Tränen des Zorns fort, als der Schauspieler in Isaac Codys Rolle ›niedergestochen‹ wurde. Er trampelte und applaudierte mit allen anderen Zuschauern, als der Held den Grenzbanditen Jack McKandless im Zweikampf mit yardlangen Bowiemessern besiegte, ungeachtet der Tatsache, daß letzteres Ereignis von Wild Bill Hickoks aufgeblähten Erinnerungen entliehen war. Er mußte sich klarmachen, daß er, Will Cody, das war, der dem Tod zwischen dem flackernden Rampenlicht und den gemalten Kulissen ins Auge sah. Aus unerklärlichen Gründen verursachte es ihm ein leichtes Unbehagen. Zum ersten Mal verstand er die Abneigung der Indianer, bei deren Gefangennahme er geholfen hatte, damit sie fotografiert werden konnten.

Er konnte jedoch nicht eine gewisse Befriedigung gemischt mit Verlegenheit leugnen, als er hörte, wie ein paar Plätze weiter sein Name geflüstert wurde und sich ein junges Paar gespannt vorneigte und sein Profil im Lichtschein musterte, der von der Bühne aus auf ihn fiel.

Er gab vor, es nicht zu bemerken, als sein Name die Reihe entlang und quer durch das Publikum geraunt wurde, sich Leute anstießen und Frauen miteinander tuschelten und ihn mit ihren Blicken suchten. Buntline, wie üblich fasziniert von seinen Texten, saß zusammengesunken mit seinem Wanst da und schien die zunehmende Aufregung nicht wahrzunehmen. Doch als der Vorhang fiel, das Licht anging und das Publikum forderte, den Helden des Dramas zu sehen, umfaßte der Journalist Wills Bizeps mit eisernem Griff und zog ihn hoch.

Der Weg zur Bühne war scheinbar endlos, und trotz des donnernden Beifalls, der ihn dorthin zu schieben schien wie ein Wagen, der einen Hang hinabrollt, fand Will, daß der Fußmarsch vom Mormonen-Territorium wieder nach Kansas kürzer gewesen war.

Die Beleuchtung war wieder gedämpft, doch der grellweiße Scheinwerferspot blendete ihn. Das Publikum stand jetzt. Er fand die Stufen zur Bühne hinauf mit Buntlines Hilfe und stieg hinauf, wobei er befürchtete, zu stolpern und zu fallen. Doch er gelangte ohne Zwischenfall auf die Bühne. Die Hochrufe und der Beifall erreichten einen Höhepunkt und klangen ab. Die Zuschauer setzten sich. Jemand hustete.

Will sah mit zusammengekniffenen Augen ins Scheinwerferlicht. Er verschränkte die Hände vor sich, hielt sie hinter sich, kreuzte die Arme vor der Brust, steckte die Hände in die

Taschen. Seine Hände und Arme schienen ein eigenes Leben angenommen zu haben. Die Stille war peinlich. Er räusperte sich, murmelte etwas, räusperte sich erneut und hob die Stimme. Seine Ansprache dauerte eine halbe Minute, und danach wußte er nicht, was er noch sagen sollte. Eine Pause folgte seinen Worten, dann setzte mehr Lärm ein als je zuvor. Jemand packte ihn am Ellenbogen und zog ihn auf den Vorhang zu. Jemand nahm seine Hand und schüttelte sie immer wieder. Als sich seine Augen an die schwache Beleuchtung hinter dem Vorhang gewöhnt hatten, sah er, daß der Mann, der ihm die Hand schüttelte, J. B. Studley war, sein Imitator. Aus der Nähe betrachtet war die Schminke des Schauspielers so dick wie das Bärenfett auf einem Sioux-Krieger, und seine lange Perücke und der angeklebte Bart und Schnauzbart sahen lächerlich falsch aus. Er war ein wenig kleiner als Will, trotz der übertrieben hohen Absätze und Einlagen seiner Stiefel. Ned Buntline stand neben ihm und strahlte.

»Du hattest das Publikum völlig in der Hand, Junge«, sagte er. »Wenn du als Präsident kandidieren würdest, wäre dir die Stimme von jedem Zuschauer im Theater sicher.«

Deine Mutter ist davon überzeugt, daß du eines Tages Präsident werden wirst. Ich habe niedrigere Ziele für dich . . . hatte sein Vater vor dem Tod gesagt.

Andere Schauspieler schüttelten Will die Hand. Er verspürte das halb traumatische Gefühl, höfliche Worte mit Jake McKandless zu wechseln, der wundersamerweise von den Toten auferstanden war. Die kleine dunkelhäutige Frau, die das Indianermädchen gespielt hatte, sagte etwas Nettes auf Englisch mit Brooklyn-Akzent. Einer der abtrünnigen Cheyennes hatte blaue Augen und Sommersprossen unter der braunen Schminke. Will drückte einem großen kahlköpfigen Mann in einem grauen Anzug mit Weste die Hand, der sich als Manager des Theaters vorstellte. Der Manager bot ihm fünfhundert Dollar pro Woche, wenn er sich selbst bei der Produktion spielte. Verwirrt lehnte Will mit höflichen Worten ab.

»Eine kluge Entscheidung, Junge«, flüsterte Buntline und zog ihn zum Bühnenausgang. Er hielt ihre Mäntel über dem Arm und trug ihre Hüte. »Nimm nie das erste Angebot an.«

Sechs Wochen vergingen in einem Rausch von Farben und Glanz. Will sah seine erste Oper. Obwohl Commodore Bennett die Stimme der Diva für beeindruckend hielt, kannte Will einen Schamanen der Cheyennes, der lauter brüllen konnte. Die Journalisten, die ihm durch die ganze Stadt folgten, sprach er mit ihrem Vornamen an und diejenigen, an deren Namen er sich nicht erinnerte, nannte er ›Hoss‹.

Er dinierte bei so vielen Banketten Hühnerfleisch, um selbst Flügel zu bekommen und Eier zu legen – das behauptete er jedenfalls. Auf Bällen tauchte er zu seinem üblichen einen Tanz auf, zog sich dann an die Bar zurück und erzählte Geschichten für die Partybesucher. Er schickte Zeitungsausschnitte aus *Times, Sun, Post, Journal* und Bennetts *Herald* nach Hause zu seinen Schwestern und Louisa.

Für einen Maskenball, den die Academy of Music zu seinen Ehren gab, zog er ein Musketierkostüm an und schaute begeistert zu, wie eine Gruppe von Schauspielern als Bären verkleidet, zu den frenetischen Klängen des Säbeltanzes einen riesigen Schneeball aus Baumwolle über die Tanzfläche zogen. Der Schneeball platzte auf, und der russiche Großherzog Alexis tauchte in voller Uniform auf. Es war natürlich ein weiterer Schauspieler, doch Will stieß trotzdem einen Schrei der Überraschung aus und umarmte das Double, als wäre es der richtige Alexis.

Eine echtere Umarmung hob sich Will für Ned Buntline auf, als der Journalist ihm ein paar Abende später bei einem Empfang ein schönes neues Remington Gewehr schenkte, in das die Initialen W. F. C. eingraviert waren.

»Damit brauchst du bei deinem nächsten Indianer nicht so nahe ranzugehen«, sagte Buntline, sichtlich bewegt und verlegen bei dem Gefühlsausbruch seines Freundes.

Will lachte. »Ich werde es mit Salzkörnern laden, denn sonst wird jedes Wild verderben, bis ich bei ihm angelangt bin.«

Am nächsten Tag begleitete ihn Buntline per New York Central Railroad nach Westchester, Pennsylvania. Sie zogen bei einem großen Backsteinhaus an der Hauptstraße den Klingelzug und überreichten dem schwarzen Dienstmädchen, das öffnete, ihre Visitenkarten. Sie führte sie in einen komfortablen Salon, der von einer Messinglampe erhellt war, und bat sie zu warten, bevor sie sich auf leisen Kreppsohlen zurückzog.

Buntline spielte nervös mit seiner Uhrkette. Sein sonst wirres Haar war pomadisiert und genau in der Mitte gescheitelt, und sein hoher, steifer Kragen schnitt sichtlich in die Speckfalten seines Halses.

»Was für eine Art Mann ist dein Onkel?« fragte er Will.

»Ich habe keine Ahnung.« Obwohl Will sich in der ungewohnten Umgebung gleichfalls unbehaglich fühlte, wirkte er in seinem dicken Winteranzug und der kastanienbraunen Krawatte entspannter. Er betrachtete ein großes Bild, das eine Jagdszene darstellte und an der Wand über dem Kamin hing. »Colonel Guss heiratete die Schwester meiner Mutter, doch sie ist seit einigen Jahren tot, und wir haben uns nie kennengelernt.«

»Ich werde deine Artillerie-Unterstützung sein, kommt das in der Größe hin?«

»Genau.« Will grinste.

Nach ein paar Minuten betrat ein großer Mann den Salon. Sein ergrautes Haar war sorgsam über seine langen Ohren gekämmt. Die hellblauen Augen waren von einem Kranz von Falten umgeben, die von Wind und Sonne in die Haut eingekerbt worden waren. Die hellblauen Augen bildeten einen großen Kontrast zu seiner Hautfarbe, die fast so dunkelgebräunt war wie Wills Haut. Der Schnauzbart war militärisch kurz gestutzt. Der Blick des Mannes heftete sich zuerst auf Buntline, verweilte für einen kurzen, höflichen Augenblick und richtete sich dann auf den Scout. Sein Lächeln war reserviert, aber freundlich.

»William? Ich bin dein Onkel Henry.«

Sie reichten sich die Hände. Der Händedruck des älteren Mannes war trocken und fest.

»Mein Freund, General E. Z. C. Judson«, stellte Will Buntline vor.

»General.«

Buntline, stolz auf die Beförderung, schüttelte Guss die Hand.

Der Gastgeber sagte etwas Liebenswürdiges, doch der Neffe

hörte es nicht. Er starrte die junge Frau an, die seinem Onkel in den Salon gefolgt war. Sie war brünett, mittelgroß und trug ein beigefarbenes Rüschenkleid. Ihre Augen waren dunkelbraun. Will glaubte seiner Mutter gegenüberzustehen, wie sie auf einem alten Porträt ausgesehen hatte, das in der Pension gehangen hatte, solange er sich zurückerinnern konnte. Sie errötete unter seinen Blicken und lächelte lieb und verlegen.

Guss bemerkte den Austausch der Blicke und drehte sich um. »Lizzie«, sagte er, »das ist dein Cousin Will. Meine Tochter Elizabeth.«

Will nahm ihre dargebotene Hand, als wäre sie aus Glas. »Ich würde eine Cody überall erkennen«, sagte er.

In St. Louis sah Louisa Cody bei der Nählektion auf, die sie ihrer vierjährigen Tochter gegeben hatte, und erschauerte.

»Ich habe eine Fuchsjagd am Ende der Woche arrangiert«, sagte Guss zu seinen Gästen. »Gewiß werden Sie bleiben und daran teilnehmen.«

Will bemerkte den Blick seiner Kusine. »Ich habe nie gehört, daß jemand Fuchsfleisch ißt.«

»Die Jagdhunde finden es delikat. Es ist hauptsächlich ein Vorwand für eine Gruppe sonst geistig gesunder, erwachsener Männer und Frauen, um auf ein Pferd zu klettern und zu riskieren, sich den Hals zu brechen. Wenn stimmt, was Mr. Buntline über dich schreibt, Will, dann wird es dir Spaß machen.«

»Oh, er ist ein ziemlicher Lügenbold«, bemerkte General Judson.

Will zog eine scharlachrote Reitjacke an und nahm an der Jagd teil. Geschichten darüber konnten einem begabten Erzähler freie Drinks bis an sein Lebensende einbringen. Die Zeitungen schlachteten das Spektakel aus, daß der Büffeljäger mit Hunden auf Fuchsjagd ritt. Sie schilderten jede Einzelheit des Ereignisses, als wäre es eine entscheidende Schlacht in einem wichtigen Krieg. Sie beschrieben alles in den großen Phrasen und blumigen Formulierungen, die Ned Buntlines Fans sofort wiedererkannten, wie Kunststudenten die Pinselführung und Signatur ihres Meisters erkennen. Buntline erschöpfte unterdessen den Brandyvorrat des Gastgebers und kritzelte Berichte, ohne einmal zu seiner Inspiration aufzuschauen.

Als Will am Ende der Woche wieder in New York war, suchte er den Freund in dessen Hotelzimmer auf. Er traf den Journalisten ohne Kragen und mit herabhängenden Hosenträgern an, wie er vor dem Spiegel seines Garderobentisches einen Vortrag über Abstinenz probte. Das Gesicht des Scouts, das Buntline über seine Schulter im Spiegel sah, zeigte sichtliche Erschütterung. Buntline stoppte mitten in der Hyperbel und wandte sich um.

»Schwierigkeiten zu Hause?« fragte er.

»General Sheridan hat mich zurückgerufen, doch meine Schwierigkeiten sind hier.« Will hielt ihm ein Blatt Papier hin.

Buntline setzte seine Brille auf und schaute sich den Zettel an. »Scheint eine Rechnung von Delmonico's über sechshundert Dollar und ein paar Gequetschte zu sein.«

»Ich lud Commodore Bennet und elf andere gestern abend zum Dinner ein. Wo ich herkomme, da erhält man eine solche Mahlzeit zum Preis einer Kugel. Ich habe genau fünfzig Dollar bei mir und muß auch noch das Ticket für die Heimfahrt kaufen.«

»Die Zivilisation ist teuer.« Der Journalist faltete die Rechnung. »Meine Verleger werden das übernehmen. Ich bin ihnen für meine nächsten drei Romane gut, und sie werden kaum die zusätzliche Zahlung bemerken.«

»Danke, Colonel. Ich stehe in deiner Schuld.«

Buntline grinste. »Mach dir keine Sorgen, Junge. Ich werde schon kassieren.«

Sie schüttelten sich die Hände.

»Du warst zu lange im Osten, Will. Wir tragen solche Kleidung schon seit Monaten nicht mehr auf Erkundungsritten.«

Jim ›Buffalo Chips‹ White – langhaarig, in Wildleder, ein Spiegelbild von Will, wenn der Spiegel pockennarbig und die Züge ein wenig zusammengeschrumpft wären – sah stirnrunzelnd zu seinem Idol auf.

Will saß auf seinem Pferd Buckskin Joe in seinem eleganten Anzug, den Seidenhut schief auf dem Kopf.Er entkorkte eine Flasche Champagner und schenkte in ein Stielglas ein. Dies war gewiß nicht der harte Mann der Siedlungsgrenze, dem

Chips seit dem Tag nachgeeifert hatte, an dem sie sich kennengelernt hatten.

Will lachte und reichte ihm das Stielglas. »Sag das diesen Strohköpfen«, erwiderte er und wies zu dem großen Trupp von Scouts und Pionieren, die ihn von Omaha aus nach Fort McPherson begleitet hatten. Er kippte noch mehr von dem Champagner hinunter, den er aus New York mitgebracht hatte. »Sie wollten mich in meiner Stadtkleidung sehen, und dann vergaßen sie meine Klamotten im Hotel. Wo ist General Carr?«

»In Arizona mit der 5. Kavallerie. Wir erkunden auf diesem Ritt für General Reynolds. Er erwartet dich westlich von hier mit der 3. Kavallerie.« Chips trank das Champagnerglas auf einen Zug leer und rülpste laut, was ihn selbst überraschte.

»Nun, warum stehst du noch herum und schlürfst Champagner? Auf die Pferde, und wir werden sehen, ob ein Trupp von fünfzig Spurenlesern einen General und eine ganze Armee finden kann.«

»In diesen Klamotten?«

»Entweder so oder nackt. Ich sagte dir doch, daß meine Sachen in Omaha zurückgeblieben sind.«

»Warte, ich hole mein Pferd«, sagte Chips und reichte Will sein leeres Glas. »Ich habe Sam Grants Amtseinführung verpaßt, aber das hier will ich mir nicht entgehen lassen.«

Er stiefelte auf die Ställe zu, und sein Gang war eine übertriebene Imitation von dem Wills.

In Reynolds Biwak hörte T. B. ›Texas Jack‹ Omohundro den Hufschlag und sah von dem Strick auf, den er spleißte. Er war ein rundgesichtiger Mann mit den sanften Zügen eines Geistlichen, doch er trug das Haar noch länger als Will und seine Wildlederkleidung war mit Indianerskalps behängt. Er starrte, rieb sich die Augen und starrte abermals. Dann stand er von seinem Segeltuchstuhl auf. Der Strick rutschte vergessen von seinem Schoß zu Boden.

»Hallo, Jack!« Die Vision mit dem Seidenhut auf dem vertrauten Büffeljagdpferd trabte vorbei, gefolgt von Chips und einem buntgemischten Reitertrupp, der groß genug war, um einem Zug Kavallerie Entsatz zu bringen. Als der letzte Reiter vorbeiritt, fiel eine leere grüne, langhalsige Flasche aus seinen Satteltaschen und klatschte in den Staub vor die Füße des Scouts, ohne zu zerbrechen.

Jack schloß sich der Prozession an. Andere aus dem Biwak gesellten sich dazu. Als die Reiter vor dem Zelt des Generals die Pferde zügelten, war jeder außer den Feldposten anwesend, die die sonderbaren Besucher nur hatten passieren lassen, weil Chips bei ihnen war.

Ein glotzäugiger Corporal, der vor dem Zelt Wache schob, duckte sich ins Zelt und tauchte einen Augenblick später wieder auf, dichtgefolgt von General Reynolds.

Der große, graubärtige General ließ den Blick seiner granitfarbenen Augen über den Dandy gleiten, der sich vom Pferd geschwungen hatte und jetzt vor ihm in leicht schiefer Haltung strammstand.

»Wer zum Donnerwetter sind Sie?« fragte Reynolds.

7

Texas Jacks schnurrbärtiges Gesicht zeigte ein breites Grinsen. Er hatte seinen Sombrero aus der Stirn geschoben, und man sah einen blassen Streifen unter dem Haaransatz, wo die Sonnenbräune aufhörte. Sein kleiner Rappe war außer Atem, aber keineswegs erschöpft, und er schlug mit dem Schweif nach einem Fliegenschwarm, der um seine glänzende Kruppe summte.

»Pferde auf einer Seite des Creeks, Rote auf der anderen«, meldete Jack.

»Die Bastarde lernen nie.« Will schaute in die Runde der fünf Kavalleristen, die Reynolds ihm unterstellt hatte. Ihre blauen Uniformen waren staubig und verblichen in der grellen Sommersonne. »Wir sind sieben gegen dreizehn. Ich weiß nicht, ob das Glückszahlen für uns sind, denn sie werden uns mit Sicherheit entdecken, wenn wir zum Camp zurückkehren.«

»Holen wir uns einigen Armeebesitz zurück«, sagte Texas Jack.

Sie gelangten bis auf etwa fünfzig Yards an das Cheyenne-Camp heran, bis ein Krieger sie entdeckte und Alarm schrie. Die anderen sprangen auf und platschten durch das seichte Wasser des Creeks zu den Pferden, die am anderen Ufer grasten und unter denen sich die Tiere befanden, die sie von Reynolds Kavallerie gestohlen hatten.

Will führte die Attacke an. Der frische Wind trieb blauen Pulverrauch über den Boden. Die Indianer erwiderten das Feuer. Die Schüsse klangen dumpf und hohl in der Weite der Prärie. Ein Krieger warf ein Bein über einen kastanienbraunen Wallach, und die Rückwärtsbewegung sah fast komisch aus, als eine Kugel mitten im Schwung sein Brustbein traf. Will jagte auf Buckskin Joe durch das Wasser und packte den Zügelstrick des Wallachs, noch während der Indianer fiel.

Fünf andere Krieger, die auf Pferde gelangt waren, flüchteten creekabwärts, verfolgt von einem Bleihagel. Einer schrie schrill auf, sank vornüber und stürzte vom Pferd. Das reiterlose Tier galoppierte noch etwa hundert Yards weit, bevor es stehenblieb. Die übrigen Krieger jagten in gestrecktem Galopp weiter und waren jetzt außer Schußweite.

Jack und die Soldaten holten Will ein. Die Flanken ihrer Pferde hoben und senkten sich heftig. Einer trabte voraus, um sich das reiterlose Pferd zu holen.

»Die anderen sieben sind nach Westen abgehauen«, sagte Jack. »Ich glaube, wir haben ein paar verwundet. Alles in Ordnung mit dir, Will?«

»Sehe ich anders aus?«

»Du blutest am Kopf.«

Verwundert tastete Will an seine Stirn. Als er die Hand zurückzog, war sie voller Blut. Eine Kugel hatte eine Furche an seinem Haaransatz entlang gerissen.

»Verdammt! Wenn das eine Narbe gibt, wird Lulu den Rest meines Kopfes haben wollen.«

Reynolds 3. Kavallerie setzte die Verfolgung fort und nahm zweihundert Indianer im Hauptlager gefangen, wonach sich eine betäubte Art Frieden wie Staub über diese Gegend senkte. Texas Jack flocht Stricke, und die Soldaten spielten Karten und schrieben Briefe nach Hause. Die Tage wurden kürzer, zuerst kaum wahrnehmbar, doch dann schrumpften sie wie das Fell der Büffel, das in Büscheln ausfiel. Der erste Frost verwandelte über Nacht das Präriegras von sattem Grün in totes Gelb.

Will kehrte im Herbst nach einem Erkundungsritt, der ruhig verlaufen war, nach Fort McPherson zurück. Er war mit Staub und Schweiß bedeckt und hatte eine Narbe von der Dicke einer Messerklinge an der Stirn. Ein Stapel Post wartete auf ihn. Darunter befand sich ein Telegramm vom U.S. Außenministerium, das ihn darüber informierte, daß er für eine Ehrenmedaille des Kongresses vorgeschlagen sei, wegen seiner Beteiligung an dem Gefecht, das zur Wiedergewinnung zweier Armeepferde und der anschließenden Gefangennahme einer großen Horde diebischer Cheyennes geführt hatte. Andere Telegramme enthielten Glückwünsche von Freunden in Omaha für Wills Wahl in die Legislative Nebraskas.

»Wann fängst du an, Volksreden zu halten, Will?« fragte Buffalo Chips ehrfürchtig, während er einen Riß am Knie seiner Wildlederhose nähte.

»Nie. Die Politik ist ein Trail mit mehr Kaktusstacheln auf einem Yard, als ich ihn je hier draußen geritten bin. Doch ich glaube, ich behalte das ›Honorable‹ vor meinem Namen. Klingt wie ein beeindruckender Titel.«

Er öffnete das letzte Kuvert, das einen dreiseitigen Brief enthielt, den Ned Buntline in seiner schwungvollen Schrift geschrieben hatte. Einige Minuten lang konzentrierte er sich auf die hochtrabenden Formulierungen des Journalisten, dann legte er die Seiten sorgfältig auf ein Knie.

»Chips«, sagte er, »ich möchte, daß du mich mal genau anschaust.«

Sein Freund sah vom Nähen auf. »Ich schaue.«

»Siehst du einen Schauspieler?«

»Ich weiß nicht. Wie sieht einer aus?«

Texas Jack betrat das Quartier der Scouts und legte seinen Sombrero auf den Tisch, der mit leeren Patronenhülsen und Tabak übersät war. Das lederne Schweißband des Sombrero war dunkel. »Chips, du solltest besser nach deinem Pferd sehen. Jemand hat ihm wieder rosafarbene Bänder an den Schweif gebunden.«

»Verflixt!« Das kam dem schlimmsten Fluch gleich, den der Junior-Scout je äußerte. Er hatte sich mit der Nadel gestochen. »Beim letzten Mal trug er die Bänder bis in die Stadt.« Er biß eilig die Sehne durch, mit der er das Wildleder genäht hatte, ließ die Nadel auf den Tisch fallen und stürzte hinaus, wobei er auf dem Weg seinen Schlapphut vom Haken neben der Tür riß.

»Das sollte ihn davon abhalten, die Steigbügel zu überprüfen, die ich ihm verkürzt habe«, sagte Jack kichernd zu Will. »Er wird schwören, über Nacht einen Zoll gewachsen zu sein.«

Will sagte: »Ned Buntline möchte, daß ich nach Chicago komme und auf der Bühne auftrete.«

»Und? Wirst du es tun?« Jack setzte sich rittlings auf den Stuhl, den Chips verlassen hatte, und verschränkte die Arme über der Rückenlehne.

»Hölle, nein! Kannst du dir vorstellen, daß ich bemalt wie eine Hure aus St. Louis herumlaufe?«

»Schuldest du diesem Buntline-Knaben nicht etwas Geld?«

»Ich werde es irgendwie beschaffen.«

»Du solltest es wenigstens versuchen, Will. Diese Arbeit hier kannst du nicht ewig tun.«

»Ich habe vor, Rancher zu werden, wenn ich diesen Job hier drangebe, und nicht Schauspieler.«

»Du hast vor, dir Land und Vieh zu kaufen und kannst nicht mal sechshundert zusammenbekommen, um deine Restaurantrechnung zu bezahlen?«

Will, der ihm von dem Fiasko mit Delmonico's erzählt hatte, fummelte an einer Ecke des Briefes herum. »Ich glaube nicht, daß ich mich lange damit abgeben muß.«

»Ich hörte, daß Wild Bill sein Glück im Schaugeschäft versucht, obwohl das offenbar nicht gut ausgeht.«

»Meinst du wirklich, ich sollte es tun?«

»Als Schlimmstes kann dir dabei passieren, daß du dich vor ein paar hundert Leuten zu einem verdammten Narren machst«, sagte Texas Jack grinsend.

Will neigte sich vor, und sein Gesicht glühte vor Freude. Die Narbe an seiner Stirn hob sich weiß von der geröteten Haut ab. »Ich werde es tun, wenn du mitkommst.«

Jacks schwere Lider hoben sich leicht. Dann wurde sein Grinsen breiter. »Wir können Chips mitnehmen, damit wir was zu lachen haben.«

Will dachte darüber nach und schüttelte den Kopf. »Er würde nach der ersten Fahrt mit dem Fahrstuhl die Nase voll haben. Wie ist es mit uns beiden?« Er hielt ihm die Hand hin.

Sein Freund zögerte, dann drückte er die Hand fest.

»Wo sind die Indianer?« fragte Buntline.

Will und Jack tauschten schuldbewußt einen Blick. Sie standen in der Halle des Hotels in Chicago, in dem sich der Journalist einquartiert hatte. Es war ein schmaler Eingang mit gelb tapezierten Wänden, einer Concierge, die hinter einem Schreibtisch schlief, dessen Anstrich an tote Haut erinnerte, und einem Sofa, dessen Rücklehne gebrochen war und das einen Flecken auf dem Polster hatte. Buntlines finanzielle Mittel waren seit New York geschrumpft.

»Wir haben vergessen, sie mitzubringen«, sagte Will.

»Ihr kämpft täglich gegen sie. Wie könnt ihr sie da vergessen? Ich habe dem Theaterbesitzer zwanzig echte Indianer versprochen!«

»Vielleicht gibt es in der Stadt oder der Umgebung einige, die Sie anheuern können«, schlug Jack vor.

»Ja, man findet einen reinblütigen Sioux-Häuptling als Fahrer in jedem Straßenbahnwagen, mit Federn und allem.« Der Journalist sprach mit beißendem Spott. Er war dicker denn je – die finanziellen Schwierigkeiten hatten einen sonderbar gegensätzlichen Effekt auf seinen Leibesumfang – hatte runde Heftpflaster auf Wangen und Kinn, und seine Kleidung roch nach Mottenpulver und Whisky. Er seufzte theatralisch. »Nun, ich bin trotzdem entzückt, euch beide zu sehen. Vielleicht wird die Tatsache, daß zwei echte Prärie-Scouts bei dieser Produktion mitwirken, wenn auch nur einer erwartet wurde, die Proteste ersticken. Habt ihr Geld bei euch?«

»Warum?« fragte Jack mißtrauisch.

Will legte seinem angespannten Partner eine Hand auf den Arm. »Wir haben unseren Lohn kassiert, bevor wir aufbrachen«, erklärte er Buntline. »Was willst du damit?«

»Man muß erst die Pumpe betätigen, wenn man Wasser schöpfen will.« Buntline hielt ihm die offene Hand hin.

Jack atmete tief durch. Will legte ihm schnell einen Arm um die Schulter und führte ihn fort. Sie gingen durch die Halle und flüsterten miteinander. Texas Jack gestikulierte heftig. Wills Tonfall war besänftigend. Jack schwieg schließlich mit gesenktem Kopf und nickte von Zeit zu Zeit. Buntline verglich die Uhrzeit auf seiner Taschenuhr mit der der Uhr an der Wand.

Schließlich griff Jack widerwillig in die Tasche seines engen Anzugs und überreichte Will etwas. Als sie zurückkehrten, legte Will eine Handvoll schmutziger Banknoten auf die Handfläche des Journalisten.

»Das sind 350 Dollar«, erklärte er. »Ich denke, das macht uns zu wahren Partnern.«

»Ihr werdet es nicht bereuen.« Buntline faltete die Geldscheine und steckte sie in seine Westentasche. »Mit der Provision, die ich für den Verkauf von Feuerversicherungen im letzten Sommer verdiente, haben wir genug Kapital, um ein vielversprechendes Unternehmen auf die Beine zu stellen. Kommt und seht euch an, wo ihr euer Debüt geben und Theatergeschichte machen werdet.«

Sie nahmen eine Droschke zu Nixon's Amphitheater, wo Jim Nixon, der Besitzer und Manager, sie im leeren Zuschauerraum begrüßte. Nixon war ein untersetzter, vitaler 50jähriger mit Grau in seinem herabhängenden Schnauzbart und tiefblauen Augen. Er schüttelte den beiden Scouts die Hände und lachte in kurzen, harten Ausbrüchen, als Jack bemerkte, daß die Zivilisation ihm wie Büffeleingeweide stinke. Als die Heiterkeit des Managers abklang, fragte er, wie es den Indianern ginge. Buntline erklärte, daß keine Indianer zur Verfügung stünden. Nixons Verhalten veränderte sich von einem Augenblick zum anderen.

»Keine Wilden?« Seine Stimme bebte vor Zorn. »Sie haben mir Rothäute versprochen! Seit sechs Wochen haben wir Wilde angekündigt. Jeder Kassenschalter hat danach gefragt. Sie müssen mir Wilde beschaffen, oder es gibt eine Katastrophe!«

»Die Dinge sind bereits in Bewegung, während wir sprechen«, sagte Buntline zuversichtlich. »Gewiß ist Ihnen klar, Freund Nixon, daß es in dieser kosmopolitischen Stadt nur so von Rothäuten wimmelt. Ich sagte gerade etwas in dieser Art zu Cody und Omohundro, nicht wahr?« Er wandte sich ihnen zu.

Will räusperte sich. »Ja, er sagte uns, es gibt kaum einen Straßenbahnwagen, der keinen Sioux-Häuptling überfährt.«

»Mit Federn und allem«, warf Texas Jack ein.

»Ich habe noch keinen gesehen«, grollte der Manager. Aber er war ein wenig verunsichert, ob sein Zorn berechtigt war.

Buntline machte eine seiner großartigen Gesten. »Schon heute abend werde ich sie Ihnen vorstellen. Die Indianer, von denen ich spreche, sind vom Blue Island Stamm.«

»In Blue Island gammeln die arbeitslosen Schauspieler herum!« Nixons Gesicht lief rot an.

»Genau. Man braucht ihnen nur Perücken mit Zöpfen anzulegen und hellbraune Kostüme anzuziehen, und niemand wird den Unterschied bemerken.«

Nixon holte tief Luft. »Sie strapazieren meine Geduld, Judson. Lassen Sie mich das Drehbuch sehen, damit ich weiß, was von diesen falschen Wilden verlangt wird.«

»Ich habe es nicht bei mir.«

»Dann werde ich es von jemandem holen lassen.« Er winkte einen Bühnenarbeiter. »Ist es in Ihrem Hotel?«

»Es ist noch nicht geschrieben.«

Nixon fluchte kräftig. Der Bühnenarbeiter blieb auf halbem Weg stehen, zögerte und kehrte dann diskret um.

»Bis zum Wochenende wird das Drehbuch fertig sein«, versicherte Buntline dem Manager. »Ich arbeite nicht zum ersten Mal auf Termin.«

»Heute ist Donnerstag. Sie müssen das Programm Montag eröffnen. *Wir* müssen das! Diese Produktion ist abgesagt!« Nixon machte auf dem Absatz kehrt und wandte sich zu seinem Büro auf der anderen Seite des Zuschauerraums.

»Wir haben einen Vertrag«, sagte Buntline.

»Sagen Sie das meinem Anwalt«, rief Nixon über die Schulter. »Prozesse sind mir nichts Fremdes.«

Der Journalist fummelte in seiner Westentasche. »Wieviel kostet es, Ihr Theater nächste Woche zu mieten?«

»Sechshundert Dollar.« Er ging weiter.

Buntline holte die gefalteten Banknoten hervor und zog zusammengerollte Geldscheine aus seiner Hosentasche. Er zählte das Geld und raschelte mit dem Papier. Nixon verharrte mitten im Schritt und wandte sich um.

»Ich denke, das begleicht meine Schulden«, sagte Will leise.

Der andere Scout fuhr sich mit einem Finger hinter seinen steifen Hemdkragen. »Wie kommt es, daß ich mich sicherer im Cheyenne-Land fühlte?«

Sie teilten mit Buntline das Hotelzimmer. Sie waren müde von der langen Bahnreise und legten sich vollbekleidet auf ihre Schlafstellen. Ihr Gastgeber drehte den Docht der einzigen verrußten Petroleumlampe auf dem Schreibtisch hoch, nahm sich nur die Zeit, um eine Taschenflasche zu entkorken und einen Schluck zur Inspiration zu trinken, und begann mit seiner Feder das erste Blatt eines Papierstapels zu beschriften. Texas Jack schnarchte schon, als sein Kopf das Kissen berührte. Will, der nicht so schnell vom Schlaf übermannt wurde, amüsierte sich noch eine Weile damit, Buntline zu beobachten. Der Journalist tigerte auf dem engen Raum zwischen seinem ›Büro‹ und der Tür auf und ab, murmelte gedankenverloren Zeilen vor sich hin und gestikulierte. Dann schlief Will ein. Er erwachte, als ihn eine Hand an der Schulter rüttelte und ihm schaler Schnapsatem ins Gesicht schlug.

»Zeit zum Proben, Junge. Die Show ist fertig.«

Mit dem ›S‹ der Show flog Speichelspray in Will linkes Auge. Er rieb es und fragte nach der Uhrzeit.

»Fast neun.«

Der Scout blinzelte verdutzt zu der Schwärze draußen vor dem Fenster. »Schrecklich dunkel für neun Uhr.«

»Neun Uhr abends, Junge. 21 Uhr. Es ist immer noch heute, nicht morgen früh.«

»Du hast ein ganzes Drehbuch in vier Stunden geschrieben?«

»Eher in drei. Ich ging einmal Whisky holen.« Buntline hielt Will einen Stapel engbeschriebener Blätter hin. Will rieb sich abermals die Augen und musterte das oberste Blatt im gelben Licht der Lampe.

Der Titel lautete: *Scouts of the Plains.*

»Kommt mir bekannt vor«, sagte Will. »Kam das nicht im letzten Winter in *Buffalo Bill* vor?«

»Nenne es eine Wiederaufnahme. Die Originalgeschichte stammt von mir, und ich kann sie verbraten, wie ich will.«

»Du hast drei Scouts in der Besetzungsliste. Wer ist dieser Cale Durg?«

»Ich war gelegentlich Scout.«

»Du?« Will war jetzt hellwach. Sein Gelächter ließ das Bett erzittern. Texas Jack, der noch auf dem Lager nebenan lag, erwachte mitten aus dem Schnarchen und fuhr mit einem Fluch hoch.

»Das einzige, was du je ohne Hilfe erkundet hast, war der unglückliche Boden einer Flasche«, sagte Will zu Buntline, als er wieder zu Atem gekommen war.

»Möglich.« Der Körper des Journalisten straffte sich, und sein dicker Bauch wölbte sich zwischen den Hosenträgern. »Doch ich stand schon auf der Bühne, als dein Stuhlgang noch gelb war, und in meiner schlimmsten Zeit versuchte ich nie, eine 600-Dollar-Restaurantrechnung mit fünfzig Dollar und einem Handschlag zu begleichen.«

»Ein Punkt für dich, Colonel. Was sage ich als erstes?« Will griff nach seinen Stiefeln.

Sie probten bis weit nach Mitternacht, ließen die Flasche kreisen und legten nur eine Pause ein, als Texas Jack, wie es seine Rolle vorschrieb, inmitten einer flammenden Rede für die Abstinenz einen kräftigen Schluck trank und husten mußte. Die letzten Seiten von Buntlines Drehbuch kosteten sie einige Mühe, denn mit steigerndem Alkoholkonsum war seine Schrift verschnörkelter und schwieriger zu entziffern geworden. Das Drehbuch bewies Buntlines Fähigkeiten als Dramatiker, wenn man von all den anderen Rollen ausging. Zur großen Belustigung der Scouts sprach er mit hoher schriller Stimme den Text von Dove Eye, der hübschen Indianerin in dem Stück.

Am nächsten Morgen, als nach vier Stunden Schlaf und einer Rasur Buntlines Augen klar waren und sein Gesicht eine gesunde Farbe hatte, machte er sich auf den Weg, um das

Drehbuch drucken zu lassen und um Requisiten und Kulissen aufzutreiben, während seine weniger abenteuerlustigen Mitspieler beim Frühstück saßen.

Für Samstagmorgen war eine Kostümprobe angesetzt. Will und Jack zogen ihre beste Wildlederkleidung in der Garderobe an, die sie teilten. Dann bahnten sie sich einen Weg durch aufgestapelte Kulissen und Zimmerleute, die hämmerten und sägten, und gingen zur Bühne. Dort fanden sie Buntline, der in seiner Wildlederkleidung mit Fransen und seinem bevorzugten verbeulten Hut, dessen Krempe vorne hochgewölbt war, überraschend echt wirkte. Er wies eine Gruppe von zehn hohlwangigen, spitzbäuchigen Statisten an, die braune Trikots trugen, rote Tücher als Lendenschurz um die Hüften geschlungen hatten und tiaraartige Federhauben in verschiedenen Winkeln auf dem Kopf hatten. Der Journalist bückte sich, um die Kniehaltung eines Kriegers zu korrigieren, der Bartstoppeln auf den Wangen und einen kalten Zigarrenstummel zwischen den Zähnen hatte.

»Höher«, sagte Buntline. »Versuch, dein Kinn mit dem Knie zu berühren. Denk daran, daß das ein Kriegstanz ist und daß du Zorn hast.«

»Ich hatte einen Leistenbruch«, protestierte der Indianer mit dem Akzent der South Side.

»Gut. Das sollte dich zornig aussehen lassen.«

Buntline bemerkte die Neuankömmlinge. Er gewährte den Statisten eine Pause und eilte auf Will und Jack zu, wobei er sich Wangen und Nacken mit einem bereits feuchten Taschentuch abtupfte. »Ich verstehe allmählich, weshalb es so lange dauert, die Heiden zu unterwerfen«, sagte er. »Was meint ihr? Werden sie beim Publikum ankommen?«

»Es sind alles Häuptlinge«, gab Jack zu bedenken. »Wer bleibt übrig, um auf die Pferde aufzupassen?«

»Eine Konzession an die Dramatik. Das Endergebnis von . . .«

Will unterbrach ihn. »Wo ist Dove Eye?«

»Da kommt sie gerade durch die Tür. Verspätet wie üblich. Ich habe noch keine Lady in führender Rolle erlebt, die rechtzeitig zur Probe oder ihrem Auftritt kam.«

Buntline wies auf eine kleine Frau, die in Felle gehüllt war. Sie näherte sich ohne Eile über den Mittelgang des Zuschauerraums. Ihre Hautfarbe war dunkel, und sie hatte hohe Wangenknochen. Ihre Augen waren so schwarz und glänzend wie Lackleder. Ihr rabenschwarzes Haar fiel in kleinen Locken in ihre Stirn.

»Nez Percé«, vermutete Will.

»Comanche«, widersprach Jack.

»Was kann ich dafür, daß ich keine Droschke bekam?« fragte die Frau Buntline, als sie stehenblieb und nur ihr Kopf oberhalb des Rampenlichts zu sehen war. Ihre Nasenflügel bebten.

»Teufel, daran hätte ich überhaupt nicht gedacht«, sagte Buntline. Er watschelte die Stufen hinab und ergriff ihre Hand. »Bitte verzeihen Sie mir, der ich zu lange vom Theater fort war. Von jetzt an werde ich dafür sorgen, daß täglich drei Wagen zu Ihrer Verfügung und Auswahl stehen.« Während dieser Worte geleitete er sie die Stufen zur Bühne hinauf. »Signorina Morlacchi, erlauben Sie mir, Ihnen Honorable William F. Cody und Mr. T. B. Omohundro vorzustellen. Buffalo Bill und Texas Jack, dies ist Dove Eye.«

Will, der sie um fast zwei Köpfe überragte, zog seinen Hut und nahm ihre gebieterisch erhobene Hand. Er versuchte etwas Charmantes zu sagen, doch es wurde nur Gelächter daraus.

Sie zog ihre Hand zurück, als wäre sie gebissen worden. »Ist etwas lustig?«

»Verzeihung.« Er bemühte sich, die Kontrolle wiederzugewinnen. »Ich wußte nur nicht, daß es noch wilde Stämme in Sizilien gibt.«

»Ich bin Neapolitanerin« informierte sie ihn kühl.

»Natürlich sind Sie das«, warf Jack ein. »Ich sagte gerade zu Will, daß diese Lady wie eine Neapolitanerin aussieht, nicht wahr, Will?«

»Oh ja.«

Die Morlacchi lächelte strahlend und reichte Jack die Hand. Ihre Finger unterschieden sich stark von den kurzen kräftigen Fingern einer Squaw. »Omohundro.« Sie ließ den Namen auf der Zunge zergehen. »Ist das nicht *italienisch?«*

»Nun, es ist so nahe dran, daß es das sein könnte.«

Sie lachte belustigt auf. Ihre Hand verweilte noch etwas in seiner, bevor sie sie zurückzog. Will warf einen Blick zu Buntline. Er grinste von einem fettbemalten Ohr zum anderen.

Eröffnungsvorstellung. Nixon's Amphitheater atmete nervös, und Spannung lag in der Luft, die nach dem Öl der zahlreichen Lampen roch. Texas Jack zog den Kopf aus dem Spalt zwischen Vorhang und Bühne zurück und wandte sich mit steinernem Gesicht Will zu, der auf einem Stuhl saß, der mit Pappmaché-Rinde bedeckt war, um einem Baumstumpf zu ähneln. Will studierte sein Script. Gelbes Stroh bedeckte die Dielen zu seinen Füßen, und verschwommene Schatten zuckten über die Landschaft hinter ihm, die auf Segeltuch gemalt war. Er trug Mokassins und hatte einen Fuß auf einen echten Baumstamm gelegt.

»Will, hast du gesehen, wie viele Leute dort draußen sind?«

»Buntline sagte, die Vorstellung ist ausverkauft.« Will schloß die Augen und bewegte lautlos die Lippen.

»Betest du?«

»Dafür ist es zu spät. Ich wiederhole meine Stichworte.«

Der andere Scout rückte zum hundersten Mal seinen Hut zurecht. Er schwitzte unter der Fettschminke. Ein roter Farbfleck war auf dem Pelzbesatz seines Kragens. »Erinnerst du dich an deinen Freund Milligan?«

»Klar. Ich begleitete ihn bei einer Büffeljagd im letzten Jahr.«

»Er ist draußen unter den Zuschauern.«

»Danke, Jack. Du weißt wirklich, wie du einem das Lampenfieber nehmen kannst.«

»Noch fünf Minuten!« rief Buntline. Er half der Maskenbildnerin, den Federschmuck eines Indianers zurechtzurücken. Die Federhaube rutschte immer wieder von seiner Glatze. Schließlich machte die Maskenbildnerin einen Abnäher ins Band und befestigte den Federschmuck mit einer Sicherheitsnadel.

Während der verbleibenden drei Minuten prallte ein auf und ab wandernder Statist gegen einen der Topfbäume und warf ihn um. Zwei Bühnenarbeiter eilten herbei, um den Topf wieder aufzustellen und die herausgefallene Erde zurückzuschaufeln. Während sie damit beschäftigt waren, löste sich eine Ecke der Kulisse. Buntline fing sie auf und hielt sie, bis jemand eine Trittleiter aufstellte und die Kulisse wieder festnagelte. Noch eine Minute. Signorina Morlacchi rannte mit Federn und Fransenkostüm über die Bühne, gestikulierte wild und schnauzte eine Maskenbildnerin wegen irgendeines Fehlers auf Italienisch an, was niemand ganz verstand.

Die Ouvertüre begann. Die geheimnisvolle, furchteinflößende Region jenseits des Vorhangs war von Trompetengeschmetter und Geigenspiel erfüllt.

»Jeder auf seinen Platz«, sagte Buntline mit ruhiger Stimme. »Vorhang auf!«

Der Drehbuchautor und Schauspieler nahm seinen Platz zu Wills Rechten ein, hakte die Daumen hinter seinen Gurt und stellte einen Fuß neben den des Scouts auf den Baumstamm. Texas Jack stand auf der anderen Seite. Als er sah, welche Pose eingenommen wurde, schob er die Daumen ebenfalls hinter seinen Gurt und versuchte dann, die Arme zu verschränken. Schließlich ließ er die Arme einfach herabhängen.

Will schloß die Augen. Er murmelte etwas leise, rollte sein Script zusammen und warf es hinter den ›Baumstumpf‹. Ein Bühnenarbeiter zog an einem Seil, und der Vorhang hob sich.

Andächtige Stille ging in Applaus über. Die Musik verklang diskret während des Beifalls. Der Lärm erreichte seinen Höhepunkt, durchsetzt mit Gejohle und Pfiffen, und ließ dann nach. Stille senkte sich über den Zuschauerraum.

Will mußte den ersten Text sprechen.

Das Publikum wartete.

Will sagte nichts.

Die drei Männer, die als Scouts gekleidet waren, wirkten wie Statuen. Jemand im Zuschauerraum hustete nervös.

Buntline hustete ebenfalls, bewegte die Schultern, zog die Daumen hinter dem Gurt hervor, hakte sie wieder ein und räusperte sich.

»Was hast du in letzter Zeit so getrieben, Will?« fragte er.

Will gab keine Antwort. Eine Schweißperle von der Größe

einer kleineren Murmel rann durch die Fettschminke auf seiner Stirn, kroch seine Nase hinab und blieb an der Spitze hängen wie ein unentschlossener Selbstmörder.

Jack sagte laut: »Du warst auf Büffeljagd mit Milligan, nicht wahr?«

Das Publikum brüllte. Milligan war gut bekannt in Chicago. Will zuckte bei dem Lärm zusammen und sah sich schnell um, als wäre er aus dem Schlaf erwacht. Dann begann er zu sprechen.

»Pst«, ging es durch die Reihen der Zuschauer, und es wurde still.

Die Worte kamen erst stockend, dann mit dem wachsenden Selbstvertrauen eines Mannes, der die Geschichte schon hunderte Male erzählt hat. Doch nichts davon stand im Drehbuch. Er schilderte die Einzelheiten der Jagd mit Milligan genau so, wie sie sich abgespielt hatte. Das Publikum lauschte gebannt den urigen Sätzen und schiefen Formulierungen. Die Leute lachten an den richtigen Stellen.

Als die Geschichte zu Ende war, sprang Texas Jack mit einer eigenen ein, abermals zum Entzücken der Zuschauer, und mit ein wenig Hilfe von Buntlines unerschöpflichem Vorrat an Fantasie schafften es die drei, einen ersten Akt zu improvisieren. Als es an der Zeit war, den Vorhang fallen zu lassen, winkte Buntline die falschen Krieger auf die Bühne, woraufhin alle zehn herbeiflitzten, Gummi-Tomahawks schwangen und kreischten wie kastrierte Bastardhunde.

»Die Indianer greifen an!« schrie Buntline und riß seinen Revolver hervor, der seine Platzpatronenladung in den Boden entlud, bevor er die Waffe anheben konnte. In dem rauchigen Durcheinander, das dem ohrenbetäubenden Höllenlärm folgte, fielen die ungeschulten Statisten allesamt aufs Gesicht.

»Verdammt gut geschossen, Durg!« rief ein Witzbold in der letzten Reihe. Der Vorhang senkte sich unter gewaltigem Applaus und grenzenloser Heiterkeit.

Bruchstücke des ursprünglichen Stücks fanden Eingang in den zweiten Akt, in dem Dove Eye vorgestellt wurde und sich in die Scouts der Reihe nach verliebte. Buntline wurde von den wiederauferstandenen Wilden gefangengenommen und an einen Topfbaum gefesselt, während Vorbereitungen getroffen wurden, ihn lebendigen Leibes zu verbrennen.

»Die Kerze meines Lebens brennt hernieder«, deklamierte er mit seiner besten Rednerstimme. »Und doch ist noch Zeit, mein zügelloses Leben zu beklagen. In diesem, zum Tode geweihten Sünder, seht ihr die üblen Folgen der ersten Flasche von teuflischem Rum, die ich als unreifer Jüngling von fünfzehn Jahren trank. Hätte ich in diesem dunklen Gift die mitleiderregende und kranke Kreatur widergespiegelt gesehen, zu der ich werden würde, dann hätte ich den Korken wieder in die Flasche gerammt und mich für immer von diesem leeren, haltlosen Leben abgewandt. Dann wären meiner armen, toten Mutter nicht das Herz und der Lebenswille bei dem Versuch gebrochen, mich davon abzubringen.«

»Verbrennt ihn!« brüllte jemand aus dem Publikum.

»Welche Höhen hätte ich erstiegen, wenn ich nicht dieser ersten Versuchung erlegen wäre?«

Einer der Zuschauer auf einem anderen Platz bot den Indianern ein Streichholz an.

Hochrufe wurden laut, als schließlich eine brennende Fackel an das trockene Brennholz zu Buntlines Füßen gehalten wurde. Vorhang.

Cale Durgs Rettung im dritten Akt, weitere Indianerangriffe, ständiges Revolerfeuer. Scharfäugige Statisten trampelten auf der Bühne Feuer aus und schlugen Flammen von Kulissen, die vom Mündungsfeuer in Brand geraten waren, während Skalps genommen wurden und Lassos flogen. Buntline wurde von einer Kugel getroffen und gab nach einer kurzen Ansprache über Abstinenz seinen Geist auf, eine Wendung, die das Publikum auf die Beine brachte. Der Beifall ließ das Theater erbeben.

Als die Vorstellung zu Ende war, verlor selbst Buntline den Überblick darüber, wie oft sie vor den Vorhang treten mußten. Eingehüllt von Lärm, rief Will: »Verzeihung, Colonel. Tut mir leid, daß ich meinen Text vergessen hatte.«

»Verzeihung? Zur Hölle! Dies ist das Größte, was seit Appomattox passierte!«

»Die Zeitungen werden uns zerreißen«, murmelte Jack.

»Laß sie nur. Ganz Chicago wird herströmen, nur um zu sehen, ob wir wirklich so schlecht sind.«

»Das ist die einzige Möglichkeit«, räumte Will ein. »Worte erreichen das gewiß nicht.«

Sie nahmen sich mit Signorina Morlacchi bei den Händen und verneigten sich.

Die Glut im Kamin warf orangefarbenes Licht auf den Teppich und schimmerte auf den dunklen Möbeln im Raum. Auf dem Kaminsims tickte eine Uhr, und draußen rieselte der Schnee gegen die gefrorene Fensterscheibe. Schläfrig vom Sex, räkelte sich Will auf der Matratze und legte seiner Frau eine Hand um die nackte Schulter. »Du hast mir noch nicht gesagt, wie dir die Vorstellung gefallen hat.«

»Ich dachte, du wolltest nichts davon hören.« Sie war angespannt unter der Bettdecke und lauschte angestrengt auf Kits schweres Atmen, das durch die offene Tür aus dem Nebenzimmer drang, in dem der Junge bei seiner Schwester schlief. Der Junge hatte eine schlimme Erkältung. »Du hast das Stück unterbrochen, um mir zuzurufen, für wie schlecht du dich hältst.«

»Als ich dich unter den Zuschauern entdeckte, fiel mir ein, daß ich nur schauspielerte. Das Publikum wußte meine Selbstkritik zu schätzen.«

»Es stimmte dir völlig zu.«

»Sie kennen mich in St. Louis, das ist der Grund. Ich glaube, das Stück gefiel ihnen hier sogar noch besser als dem Publikum bei den Auftritten in Chicago.«

»Sie mochten diese Frau.«

»Dove Eye?« Er lachte. »Sie ist die einzige Frau in der Besetzung. Es blieb ihnen nichts anderes übrig, als sie zu mögen.«

»Magst du sie?«

»Ich mag *dich,* Mama.« Er zog sie in die Arme.

»Das ist keine Antwort.«

»Ihre Abneigung gegen mich ist so groß wie ihre Zuneigung für Texas Jack, und die ist enorm. Was nicht aus den Worten hervorgeht, die Judson ihr während der Liebesszenen in den Mund gelegt hat.« Er schnaubte. »Einer der Kritiker in Chicago fand heraus, daß er *Scouts* in vier Stunden schrieb, und der

Mann meinte, daß es ihn wundert, weshalb es so lange dauerte.«

»Ich weiß. Du hast mir die Zeitungsausschnitte geschickt.« Sie lauschte dem Ticken der Uhr. »Ist Elizabeth hübscher als ich?«

Er schwieg einen Augenblick lang. Dann drehte er sich, um ihr ins Gesicht zu sehen. »Christus, Mama, Lizzie ist meine *Kusine!*«

»Das kann man nicht an der Art erkennen, wie du über sie in deinen Briefen geschrieben hast. Da klingt es wie von einem Schuljungen, der sich in seine Lehrerin verliebt hat.«

Sie stritten sich, als Kit zu husten begann. Es war ein besorgniserregendes, rasselndes Husten. Louisa stand auf, um ihm Hustensaft zu geben. Der Junge schluckte den Löffel voll dikken Sirup und schlief gleich wieder ein. Will schnarchte, als Louisa ins Zimmer zurückkehrte, oder er täuschte es nur vor. Sie musterte sein Gesicht, das so sehr dem seines Sohnes ähnelte. Der schwache rötliche Lichtschein schimmerte auf seiner Haut, die so glatt war wie die eines Kindes, obwohl sie ständig Wind und Wetter ausgesetzt war. Sie beneidete die Codys um ihre perfekte Haut. Ihre eigene war ziemlich grob und trocknete mit 24 bereits aus.Elizabeth Guss hatte ebenfalls die Haut der Codys, wie sie wußte, und Signorina Morlacchis schlanke Gestalt gewann den Vergleich zu ihrem füllig werdenden Körper. Und das waren nur die Frauen, über die sie Bescheid wußte!

Schließlich zog sie ihren Morgenrock und die Pantoffel aus und legte sich neben ihren Mann ins Bett. Sie lauschte seinen tiefen, gleichmäßigen Atemzügen, dem Ticken der Uhr und dem sanften Rieseln des Schnees gegen die Fensterscheibe, und ihre Zweifel und Ängste wuchsen wie die Schneeschicht draußen auf der Fensterbank.

8

Der Passagier, der aus der Droschke stieg, richtete sich zu beeindruckenden nahezu zwei Metern auf. Er sah prächtig aus mit dem schwarzen Cut, der dünnen Krawatte, dem gefälteten Hemd, der geblümten Weste, der Pfeffer-und-Salz-Hose und den auf Hochglanz polierten Stiefeln, deren hohe Absätze ihn noch ein wenig größer machten. Die Gesichtszüge unter der breiten Krempe seines Stetsons waren gleichfalls markant: Blaugraue Augen, eine große Hakennase, eine lange vorstehende Oberlippe, die ständig zu seinem Schmollmund verzogen zu sein schien, ein wallender Schnauzbart, dessen Enden bis über die Mundwinkel hinabhingen. Sein Haar war pomadisiert und fiel in parfümierten Locken bis auf seine Schultern.

»Fünf Dollar«, sagte der Kutscher und reichte dem Mann Koffer und Reisetasche.

Der Passagier verharrte mit der Hand in der Tasche. »Man riet mir, Ihnen nicht mehr als zwei zu geben.«

»Nein, es macht fünf.«

Er zog eine flache Lederbrieftasche hervor und entnahm ihr zwei Dollar.

Die Muskeln des Kutschers spannten sich unter dem engen Mantel. Er war über einen Kopf kleiner als der Passagier, jedoch stämmig und kräftig. Seine Nase war mehr als einmal gebrochen gewesen. »Gib mir fünf Dollar, du Hinterwäldler-Dandy«, grollte er, »oder ich gerbe dir die Haut.«

Gemächlich schob der Passagier die zwei Dollar wieder in die Brieftasche und steckte sie ein. Seine Zähne schimmerten bei einem freundlichen Lächeln.

Ein paar Minuten später stieß Will die Drehtür des Brevoort Hotel auf und bahnte sich einen Weg durch die brüllende Menschenmenge, die sich auf dem Gehsteig versammelt hatte. Einen Augenblick lang schaute er zu, wie der große Mann in der eleganten Kleidung die Gosse mit dem verbeulten Droschkenfahrer fegte. Er hielt ihn mit dem Kopf nach unten an den Beinen und am Hosenboden und schrubbte mit seinem Kopf durch eine schlammige Pfütze.

»Was machst du da, Wild Bill?« erkundigte sich Will.

»Nur ein bißchen aufwaschen«, erwiderte der große Mann.

»Bist du bald fertig?«

»In einer Minute bin ich bei dir.«

Ein rotangestrichenes Abfallfaß stand an der Ecke, halbgefüllt mit Papier und Obstschalen. Hickok hob den brüllenden Kutscher hoch und warf ihn in das Faß, daß er mit dem Hosenboden darin hing und die Beine gen Himmel ragten. Dann fiel ihm noch etwas ein. Er zog abermals seine Brieftasche hervor und stopfte dem benommenen Mann zwei Dollar in den Mund. Er bückte sich, um seine Stiefel mit einem weißen Leinentaschentuch abzuwischen, nahm sein Gepäck und ging zu Will auf den Gehsteig.

»Wie war die Reise, Wild Bill?« Die Menge hatte eine Gasse gebildet, und sie betraten jetzt das Hotel.

»Höllisch langweilig. Die Eisenbahn nimmt einem allen Spaß am Reisen.«

Hickok trug sich mit schwungwoller Schrift im Anmeldebuch ein. Während ein Page sein Gepäck nahm, legte Will einem dicken Mann eine Hand auf die Schulter. Der Mann trug einen Prince-Albert-Rock, dazu eine gestreifte Hose, und er hatte einen Backenbart und langes Haar; eine Kopie seiner eigenen Aufmachung. »Wild Bill, dies hier ist Arizona John Burke, mein Partner«, stellte Will vor.

Hickok ergriff die plumpe Hand des dicken Mannes mit seiner sehnigen Rechten. »Was ist mit Buntline?«

»Oh, der schreibt wieder Romanheftchen«, sagte Will. »Die Dinge wurden kompliziert, nachdem man ihn wegen einer alten Steuerhinterziehung festnahm und wir den Titel der Show ändern mußten, damit die Einnahmen nicht gerichtlich gepfändet wurden. Er ist wieder auf freiem Fuß, doch wenn er sich in die Nähe des Theaters wagt und die Detektive ihn sehen, werden wir arbeiten, ohne einen Cent zu sehen.«

»Ich habe Ihre Abenteuer seit Hays City verfolgt, Mr. Hikkok«, schwärmte Arizona John. »Ich bin erfreut, Sie bei der Show willkommen zu heißen.«

»Ja. Gibt es eine Bar in diesem Hotel?«

Sie gingen in die schwacherleuchtete Bar, wo Hickok und Will Bourbon bestellten, während sich Burke für ein Bier entschied. Hickok starrte zu einer Gruppe von gutgenährten Männern in der Kleidung von Geschäftsleuten, die in einer hinteren Nische saßen, bis sie aufhörten, die Männer mit den langen Haaren anzugaffen und sich statt dessen wieder ihren Drinks widmeten.

»Arizona John ist mit mir einer Meinung, daß wir einige weitere berühmte Namen aufbieten müssen, damit die Schau populär bleibt«, erklärte Will. »Wir waren groß im Geschäft in Chicago, St. Louis und Boston, doch hier in New York hat man uns noch nicht gesehen. Deshalb telegrafierte ich dir und bat dich, mitzumachen. Wir haben Buntlines alte Rolle umgeschrieben, damit sie auf dich paßt.«

Hickok kippte seinen Bourbon in die Kehle und schaute zum Barmann. »Ich kam, um mir das mal anzusehen, doch jetzt bin ich mir nicht mehr sicher, ob ich bei euch einsteige. Nur so ein bißchen herummimen, das finde ich einfach nicht männlich.«

»Hölle, Wild Bill, es ist einfach, als würde man eine Lügengeschichte erzählen, nur größer. Ich las den Artikel von dir vor ein paar Jahren in *Harper's*. Ich konnte nicht feststellen, daß du dich strikt an die Wahrheit gehalten hast.«

»Das ist nicht das gleiche.«

»Aber sicher ist es das. Ich habe Pläne. Wir werden ein paar echte Indianer verpflichten und sie mit authentischen Kriegshauben und Wildleder-Leggings kleiden. Eventuell spielen wir im Freien, bringen ein paar Pferde und Büffel und machen ein richtig großes Spektakel daraus. Wir zeigen den Leuten im Osten, wie es im wilden Westen ist. Arizona John sagt, daß es so etwas noch nie gegeben hat.«

»Ich hab' so was vor zwei Jahren in Niagara Falls aufgezogen.«

Will musterte seinen Freund. Hickok war gealtert. Seine Hüften waren füllig geworden, und tiefe Falten kerbten sein Gesicht von der Nase bis zu den Mundwinkeln. Das Fleisch unter seinem Kinn war schlaff. Er trank soviel wie immer, doch ohne Genuß, und da war ein sonderbarer Ausdruck in seinen Augen.

»Die gottverdammten Rothäute, die ich anheuerte, wußten nicht mal, wie man Büffel jagt«, erinnerte ich Hickok. »Die Bastarde liefen ihnen davon, als sie sie in die Arena treiben wollten, und wir jagten sie durch die ganze Stadt, bis sie schließlich in eine Sackgasse rannten. Unterdessen war der Grizzly aus dem Viehwagen ausgebrochen und stürmte geradenwegs auf den nächsten Hotdog-Karren zu. Als wir ihn wieder im Käfig hatten, mußten wir die Büffel verkaufen, um den angerichteten Schaden und Tickets für die Bahnreise aus der Stadt bezahlen zu können. Ich erinnere mich gut, wie all das war, und deshalb überlege ich mir das jetzt zweimal.«

»Warum bist du dann hergekommen?« fragte Will.

»Ich habe den Marshaljob satt. Es hängt mir zum Halse heraus, mich mit jedem Penner herumzuschießen, der über mich in *Beadle's Dime Library* gelesen hat. Ich mag nicht mehr streunende Ratten abknallen und mit dem Rücken zur Wand mit einer versteckten Derringer unter dem Hintern herumsitzen. Ich brauche Urlaub, doch ich kann mir keinen erlauben. Such' dir aus, welche Antwort dir paßt.«

Arizona John Burke sagte: »Heißt das, daß Sie mitmachen, Mr. Hickok?«

Hickok schaute von Will zu dem dritten Mann. »Wie sagtest du, wird er genannt?«

»Arizona John.«

»War er je in Arizona?«

»Ich habe ihn nie gefragt – John?«

Burke zögerte und schüttelte dann den Kopf.

»Ich steige unter einer Bedingung ein«, sagte Hickok. »Du hältest ihn mir verdammt gut fern.«

Will hielt ihn verdammt gut von Wild Bill fern. An diesem Nachmittag brachte ein Page das neue Drehbuch von *Scouts of the Prairie,* früher *Scouts of the Plains,* in Hickoks Zimmer. Er nahm es mit einem Grunzlaut, knallte dem Pagen die Tür vor der Nase zu und ignorierte die dezent ausgestreckte Trinkgeldhand. Als er sein Einsatzstichwort fand, entkorkte er die Taschenflasche mit den Zähnen und las, während er ein Wasserglas mit Whisky füllte.

»Fürchte dich nicht, schöne Maid«, las er seine erste Textzeile. »Du bist endlich sicher bei Wild Bill, der bereit ist, wenn es sein muß, sein Leben zu riskieren, um die Schwachen und die hilflosen Frauen zu verteidigen.«

Er fluchte, als der Whisky überlief und auf den Schreibtisch rann.

»Papa, hallo Papa!« schrie der kleine Junge auf der Theatergalerie und hielt die Hände als Schalltrichter vor den Mund.

Das Publikum lachte und klatschte Beifall. Will hielt inmitten seiner ersten dramatischen Szene inne. Er lächelte breit und winkte dem Kind und dessen Mutter zu.

»Ist das dein Junge?« fragte Hickok hinter den Kulissen.

Will bestätigte es, und seine Wangen färbten sich vor Stolz unter der Schminke. »Er und seine Mutter sind zu Besuch hier. Was sagst du zu einem vierjährigen Jungen mit soviel Grips?«

Hickok stieß einen Grunzlaut aus. Er trug die Kleidung eines Westmannes, wenig Fettschminke und kein Rouge. Er hatte gedroht, den Maskenbildner zu kastrieren, als der ihn hatte schminken wollen. »Du solltest ihm die Haare schneiden lassen. Er sieht aus wie ein Mädchen.«

Dem Publikum stockte der Atem, als Hickok auf die Bühne trat. Er hatte sein bevorzugtes Wildlederhemd an, das mit Türkis besetzt war und an der Taille von einem breiten Ledergürtel mit viereckiger Schnalle umschlossen wurde. Der fransenbesetzte Saum reichte bis zu den Knien. Zwei Revolver, die sehr seinen berühmten Navy Colts glichen, steckten in den perlenverzierten Griffen nach vorne hinter dem Gurt. Die Fülle seiner glänzenden Locken umgab ihm im Rampenlicht wie mit einem Glorienschein. Niemand hatte ihm bis jetzt vorgeworfen, sein Gesicht sehe wie das eines Mädchens aus. Er blinzelte im gleichen Schein des Scheinwerferspots und schritt aus dem Lichtkreis fort auf Signorina Morlacchi zu, die als Dove Eye auf seinen Eröffnungstext wartete. Das Scheinwerferlicht folgte ihm.

Er sagte den ersten Satz auf, den zweiten, den dritten, und er hörte nicht auf die Antworten der Schauspielerin, denn er wollte seinen Text so schnell wie möglich hinter sich bringen. Während er sprach, schritt er auf und ab, doch das Scheinwerferlicht folgte ihm. Jemand auf den Zuschauerplätzen kicherte.

»Jetzt reicht's mir!« Während Dove Eye noch leidenschaftlich flehte, fuhr Hickok herum, zog einen seiner Revolver und stieß ihn zu der Quelle der Illumination auf den Rang, die für ihn der Stein des Anstoßes war. Es krachte, das Licht erlosch und Pulverrauch wolkte durch den Zuschauerraum. Eine Frau, auf die Glasscherben niederregneten, schrie auf.

Will, der aus den Kulissen heraus beobachtet hatte, sagte zu Texas Jack: »Ich hatte auch schon mal solch einen Alptraum, doch ich erwachte daraus.«

Für die Lagerfeuer-Szene wurde die einzige Lampe, die auf der Bühne brannte, von roten und gelben Kreppapierstreifen umhüllt, um die Wirkung eines ›Feuers‹ zu erzielen, und die Papierstreifen wurden heimlich von einem Bühnenarbeiter bewegt, der unter der Bühne war. Das neueste Mitglied der Show hatte sich zu diesem Zeitpunkt mit seiner Rolle abgefunden. Will hatte das Gefühl, daß alles unter Kontrolle war. Er reichte Hickok die Whiskyflasche. Hickok trank gierig, schnitt eine Grimasse, spuckte alles aus und warf die Flasche fort. Sie hüpfte über die Dielen, ohne zu Bruch zu gehen und rollte klirrend in die Kulissen.

»Du hältst mich wohl für den größten Blödmann östlich der Rockies«, beschuldigte er Will mit einer Stimme, die bis zur letzten Zuschauerreihe dröhnte. »Ich kann Whisky von kaltem Tee unterscheiden. Entweder gibst du mir richtigen Whisky, oder ich erzähle keine Geschichten.«

Die Zuschauer lachten und applaudierten. Echter Whisky wurde beschafft. Nachdem Hickok getrunken hatte und sein Gesicht von der belebenden Wirkung des Whiskys gerötet war, ging er schwerelos zur nächsten Szene mit Dove Eye über, in die er sich prompt mit etwas mehr Energie verliebte, als es das Drehbuch verlangte. Will setzte die Indianer ein, um Dove Eye vor ihrem Retter zu retten.

Als der Vorhang gefallen war, riß sie sich aus seinen Armen los und überschüttete ihn mit Flüchen in Englisch und Italienisch.

»Sie ist ohnehin zu klein«, grollte Hickok, als sie zwischen den Kulissen davongerauscht war, wobei ihr die versammelten Schauspieler respektvoll Platz gemacht hatten.

»Sie ist groß genug, um dich 'ne Nummer kleiner zu machen«, bemerkte Texas Jack.

Hickok wollte Jack an die Kehle springen. Will hielt ihn zurück. »Sie sind verlobt.«

Arizona John Burke, der in der Nähe stand, ließ bei dieser Ankündigung seine breiten Schultern hängen. Hickok bemerkte die Reaktion.

»Nun«, sagte er nachdenklich, »ich finde, so klein ist sie nun auch wieder nicht.«

Scouts of the Prairie rollte auf Tournee nach Titusville, Pennsylvania. Ihr ruhmreicher Weg war gepflastert mit Arizona Johns auffallenden Reklameplakaten und Artikeln in den Lokalzeitungen. Raubdrucke von Ned Buntlines Buffalo-Bill-Heften und der Wild-Bill-Titel der Beadle-Serie sprießten überall in der ersten Öl-*Boomtown,* und ein ortsansässiger Schneider nähte Fransen auf eine Reihe von Blusen, die Ladenhüter gewesen waren, und machte das Geschäft seines Lebens. Er stellte eine Reklametafel im Schaufenster auf, und sechs Stunden später hatte er ausverkauft. Ein Betrüger, der sich als William F. Cody ausgab, wurde verhaftet, als er Haarbüschel als Stücke von Häuptling Tall Bulls Skalp verkaufte. Will hatte sich bei der Polizei beschwert; er sei ein Gentleman und nehme keine Skalps. ›Buffalo Bills Skrupel‹, lautete die Schlagzeile von Burkes folgender Presseerklärung. All das sorgte für Reklame.

Die erste Vorstellung fand ausverkauft vor Ölbaronen und deren Arbeitern mit schwarzen Fingernägeln und ihren Familien statt. Zwischen den Shows sah Will von den Stapeln leicht fettiger Banknoten auf, die er im Büro des Theatermanagers zählte, und fragte Burke, was der Spetakel draußen zu bedeuten hatte.

»Es sind die Statisten«, erwiderte Burke. »Sie drohen, aufzuhören.«

»Schon wieder Wild Bill?«

Burke nickte. »Er langweilt sich auf der Bühne und schießt auf ihre Beine, weil er sie gern tanzen sieht. Sie weigern sich, sich hinzulegen, wenn sie Tote mimen sollen, weil sie befürchten, er schießt ihnen den Kopf ab.«

»Er hat keine Patronen in seinen Revolvern.«

»Hast du schon mal eine dieser Platzpatronen aus nächster Nähe eingefangen?«

»Ich werde mit ihm reden. Sonst noch etwas?«

»Diese Grobiane von den Ölfeldern waren heute morgen wieder da. Sie wollen wissen, ob du die Hospitalrechnungen für die Männer bezahlst, die Wild Bill gestern im Saloon mit einem Stuhl niedergeschlagen hat.«

»Sie haben angefangen. Mein pfeift nicht ungestraft nach Wild Bill und fragt ihn nicht, welches Haarband er sonntags trägt.« Er reichte die gestapelten Geldscheine dem Manager, der mit Pokermiene vor dem schwarzen Safe saß und die Banknoten bündelte. Der Schlüssel am Ende seiner Uhrkette knirschte im Schloß, als er den Safe öffnete.

»Der Kartenverkäufer befürchtet, daß die Leute das Theater in Brand stecken, wenn man ihnen keine Entschädigung verspricht. Er könnte recht haben.«

Der Manager sah alarmiert auf. »Sie kommen für den Schaden auf! Das steht in Ihrem Vertrag!«

Will sagte: »Sie sollen morgen früh zum Hotel kommen, und ich werde sehen, was ich für sie tun kann.«

»Ich denke, wir brechen heute abend nach Rochester auf?«

»Das tun wir auch.«

Von Hickok war nichts zu sehen, als der Zug in den Bahnhof von Rochester einfuhr. Will sorgte dafür, daß Hickoks Gepäck mit dem aller anderen ins Hotel gebracht wurde. Er legte sich schlafen und stand früh auf, um mit dem Chaos fertig zu werden, das auf der Bühne des Theaters herrschte. Um 16 Uhr 15 kehrte er ins Hotel zurück und erfuhr, daß Hickok immer noch nicht im Hotel eingetroffen war. Er machte sich auf die Suche nach ihm.

Die Bar, die er schließlich betrat, war so finster wie jeder Adobesaloon in Arizona oder New Mexico, doch die Luft war feucht und roch nach Fisch. Ein Nebelhorn tutete auf dem Ontario See, so einsam und schwer zu orten wie eine Eule, die im Wald schreit.

Will duckte sich, um rostigen herabhängenden Lampen auszuweichen, als er sich einen Weg durch den Rauch und das Stimmengewirr bahnte und die bärtigen und stoppelbärtigen

Gesichter im trüben Licht musterte. Er fand den Mann, den er suchte, an einem Tisch im Hintergrund. Er teilte Pokerkarten aus und war von Gestalten in Matrosenjacken und schäbigen Baumwolljacketts umgeben, die wie frisch abgehäutete Büffelfelle rochen.

»Wild Bill, du bist schwer zu finden«, sagte Will.

Hickok ließ eine Karte über den Tisch gleiten. »So soll es auch sein. Wie hast du mich aufgespürt?«

»Ich bin Scout, oder hast du das vergessen? Du hast eine ziemlich deutliche Fährte von eingeschlagenen Fenstern und blutigen Nasen längs des Seeufers hinterlassen.«

Hickok knallte den Rest des Kartenblatts hin und nahm seine Karten. »Jack eröffnet.«

Der Mann warf einen weißen Chip auf die Tischmitte.

Will sagte: »Wir haben um 20 Uhr eine Vorstellung. Du hast die Probe versäumt.«

»Das weiß ich. Du brauchtest nicht zu kommen, um mir das zu sagen.« Hickok glich den Einsatz aus und erhöhte um fünf.

Will zog sich einen freien Stuhl vom Nachbartisch heran. »Willst du dich aussprechen?«

»An diesem Tisch wird Karten gespielt«, murrte ein Schauermann in einem vor Schweiß steifen Pullover zu Hickoks Rechten.

Will ging zur Bar und kaufte ein paar Chips. Er kehrte zum Tisch zurück, setzte sich und schaute zu, wie die anderen die Partie beendeten. Hickok kassierte den Pott und gab von neuem Karten. Will eröffnete.

»Du hast dich verändert, Wild Bill«, sagte er und blickte finster auf seine Karten. »Ich wußte, daß du in den Prärien die Hölle losläßt, aber du warst schon in der Zivilisation. Du müßtest wissen, wie man sich dort benimmt.«

Hickok sagte nichts. Der Mann, der die letzte Partie eröffnet hatte, hielt mit und erhöhte. Widerwillig sah der Schauermann die Erhöhung.

Will ging mit. »Ich habe Schwierigkeiten, Statisten zu finden. Es ist schwer, jemand anzuheuern, der Angst hat, einem Hauptdarsteller den Rücken zuzuwenden.«

»Mir macht es einfach Spaß, sie von Zeit zu Zeit auf Trab zu bringen. Es wird einem langweilig, jeden Abend das gleiche zu tun.« Er sah die Erhöhung und setzte weitere fünf. Der Spieler ihm gegenüber zögerte und zog gleich. Der Schauermann stieg aus.

»Das paßt nicht zu dir.« Will setzte einen roten Chip ein und warf einen weiteren in den Pott. Der Mann neben Hickok knurrte einen Fluch und warf die Karten hin. So blieben nur die beiden Westmänner.

»Vor all diesen Leuten herumzuspazieren wie eine billige Nutte, das ist keine Arbeit für einen erwachsenen Mann.« Hikkok glich Wills Erhöhung aus und erhöhte erneut.

Will drehte ein paar Zehner und drei nicht zusammenpassende Karten um. Hickok hatte einen Straight bis zur Dame. Er strich seinen Gewinn ein.

»Ich glaube nicht, daß das alles ist, was dich bedrückt«, setzte Will nach.

Hickok füllte sein Glas aus der Whiskyflasche, die noch dreiviertelvoll war. Sein Blick glitt zu den beiden anderen Männern am Tisch. »Haut ab.«

Der Schauermann starrte ihn an. »Bekommen wir keine Chance bei einer Revanche?«

»Ich habe euch zwei den ganzen Tag über beobachtet«, sagte Hickok. »Ihr habt Glück, daß ich in großzügiger Stimmung bin.«

»Moment mal!« brauste der andere Spieler auf und schob seinen Stuhl zurück. Hickok setzte sich zurück und knöpfte den Prince-Albert-Rock mit der linken Hand auf. Der Griff eines Colts war über der roten Schärpe an seiner Hüfte zu sehen. Die beiden Männer, die mit Hickok gepokert hatten, standen hastig auf und machten sich ohne eine weitere Diskussion davon.

Hickok trank sein Glas leer und setzte es hart ab. Dann füllte er es von neuem aus der Flasche. »Du bist jetzt schon ein paar Jahre verheiratet, nicht wahr, Will?«

»Mehr als ein paar. Ich habe eine siebenjährige Tochter, und du hast den Jungen gesehen. Außerdem habe ich eine zweite Tochter, die so neu ist wie ein glänzendes Goldstück. In der nächsten Saison hole ich alle hierher nach Rochester.« Will legte eine Pause ein und fragte sich, wohin die Unterhaltung führte.

»Wie ist das so?«

»Rochester? Du bist hier mittendrin.«

»Verheiratet zu sein, meine ich.«

Will zuckte mit den Schultern. »Es könnte besser sein. Ich kannte schon schlimmere Zeiten.« Langsam sah er von seinen Chips auf, und sein Gesicht zeigte ein breites Lächeln. »Bei Gott, du bist auf Brautschau, oder? Oder hast du schon eine ausgesucht? Wie kommt es, daß die Hölle zufriert und mir niemand etwas sagt?«

»Ist nur so ein Gedanke.«

»Seit wann?«

»Seit ich 38 wurde. Da besaß ich einen guten Anzug und einen Sattel mit einem schadhaften Gurt. Ich finde, ein 38jähriger Mann sollte mehr haben.«

»Du hättest mehr, wenn du nicht deine ganze Zeit in den Saloons verbracht hättest.«

Hickok sah überrascht auf. »Das brauche ich doch nicht aufzugeben, wenn ich heirate, oder?«

»Das kommt darauf an, wen du heiratest. Es ist logisch, daß du irgend etwas aufgeben mußt. Du kannst nicht so weitermachen wie bisher.«

Der Revolverheld zog gemächlich das Pik-As aus dem Kartenstapel. »Nun, das will ich aber.«

Sie nahmen eine Droschke zum Theater, wo ein aufgekratzter Arizona John sie auf dem Gehsteig empfing und sie eilig hineinzog, wobei er davon schwärmte, daß Ned Buntline das Stück so genial geschrieben hatte, daß man die Szenen kinderleicht umstellen konnte, während die beiden Stars die Stadt besichtigten.

Texas Jack spielte eine Liebesszene mit Signorina Morlacchi, als sie die Kulissen erreichten. Will beobachtete das verlobte Paar, das sich einen Augenblick lang im Rampenlicht abknutschte, und wandte sich dann lächelnd an seinen Freund. »Die spielen den romantischen Stoff begeistert, nicht wahr?«

Hickok war grimmig. »Verrückt, was? Was für einen Sinn hat es, sich dort draußen so zur Schau zu stellen?«

»Das ist besser, als für die Eisenbahn Schienen zu verlegen.« Will klopfte ihm auf die Schulter. »Laß uns diese Stadtklamotten ausziehen und uns darauf vorbereiten, uns selbst närrisch zur Schau zu stellen.«

Als Will seine erste Szene beendet hatte, schlenderte er in seinem Kostüm hinter die Bühne. Arizona John stand allein zwischen den Kulissen. »Wo ist Wild Bill?« erkundigte sich Will.

Burke sagte: »Sieh du besser nach. Ich würde lieber Klapperschlangen in einer dunklen Höhle suchen.«

Sie schauten schnell in die Garderoben, fanden Hickok jedoch nicht. Schließlich schnappte sich Will einen blassen jungen Bühnenarbeiter und fragte ihn, ob er Hickok gesehen hatte.

»Ja, Sir. Er ging, während Sie auf der Bühne waren.«

»Sagte er, wohin?«

»Nein, Sir. Doch er hinterließ eine Nachricht für Sie.«

Will wartete. »Und?«

Der junge Mann scharrte mit einem Schuh im Sägemehl. »Er sagte, ich soll diesem langhaarigen Hurensohn ausrichten, daß er von ihm und seinem Schaugeschäft die Schnauze voll hat.«

Burke kam herbei und hörte noch den Rest der Nachricht. Will wandte sich an ihn. »Sagst du es bitte den anderen, John?«

»Sie werden enttäuscht sein«, erwiderte Arizona John trokken.

Zwei Tage später trat in einer Konkurrenz-Schau ein Schausteller als ›Wild Bill Hickok‹ auf. Plötzlich spürte er mitten im Auftritt eine harte Hand auf der Schulter und wandte gerade noch rechtzeitig den Kopf, um die Faust zu sehen, die ihm ans Kinn knallte und ihm einen Schneidezahn in die Kehle trieb. Andere Fausthiebe brachen ihm die Nase und zwei Rippen. Zeugen beschrieben den Angreifer, der flüchtete, bevor Hilfe eintraf, als groß und böse aussehend, mit schulterlangen Haaren und einem leichten Hinken.

Die Herbstluft war feucht in dem engen Gewölbe der New York Central und Hudson River Station, von deren Wänden nicht die Gebete der Frommen widerhallten, sondern das Echo von eiligen Schritten, das Kreischen und Rattern von Rädern und das Knallen aufeinanderprallender Puffer, das vom Zischen des Dampfs der Kohleloks leicht abgeschwächt wurde.

Will und Arizona John Burke musterten die Gesichter der Passagiere, die aus dem Zug stiegen. Der Strom ließ nach und hörte ganz auf, und sie warteten immer noch. Will stieg in einen Waggon und spähte über den Gang zwischen den Sitzreihen. Ein farbiger Bediensteter fegte Läufer am anderen Ende des Waggons.

»Verzeihung, ist sonst noch jemand in diesem Zug?«

Der Bahnangestellte starrte den Mann an, dessen lange Haare nicht so recht zu der Stadtkleidung paßten. »Nur die Zugbesatzung, Sir.«

Will kratzte sich am Bart und stieg aus dem Waggon. Ein Mann in Schaffneruniform stand bei Burke. »Heißen Sie Cody?« fragte der Schaffner.

Will bestätigte es.

»Ich habe etwas für Sie im Gepäckwagen«, sagte der Schaffner und nickte hin.

Auf dem Weg dorthin ging der Bahnangestellte auf den Außenseiten der Füße, als schmerzten seine Sohlen. Beim Gepäckwagen vor dem Bremserwagen zog er einen großen Schlüsselbund vom Gürtel und schloß mit einem der Schlüssel das Vorhängeschloß auf. Als er die Tür aufzog, klang es, als würde Kohle eine Rutsche hinabschlittern.

Will spähte in das Halbdunkel des Gepäckwagens auf die Gesichter der Männer, die vom kahlen Boden aufstanden und schwielige Hände vor schwarzen Augen hielten, weil sie von dem plötzlichen Licht geblendet wurden. Sie hatten scharfe Gesichtszüge mit stoischem Ausdruck, und ihr schwarzes Haar fiel in Zöpfen auf die Decken, die um ihre Schultern lagen.

Der Scout fuhr zu dem Schaffner herum. »Diese Männer hatten Fahrkarten, um in den Passagierwagen mitzufahren!«

»Beschweren Sie sich bei Mr. Harriman.« Der Schaffner lehnte sich gegen den Waggon und massierte einen Fuß durch den Schuh aus dickem Leder. »In meinem Zug sitzen Wilde nicht mit anständigen Passagieren zusammen.«

»Ich werde mich daran erinnern, wenn ich nächste Woche mit Ihrem Boß Mr. Harriman esse.«

Der Schaffner wurde blaß, vergaß den offenbar schmerzenden Fuß und richtete sich auf. Die Indianer standen jetzt in der offenen Tür des Gepäckwagens. Sie rochen nach ranzigem Fett und frischem Schweiß.

»Wofür wollen Sie die überhaupt, als Küchenhilfe?« erkundigte sich der Schaffner.

»Sie sind meine Schauspieler.«

»Oh.« Er stand eine Weile herum, während die Fracht ausgeladen wurde. Dann humpelte er davon und fluchte leise vor sich hin.

Will begleitete die Indianer zu einem Bekleidungsgeschäft, wo sie die Decken ablegten, und ließ ihnen Anzüge von der Stange anpassen. Sie zerrten an dem Schritt und murmelten in gebrochenem Englisch, daß sie den Stoff dort wegschneiden würden, damit ihre Genitalien Luft bekommen konnten, doch Will machte ihnen durch ihren Dolmetscher klar, daß das in der Zivilisation nicht Sitte war.

Im Hotel zog der Portier den Manager zu Rate und quartierte die Indianer dann in einer kleinen Kammer im Erdgeschoß neben der Küche ein. Er verlangte von Will das Doppelte des regulären Preises und bestand darauf, daß die Gäste das Haus nur durch die Gasse betraten oder verließen. Sie schliefen nackt in der drückenden Hitze, die von der Küche in die Kammer drang, und aßen, was ihr Gastgeber für sie in die Kammer bestellte, weil man sich im Restaurant weigerte, sie zu bedienen.

Will erklärte ihnen, ohne sich seine Erbitterung anmerken zu lassen, daß dies ein Service sei, der ihrem hohen Stand im Stamm entspreche. Sie hörten sich diese diplomatischen Worte mit ausdruckslosen Mienen an.

Als Statisten stellten sie keine Fragen und belebten die Proben, indem sie sie mit ihren eigenen Riten ausschmückten. Arizona John hielt bei der ersten Abendvorstellung mit ihnen den Atem an und sah vor seinem geistigen Auge ein Massaker, wenn sie beim Publikum nicht ankamen. Als sie auftraten, herrschte zunächst andächtige Stille, dann gab es für die Wilden donnernden Applaus und sogar einige Hochrufe, und so war vom ersten Augenblick an ihr Platz in der Theatergeschichte friedlich gesichert. Ein Kritiker bemerkte sogar grantig, daß es der artigste Indianeraufstand sei, an den er sich erinnern könne. Burke benutzte das Zitat für seine Reklame in der Hoffnung, die ängstlicheren Frauen als Zuschauer anzulokken.

»Wie geht es den Indianern?« fragte Will ihn eines Abends gegen Ende der Spielzeit 1875–76. Der Scout trug sein Kostüm und tupfte sorgfältig die Schweißperlen ab, die auf seiner Fettschminke glitzerten. Auf der Bühne hielt ein professioneller Schauspieler, den Will als Ersatz für Hickok verpflichtet hatte, vor ausverkauftem Haus einen launigen Monolog über die unberechenbare Art der Wilden. Von hier aus klangen seine Worte theatralisch und hohl.

Arizona John zuckte die Achseln. Sein Haar war jetzt fast so lang wie das seines Idols und betonte seine Apfelwangen und den fetten Hals. »Sie blasen das Gaslicht in ihrer Garderobe aus, anstatt es abzudrehen. Eines Nachts werden wir alle in die Luft fliegen. Doch im Vergleich zu Wild Bill sind sie Sarah Bernhardt.« Sein Tonfall war verdrossen. Die Schauspieltruppe hatte soeben Einladungen zur Hochzeit von Texas Jack und Signorina Morlacchi erhalten.

»Der gute alte Wild Bill. Ich hörte, daß er seine neue Frau bereits verlassen hat und Gold in den Blacks Hills sucht.«

»Neidisch?«

»Ein wenig.« Will lächelte. »Sehr, um ehrlich zu sein. Doch ich bin 30, und das ist dort draußen alt. Hier bin ich noch ein junger Spund.«

»Aber es ist wesentlich leichter, Indianer zu töten, als auf sie aufzupassen.«

»Wie kannst du das wissen, John? Der einzige Indianer, den du je umgebracht hast, war einer, der sich auf der Farm deines Vaters zu Tode schuftete.«

Will erhielt sein Einsatzzeichen. Er zog den Saum seines Wildlederhemdes hinab, ein weiteres Kunstwerk von Louisa, nahm seine Revolver und untersuchte die Platzpatronen. Diese Woche hatte er zwei Patronen gehabt, die nicht losgegangen waren.

»Oh, verdammt! Das kam, während du in der Garderobe warst. Hatte ich ganz vergessen.« Burke hielt ein Kuvert der Western Union hoch.

»Behalte es bitte, John. Ich werde es nach meinem Auftritt lesen.«

»Ich versuchte gerade, einem der Indianer etwas zu erklären, als der Telegrammbote es brachte. Ich glaube, er sagte, es sei dringend.«

Seufzend nahm Will den Umschlag und öffnete ihn.

Burke sah der Schau zu. »Dein Stichwort, Will.« Dann wandte er sich um und sah das Gesicht des Scouts.

Und er wußte, daß etwas Schreckliches passiert sein mußte.

Wills Sohn war gestorben.

9

Will ließ die Karten und Telegramme ungeöffnet in einem Stapel auf dem Wohnzimmertisch liegen und alle Blumen fortbringen bis auf einen bescheidenen Strauß gelber Rosen von Texas Jack, der sich trotz seiner Hochzeitspläne die Zeit genommen hatte, die Blumen zusammen mit einer Karte zu schicken, die nur seinen Namen trug. Die Rosen stellte Will in einer Vase auf den Kaminsims neben Kits Bild. Der Junge hatte Jack gemocht.

Will musterte die Fotografie in dem schwarzen Rahmen. Er hatte sie im letzten Monat aufnehmen lassen. Kit lehnte in einem Anzug gegen einen Felsbrocken im Fotostudio und hielt eines der Gewehre seines Vaters. Sein rotgoldenes Haar hing ihm in Locken bis auf den Kragen. Danach hatte Will trotz Louisas schriller Proteste darauf bestanden, daß seinem Sohn das Haar geschnitten wurde.

»Ich will nicht, daß sich mein Sohn auf dem Schulhof wegen seiner Haare herumprügeln muß«, hatte er gesagt, und Louisa hatte dann zugestimmt, voller Sorge, daß jemand Hand an ihren Sohn legen könnte. Später hatte sie die Erkältung und dann die schlimmere Erkrankung, die zum Tode geführt hatte, auf den kurzen Haarschnitt zurückgeführt.

Das Publikum in St. Louis, New York und Rochester hatte den ausgelassenen Jungen im Zuschauerraum fast als sein eigenes Kind angesehen, und wenn die Presse irgendwelche Zweifel an Arizona Johns Geschichte über Kits kühne Flucht aus der Gewalt von Zigeunern und seine Heimkehr aufgrund seiner ererbten Fähigkeiten im Spurenlesen gehegt hatte, dann hatte sie diese Zweifel unterdrückt und die Geschichte wortgetreu veröffentlicht. Reporter hatten jede Gelegenheit begrüßt, die hübschen braunen Augen und die Locken des Jungen zu erwähnen.

»Papa, hallo Papa!« glaubte Will seinen Sohn rufen zu hören, und es war ihm gar nicht bewußt, daß er die Worte vor sich hinmurmelte.

»Haben Sie mich gerufen, Sir?«

Will sah von der Fotografie auf und bemerkte den schwarzen Butler in Livree und mit weißen Handschuhen, der auf der Türschwelle stand. Er schüttelte den Kopf, und der Diener verneigte sich leicht und zog sich leise zurück.

Will füllte sein Glas von neuem mit Sherry aus der Karaffe und trank. Der Sherry schmeckte wie gefärbtes Wasser. Er wünschte, es wäre Pantherpisse aus dem dreckigsten, von Wanzen heimgesuchten Saloon im Westen, die Schmerz wegbrannte wie ein heißes Eisen, hochprozentig und klar oder trübbraun, alles außer diesem Blutrot, das ihn an den Killer erinnerte, der mit dem Fieber sein Haus betreten hatte.

Ein dünner, schluchzender, nasaler Schrei erklang aus dem Schlafzimmer im Obergeschoß. Orra, das Baby, war auf seine übliche Art erwacht. Will schenkte sich von neuem ein.

Louisa betrat das Wohnzimmer, als er das leere Glas hart auf dem Tisch abstellte, der mit ungeöffneten Kuverts bedeckt war. Sie schaute auf die zweidrittelleere Karaffe, sagte jedoch nichts. Sie hatte in nur wenigen Tagen viel Gewicht verloren. Ihre Wangen waren eingefallen, und unter ihren rotgeränderten Augen waren dunkle Ringe. Neue Falten zeichneten sich über dem Kragen ihres schwarzen Kleides am Hals ab. Sie war gerade 28.

Er verlagerte sein Gewicht auf dem knarrenden Stuhl. »Was ist mit Orra los?«

»Nichts.«

»Warum heult sie?«

»Alle Babys weinen. Es muß nicht immer etwas bedeuten.«

»Ist Arta bei ihr?«

»Sie schläft in ihrem Zimmer.«

Die 365-Tage-Uhr auf dem Kaminsims schlug. Sie war tausend Meilen weit gereist und viermal aufgezogen worden, seit Wills Schaustellertruppe zum ersten Mal in St. Louis aufgetreten war. Er erhob sich und schwankte ein wenig. »Ich gehe aus.«

»Wohin?« Sie sah auf das Bild neben den Rosen.

»An die frische Luft.« Er läutete nach dem Butler und verlangte Hut und Mantel.

»Es ist spät«, sagte Louisa.

»Es wird gerade erst dunkel.«

Dann sah er, daß ihre Nasenflügel weiß waren, und er sprang zu ihr und fing sie auf, als sie zusammensank und vorwärtsstürzte. Er verlor fast das Gleichgewicht unter der plötzlichen Last. Der schwarze Diener kam mit Mantel und Hut. Als er sah, daß Will seine Frau hielt, wollte er sich zurückziehen.

»Machen Sie Mrs. Codys Bett zurecht«, fuhr Will ihn an, schob einen Arm unter Louisas Knie und hob sie auf. »Sie ist ohnmächtig geworden.«

»Jawohl, Sir.« Die Livree des Dieners raschelte, als er davoneilte.

Als Will seine Frau auf das Bett sinken ließ, schlang Louisa einen Arm um seinen Nacken und barg ihr Gesicht an seiner Brust. »Oh, Will, er ist tot. Unser Junge ist tot!«

Etwas am Klang ihrer Stimme weckte den unbändigen Wunsch in ihm, ihr zu widersprechen. *Nein, Mama, Kit spielt nur einen seiner Tricks. Er wird jede Minute wiederkommen und grinsen wie immer, wenn er etwas ausgefressen hat.* Doch Will hatte gesehen, wie der kleine Sarg ins Grab gelassen worden war, und er hatte das dumpfe Aufklatschen der ersten Schaufel voll Erde gehört, die auf den Sargdeckel gefallen war. Er klopte ihr sanft auf den Rücken. »Jetzt sind nur noch wir da, Mama. Nur wir und Arta und Ora.« Das Baby in der Wiege am Fuß des Bettes war wieder eingeschlafen.

Er lauschte dem leisen Atmen seiner Tochter. Dann löste er sich sanft aus Louisas Armen und öffnete die Brosche am Kragen ihres Kleides. Sie war wieder bewußtlos, doch ihre Gesichtsfarbe war normal. Er erinnerte sich daran, daß sie beide seit Tagen keinen Schlaf gefunden hatten. Er band ihr die Schnürstiefel auf, und als er sie von ihren schlanken Beinen mit den schwarzen Strümpfen streifte, spürte er die vertraute Wärme, die das Prickeln in seinen Lenden ankündigte. Alarmiert richtete er sich auf, zog rasch das Laken und die Bettdecke bis zu ihrem Hals hinauf und verließ das Zimmer. Der Butler saß am Tisch in der Küche. Der Schwarze erhob sich linkisch.

»Holen Sie die Krankenschwester, damit sie sich um Orra und Arta kümmert, solange Mrs. Cody schläft«, wies Will ihn an. »Ich werde eine Zeitlang fort sein.«

»Sehr wohl, Sir. Darf ich Madam bei ihrem Erwachen informieren, wo Sie sind?«

»Ich lasse die Sau raus.«

Der Diener blieb mit hochgezogenen Brauen in der Küche zurück.

Elizabeth Guss lag wach und lauschte der Stadtuhr von Westchester, die die Stunden schlug. Das Reisen machte sie unruhig, und sie war mit ihrem Vater erst am Nachmittag aus Rochester von Kit Carsons Beerdigung im Mount Hope Cemetery zurückgekehrt. Vor ihrem geistigen Auge sah sie noch Wills Gesicht bei der Beerdigung, das den Ausdruck eines Jungen gehabt hatte, dessen Vater ihm gerade aus keinem ersichtlichen Grund einen unerwarteten Schlag versetzt hat. Sie konnte nicht einschlafen.

Schließlich zog sie ihren Morgenrock und die Pantoffeln an und ging nach unten, um sich ein Buch aus der Bibliothek ihres Vaters zu holen. Auf dem Rückweg zur Treppe hörte sie ein sonderbares Geräusch draußen vor der Tür.

Colonel Guss, der fast bis zum Ende des Krieges Truppen gen Süden geführt hatte, auf den Fersen von Nachtreitern und marodierenden Rebellendeserteuren, würde seine Erlebnisse nie berichten, doch er hatte seiner Tochter von klein auf eine gesunde Furcht vor seltsamen Lauten in der Nacht eingeprägt. Sie nahm einen Feuerhaken, bevor sie zur Tür ging und diese öffnete. Draußen herrschte Stille. Die Luft des Frühlings war noch kühl, und es war zu früh für Grillen. Nichts bewegte sich im fahlen Licht der Gaslampe an der Ecke. Sie trat ins Haus zurück und wollte die Türe schließen. Ein Tier knurrte sie von unterhalb der Veranda an.

Sie verharrte. Die Schatten waren tief im Laubwerk des Vorgartens zwischen Gehweg und Haus, doch irgend etwas raschelte hinter ihren Rosensträuchern. Das Geräusch, das es verursachte, war eine Mischung aus Knurren und Stöhnen. Sie hielt den Feuerhaken hoch, ging bis zum Rand der Veranda und spähte über das Geländer. Ihr Cousin kniete auf der weichen feuchten Erde neben den Verandastufen.

»Will, was ist passiert?« Sie ließ den Schürhaken sinken. »Wo ist Louisa?«

»Pst. Sie schläft.«

»Du wirst dir den Tod holen . . .«

»Das muß ich auch. Ich habe darauf gewartet, doch er kam nicht. Der Zug war zu schnell.« Er lachte und erbrach sich über die Hemdbrust. Scharfer Schnapsgestank schlug ihr entgegen.

Sie legte Feuerhaken und Buch ab und eilte die Stufen der Veranda hinunter, wobei sie den Morgenmantel vor dem Hals zusammenzog. Kalte Luft kroch unter dem Nachthemd an ihren nackten Beinen hoch und ließ sie erschauern. Im Lichtstreifen, der aus der offenstehenden Tür fiel, sah sie, daß Wills schwarzer Anzug, den er bei der Beerdigung getragen hatte, verschmiert war, als wäre er damit im Dreck herumgekrochen. Sein Hemd klebte an der Brust und war mit Erbrochenem besudelt. »Hilf mir beim Aufsitzen, ja, Chips? Mein Steigbügel ist kaputt.«

Elizabeth hatte keine Ahnung, wer Chips war. Sie legte den Arm ihres Cousins über ihre Schulter, packte ihn am Rücken und versuchte ihn auf die Füße zu ziehen, doch er unterstützte sie nicht, und sie mußte ihn regelrecht zum Fuß der Treppe schleifen. Dort rüttelte sie ihn, flehte ihn an und überredete ihn endlich, sich am Geländer festzuhalten und sich wenigstens halb aufzurichten und auf sie zu stützen. Auf dem Weg hinauf mußte sie zwei Atempausen einlegen. Das Geländer knarrte, als sie ihre Last dagegen lehnte. Im Haus ließ sie die Tür offen und mühte sich durch den Vorraum und ins Wohnzimmer. Dort ließ sie Will aufs Sofa gleiten. Sie eilte zurück, um Buch und Feuerhaken von der Veranda zu holen und die Tür zu schließen.

»Lizzie? Bist du das?« Guss' Stimme klang schläfrig die Treppe herunter.

»Ich schließe nur alles ab, Vater«, rief sie zurück.

»Ich dachte, das hättest du schon vor Stunden getan.«

»Ich ging runter, um mir ein Buch zu holen.«

Sie zog Will das Jackett und das nasse Hemd aus, holte eine Decke und breitete sie über ihm aus.

»Wer hat Wache?« fragte er.

»Das ist schon alles erledigt. Du schläfst jetzt.«

»Du bist ein guter Scout, Chips, doch deine Stimme ist zu hell. Man könnte meinen . . .« Dann schnarchte er.

Sie sah ihn an, schaute auf die glatten, jugendlichen Gesichtszüge des Jungen, der dabei erwischt wurde, wie er seinen Namen auf ein Wagenbrett schrieb. »Du solltest im Westen sein, Will«, sagte sie.

Er schnarchte weiter. Sie ging die Treppe hinauf und vergaß ihr Buch. Stunden später erzählte sie ihrem Vater, daß Will vermutlich auf der Bahnreise von Rochester erkrankt war.

»Er wird sich noch viel kranker fühlen, wenn er aufwacht«, sagte der Colonel und strich Butter in der Dicke eines Daumennagels auf eine Toastscheibe.

Die Sonne blickte auf eine zornige Welt hinab. Bismarck rasselte mit dem deutschen Säbel gen Frankreich, und Frankreich rasselte zurück. Alexander II., der Zar von Rußland und Vater des Großherzogs Alexis, beobachtete, wie sich Unruhe bei den Balkanskiaven im Land der feindlichen Türken ausbreitete und strich sich sorgenvoll über den Bart. In den Staaten folgte die Obrigkeit den Spuren des New Yorker Schurken und vor dem

Gesetz geflüchteten Boss Tweed nach Süden gen Kuba. Präsident Ulysses S. Grant, dessen Gesicht von der Last eines halben Dutzend Untersuchungsausschüsse wegen Anklagen mangelhafter Amtsführung gezeichnet war, eröffnete die Ausstellung zur Hundertjahrfeier in Philadelphia mit dem dringenden Appell: »... unsere hervorragenden Leistungen zu würdigen und über Schwächen hinwegzusehen.« Dann überließ er das Feld einem Artillerie-Salut. George Armstrong Custer, der bei Grant in Ungnade gefallen war, weil er gegen seinen Kriegsminister ausgesagt hatte, verlor das Oberkommando der ersten totalen Offensive gegen die Prärie-Indianer, behielt jedoch den Kern seines alten Regiments, die 7. Kavallerie. Sitting Bull, der große Medizinmann der Hunkpapa Sioux, kündigte an, daß sich die sieben Sioux-Stämme am Powder River versammelten und forderte die Cheyennes und Arapahos auf, ihre Reservationen zu verlassen und sich ihnen im letzten heiligen Krieg gegen die weißen Langmesser anzuschließen.

Das Telegramm aus General Sheridans Hauptquartier erreichte Will Cody in Wilmington, New York.

Wilmingtons Theaterbesucher wurden aus ihrer, nur zu bereitwilligen Ungläubigkeit gerissen, als der Star des Dramas mitten in einer Liebesszene auf die Bühne sprang, geschmückt mit einem eindrucksvollen mexikanischen Kostüm aus goldbesetztem schwarzem Samt und einem Hut mit einer roten Feder. Er schwenkte ein gelbes Telegramm der Western Union und brüllte: »Ich mache Schluß mit der Schau während des Krieges! Ich ziehe nach Westen, um daran teilzunehmen!«

Er las das Telegramm laut mit seinem kräftigen Bariton vor und legte soviel Gefühl in Colonel Mill's Befehle, daß das Publikum aufsprang und begeistert applaudierte. Will wurde rot bis zum Haaransatz. Er verneigte sich tief und verließ die Bühne. Als die Aufregung nachließ, setzten seine Kollegen die Szene dort fort, wo sie aufgehört hatten. Erst nach dem letzten Vorhang fragten sich einige der Zuschauer, was die kurze Einlage mit dem Telegramm mit dem Stück zu tun hatte.

Tage später holte der Schaffner der Linie Chicago–Omaha seinen Lehrling aus dem Dienstwagen und nahm ihn mit durch den Zug, um ihm zu beweisen, daß er gerade einem Mann eine

Fahrkarte verkauft hatte, der ein Kostüm mit einem Hut trug, der aussah wie der einer herausgeputzten Witwe.

»Es bedarf aller Arten, um den Rost von den Schienen zu halten, Junge«, sagte der Schaffner später. »Das ist eine Tatsache, die du in keiner Schule lernen wirst.«

Der Mini-Pusa oder South Fork des Cheyenne River hatte den Spitznamen Dry Fork an einem Tag wie jenem bekommen, an dem die 5. Kavallerie im Juni 1876 ihren Marsch durch das Tal begann. Gras wuchs durch Risse im gelben Flußbett, und Tiere hatten ihren Bau in die Ufer gegraben. Ferne Berge verschwammen in der Hitze der Sonne Wyomings, unter der das hüfthohe Gras verbrannt war und den Bronzeton des Himmels angenommen hatte. Pferdebremsen saugten Blut und Schweiß von den Nacken der Reiter und Pferde. Im Camp lauschten die Soldaten auf Wache dem Summen der Schmeißfliegen und schauten neidisch zu dem trapezförmigen Schatten, wo sich die Offiziere unter dem Vordach vor dem Zelt des Commanders versammelt hatten. Wenn sie die Unterhaltung gehört hätten, wären sie froh gewesen, bleiben zu können, wo sie waren.

General Wesley Merritt blickte finster auf die beiden Nachrichten, die nebeneinander über der Landkarte auf seinem Klapptisch ausgebreitet hatte. Eine Locke seines sorgfältig gekämmten Haars fiel ihm in die Stirn und entblößte eine beginnende Glatze. Er hatte einen großen Kopf mit tiefliegenden Augen unter einer vorspringenden Stirn und einen Schnurrbart, dessen Enden bis unter sein Kinn reichten, was ihm etwas Dämonisches verlieh.

»Als ich dieses Kommando annahm«, sagte er, »lauteten Carrs ursprüngliche Befehle und meine, um jeden Preis zu verhindern, daß sich die Cheyennes den Sioux anschließen. Jetzt habe ich den gegenteiligen Befehl, nach Fort Laramie zurückzukehren, um frischen Proviant zu fassen, und dann über Fort Fetterman zu General Crook zu stoßen, der mit den Sioux große Schwierigkeiten am Rosebud in Montana hat.«

»Die Sioux kämpfen?« fragte Colonel Mason erstaunt, als aufgeregtes Stimmengewirr der Ankündigung folgte.

»Wir alle wußten, daß damit zu rechnen ist, als sie die Flucht beendeten.« Merritt sah von der Karte auf und stützte sich auf den Tisch. »Unsere Befehle sind klar. Wir sollen durch die Cheyenne-Linie vom März im Süden vorstoßen und sie zurücktreiben. Zugleich sollen wir Preacher George gegen Crazy Horse im Norden verstärken. Gentlemen, ich stelle das zur Diskussion.«

Mason schnaubte. »Was gibt es da zu diskutieren? Wir sollen wie üblich an zwei Stellen zugleich sein.«

»Wenn man es mit widersprüchlichen Befehlen zu tun hat, soll man den neuesten befolgen«, erklärte Lieutenant Hall. »So ist das bei der Armee.«

»Die Schreibtischkavallerie in Washington weiß nichts über die Lage hier draußen«, widersprach Colonel Mason. »Wir dagegen wissen, daß die südlichen Cheyennes auf dem Weg sind, um sich Sitting Bull anzuschließen. Wenn sie das tun, werden ihnen die Arapahos mit Sicherheit folgen. Ich meine, wir sollten den Marsch fortsetzen wie ursprünglich befohlen.«

»Und das Kriegsgericht riskierren, wenn wir scheitern«, beendete der General. »Sie machten Custer einmal fertig, weil er fast das gleiche getan hat. Doch ich bin davon überzeugt, daß in diesem Weg der Erfolg des ganzen Feldzugs liegt. Sollen wir abstimmen?«

»Ein Reiter kommt, General.« Einer der Offiziere wies hin.

Der Neuankömmling sprang vor dem Wachtposten vom Pferd, wechselte ein paar Worte mit dem Posten und führte seinen schaumbedecken Buckskin am Zügel ins Biwak. Ein Sergeant, der ihn kannte, stieß einen Pfiff aus, als er seine spanisch aussehende Kleidung aus schwarzem Samt unter einer Staubschicht und den federgeschmückten Hut sah, der vom Schweiß und der Sonne ruiniert war. Der Neuankömmling winkte gutmütig zurück. Sonnenschien fiel auf sein langes kupferfarbenes Haar, und Merritt sagte: »Es ist Cody.«

»Wie kommt es, daß er so gekleidet ist?« Lieutenant Hall klang entrüstet.

»Er ist im Schaugeschäft tätig. Was haben Sie für mich, Will?« Der General trat aus dem Schatten dem Scout entgegen, der einen Depeschenbeutel unter dem Hemd hervorzog und ihm gefaltete Papiere entnahm.

Merritt entfaltete sie und las schnell. Mit strahlenden Augen wandte er sich an seine Offiziere. »Die Red Cloud Agentur berichtet, daß morgen früh achthundert Cheyennes die Reservation verlassen, um zu Sitting Bulls letztem bekannten Camp am Rosebud zu ziehen. General Crook wird im Augenblick sein Feuer zurückhalten müssen. Wir setzen den Marsch fort wie ursprünglich befohlen.«

Vorwärts, hohooo. Immer weiter. 85 Meilen, bevor die Renegaten 30 schaffen. Sich eine Scheibe von Napoleon abschneiden: Die Packmuli für Nachschubtrecks ersetzen, wo immer das möglich ist, den Lazarettzug als Ballast aufgeben und nur den Stabsarzt und einen verkleinerten Stab von Sanitätern mitnehmen und gerade soviel Instrumente, wie sie zu Pferde transportieren können. Wer zu krank oder zu verletzt zum Reiten ist, fällt aus und wird gesund oder stirbt. Immer weiter. Schling Dörrfleisch und warmes Wasser im Sattel hinunter. Uriniere und entleere den Darm in deine Hosen, keine Zeit, um einen Busch zu finden, geschweige denn, eine Latrine zu graben. Immer weiter. Ignoriere die Hitze, schlaf in Etappen während des Ritts, laß sich die Schmeißfliege auf deinem Nakken voll Blut saugen und reite weiter. Wenn du einmal anhältst, wirst du gemeldet. Hältst du zum zweitenmal an, wirst du als Deserteur erschossen. Reite weiter oder weg mit dir.

Ein Reiter. Ein kleiner Scout auf einem Mustang ohne Sattel, nur mit einem Revolver bewaffnet, trabte an der Kolonne der Kavalleristen vorbei, bis er den General fand. Er überreichte ihm einen schmutzigen Papierfetzen. Sieben mit Bleistift gekritzelte Worte, fast verschwommen auf dem Ritt.

Custer und fünf Soldaten, Siebente Kavallerie, gefallen.

Mit angespanntem Gesicht gab Merritt die Nachricht an seinen Adjutanten weiter. »Teilen Sie das der Kolonne mit und lassen sie es bis zum Ende weitergeben. Von jetzt an machen wir Tempo.«

Die Nachricht breitete sich fast so schnell wie über den Telegrafen von Regiment zu Regiment aus. Als sie Will erreichte, galt sein erster Gedanke einem mausfarbenen Maultier.

Die Morgendämmerung schälte den Himmel vom Horizont wie einen Skalp und öffnete eine klaffende Wunde, deren Blut über die schattigen Klippen hinab zum Warbonnet Creek floß und das Wasser rosig färbte. Am Fuß der Anhöhe lagen Will und Lieutenant Charles King von der K-Kompanie auf dem Bauch in einer kleinen, grasbewachsenen Mulde. Die Klippen ragten hinter ihnen auf, und Moskitos summten um ihre Ohren. Die Ebene sah aus der Ferne wie kahler, glatter Grund aus, doch sie verbarg sieben Kompanien der 5. Kavallerie in Bodenspalten und Falten wie Tabakkrümel auf Ned Buntlines Weste, die sich über seinen Wanst wölbte. Es war genau dieses trügerische Terrain, das Crazy Horse und Gall in die Lage versetzt hatte, General Crook in die Flucht zu schlagen und Custer und die 7. Kavallerie zu besiegen.

»Da ist eine weitere Horde«, sagte King und wies hin.

Will nickte. Er hatte bereits den berittenen Indianertrupp entdeckt, der sich etwa drei Meilen südlich befand und westwärts zog. Ihre Pferde waren ausgemergelt und mit Gras gefüttert, Ponys aus der Reservation und keine gestohlenen Armeetiere.

»Das macht sechs Trupps«, bemerkte Will. »Ich frage mich, was sie dorthin zieht.«

Er erhielt keine Antwort, doch er rechnete auch nicht damit. King hatte beim letzten Mal die gleiche Frage gestellt.

Die klaffende Wunde am Horizont öffnete sich langsam weiter, und Strahlen von hellem Gelb stachen wie Lanzen über die Ebene. Sie überzogen die gefiederten Krieger, die aus den Bodenwellen in und außer Sicht ritten, und tasteten sich bis zu einer unregelmäßigen dunklen Linie, die am westlichen Horizont dahinkroch.

»Das wird Lieutenant Hall mit dem Versorgungszug sein«, sagte Will.

»Jetzt wissen wir's.«

Der Scout kroch in die Mulde zurück und schwang sich auf seinen Buckskin. Er näherte sich in einer Zickzacklinie, um die Klippen zwischen sich und den Cheyennes zu haben, General Merritt und dem Haupttrupp der Kavallerie, der in einer Senke zusammengezogen war, die von Süden aus nicht gesehen werden konnte. Der General nippte dampfenden Kaffee aus einem Zinnbecher. Will meldete, was er beobachtet hatte. Merritt nickte. »Halten Sie mich auf dem laufenden.«

Will kehrte zu seinem Posten neben dem Lieutenant zurück.

Die Sonne war jetzt aufgegangen, ziegelrot und golden in der Mitte. Ihre Strahlen blitzten auf den Kriegsemblemen aus Kupfer und poliertem Bein, hüllte die Federhauben ein, deren Enden flatterten wie Teufelsschwänze, und spiegelten sich auf den grellen Farben, mit denen Schilde aus Büffelhaut bemalt waren. Die sechs Cheyenne-Trupps hatten sich zu einer gewaltigen Streitmacht zusammengeschlossen.

»Jesus Christus!« Der Scout entdeckte sie durch Kings Fernrohr. »So aufgemacht habe ich sie seit vor dem Krieg nicht mehr gesehen.«

»Vor *welchem* Krieg?«

»Such dir einen aus. So müssen sie ausgesehen haben, als sie vor 25 Jahren kamen, um den großen Vertrag in Fort Laramie zu unterzeichnen.« Will reichte das Fernglas King, der es auf eine Gruppe von sieben Kriegern richtete, die sich vom Haupttrupp getrennt hatte. Dann spähte er zu einem Paar Soldaten, die Halls Versorgungszug weit vorausritten. Die Krieger waren im Begriff, ihnen den Weg abzuschneiden. Sie ritten auf einer Route, die sie nahe an die Position der Beobachter heranführen würde. Der Lieutenant beschrieb, was er sah.

»Das ist es.« Will zog sich abermals zurück, um sein Pferd zu holen.

Merritts Kavallerie war inzwischen im Sattel und längs des Höhenzugs hinter den Beobachtungsposten aufgereiht. Der General hörte sich Wills Meldung an, beobachtete den räuberischen Trupp eine Weile durch sein Fernglas und bewunderte die farbigen Bänder, die von ihren Lanzen flatterten, als sie die Pferde zum Galopp trieben.

»Bei Gott, sie sind fast schön«, sagte er. »Wie ein Rudel Wölfe auf der Fährte. Und sie gehören alle euch. Gebt Ihnen Zunder!« Er schob entschlossen sein Fernrohr zuammen.

Der Scout schwang sich in den Sattel, schloß sich seinem kleinen Kommando an, das aus sechs Soldaten und den Scout-

Kollegen John Tait und Jim ›Buffalo Chips‹ White bestand, und wartete auf Lieutenant Kings Signal von der Mulde her. Die Feuchtigkeit des Morgens war verdunstet, und in der zunehmenden Wärme der Sonne stieg Dampf von den Widerristen der Pferde auf.

Der Lieutenant hatte sein Fernrohr weggesteckt, denn er brauchte es nicht mehr, um das Licht auf den nacken Oberkörpern der Krieger schimmern zu sehen und das weiße Aufleuchten, wenn Ponys die Nüstern blähten und das Gebiß gegen die Hackamore bleckten. Er hörte das Trommeln der Hufe und dann das Keuchen der Pferde. Er hob den Arm und stieß ihn hinab. Ein Schrei erschallte von Wills Trupp, und sie preschten den Hügel hinab auf die Flanke der Indianer zu.

Der erste Schuß fiel vom Haupttrupp der Kavallerie auf der Hügelkuppe. Ein einzelner Krieger, der sein Pony gezügelt hatte und hinter den Trupp zurückgefallen war, der von Angreifern zu Opfern geworden war, verschwand vom Rücken seines Pferdes, und King wähnte ihn getroffen. Dann blitzte Mündungsfeier unter dem Hals des erschreckten Ponys auf, und einen Sekundenbruchteil später folgte das Krachen eines Gewehrs. Der Indianer hatte sich seitlich vom Pferd hängen lassen und feuerte jetzt, verdeckt vom Pferdekörper. Weitere Schüsse peitschten. Merritts Kavallerie ritt an.

Unten parierten die sechs anderen Cheyennes ihre Ponys und zogen sie verwirrt um die Hand. Nach dem ›Blitzritt‹ von 85 Meilen waren sie ausgepumpt. Dann wimmelte es am Horizont jenseits von ihnen plötzlich von unzähligen berittenen Kriegern.

Kings Warnung ging im Schmettern der Trompete unter. Der erste Flügel der Kavallerie jagte los wie aufgescheuchtes Wild. Die Fahne der K-Kompanie, der Einheit des Lieutenants, flatterte im Wind. Lieutenant King sprang mit einem Schrei auf und rannte zu seinem Pferd. Doch das Tier hatte sich losgerissen und schleifte den Pflock hinter sich her. King redete besänftigend auf das Pferd ein, trieb es in den Einschnitt einer Klippe, sprang hinzu und packte die Zügel. Er verfehlte sie fast, ergriff die Gebißkette und warf sich in den Sattel. Er holte die schleifenden Zügel ein, schüttelte den Pflock ab und preschte hinter dem letzten Versprengten her, wobei er die Zügelenden wie eine Peitsche über die Flanken des Pferdes schlug. Auf halbem Weg hügelabwärts holte er die anderen ein und galoppierte an einer seltsamen Gestalt in einer Art mexikanischem Anzug vorbei, die bei der Leiche eines gefallenen Cheyenne-Kriegers stand.

»Der erste Skalp für Custer!« schrie der Mann.

Lieutenant King legte noch weitere fünfzig Yards zurück, bevor er einen klaren Gedanken fassen konnte und ihm klarwurde, wer es war, der in dem Theaterkostüm das schaurige Ding über dem Kopf schwenkte.

Die ›Schlacht‹ war eine Enttäuschung. Verwirrt, wegen der unerwarteten Stärke des Feindes, flüchteten die Cheyennes zur Reservation von Red Cloud. Als Merritt sie am Abend einholte, hatten sie sich der Kriegskleidung entledigt und sich unter die Indianer gemischt, die die Reservation nicht verlassen hatten. Die oft gehörte Klage: »Man kann keine guten Rothäute von den schlechten unterscheiden«, wurde ebenso häufig geführt wie General Shermans berüchtigte, bissige Bemerkung, daß nur tote Indianer gute Indianer seien. Doch nach diesem ersten, kurzen Zusammenstoß am Warbonnet Creek wurde kein weiteres Blut vergossen. Das enttäuschte Kommando biwakierte auf dem Gelände der Agentur.

Der Skalp, den Will von dem getöteten Cheyenne genommen hatte, einem unbedeutendem Häuptling, dessen Name zuerst mit Yellow Hand übersetzt und später wegen des langen blonden Haars in Yellow Hair abgeändert wurde, machte bei einer symbolischen Siegesfeier bei ehrfürchtigen Scouts und Soldaten die Runde. Verschiedene Angebote, den Skalp zu kaufen, wurden von Will abgelehnt.

»Was hast du damit vor, Will?« fragte ein Scout-Kollege.

»Ich habe einen Nachbarn in Rochester, der den Skalp gerne in seinem Bekleidungsgeschäft ausstellen möchte, bis ich ihn wieder abhole. Ich glaube, ich schicke ihm das Ding zur Aufbewahrung, zusammen mit Yellow Hands Federschmuck und Zaumzeug und so.«

»Hölle, warum hast du den Bastard nicht nur mit Blei gefüllt und es dabei belassen?«

Die Männer lachten und klopften dem Ehrengast auf die Schultern.

Er verließ die Runde früh. Chips White, der sich auf die Suche nach seinem Idol gemacht hatte, prallte in der Dunkelheit fast mit ihm zusammen. Will stand am Rande der Reservation, und seine dunkle Gestalt schnitt ein sternenloses Loch aus dem Himmel.

»Die Feier hat gerade erst richtig angefangen, Will.«

»Eine ist so schön wie die andere. Bei der ersten, die ich je erlebt habe, hatte ich nur einen Schluck Whisky. Das war vor langer Zeit.«

»Zum Teufel, wir haben jede Menge Whisky hier. Es gibt immer viel in einer Reservation, wenn man weiß, wo man suchen muß.«

»Trotzdem danke.«

»Niemand hat je zuvor gesehen, daß du einen Skalp genommen hast«, sagte Chips. »Lieutenant King sagte, du hättest es getan, weil die Roten diesen Skalp der weißen Frau hatten.«

»Ich sah ihn nicht mal, bis ich mein Messer heraus hatte.« Will lachte trocken. »Ich dachte zuerst, es wäre Custers Skalp, doch sein Haar war nicht blonder als meines.«

Chips schlug einen Moskito auf seiner Wange tot. »Was tust du hier draußen überhaupt ganz allein? Es ist nicht sicher.«

»Ich werde wieder für eine Weile etwas tun, an das ich nicht glaube«, sagte Will nach einer Pause, »und an das ich vielleicht nie glauben werde.«

Der Wind frischte auf und kämmte durch das Gras. Die Erde schien unter dem Sternenhimmel zu wogen.

10

»Die Schere bitte, Arta.«

Das kleine Mädchen, das zu Füßen der Mutter saß, reichte die mit Perlmutt besetzte Schere aus dem Nähkorb in ihrem Schoß der Mutter und vertiefte sich wieder in das Muster des Teppichs. Arta war jetzt acht und ein ernstes Kind. Sie spielte nicht mehr mit Puppen. Arta hatte den nachdenklichen Blick und das kräftige Kinn ihrer Mutter, und ihr Haar war kastanienfarben wie das ihres Vaters. Seit dem Tod ihres Bruders hatte sie nicht mehr gelacht und nur geredet, wenn sie angesprochen worden war. Sie spielte selten und schien nur für Botengänge da zu sein.

Louisa schnitt den Nähfaden auf dem Hemd durch, das sie mit Brokatmuster versah, und sorgte sich wegen ihres anderen Kindes. Orra war ein kränkliches Baby. Ihre Schwester paßte auf sie auf, während sie in der Wiege schlief. Alarmiert hatte Louisa Will gebeten, Arta zu erklären, daß der Tod etwas Zufälliges und Schicksalhaftes war. Er hatte es versucht, doch seine häufige Abwesenheit hatte ihn für seine Tochter zu einem Fremden gemacht, und es war offensichtlich, daß er es selbst noch akzeptieren mußte – erstaunlich angesichts des Verlustes seiner Eltern, zweier Brüder und einer Schwester in schneller Folge und seines gefährlichen Lebens auf den Prärien. Seine enge Berührung mit dem Tod bei dem kurzen Kampf mit den Cheyennes im Jahre 1872 hatte ihn dazu gebracht, an die Vorsehung zu glauben, obwohl er das nie seiner Frau anvertraut hatte. So fertigte Louisa hübsche Kleidung an und beobachtete, wie Arta sich immer mehr verschloß, und sie wartete auf das Ende des Trauerjahres.

Die blauen und roten Perlen auf dem Hemd waren überraschende Farbtupfer in einem Wohnzimmer, das düster von Trauer geworden war. Die Arbeit war tadellos. Louisa hatte eine Schwiele am Mittelfinger der rechten Hand, so dick wie die an der Handfläche eines Segelmachers, nachdem sie jahrelang Nadeln durch hartes Wildleder gestoßen hatte. Sie konnte einen ganzen Anzug in einer Stunde besticken oder mit Brokatmuster versehen. Die Ergebnisse waren auffällig bunt, und die Arbeit lenkte sie von den Gedanken an Kit ab. Es hatte sie sehr geärgert, zu erfahren, daß ihr Meisterstück, das schwarze Vaquero-Ensemble, das sie sorgfältig nach einem Bild in einem Buch für Will geschneidert hatte, auf den Prärien ruiniert worden war, deren Unbilden es kaum trotzen konnte. Selbst die ungebildeten Heiden, mit denen er in der Show spielte, wechselten ihre Kleidung, bevor sie das Theater verließen.

Will kam aus der Diele und knöpfte seinen Kragen zu. Es

war, als erfüllte seine Kraft den finsteren Raum wie eine Explosion von Licht. Louisas Schere schnippte, und sie schnitt sich in den linken Handballen. Blut quoll hervor. Sie stieß einen französischen Ruf aus und saugte am blutenden Handballen.

»Wie geht es der Welt jüngsten Näherin?« Will hob Arta vom Boden auf. Sie schnappte nach Luft und klammerte sich furchtsam an ihm fest, als er sie auf die Schultern heben wollte. Ihre Angst verunsicherte ihn. Er küßte sie auf die Wange, sein Bart kratzte sie, und er stellte sie wieder ab. Sie kniete sich hin und sammelte Knöpfe und Nähgarn auf, um sie in den Nähkorb zu legen, der umgefallen war. Erst jetzt bemerkte Will Louisas Verletzung, und er ergriff ihre Hand, um sie ebenfalls zu küssen.

»Das Bluten hat aufgehört«, sagte sie und zog ihre Hand zurück. »Es gibt andere Arten, einen Raum zu betreten als in vollem Galopp. Halt still.« Sie stand auf und hielt ihm das Hemd vor den Oberkörper, auf gleicher Höhe mit den Schultern. »Ich muß um die Hüften noch etwas herauslassen.« Ihr Tonfall klang anklagend. Im Gegensatz zu ihr hatte er in den letzten Monaten nicht an Appetitlosigkeit gelitten.

»Keine Zeit, Mama, wenn du von mir erwartest, daß ich es in California trage. Mein Zug fährt in zwanzig Minuten.«

Der schwarze Butler tauchte auf der Türschwelle auf. »Ihre Droschke ist da, Sir.«

Will warf ihm das Hemd zu. »Packen Sie das ein und lassen Sie mein Gepäck einladen.« Als der Diener fort war, sagte Will: »Mama, ein Kind sollte sich nicht vor seinem Vater fürchten.« Er sprach leise und beobachtete, wie das ernste kleine Mädchen die Dinge wieder in den Nähkorb legte.

»Manchmal vergißt du, wie groß du bist. Sie hatte Angst, runterzufallen.«

»Kinder haben keine Angst vor Höhen. Als ich sechs war, kletterte ich auf Bäume, auf die ich mich jetzt nicht wagen würde, wenn Crazy Horse und die ganze Sioux-Nation mir auf den Fersen wären.«

»Du warst ein Junge.« Sie zupfte die Enden seiner schwarzen Fliege unter den Kragen. Er trug einen Reiseanzug und darunter ein weißes Hemd. »Vielleicht hätte sie keine Angst vor dir, wenn du öfter zu Hause wärst.«

»Ich muß eine Familie ernähren. Sitting Bull ist in Kanada, und der Rest der Renegaten ist wieder in den Reservationen oder auf dem Weg dorthin, und so gibt es für mich keine Arbeit als Scout. Aber man will mich an der Pazifikküste, und ich gehe dorthin, wo ich gebraucht werde.«

»Findest du es nicht sonderbar, daß du uns nach Osten geholt hast, damit du bei uns sein kannst, und daß du seither immer mehr Zeit im Westen verbracht hast?«

»Warum kommst du nicht mit?«

»Wer würde sich um die Kinder kümmern?«

»Bring sie mit.«

»Nein, Orra ist krank.«

»Die ist immer krank. Ich habe so eine Ahnung, daß sie gesunder aufwachsen wird als wir alle zusammen. Ich habe gerade oben nach ihr gesehen. Mit ihr scheint alles in Ordnung zu sein.«

»Die Mädchen bleiben hier und ebenso ihre Mutter«, sagte Louisa entschieden.

Er warf einen Blick zu Arta und wandte ihr den Rücken zu. Er senkte die Stimme. »Ich wünsche mir einen weiteren Jungen, Lulu.«

»Kein anderer Kit.« Sie hatten schon zuvor darüber diskutiert.

»Wir werden ihn James nennen. Das war Wild Bills richtiger Name.«

»Ich möchte meinen Sohn nicht nach einem Killer benennen.«

»Er war mein Freund.«

Hickok war tot, hinterrücks erschossen in den Black Hills von Dakota. Ein Hilfsarbeiter namens McCall hatte ihn sechs Wochen nach Custer Tod am Little Big Horn in einem Saloon ermordet. Der Mörder war von einem Vigilanten-Komitee in Deadwood befreit worden, man hatte ihn abermals festgenommen, als er die Stadt verlassen hatte, um den Freunden des Toten zu entkommen, und er war in Yankton unter Anklage gestellt, zum Tode verurteilt und gehängt worden. Will erinnerte sich daran, daß er schon die Ahnung des Todes in den Augen seines Freundes gesehen hatte, damals in New York City.

»Ihr Gepäck ist verladen, Sir«, meldete der Butler.

Louisa sagte, daß sie weiterreden würden, wenn Will von seiner Reise zurückkehren würde. Er küßte sie, ignorierte, daß ihn die Nadel in ihrer Hand am Nacken piekte und verließ sie mit dem Versprechen an Arta, ihr genügend Seemuscheln mitzubringen, um ihr Zimmer bis zur Decke zu füllen. Sie erwiderte ernst, daß eine reichen würde.

Die neue Show, *Life on the Border,* stellte Captain Jack Crawford vor, einen Scout-Kollegen, der zum Schriftsteller geworden war und aus dessen Mund Ned Buntlines übriggebliebene Monologe natürlich klangen. Der in Irland geborene Veteran des Spotsylvania Courthouse und der Indianerkriege hielt das Versprechen, das er seiner Mutter auf dem Totenbett gegeben hatte, und rührte niemals harten Alkohol an. Obwohl Will seine Gesellschaft mochte und ihn wegen seiner hervorragenden schauspielerischen Fähigkeiten beneidete, ging er ihm von Zeit zu Zeit aus dem Weg, um mit Arizona John Burke die Kneipen an der Barbary Coast zu besuchen. Die Schau wurde in San Francisco aufgeführt, und die Saison endete vor ausverkauftem Haus in Virginia City, Nevada, vor dem Hämmern und Sägen einer aus dem Boden schießenden Stadt, was bittersüße Erinnerungen an Rome, Kansas, in Will weckte.

Will schrieb zwischen den Engagements im Zug. Er arbeitete flüchtig, ohne auf Groß- und Kleinschreibung und Interpunktion zu achten. Er schrieb über Massaker und Büffeljagden, wobei er großzügig Anleihen bei Geschichten nahm, die er an Lagerfeuern und in finsteren Saloons gehört hatte, denn das Material von seinen eigenen Erlebnissen ging ihm aus. Seine Schwester Helen korrigierte dann im Osten seine Grammatik und Orthografie und reichte das geänderte Manuskript an Ned Buntline weiter oder – wenn der dicke Journalist an Bord seiner Dampfyacht auf dem East River aus Wills Gesichtskreis verschwand – an Arizona John, der dem Text literarischen Schliff gab, bevor er ihn dem Verleger überreichte. Die Geschichten erschienen in *New York Weekly* und der *Saturday Evening Post* und entwickelten sich durch Beadle's Dime Library zu Buchlänge und erreichten Millionenauflage. Diese Quelle schien nie zu versiegen. Dennoch haßte er sie.

Er besuchte seine Schwestern in Leavenworth, begrüßte deren Ehemänner und stellte ihnen Arizona John und seinen neuen Partner, Major Gordon W. Lillie, ›Pawnee Bill‹, vor – ein weiterer Cody-Imitator mit weichen Locken und prächtigem Schnauzbart, der gegenwärtig mit Stammesältesten der Sioux im Oklahoma Territorium verhandelte, um Statisten für die Show zu bekommen. Helen, jetzt verheiratet, mit den Augen der Codys, jedoch in Körperhaltung und Wesen das Abbild ihrer Mutter, kam anschließend, um sich die Show anzusehen. Sie besuchte den Star nach der Vorstellung in seiner Garderobe, als er gerade Fettschminke aus seinem Bart kämmte. Arizona John Burke stand dabei und sah in seiner Scout-Kleidung fett und lächerlich aus. Mitglieder der Buffalo-Bill-Tournee neigten dazu, sich ebenso zu kleiden wie Will und gleich auszusehen.

»Oh, Nellie«, sagte Will, als er sie in seinem Spiegel sah, »sag nichts über die Show. Wenn Gott mir diesen Blödsinn verzeiht, gelobe ich, damit für immer aufzuhören, sobald die Spielzeit vorüber ist.«

»Was willst du denn sonst tun, Will?« Die Frage klang verwundert. Ihr hatte die Schau gefallen.

»Die Prärie und die Indianer und alles sonst in den Osten bringen. Es gibt keine Bühne, die soviel Platz hat, um etwas derart Großes und Wertvolles zu bringen. Man bräuchte schon ein großes Gelände, auf dem wir Pferde und Büffel und vielleicht die alte Kutsche von Deadwood aufbieten könnten. Das wäre etwas, was die Leute noch nie gesehen haben. Das würde ihnen den Westen zeigen!«

Burke verdrehte die Augen und blickte zur Decke. Er kannte das schon auswendig.

»Aber erzähltest du nicht, daß Hickok das gleiche versucht hatte und scheiterte?« erinnerte ihn die Schwester.

»Wild Bill war mein Freund, aber er kannte nicht viel außer Waffen und Schießen.«

Das Thema deprimierte ihn. Nach Hickoks Ermordung und dem Tod von Buffalo Chips White, der bei Slim Butte im selben blutigen Sommer von Sioux umgebracht worden war (»Oh mein Gott, Jungs!« – Blut quoll zwischen den Fingern hervor, die er auf die Brust preßte – »Lebwohl, Will!«) gab es in der Siedlungsgrenze bald keine alten Freunde mehr.

»Nun, du kannst auf mich zählen, wenn irgend etwas an den Manuskripten korrigiert werden muß«, sagte Helen.

Doch es gab weitere Spielzeiten, andere Dramen. Im Sommer 1877 – Will erwartete immer noch einen Sohn von Louisa – nahm er sich die Zeit, einen der wenigen verbliebenen Bekannten seiner jungen, doch bereits verblassenen Vergangenheit zu besuchen. Major Frank North mit seinem lausbübischen Humor, der Ned Buntline auf den jungen Will gehetzt hatte, der in Ford McPherson im Schatten eines Wagens geschlafen hatte, besaß jetzt eine große Rinderranch in North Platte, Nebraska.

Zusammen ritten sie über tausende Acres Land, wo sie einst Indianern nachgespürt hatten. Jetzt diskutierten sie über Bewässerung statt über Indianerspuren.

»Zu teuer«, sagte North zu Wills Plan, Wasser vom Platte River auf das Ranchland zu leiten.

»Laß diesen Teil mal meine Sorge sein«, sagte Will.

Verschwunden waren die prächtigen Locken und die Kleidung des Majors aus seiner Zeit als Scout. Sein Haar war kurz um die Ohren und in die Stirn gekämmt, um die dünnen Stellen zu verdecken, und der Schnauzbart war konservativ gestutzt. Er trug einen schwarzen Anzug wie ein Bankier. Neben ihm fühlte sich Will peinlich auffällig, zum ersten Mal nach seinem ersten Besuch in New York. Dabei war er hier aufgewachsen, wo lange Haare und Wildlederkleidung so alltäglich wie Präriegras gewesen waren.

»Ich war mal eingepfercht in einen Fahrstuhl«, murmelte er. »So ähnlich fühle ich mich jetzt die ganze Zeit.«

Red Right Hand oder *Buffalo Bill's First Scalp for Custer,* Wills erster Versuch als Drehbuchautor, eröffnete in New York die Spielzeit 1877–78. Zum ersten Mal wurde auf der Bühne Custers letzte Schlacht dargestellt, und das Stück brachte als Höhepunkt Wills Sieg über Häuptling Yellow Hand am Warbonnet Creek. Um das Publikum nicht zu verwirren, tauschte er das Theaterkostüm mit der Wildlederkleidung, die er tatsächlich an jenem Tag getragen hatte. Viele Jahre später erinnerten sich damalige Augenzeugen des Duells nur noch daran, wie es in den Theatern aufgeführt wurde, einschließlich General (ehemals Lieutenant) Charles King, dessen Bericht von einem Künstler auf Leinwand verewigt werden sollte, der nie weiter westlich als bis zur State Street gereist war. Die wenigen, kahl werdenden Veteranen des Gefechts, die sich an die alberne Vaquerohose und den federgeschmückten Hut erinnerten, erzählten ihre Geschichten des Abends auf der Veranda kichernden Enkelkindern.

Ein schloßartiges Ranchgebäude mit dem Spitznamen ›Scout's Rest‹ entstand auf Codys Land, und in der Stadt wurde ein lächerliches viktorianisches Bauwerk mit verschnörkelten Giebeln und Türmchen erbaut, das wie aus Zuckerguß wirkte und unter dem Namen ›Welcome Wigwam‹ bekannt wurde. Der Entwurf stammte von Louisa.

Will ließ seine Familie von Rochester zur Scout's Rest Ranch kommen, während das Haus in der Stadt noch im Bau war. Sofort nach ihrer Ankunft flüchtete Arta ins Haus, und eine Woche später hatte sie sich noch immer nicht hinausgewagt. Auf die Frage ihrer Eltern, was los sei, gab sie keine Antwort. Wenn sie gebeten wurde, Wasser aus dem Brunnen zu holen, beklagte sie sich, daß es draußen zu heiß oder daß der Eimer zu schwer zum Tragen sei.

»Warum kann das nicht das Dienstmädchen tun?« sagte Arta weinerlich.

Will sagte zu Louisa, daß das Kind verzogen sei und bestraft gehörte. Louisa widersprach. Dann bemerkte sie, daß Arta das Zimmer fluchtartig verließ, sobald am Morgen ein Fensterladen geöffnet wurde, und sie sagte Will unter vier Augen, daß sich ihre Tochter vor dem öden Terrain Nebraskas fürchte. Sie sei in der Stadt aufgewachsen und fühle sich nackt und verletzlich in der leeren Weite.

»Sie wird Bäume bekommen«, entschied Will.

Er übertrug Bill Goodman, dem Mann seiner Schwester Julia, die Aufgabe der Landschaftsgestaltung. Nachdem Goodman mit verschiedenen Baumarten experimentiert hatte, ließ er Wagenladungen Cottonwoods und Buchsbaum herantransportieren und heuerte Arbeiter aus North Platte für das gewaltige Projekt an. Die Pyramidenpappeln gediehen, und als die Ranch von Grün umgeben war, ließen Artas Ängste nach.

Entgegen der Wünsche ihrer Mutter erhielt sie von Will die ersten Reitstunden. Louisa, die das Schicksal des jungen Samuel Cody vor Augen hatte, der von einer gestürzten Stute zerquetscht worden war, kaute vor Unruhe und Sorge ihre Fingernägel an. Bald gewöhnten sich die Arbeiter, die gruben und die Wurzelballen einpflanzten, an den Anblick des kleinen Mädchens auf dem Rücken des betagten Buckskin Joe, den der stolze Vater führte. Doch sie sahen Arta niemals lächeln.

Während ihre Schwester ritt, wurde Orra von einem kränklichen Baby zu einem kränklichen Kind und starb mit fünf Jahren. Texas Jack, der inzwischen eine eigene Familie gegründet hatte, schickte Rosen.

Das Trauerjahr war noch nicht vorüber, als durch die verwinkelten Ecken und Treppenspindeln von Welcome Wigwam die Schreie eines anderen Cody hallten. Der nicht beigelegte Streit darüber, ob sie ihren Sohn James nennen sollten, erwies sich als überflüssig – das Kind war ein Mädchen. Will überwand seine Enttäuschung und ließ sie Irma taufen. Arta, nicht mehr ein ernstes kleines Mädchen, sondern eine ernste junge Frau von 13, war zu dieser Zeit besser im Reiten als im Nähen. Wenn die Schule aus war, rannte sie heim, zog ihre Reitkleidung an und sattelte den Pinto, den ihr Vater ihr zum zwölften Geburtstag geschenkt hatte. Sie galoppierte von der Ranch und kehrte erst beim Sonnenuntergang zurück. Will beruhigte Louisa, die das als merkwürdiges Verhalten für ein Mädchen hielt, indem er erklärte, daß er in Artas Alter das gleiche getan hätte. Das war leicht geflunkert; er war mit 13 ein Kurier des Pony Express gewesen und war dafür bezahlt worden, Stunden im Sattel zu verbringen.

Unterdessen stellten sich Leser in der ganzen Nation vor Buchläden an, um eine Ausgabe von Buffalo Bills Autobiographie zu ergattern, auf deren Rückgabe in die Leihbüchereien sie vergebens gewartet hatten. *White Beaver* erreichte auf der Tournee dann neue Rekorde, und Will kämpfte auf der Bühne gegen echte Pawnee-Krieger. Und er haßte das Geschäft immer noch.

Es gab jetzt nicht nur ein weibliches Mitglied der Schauspielertruppe, sondern mehrere, und jede von ihnen verliebte sich in den Star. Er ging auf die 40 zu, doch er war groß und hielt sich tadellos, und wenn er lächelte, blitzten seine Zähne und um die Augen bildeten sich Lachfältchen. Seine wilde Männlichkeit erregte die jüngeren Schauspielerinnen, die sich damit abgefunden hatten, daß führende Männer oftmals verweichlicht waren, und seine unbekümmerte Jungenhaftigkeit, die sich in handgreiflichen Späße mit seinen Darstellern zeigte, weckte in älteren Frauen den Wunsch, ihn zu bemuttern.

Eine kleine Brünette, eine Schauspielerin in einer Nebenrolle, die nur eine Textzeile aufzusagen hatte, stellte ihm während der ganzen Spielzeit bis nach dem letzten Auftritt am Ende der Tournee in Omaha nach, wo sie bei einem sorgfältig geplanten Zwischenfall auf einem Hotelkorridor mit ihm zusammenprallte. Ohne ein Wort nahm er sie am Arm und führte sie die Treppe hinunter zu seinem Zimmer.

Sie küßten sich zum Abschied bei der offenstehenden Tür. Sie streichelte mit den Fingerspitzen über die weiße Narbe an seiner Stirn.

»Das muß schlimm gewesen sein.«

Sie hatte einen pseudo-englischen Akzent, den sie auf der Bühne trainiert hatte. Ihre Freunde hatten Stunden damit verbracht, ihr den Akzent für den kleinen Text abzugewöhnen, den sie in ihrer Rolle zu sprechen hatte.

»Eine Cheyenne-Kugel«, erwiderte Will. »Sie brachte mir die Ehrenmedaille des Kongresses.«

Er küßte sie abermals, wie es keiner in der Schauspieltruppe getan hatte, seit dem Tag, an dem Wild Bill Hickok zuviel Whisky vor seiner Liebesszene mit der Morlacchi getrunken hatte. Als Will sich aufrichtete, sah er, daß Louisa ihn vom Ende des Flurs aus beobachtete.

Sie war von North Platte gekommen, um ihn heimzuholen. Sonderbarerweise waren ihre Gefühle, als sie auf dem Absatz kehrtmachte und zur Treppe eilte, weder Zorn noch Schmerz, sondern Genugtuung und Erleichterung. Sie hatte sich die letzten vierzehn Jahre nicht vergebens gesorgt.

Er holte sie am Treppenabsatz ein. Er war atemlos und

sprach so schnell, daß seine Sätze ohne Pause ineinander übergingen, wie es der Fall war, wenn er schrieb.

»Nein, du verstehst das nicht«, sagte er eindringlich. »Man lebt und reist nicht ein halbes Jahr lang mit jemanden und sagt dann nur auf Wiedersehen. Es war ein harmloser Spaß.«

»*Du* verstehst offenbar nicht«, sagte sie. Auf dem Weg die Treppe hinab und durch die Halle und in der Kutsche auf der Fahrt nach North Platte sprach er auf sie ein und vergaß dabei sein Gepäck, doch sie gab vor, ihm nicht zuzuhören.

Diesen ganzen Sommer lang sprach sie nicht mehr mit ihm, und sie gebar ihm keine weiteren Kinder.

»Mr. Burke?«

Arizona John Burke – *Major* Burke jetzt den Reklameplakaten zufolge, die bei den Druckern darauf warteten, daß er das Bargeld auftreiben konnte, um sie auszulösen – saß zusammengesunken in seinen Fettwülsten, auf Buntlines Art, in der ersten Tribünenreihe der Rennbahn von New Orleans. Schlechtgelaunt beobachtete er, wie der Nieselregen in der Mitte der Rennbahn eine Pfütze von der Größe eines kleinen Teichs bildete und wie Captain A. H. Bogardus auf den Ausgang zustrebte. Der Meisterschütze hatte die Show ein paar Tage vor der planmäßigen Eröffnung verlassen.

Burke schaute zu dem Paar, das am Geländer stand. Der Mann, der ihn angesprochen hatte, war gut gebaut. Er trug einen glänzenden Mantel aus Ölhaut und einen Hut mit umgebogener Krempe. Die Frau, die ein Stück hinter ihm stand und ihren Rock über dem nassen Gras gerafft hatte, war klein und reizlos. Ihr Cape war durchnäßt, und der Hut war schlaff. Der Mann hielt ein Gewehr. Noch mehr, die sich vorstellen wollen, dachte Burke verdrossen.

»Mein Name ist Frank Butler. Dies hier ist meine Frau Phoebe Ann. Wir hörten gerade beim Sells Brothers Circus auf, weil wir hörten, daß Sie Leute einstellen. Wir sind Trickschützen.«

»Wir?« Arizona John musterte die Frau. Ihr scheuer, ernster Gesichtsausdruck unter dem dunklen Haar, das an ihrer vorspringenden Stirn klebte, ließ ihn an Wills Tochter Arta denken.

»Sie ist so gut wie ich«, sagte Butler. »Wenn Sie eine Minute Zeit haben, zeigen wir es Ihnen.«

Sie war weitaus besser als er, wie Burke sah, als er sie widerstrebend zur Ziellinie geführt hatte, wo der junge Johnny Baker übte, Wills neuer Schützling. Butler traf das Bullenauge so oft wie seine Frau es traf, doch sie war selbstsicherer und nahm sich weniger Zeit zum Zielen. Als er wieder aufgeladen hatte, nachdem er an der Reihe gewesen war, und ihr das Gewehr reichte, glitten ihre Finger über Kolben und Schloß der Waffe wie junge Tiere zu den Zitzen der Mutter, und sie hebelte eine Patrone ein und feuerte schneller als jeder, den Burke je gesehen hatte – vielleicht sogar schneller als Will, wenn er während der Proben die blauen Glaskugeln zerschoß, die Johnny in die Luft warf – und Will feuerte mit Sand, nicht mit Kugeln. Der junge Johnny schaute mit großen Augen und offenem Mund der Vorstellung zu.

»Was sagen Sie, Mr. Burke – Major?« fragte Butler, während das Echo des letzten Schusses seiner Frau verhallte. Sein Grinsen war offen und ansteckend wie das von Will, wenn er beobachtete, wie seine Tochter ihren Pinto trainierte. Die Luft stank nach verschossenem Pulver.

»Mr. Butler, wenn ich Sie bezahlen könnte, würde ich Sie beide auf der Stelle engagieren.« Burke scharrte am Rand der Planke, auf der die junge Frau stand, Schlamm vom Stiefelabsatz. Er hatte hin und her überlegt, ob sie ein Anrecht darauf hatten, die Wahrheit zu hören; jetzt hatte er seine Entscheidung getroffen. Er erzählte ihnen, daß die Show vom Pech verfolgt war. In Hartford, Connecticut, war Major Frank North, den Will überredet hatte, vorübergehend das Rancherleben aufzugeben und in der Show aufzutreten, vom Pferd gestürzt, niedergetrampelt und schlimm verletzt worden. Er war dann in Scout's Rest gestorben, das Opfer eines Scherzes, den er vierzehn Jahre zuvor gemacht hatte, als er Ned Buntline auf Will losgelassen hatte.

Dann hatten für diese Jahreszeit unübliche Kälte und Nässe die Tourneetruppe nach Süden gezwungen, doch dort hatten sie nur die gleichen, widrigen Wetterverhältnisse vorgefunden. Schließlich war das Flußboot untergegangen, das die Tiere und Ausrüstung den Mississippi hinunter transportiert hatte.

Alles außer den Pferden, der Deadwood-Kutsche und dem Musikerwagen war im Mississippi versunken. Er hatte gehört, daß die Leute dort immer noch Trümmer und ertränkte Büffel aus dem Fluß fischten.

»Augenblicklich sind Buffalo Bill und sein neuer Partner, Mr. Salsbury, in der Stadt und versuchen, genug Geld aufzutreiben, um die Leute bezahlen zu können, die wir auf der Lohnliste haben«, sagte Burke. »Kommen Sie im Frühjahr nach Louisville, und dann können wir weitersehen.«

Das enttäuschte Paar verabschiedete sich höflich von Burke und ging. Mr. Butlers schleppender Tonfall klang leicht nach dem Mittelwesten. Johnny und Arizona John schauten ihnen nach, als sie sich einen Weg um die Pfützen herum zum Ausgang suchten.

»Hoffentlich sehen wir sie in Louisville wieder«, sagte der Junge.

»Hoffentlich haben wir noch eine Show, wenn wir dorthin kommen«, meinte Burke.

Er war nicht mehr Wills Partner, sondern nur noch der Werbefachmann. In seinem Groll über die Degradierung war sich Arizona John nicht im klaren darüber, daß er seinen energiegeladenen Nachfolger Nate Salsbury bei weitem unterschätzte.

»Das Gottverdammte an Nate Salsbury«, hatte einer seiner vielen Freund-Feinde einst gemerkt, »ist die Tatsache, daß man nie sagen kann, ob der Bastard Tapetenkleister frißt oder Diamanten scheißt.«

Und das stimmte. Ob er bis auf den letzten Penny abgebrannt war oder auf einem Banknotenstapel saß, der so groß war, daß man abstürzen und sich verletzen konnte, der adrette neue Manager und Teilhaber der Buffalo Bill's Wild West Show war stets in fleckenloses Anthrazit gekleidet. Das Jackett war fast bis zum gestärkten weißen Kragen zugeknöpft, und ein makelloser Derbyhut thronte schief auf seinem hübschen Kopf. Der schwarze Bart war gestutzt und perfekt gebürstet, und seine Kunstlederschuhe glänzten, daß mal jemand gesagt hatte, daß bei strahlendem Sonnenschein auf einer belebten Straße dadurch ein Buggy-Unfall ausgelöst werden könnte, weil die Pferde bei dem Blitzen durchgehen könnten.

Doch Nate Salsbury war so wohlhabend wie er aussah, als er den Spazierstock mit dem Goldknauf auf das Ausstellungsgelände in Louisville, Kentucky, setzte. Das Geld hatte er sich von Freunden und der Familie geliehen. Die Schauspieler und Bühnenarbeiter waren ausbezahlt worden und glücklich, und zum ersten Mal war Bargeld im Tresor des Wagens, den Salsbury als Büro benutzte. Er hielt mitten in einem übermütigen Pfeifen inne, um Phoebe Ann Butlers Schießübungen mit ihrem Mann zu beobachten.

Sie trug Westernkleidung mit einem Faltenrock, einem weißen Stetson, gelben Gamaschen an den Stiefeln, und ihr ziemlich flacher Busen war behängt mit Scharfschützen-Medaillen des Countys und Staates. Sie hielt einen kleinen Taschenspiegel vor sich und hatte den Gewehrlauf mit der Mündung nach hinten auf der linken Schulter aufgelegt. Butler, der vielleicht dreißig Schritte hinter ihr stand, fragte, ob sie bereit sei.

»Bereit!«

Er drehte seine rechte Hand und schwenkte ein dünnes Seil in immer weiterem Kreis, und die blaue Glaskugel am Ende des Seils drehte sich schneller und schneller und höher, bis nur noch ein blitzendes Flirren zu sehen war, dann war das schrille Schwirren fast nicht mehr zu ertragen, und das Gewehr krachte. Die Glaskugel in Golfballgröße explodierte in einem Spray von glitzernden Teilchen.

Salsbury applaudierte und gesellte sich zu den anderen, die Zeuge dieses Spektakels gewesen waren. Die Kunstschützen wurden rot. Der Manager zog seinen Stock mit der linken Hand unter der Achsel hervor und näherte sich ihnen. Er zog den Hut und stellte sich vor. Dann schüttelte er Butler die Hand und drückte leicht die behandschuhte Rechte der kleinen Phoebe Ann Butler, die noch keine 1 Meter 60 groß war.

»Wo haben Sie gelernt, so mit einem Gewehr umzugehen?« fragte Salsbury.

»Ich schoß Wild, als ich auf der Farm meines Vaters in Ohio lebte.« Sie sprach mit ruhiger Stimme. Ihr Blick traf sich für einen Augenblick mit seinem, dann schaute sie weg. »Ich hätte nie gedacht, daß es etwas Besonderes ist, bis man mich bat, am Truthahnschießen des Countys teilzunehmen.«

»Eine geborene Meisterschützin. Sagen Sie, können Sie auch vom Pferd aus schießen?«

»Das habe ich schon.«

»Im gestreckten Galopp?«

Sie nickte und sah ihm jetzt in die Augen. Sie trug ihr schwarzes Haar hinter den Ohren zurückgekämmt, und ihr ernster Gesichtsausdruck beeindruckte Salsbury.

Butler sagte: »Annie prahlt nicht. Sie kann alles von überallher treffen. Annies Spezialität ist es, eine Spielkarte auf fünfzig Schritte Entfernung zu zerschießen.«

»Annie?«

»Phoebe mag sie nicht.«

Der Manager strich sich über den Bart. »Nun, Annie, wir werden keine Spielkarten zerschießen, solange ich das Kommando über diese Show habe.«

»Ich dachte, Buffalo Bill hat das Kommando«, sagte Butler.

»Auf den Prärien, ja. Kommen Sie mit zum Kasino-Zelt.«

Sie machten es sich an einem der langen Tische bequem, als der Star der Schau eintrat, begleitet von drei Männern, die so langes Haar hatten wie er und die mit weniger teuren Imitationen seiner besten gelben Wildlederjacke bekleidet waren. Die Jacke war vorne von Louisa mit einem Brokatmuster verziert worden. Dazu trug er ein rotes Seidentuch um den Hals, das mit der goldenen Krawattennadel festgesteckt war, die ihm der Großherzog geschenkt hatte.

Ein paar Sioux, die von der Standing Rock Reservation in Dakota ausgeliehen worden waren, kauerten hinten im Zelt. Sie blickten kurz zu den Neuankömmlingen auf und wandten ihre Aufmerksamkeit dann wieder dem Spiel zu, das sie mit den Knochen irgendeines Kleintiers zu ihren Füßen spielten. Will zog schwungvoll seinen Stetson vor Mrs. Butler, die reizend errötete. Sie wirkte winzig, als sie vor ihm stand.

»Man hat mir von Ihnen erzählt, kleine Missy«, sagte Will. »Wir sind froh, Sie zu haben.«

Der Vertrag wurde dann auf dem Tisch in diesem Zelt unterzeichnet. Die neue Programmnummer wurde als ›Butler & Oakley‹ angekündigt, doch von diesem Augenblick an war Annie für jeden, der sie kannte, die kleine Missy.

DENVER, COLORADO
3. JUNI 1917

Der alte Mann ist tot.

Mit der unendlichen Geduld des Todes hat seine Leiche auf das Begräbnis gewartet, bis die Beisetzung im Januar in Elk's Lodge stattfindet. Der Bronzesarg hat im Kellergewölbe von Olinger's Mortuary gestanden, während Mannschaften, die von Harry H. Tammen angeheuert worden sind, dem Besitzer des Sells-Floto Circus und Buffalo Bills letztem Vertragspartner, um eine stählerne Gruft in den Lookout Mountain westlich von Denver zu sprengen. Die Wände der Gruft sind doppelt verstärkt worden, um Konkurrenten davon abzuhalten, die Leiche zu stehlen. Obwohl Cody in seinem Testament eine Bestattung im Cedar Mountain gewünscht hat, von dem aus die Stadt in Wyoming zu überblicken ist, die man nach ihm benannt hatte, hat Tammen Denver vorgezogen, die Heimat des Zirkus und seiner eigenen Denver *Post*. Da er für die Beisetzung und alles Drum und Dran zahlt, hat Louisa, die Witwe, keine Einwände erhoben.

Die Prozession den Berg hinauf ist lang, vollgestopft mit Automobilen wie schwarze eiserne Käfer mit tuckernden Maschinen und den hohen, kastenförmigen Zirkuswagen, der von Pferden gezogen wird.

Es ist nicht die erste Prozession für Cody. In der bitteren Januarkälte hat eine ähnliche Parade den Sarg vom Kuppelbau des Capitols des Staats bis Elk's Lodge begleitet, angeführt von einer Schwadron Infanterie, einer Regimentskapelle und einem betagten weißen Pferd, das von der Zeitung als McKinley, Codys letztes Reittier, identifiziert wurde. Tausende waren an der Totenbahre des Schaustellers zur Litanei des Zeremonienmeisters vorbeigezogen. (›Gehen Sie schneller, Leute, eine große Menge folgt.‹) Doch es ist nicht McKinley, sondern ein altes Pferd aus dem örtlichen Mietstall, das in letzter Minute besorgt worden ist. Diese Prozession umfaßt dösende Veteranen des Bürgerkrieges, Freiwillige des Spanisch-Amerikanischen Krieges mit ergrautem Haar und Hängebauch, viele Verehrer und Mitglieder des Schaustellervereins von Amerika.

Unter der geschätzten Zahl von 25 000 Trauergästen gibt es viele, die als Kinder Buffalo Bill bei seinem sorgfältig inszenierten Duell mit Yellow Hand und bei seiner Jagd auf die Räuber der Deadwood-Kutsche applaudiert hatten. Tammens Werbeleute haben das Ereignis seit Tagen angekündigt, und die lesende Öffentlichkeit hat sie nicht enttäuscht.

In der Frühlingskälte des schattigen Berges ziehen sich die Familienangehörigen und Freunde des Verstorbenen auf ihre Klapp- und Feldstühle zurück, während die Soldaten in Khaki-Uniform die Befehle zur Ehrenformation erhalten und die Zuschauer sich in Positionen drängen, die es ihnen ermöglichen, in das Zelt mit dem wartenden Sarg und in die Gruft zu blikken. All das dauert mehr als eine Stunde, trotz der Organisationstalente von Zirkusveteranen, die alles beaufsichtigen.

Die Kapelle spielt Custers ›Garry Owen‹, diesen zündenden Spottmarsch, der den Untergang von Black Kettle am Washita besingt und die kühne 7. Kavallerie auf ihrem schicksalhaften Marsch zum Little Big Horn begleitet hat. Ein Quartett singt Codys Lieblingshymne ›Tenting Tonight on the Old Camp Ground‹. Würdenträger, die er nicht kannte, halten Reden, und einer davon ruft zum bewaffneten Kampf gegen Deutschland im europäischen Krieg auf.

Während die Stunden vergehen, stehlen sich Zuschauer davon, die Flaschen mitgebracht haben, um ihre fast platzenden Blasen im Unterholz zu leeren. Bei dem Uringestank halten sich Leute Taschentücher vor die Nase, und Frauen eilen zu den Ausgängen. Einige der männlichen Zuschauer bewundern die, mit Netzstrümpfen bekleideten Beine der sechs Frauen, die elegante Trauerkleidung tragen und weinend auf Klappstühlen beim Sarg sitzen: Codys alte Freundinnen, die gekommen sind, damit sie fotografiert und ihre Namen in der Presse erwähnt werden. Louisa Cody, die in der ersten Reihe sitzt, schaut kein einziges Mal zu ihnen hin.

Die letzte Ansprache geht zu einem patriotischen Ende über. Die erste Linie der Infanteristen tritt zwei Schritte vor. Ihre Gewehre krachen. Elf Salutschüsse hallen von der Wand der Rokkies wider. Der Wind trägt den blauen Rauch davon.

»Brigadier General William F. Cody, Buffalo Bill, ruht in einer prachtvollen Gruft«, schreibt der Korrespondent der Denver Post an diesem Tag. »Menschenhand brachte ihn heute auf den Gipfel des Lookout Mountain, auf die Grenze zwischen Wildnis und Zivilisation ...«

Ich war einst in einem Fahrstuhl eingepfercht ...

»... dort im Schein der untergehenden Sonne sind die Erinnerungen an seine Leistungen.«

Schreiben Sie's also so auf. Cody tötete den Häuptling.

»Dort im Osten, wo das erste Grau der Morgendämmerung die Räder der Geschäftswelt in Bewegung setzt, dort liegt eine Stadt – ein Traum wird wahr! ...«

Wir errichten eine Stadt am Westufer des Big Creek und reservieren uns die Eckparzellen. Wenn wir das Land für 250 verkaufen, kommt jeder von uns leicht auf eine Viertelmillion.

»... die 25 000 Bürger, die an diesem Nachmittag sahen, wie die Erde über die schlafende Gestalt von Pahaska, den Wegbereiter, geworfen wurde, waren bewegt von der Romantik, dem besonderen Reiz von allem ...«

Wenn Sie einen Mann suchen, der zu diesem Bild paßt, dann werden Sie ihn dort drüben unter dem Wagen finden.

»... kein Präsident könnte mehr geehrt werden durch die Anwesenheit Tausender ...«

Deine Mutter ist überzeugt davon, daß du eines Tages Präsident werden wirst ...

Bei Einbruch der Dunkelheit geht der letzte Trauernde, und zurück bleibt ein zertrampelter Boden voller Papier, Zigarrenkippen, zerbrochenem Glas und zerstampfter Pflanzen. Das Zelt wird abgebrochen und in den Schuppen des Friedhofs zurückgebracht, woher es entliehen worden ist, und die Klappstühle werden zur Denver Lodge Nr. 17, BPOE, gebracht. Morgen wird frische Erde auf den Hügel aufgeschüttet werden, der die Gruft bedeckt. Rotwild und Kaninchen kommen, um den Platz der Invasion zu beäugen, an den Bonbonpapieren zu lekken und am scharfen Schnaps in weggeworfenen Flaschen zu schnuppern. Dann verschwinden auch sie.

Ermuntert von ihren Besitzern, stellt die *Post* Spekulationen darüber an, welche Inschrift das Monument erhalten soll, das über der Gruft errichtet werden wird.

DRITTES BUCH

1885–1917

Der Colonel

»Ich habe all die Zeit übertrieben«

William F. Cody, 1898

11

Plakate, die groß genug waren, um Wiesen zu bedecken, oder klein genug, um gefaltet in die Tasche gesteckt zu werden, klebten an Scheunen, Silos, Telgrafenmasten und den Backsteinmauern von Banken, sorgten mit Gelb und Rot überall für Aufsehen und verliehen der Stadt und dem Land das Aussehen eines falschen Herbstes.

DIE EINZIGE WAHRE NEUHEIT DES JAHRHUNDERTS! DER UNTERHALTUNGSSPASS DIESES ZEITALTERS! DER ROMANTISCHE WESTEN WIRD IM OSTEN WAHR! ALLES ECHT – EIN JAHRESBESUCH IM WESTEN IN DREI STUNDEN! WAHRE SZENEN AUS DER ENTWICKLUNG DER NATION! FREUDE, KURZWEIL UND SPANNUNG FÜR DEN BESUCHER! EINE DRAMATISCHE PFERDEAUSSTELLUNG AUF GRAS ODER UNTER DEM ZELTDACH! DIE ABENTEUER VON WESTMÄNNERN UND COWBOYS!

KEINE VERHERRLICHUNG, KEIN HUMBUG, KEINE ÜBERTREIBUNGEN!

Am Fuß der Plakate ein Nachtrag in Faksimile unterzeichnet von dem Honorable William F. Cody: »Eine wahre Darstellung des Lebens in der Siedlungsgrenze, wie ich es kenne und wie es kein Erzähler erdichten kann.«

Am ersten Sonntag in Chicago verstopften Wagen aller Art die Straßen, die an den West Side Driving Park grenzten, und spien von Mittag bis 16 Uhr vierzigtausend erwartungsvolle Zuschauer aus. Blumengeschmückte Hüte von Ladys bildeten Farbtupfer in einem Feld von Derbymützen. Kleine Jungen, pomadisiert und mit Knickerbocker, jagten kreischende kleine Mädchen in Kitteln und Trägerkleidchen um die Beine der Erwachsenen herum. Taschendiebe, Männer, die Eintrittskarten zu horrenden Preisen schwarz vekauften, und fliegende Händler bahnten sich ihren Weg durch das Gedränge, und letztere boten Souvenir-Tomahawks und Programme und Exemplare von Buffalo Bills Autobiografie feil. Uniformierte Stadtpolizisten, die von Nate Salsbury informiert worden waren, beschlagnahmten die nicht sanktionierten Waren von Händlern und trieben sie mit ihren Schlagstöcken fort. Das Schrillen ihrer Trillerpfeifen zerriß die sonntägliche Stille.

Die Woche vor der Eröffnungsvorstellung war ein organisierter Alptraum gewesen, die letzten hektischen Augenblicke, bevor sich der Vorhang hebt. Salsbury hatte sich die ernste Bitte eines Vertreters der Chicago Reform Alliance angehört, die Sonntagsvorstellungen zu unterlassen, und der Manager hatte sich höflich geweigert. Der Mann war daraufhin sofort zum Büro des Bürgermeisters Carter Harrison geeilt. Harrison hatte ihm erklärt, wenn er die Wild West Show verbiete, müsse er ebenfalls jedes Theater der Stadt am Sonntag schließen. Ein ungeduldiger Büffelbulle war auf dem Bahnhof aus dem Viehwagen ausgebrochen, bevor er ausgeladen werden konnte. Einer der Cowboys, die Will zum Treiben der Tiere angeworben hatte, war gezwungen gewesen, den verletzten Büffel zu erschießen. Mitglieder der Reform Alliance zogen aus Protest an den Eingängen auf, um gegen die Sonntagsvorstellung zu demonstrieren. Con Croner, ein ehemaliger Cowboy und jetzt

Sheriff von North Platte, der den Ruf hatte, Streitfragen mit dem Revolver zu lösen, schlug vor, ›ein paar Patronen zu verschießen‹, doch Salsbury besänftigte die Demonstranten, indem er ihnen Freikarten für die Vorstellungen in der Woche überreichte.

Aus diesem Grund und aus anderen Gründen , nicht zuletzt wegen Wills Neigung, alte Freunde für Jobs anzuheuern, die überhaupt nicht zu ihnen paßten, hatte sich Salsbury ein Vetorecht bei allen Entscheidungen ausbedungen, die Will traf. Da war zum Beispiel Bob Haslam, ein Freund aus den Tagen des Pony Express. Haslam hatte das Unternehmen Hunderte Dollars gekostet, als er einen freien Platz in New Orleans gemietet hatte, der bei dem schweren Regenfall schnell zu einem See wurde. Will war gezwungen gewesen, die Rennbahn für die Show zu mieten. Seither bestand Salsbury auf seinem Mitspracherecht und einer eventuellen Korrektur von Wills Entscheidungen. Der Manager rief sich in Erinnerung, wie es gekommen war, daß Will Bronco Bill Irving engagiert hatte.

»Wo bist du geboren?« hatte Will den Cowboy gefragt.

»In der Nähe von Kit Bullards Mühle, am Big Pigeron.«

»Religiöse Eltern, nehme ich an?«

»Ja.«

»Was ist deine Konfession?«

»Meine was?«

»Deine Konfession.«

»Ah so, Smith and Wesson.«

Die Anekdote, die bei Zuhörern Gelächter auslöste, ließ Salsbury schaudern. Er hatte Will am Ende der beiden ersten katastrophalen Spielzeiten seine Kreativität und Fähigkeit angeboten, den Leuten das Geld aus den Taschen zu zaubern, als er den Star völlig betrunken und mit tausend Dollar Schulden in der Gosse gefunden hatte. Salsbury hatte sich schriftlich von Will versichern lassen, daß er während der Arbeit keinen Alkohol anrühren würde. Der Scout hatte seine Unterschrift schwungvoll an den Fuß der Abmachung gekritzelt und gemurmelt: »Ich hab' mein Kreuz unter solch ein Papier gemalt, als ich zwölf war.« Doch er hatte versprochen, mit dem Trinken aufzuhören, und Salsbury versichert: »Ihr Partner wird stets nüchtern und bei der Sache sein.« Der neue Manager der Show hatte etwas Schmeichelhaftes erwidert, die Zusicherung gefaltet und in die Brieftasche gesteckt.

Salsbury hatte als Altwarenhändler begonnen. Seine Erfahrung als Komödiant im Varieté hatte ihn gelehrt, daß die meisten Leute im Schaugeschäft weniger dorthin gezogen wurden, weil sie das Bedürfnis hatten, ihre minimalen Talente zu zeigen, sondern wegen der Aussicht auf leicht verdientes Geld. Sehr wenig Abfall entging ihm beim ersten Blick und überhaupt keiner beim zweiten. Das einzige Problem, diejenigen loszuwerden, die sich an Wills Wildleder klammerten, bestand darin, bei wem er den Anfang machen sollte.

Arizona John Burke – Salsbury konnte sich nie ganz überwinden, den fetten Prahler ›Major‹ zu nennen – war eine Ausnahme von der Regel. Er war ein gewiefter Publizist, der schnell die Fähigkeiten in den Männern erkannte, die er als Assistenten wählte und mit denen er die Werbetrommel für die Show rührte. Zu Beginn der neuen Spielzeit hatte er Prentiss Ingraham engagiert, auf der Basis seiner hundert Schundromänchen, von denen ein Drittel von Buffalo Bill handelte. Der Romanschreiber, ein leise sprechender Brite, der im Gegensatz zu Arizona John selten über sich selber redete, hatte einmal 35 000 Wörter in 18 Stunden geschrieben, während ein Junge ihn mit frisch in Tinte getunkten Federn versorgt hatte. Seine Prosa füllte wochenlang die Spalten jeder Lokalzeitung vor dem Gastspiel der Wild West Show, und sein Erzähltalent fand Eingang in all die Souvenir-Broschüren, die während der Vorstellungen verkauft wurden. Mit seinen Bemühungen und dem Stab von Künstlern, deren knallige, rote und gelbe Plakate von gemalten Wilden und tapferen Westmännern meilenweit auf jeder senkrechten Fläche zu sehen waren, mußte man schon blind und ohne Freunde sein, um nicht zu wissen, daß Amerikas größte Nationalschau in die Stadt kam.

Will führte den großen Einzug in die Arena an, eine atemberaubende Gestalt mit weißem Stetson, gebleichter Rehlederkleidung und spiegelblank polierten, schwarzen Stiefeln, die bis zu den Knien reichten. So saß er auf Old Charlie, einem prächtigen Halbbluthengst aus Kentucky, auf dem er einmal hundert Meilen in neun Stunden und 45 Minuten geritten war und die Wette gewonnen hatte, daß er es nicht in zehn Stunden schaffen könne.

Hinter ihm ritten die Indianer mit Federn und Kriegsbemalung zu den Klängen von ›The Girl I Left Behind Me‹, und die Musiker trugen die Uniform von Custers Regimentskapelle.

Dann kamen Scouts in Wildlederkleidung, John Nelson fuhr die Kutsche aus Deadwood, Bronco Bill, ›Cowboy King‹ Buck Taylor, Ex-Sheriff Con Croner, der junge Johnny Baker, Frank Butler und Annie Oakley und Dutzende von Statisten, von Vaqueros in Schwarz und Silber auf flinken, kleinen Mustangs bis zu den Cowboys mit Stetsons und Chaps auf großen, amerikanischen Zuchthengsten. Die Prozession hielt im Kreis auf die Zuschauertribüne zu, während der Applaus anschwoll und nachließ und dann seinen Höhepunkt erreichte und das Tuba- und Flötenspiel darin unterzugehen drohte, als der berühmte Star schwungvoll seinen großen Hut schwenkte, als wolle er den Beifall für den späteren Gebrauch einfangen.

Der Applaus ließ hinter dem letzten Reiter nach und verklang. Eine Insel der Stille, und dann betrat eine kleine junge Frau in einem Faltenrock und mit einem Hut, dessen Krempe hochgebogen war, mit zwei Colts an den Hüften die Arena, gefolgt von einem jungen Mann, der einen Anzug im Westernschnitt trug und ein Gewehr und einen Lederbeutel hielt. Aus dem Beutel zog er eine blaue Glaskugel, und nach einer Runde in der Arena, bei der er die Kugel hochhielt, damit jeder sie sehen konnte, schaute er zu der Frau und warf die Kugel in die Luft. Sie zog einen der Colts, spannte ihn in der gleichen Bewegung, zielte kurz und feuerte, als die Kugel ihren Scheitelpunkt erreichte. Sie zerplatzte glitzernd. Höflicher Beifall setzte ein, doch er ging in Revolverschüssen unter, als zwei weitere Kugeln geworfen wurden, dann drei, dann fünf. Als ein Revolver leergeschossen war, schob sie ihn ins Holster und zog die andere Waffe, ohne eine Kugel auszulassen oder zu verfehlen. Sonnenschein glitzerte auf feinem, blauen Staub, der herabrieselte.

Nachdem sich das Publikum an die Schüsse gewöhnt hatte, steigerte Annie allmählich die Schußzahl und wechselte dann zum Gewehr über. Als sie ihre Schußweite vergrößerte und sich die Meisterschüsse häuften, wurde der Beifall ehrlich, und als sie eine Spielkarte aus vierzig Schritten Entfernung mit dem Rücken zum Ziel und einem Taschenspiegel vor sich zerschoß, schallten die Hochrufe bis zu den weißen Wolken über der Arena, und die Tribünen erbebten unter trampelnden Füßen.

Annie reichte Butler die Hand und knickste vor dem Publikum, vom tosenden Beifall eingehüllt. Will, der hinter der nicht überdachten Haupttribüne beobachtete, rief dem baumwollbärtigen John Nelson zu, der auf die Deadwood-Kutsche stieg, daß er ihn viel lieber in ein echtes Cheyenne-Massaker schicken als ihn bitten würde, nach der kleinen Missy aufzutreten.

Doch der Indianerangriff auf die Kutsche, bei dem der Fahrer die Peitsche knallen ließ und aus Leibeskräften brüllte und die tapferen Verteidiger mit Gewehren Platzpatronen auf die Verfolger feuerten, begeisterte das Publikum. Als die auf und ab wippende Kutsche in rotem Feuer erglühte, daß es aussah, als würden die Passagiere lebendigen Leibes verbrennen, herrschte eine gespenstische Stille, und zwanzigtausend Zungen waren wie gelähmt. An diesem Punkt musterte Arizona John die angespannten Gesichter der Zuschauer genauer. In Louisville war eine Frau durch die Aufregung ohnmächtig geworden, doch er hatte erst davon erfahren, als es zu spät gewesen war, sie zu interviewen, und er brannte darauf, diese Möglichkeit bei einem nächsten Mal zu nutzen und für seine Werbung auszuschlachten. Doch die Leute von Chicago waren härter im Nehmen. Als die Scouts eintrafen, um die Wilden in die Flucht zu schlagen und die Passagiere zu retten, sagte Arizona John ›Scheiße‹ und setzte sich wieder zu Prentiss Ingraham an eine neue Biografie, die sie über Annie Oakley schrieben. Mit Ausnahme von Buffalo Bill hatte der Publizist noch keinen kennengelernt, der nicht ein kleines Zusatzgeschäft zu schätzen wußte.

»Gib ihnen die Peitsche, Jim!« drängten die abgebrühten West-Siders und lachten über den Kriegstanz der Pawnees. »Laß sie tanzen!«

»Sie sind nicht beeindruckt«, sagte Salsbury.

Will stieß einen Grunzlaut aus. »Ich möchte mal gern erleben, wie laut sie lachen, wenn eines dieser bemalten Gesichter des Nachts am South Platte durch ihre Wagenplane schaut.«

Johnny Baker, von Will protegiert, hatte eine bemerkenswerte Treffsicherheit für einen Jungen. Er erhielt anerkennenden Applaus, doch das Publikum hatte weitaus spektakulärere Kunsstücke von einem Mädchen gesehen und schaute schon im Programm nach der nächsten Darbietung. Beim historisch dargestellten Leben in einem Indianerlager konnten sich die Trommelfelle der Leute von dem vorherigen Geknalle erholen. Es folgte eine Büffeljagd, bei der die Krieger Felle anzogen und Hörner aufsetzten, um in die Herde einzudringen. Dann schrien und kreischten sie und trieben die großen, dummen Tiere mit ihren Lanzen an, bis sie im Kreis liefen. Die Erde erbebte unter den stampfenden Hufen, bevor die Krieger die Büffel den trainierten Cowboys überließen, die sie aus der Arena und zu den Pferchen trieben.

Der Höhepunkt der Show, Buffalo Bills verzweifeltes Duell mit Yellow Hand, wurde in angespannter Pantomime dargeboten, nur unterbrochen durch Grunzen und Ächzen und den Geräuschen der Hiebe, als der Star und ein furchterregender Cheyenne aus der Powder River Reservation einander ansprangen und rangen und kämpften, wobei die Requisiten-Messer in der Sonne blitzten. Das allgemeine Aufatmen, als Will vorgab, dem Indianer die Messerklinge in die Brust zu rammen und sein Gegner stöhnte und schwankte, war ein plötzlicher Wetterumschwung.

Dann neigte sich Will über die ›Leiche‹ des besiegten Feindes, und als er sich mit der Federhaube des Opfers in einer Hand und seinem ›Skalp‹ in der anderen aufrichtete, schmetterte die Kapelle eine Siegeshymne, und das Publikum sprang auf und schrie und klatschte vor Begeisterung.

Abermals die große Parade. Indianer und Kavalleristen, die in der Arena ›gestorben‹ waren, erwachten wieder zum Leben und schlossen sich den Schaustellerkollegen an. Zum Schluß beanspruchte der Star das Feld allein für ein lautes »Farewell!« und mit einem letzten Hutschwenken galoppierte er unter einem Tusch der Kapelle hinter den anderen her aus der Arena.

Als sich das Publikum zerstreute, um die Möglichkeit zu nutzen, Souvenirs in den kleinen Zelten zu kaufen, mischte sich Salsbury unter die Leute, rauchte eine Zigarre und inhalierte mit dem Rauch die Lobesworte begeisterter Zuschauer. Außer dem mäßigen Besuch bei Freudenmädchen, war das sein hauptsächlicher Zeitvertreib und die einzige Rivalin für seine Frau. Bei diesen Gelegenheiten fand er mehr Befriedigung als bei irgendeinem anderen Zeitvertreib.

Zwischen den Shows luden Will und Arizona John Burke die Zeitungsleute aus Chicago zu einem Barbecue in der Arena ein. Die Journalisten mit ihren Derbymützen hockten sich mit den Indianern auf den Boden oder spazierten herum und nagten an großen, fettigen Fleichstücken, während sich der Bratensaft mit dem Mistgeruch vermischte, der die Arena beherrschte. Bronco Bill ritt brüllend einen Stier, der von den Union Stock Yards ausgeliehen war, und Reporter warfen sich in Deckung unter die auf Böcken stehenden Tische, auf denen Champagnerkübel und Bierfässer standen.

»Achten Sie darauf, stets den ganzen Namen ›Buffalo Bill's Wild West‹ zu schreiben«, schärfte Burke einem blassen, jungen, flaumbärtigen Mann ein, der eifrig auf seinem Notizblock schrieb. »Der Name ist urheberrechtlich geschützt. Die Wild West ist zu einem Oberbegriff geworden und hat einige harte Konkurrenz bekommen.«

»Da wir gerade von Doc Carver reden«, sagte Will, der sich mit seinem Gefolge und Nate Salsbury näherte, »ich hörte, daß ›Evil Spirit of the Plains‹ auf Tournee im Südosten ist, überwiegend mit geklauten Nummern von unserer kurzen Partnerschaft.«

»Dieser Geck!« Salsbury, der sich in östlicher Kleidung von der Gruppe mit langen Haaren und Wildlederkleidung abhob, hatte das ganze Frühjahr und die meiste Zeit des vorangegangenen Herbstes damit verbracht, alle Spuren des Dentisten und Trickschützen auszumerzen, dessen verantwortungslose Arroganz fast zu einem Abbruch der Show in ihrer ersten Spielzeit geführt hätte.

»Wir hatten in der letzten Spielzeit einen Verlust von sechzigtausend Dollar«, sagte der Star dem Reporter. »Doch wir werden nicht lange in den roten Zahlen bleiben. Wir haben sie seit Louisville überwunden.«

»Wie stehen Sie zu der Anschuldigung von P.T. Barnum, Sie hätten die Idee der Show von ihm gestohlen?« fragte der junge Reporter.

»Wenn er meint, wir hätten eine Nummer von seinem Blödsinn im Programm, dann steht ihm frei, sich wie jeder andere, eine Eintrittskarte zu kaufen und sich selbst vom Gegenteil zu überzeugen.«

»Was ist an den Gerüchten, daß Annie Oakley in Wirklichkeit ein verkleideter Mann ist?«

»Höchst unwahrscheinlich«, sagte Will mit einem Lächeln. »Sie schießt besser als jeder Mann, den ich je gekannt habe.«

Er beendete das Interview nach ein paar weiteren Fragen, indem er dem Reporter eine Flasche Bier in die Hand drückte, während Arizona John dem jungen Mann ein paar Zigaretten in die Brusttasche schob und, selbst überwältigt von seiner Großzügigkeit, jedem Mann in der Gruppe eine Zigarre gab. Als er sich abwandte, prallte er fast gegen einen großen Arapaho, der in eine rote Decke gehüllt war, und wich unwillkürlich zurück. In zehn Jahren Zusammenarbeit mit Indianern hatte er sich in ihrer Gegenwart nie wohlgefühlt. Obwohl er als vollendeter Lügner sein Unbehagen gut verbergen konnte, waren die ernsten, kupferfarbenen Gesichtszüge und die wimpernlosen, schwarzen Augen des Indianers kein Anblick, bei dem er sich entspannen konnte.

»Guter Tabak?« fragte der Arapaho.

»Der beste.« Burke klopfte automatisch seine Taschen ab. »Die Zigaretten sind mir ausgegangen, aber ich werde dir einen Haufen großer Zigarren mitbringen, wenn ich heute nachmittag aus der Stadt zurückkomme. Eine ganze Kiste.«

Salsbury sagte: »Er kann meine Zigarre haben.« Er reichte sie dem Indianer und gab ihm Feuer. Der Arapaho rauchte die Zigarre an, nickte und paffte blaue Rauchwölkchen.

»Dankbarer Knabe«, bemerkte der Manager trocken.

»Die Indianer haben keine Worte für ›danke‹.« Will schüttelte dem jungen Journalisten herzlich die Hand und zog Arizona John zur Seite. Der berühmte Bariton senkte sich zu einem ernsten Murmeln, und sein Atem roch nach Whisky. »Was auch immer du tust, vergiß nicht diese Zigarren. Vielleicht hast du es nicht so gemeint, aber versprich niemals einem Indianer etwas, ohne es einzuhalten. Besorge eine Kiste Zigarren in der Stadt und stell sie mir in Rechnung. Vergiß es nicht!«

»Ich werde daran denken.«

»Das hoffe ich. Wenn du ein Versprechen brichst, das du einem Indianer gegeben hast, dann taugst du nichts für mich und die Show.«

Burke grübelte ein paar Wochen später in einem Zug über diese Worte nach.

In einem hübschen Büro mit Büchern in den Regalen und dem Geruch von Tabak und Leder im Sonnenschein von Fort Yates. D. T., befingerte James McLaughlin nachdenklich seine kalte Pfeife und legte sie schließlich in einen Aschenbecher aus Messing, dessen Fuß einen Büffel darstellte. Der Indianer-Agent war ein glattrasierter Mann mit weißen Haaren und grauen Augen, deren Lider an den Winkeln traurig herabhingen. McLaughlin begegnete Arizona Johns Blick mit einer Direktheit, die den Publizisten fast so beunruhigte wie die Nähe eines Indianers.

»Sie müssen verstehen, daß Sitting Bull auf die 60 zugeht, wenn er sie nicht schon hinter sich hat, was für einen Sioux sehr alt ist. Jeder Krieger in der Reservation respektiert und fürchtet ihn, und das macht ihn gefährlich, und man kann nur schwer mit ihm verhandeln. Er ist außerdem ein so gewiefter Schwindler, wie Sie kaum einen auf dieser Seite von St. Louis finden werden.«

»Eine ganze Generation, die mit der Legende von Custer aufwuchs, ist sich dessen nur zu gut bewußt«, erwiderte Burke. Er tippte mit dem dicken Zeigefinger auf den Brief, den er vor McLaughlin auf den Schreibtisch gelegt hatte, und wies auf das offizielle Siegel. »Doch ich habe die Erlaubnis des Innenministers Henry M. Teller, den Häuptling zur Schau zu stellen, und Anweisungen von meinem Arbeitgeber, Honorable William F. Cody, den Häuptling für die Indianerlager-Szene unserer Show zu verpflichten.«

»Er ist ein Medizinmann, kein Häuptling«, korrigierte McLaughlin automatisch. »Als verantwortlicher Agent der Standing Rock Reservation kann ich Ihnen nur ein Interview garantieren, denn Sitting Bull ist ein Mündel und kein Gefangener der US-Regierung. Wenn er nicht mitspielen will, kann er nicht dazu gezwungen werden.«

»Das ist fair.«

»Er wird nur schwer zu überreden sein. Im letzten Jahr kam Colonel Alvaren Allen mit einem ähnlichen Brief zu ihm und versprach ihm für seine Mitarbeit eine Audienz beim Präsidenten. Sitting Bull stimmte zu und kam nicht näher nach Washington City als in ein New Yorker Wachsfigurenkabinett, wo er mit Napoleon und anderen zur Schau gestellt wurde. Seine Erinnerungen an dieses Erlebnis sind bitter.«

»Das kann ich mir denken. Es ist unverzeihlich für einen Indianer, ein Versprechen zu brechen.«

McLaughlin sah den fetten Mann in stutzerhaft aufgemachter Scoutkleidung mit neuem Respekt an. »Das stimmt. Sie hatten schon mit Indianern zu tun?«

»Ich bin ein alter Indianerkämpfer.« Burke stemmte sich ächzend auf und zog den Saum des fransenbesetzten Wildlederhemds über seinen Wanst. Ein rubinroter Manschettenknopf funkelte in einem Sonnenstrahl, der durch das Fenster hinter dem Schreibtisch ins Zimmer fiel.

Der Agent erhob sich ebenfalls und griff nach seinem Hut. »Passen Sie auf, daß er Ihnen nicht diese hübschen Manschettenknöpfe klaut, während er mit Ihnen redet.«

Eine grimmige Eskorte von Indianerpolizisten auf Armeepferden begleitete Arizona Johns Wagen auf der Halbtagesfahrt zum Grand Camp. Ihre Gesichter unter den breitkrempigen Feldhüten waren kupferfarben gebräunt und ihr zu Zöpfen geflochtenes Haar hing an der Brustseite ihrer blauen Uniformröcke hinab.

Die kahle Landschaft stimmte Arizona John melancholisch. Er hatte Geschichten über bewaldete Berge in Montana und sensationelle Eruptionen in grellen Farben in den Wüsten des Südwestens gehört und war nicht auf die baumlose Öde vorbereitet, aus der das südliche Dakota Territorium bestand, in dem die Junisonne die schmutzige, gelbe Erde festbackte. Die Hitze peinigte ihn und machte aus den Klippen am Horizont schimmernde, dunkle Geister.

»Ist es so jeden Sommer?« fragte er den Indianer-Agenten.

»Nein, es wird erst gegen Ende des Monats richtig heiß.«

Zuerst passierten sie viele Tipis mit Sioux-Squaws und Kindern, die im Schatten der Zelte saßen, Mais mahlten und Baumwollflicken auf altes Wildleder nähten. Die Männer mit Schlapphüten bestellten sonnenverbrannte Gärten hinter den Zelten. Als die Indianer McLaughlin an Burkes Seite erkannten, winkten sie und riefen dem ›Vater Weißhaar‹ liebevolle Grüße zu. Dann wurden die Zelte spärlicher, und sie gelangten in eine unbewohnte Gegend. Der Besucher fragte sich, ob sie einen falschen Weg gewählt hatten. Doch bald darauf sah er den fast versiegten Fluß, den Grand River, und der Indianer-Agent wies auf ein paar niedrige Blockhütten am anderen Ufer.

Ein vielleicht zwölfjähriger Indianerjunge stand vor einer der Hütten und beobachtete, wie die kleine Prozession durch den Fluß platschte. Der Junge war nur mit Lendenschurz und Mokassins bekleidet. Er hatte die harten Gesichtszüge eines erwachsenen Mannes, und an der haarlosen Brust und den Schultern zeichneten sich Muskeln ab.

»Hallo, Crow Foot«, sagte McLaughlin, als sie vor den Blockhütten angehalten hatten. Die Pferde der Eskorte schüttelten das Wasser ab und rupften an Büscheln von verdorrtem Gras, die durch Risse in der harten Erde ragten. »Dies ist Major Burke. Er möchte gern mit deinem Vater sprechen.«

Der Junge musterte den Fremden wortlos, wandte sich um und verschwand in einer Hütte. Während Arizona John wartete, wurde er sich der Blicke bewußt, die auf ihn gerichtet waren. Er sah zu den ernsten Gesichtern der Siouxkrieger, die den Trupp umringt hatten. Einige der Männer hatten weißschimmernde Narben auf ihren braunen Armen und Oberkörpern.

»Sie kamen mit dem alten Mann von Kanada runter, als er kapitulierte«, erklärte McLaughlin leise. »Die meisten von ihnen waren am Little Big Horn dabei.«

Burkes Kleidung fühlte sich vor Schweiß feucht an.

Drei Frauen, die in Decken gehüllt waren, kamen aus der Hütte. Eine davon trug den Stetson eines weißen Mannes mit einem aufgespießten Schmetterling an der Krone. Crow Foot folgte ihr auf den Fersen.

»Seen-by-her-Nation und Four Times«, murmelte der Indianer-Agent und zog seinen Hut. »Seine Frauen.«

Arizona John folgte seinem Beispiel. Die Luft fühlte sich kühl auf seinem Haar an, das schweißnaß am Kopf klebte. »Wer ist die Squaw mit dem Hut?«

»Das ist keine Squaw. Das ist Sitting Bull.«

Arizona John war verdutzt. Er schaute sich den Medizinmann der Hunkpapas genauer an, dessen Vision von Soldaten, die in das Indianercamp einfielen, die Sioux-, Cheyenne- und Arapaho-Nationen vereinigt und neun Jahre zuvor zu Custers Niederlage geführt hatte. Sitting Bull war klein und schlank, mit Haaren, die in grauen schlichten Zöpfen herabfielen, den geschwollenen Augenlidern und den eingesunkenen Gesichtszügen einer alten Chinesin. Er schlurfte ein wenig beim Gehen.

McLaughlin stellte vor, die Indianer sahen den Fremden wortlos an, und die beiden folgten Sitting Bull und dessen Sohn in die Hütte. Die Frauen blieben draußen. Die Indianerpolizisten saßen ab und hielten vor der Tür Wache, während die mißtrauischen Krieger in der Nähe der Hütte herumlungerten.

In der Blockhütte fiel fahles Licht auf überraschend schöne Möbelstücke und Strohlager auf dem irdenen Boden. Es gab einen schwarzen Eisenofen, und es roch nach Holzrauch und abgestandenem Fett.

Arizona John richtete sich weiterhin nach dem Agenten und setzte sich wie McLaughlin im Schneidersitz auf den Boden, gegenüber von den beiden Hunkpapas hin, anstatt auf einem der Stühle Platz zu nehmen. Sitting Bull sprach kurz in gutturalem Sioux.

»Mein Vater wünscht, daß ich für ihn in der Sprache des Weißen Mannes spreche, die ich auf der Missionsschule lernte«, sagte Crow Foot, als der alte Mann geendet hatte. Der Junge wählte seine Worte sorgfältig. »Er sagt, daß Langhaar Cody in seinem Haus willkommen ist.«

Burke, dessen Haar tatsächlich so lang war wie das seines Arbeitgebers, korrigierte den Irrtum gemächlich. »Du mußt Geduld haben, wenn du mit Indianern sprichst«, hatte Will ihm eingeschärft. »Sie lassen sich lange Zeit, bevor sie zur Sache kommen, und sie halten es für unhöflich, wenn du gleich mit der Tür ins Haus fällst.« Er machte dem Medizinmann Komplimente über seine Familie und sein feines Heim und drückte Entzücken darüber aus, daß sein Gastgeber von einem sanften Regen geträumt hatte, der den Grand River anschwellen lassen und die Felder so grün wie das Moos auf den Bergkiefern färben würde. Crow Foot übersetzte und zeigte weder Freude noch Verlegenheit bei Burkes Bemerkung, daß er ein gutaussehender junger Krieger sei.

Schließlich brachte Arizona John den Grund seines Besuchs zur Sprache und öffnete eine Schachtel von der Größe einer Zigarrenkiste, um ihren Inhalt zu zeigen und zu erklären, daß noch viele weitere solcher Kisten und viele rote Decken draußen im Wagen seien, Geschenke für den großen Sitting Bull.

Will hatte entschieden, daß Kandiszucker das Beste war. »Er hält sich in der Hitze, und selbst wenn der Häuptling keine Zähne mehr hat, wie viele Indianer, wenn sie über 35 sind, kann er daran lutschen. Sie bevorzugen im allgemeinen Süßigkeiten vor Frauen und Pferden.«

Arizona John stellte das Kistchen auf den Boden und wartete, während der Junge fertig übersetzte. Er suchte besorgt im Gesicht des Medizinmanns nach einer Reaktion, konnte jedoch keine entdecken. Es gab eine kurze Pause, als Crow Foot schwieg, und dann sprach Sitting Bull. Crow Foot übersetzte simultan auf Englisch.

»Die Zeiten sind vorbei, in denen der Rote Mann mit Dekken und Süßigkeiten zu kaufen war. Der Weiße Vater in Washington hat gesagt, daß der Rote Mann lernen muß, in der Welt des Weißen Mannes zu leben. Ich habe die Welt des Weißen Mannes gesehen und weiß, daß dort Geld mit der Stimme von Adlern spricht. Wenn ich in dieser Welt leben muß, muß ich mit dieser Stimme sprechen. Damit kann ich alle Decken und allen Kandis kaufen, den ich je möchte oder brauche.«

»Ich wollte darauf zu sprechen kommen«, sagte Arizona

John Burke. »Wir sind darauf vorbereitet, dem großen Sitting Bull fünfzig Dollar pro Woche und freie Verpflegung und Unterkunft anzubieten, wenn er zustimmt, für vier Monde mit der Show auf Tournee zu gehen.« Burke fühlte sich jetzt auf sicherem Boden. Handeln mit Indianern konnte seiner Meinung nach nicht viel anders sein als mit sonst jemandem.

»Da haben wir's.« McLaughlin warf ihm einen mahnenden Blick zu.Die Warnung war so leise, daß Burke ihn auffordern wollte, die Worte zu wiederholen, als der alte Hunkpapa wieder sprach.

»In eurer Stadt Bismarck traf ich Blaurock Grant und nahm teil an einer Zeremonie zur Eröffnung eines neuen Wegs für das Feuerroß«, übersetzte Crow Foot für seinen Vater. »Es wurden von mir Fotografien gemacht, und der Mann, der sie machte, bat mich, meinen Namen darauf zu schreiben. Er sagte, die Leute würden viel Geld dafür bezahlen, und er versprach, das Geld mit mir zu teilen. Seine Zunge war ehrlich. Ich kehrte nach Standing Rock mit viel Silber in einem Beutel zurück. Ich werde mich Langhaar Cody anschließen, wenn er mir all das Geld verspricht, das er mit dem Verkauf von Fotografien von mir verdient. Ich will das schriftlich haben, denn Worte auf Papier sind die einzigen, die der Weiße Mann achtet.«

Arizona John überlegte. Die Vergabe der Erlaubnis zum Fotografieren war eine der lukrativen Nebengeschäfte der Show. Nate Salsbury würde fuchsteufelswild werden. Aber Will bestand hartnäckig darauf, Custers Bezwinger zu verpflichten. Schließlich nickte er. »Ich werde solch eine Klausel in den Vertrag einfügen.«

Bevor sein Sohn das übersetzen konnte, lächelte Sitting Bull zum ersten Mal im Verlauf des Gesprächs und zeigte nacktes Zahnfleisch, womit er Wills Vermutung bezüglich der fehlenden Zähne bestätigte. Auf Englisch sagte er: »Abgemacht, Major Longhair Burke.«

Burke teilte Will die Neuigkeit telegrafisch mit. Will beauftragte Prentiss Ingraham, Verlautbarungen an die Presse zu geben. Als Sitting Bull und Arizona John Burke mit einem Trupp von Kriegern, die der alte Hunkpapa ausgesucht hatte, in einen Zug nach Osten stiegen, waren sie umlagert von Reportern, die den Kontrast zwischen der behäbigen Freude des Publizisten und der ernsten Schweigsamkeit der Indianer notierten. Er verteilte Zigarren und Sprüche in Mengen.

Der große Sioux und der berühmte Scout trafen sich freundschaftlich in Buffalo, und Will verbarg als Schauspieler, der er war, geschickt seine Enttäuschung über die wenig gewinnende Erscheinung seiner neuen Attraktion. Sitting Bull erzählte weiteren Reportern durch einen Dolmetscher, daß Buffalo Bill ein aufrichtiger Mann sei, und er gab noch einmal die Geschichte von Custers Tod zum besten: »Das Langhaar stand wie eine Korngarbe zwischen all den Ähren, die ringsum gefallen waren, und es lachte.«

Die Menge in Buffalo buhte Sitting Bull wegen Little Big Horn aus, als er vor ihr auf einem geschmeidigen weißen Hengst erschien, der größer als jedes Indianerpony war, ebenso in Boston, doch die Leute drängten sich auf den Gehsteigen, um ihn zu sehen, und man kaufte Tausende signierte Fotografien von ihm, die ihn mit einem beeindruckenden Kopfschmuck aus gebleichten Adlerfedern zeigten, den Will ihm geschenkt hatte. Als seine Hand vom Signieren schmerzte, demonstrierte der Fotograf der Show, wie er die Signatur auf den Fotos reproduzieren und ihm die Mühe ersparen konnte, und dafür gab ihm der dankbare Indianer den Spitznamen ›Fire-in-his-Hand‹, ein Name, den der Künstler während seiner Verbindung zu der Wild West Show mit Stolz trug.

Während der Proben beobachtete Sitting Bull stundenlang Annie Oakley, die ihre Schießkünste zeigte, wenn sie auf dem Rücken eines galoppierenden Pferdes stand und Spielkarten von einem Rad schoß, das sich schnell drehte. Er nannte sie ›Little-Sure-Shot‹, ein Spitzname, den Arizona John auf den Reklameplakaten nutzte, und adoptierte sie als seine Tochter. Nachdem er in Boston auf den Geschmack gekommen war, verlangte er zu dem üblichen Kandiszucker von Nate Salsbury Austerngerichte.

Sitting Bull verschenkte alles Bargeld, das er hatte, an Zeitungsjungen und Waisen, denen er auf dem Showgelände und in den Straßen begegnete. In der Gesellschaft, in der er zum Mann gereift war, gab es stets Platz für obdachlose Kinder. Er selbst hatte elf eigene aufgezogen und fand trotzdem immer noch Platz für andere. Einige Journalisten, die Zeugen von diesen großzügigen Gesten geworden waren, drückten in Artikeln Zweifel darüber aus, ob das derselbe teuflische Mann war, der der amerikanischen Armee die größte Niederlage in ihrer Geschichte zugefügt hatte.

Zuschauer umjubelten ihn in Kanada, wo ein geschmeichelter Sitting Bull mit Federn und brokatverziertem Hemd neben dem großen Buffalo Bill posierte, während der Fotograf eine Kerze an die Öffnung der Pfanne hielt und das Magnesiumpulver zu einem Blitz von bläulichweißem Licht entzündete.

»Betitelt es ›Feinde im Jahre '76, Freunde im Jahre '85‹«, wies Will Fire-in-his-Hand an. Er trug einen sehr großen Stetson und ein schwarzes Seidenhemd, das von Louisa wunderschön mit Gold bestickt war, und sein leicht zunehmender Bauch wurde von einem Gurt mit einer großen, viereckigen Schnalle umschlossen. Schwarze, langschäftige Lederstiefel knarrten leicht, wenn er sein Gewicht verlagerte.

Die Gruppe der Reporter, denen es an der Technik mangelte, um Fotos in den Zeitungen zu reproduzieren, gab sich mit zahllosen Fragen über den katastrophalen Feldzug von 1876 zufrieden.

»Sind Sie je Sitting Bull auf dem Schlachtfeld begegnet?« wollten sie von Will wissen.

»Nein. Er war mehr Medizinmann als Häuptling.«

»Sitting Bull, verspüren Sie Bedauern darüber, daß Custer und so viele Weiße getötet wurden?«

»Ich habe in diesem Kampf für mein Volk auf die Ermordung von Indianern geantwortet. Der Häuptling, der Custer schickte, muß seinem Volk diese Frage beantworten.« Dies durch einen Dolmetscher.

Der Scout fügte hinzu: »Custers Niederlage war kein Massaker. Die Indianer wurden von erfahrenen Kämpfern verfolgt, die den Befehl zum Töten hatten. Seit Jahrhunderten wurden sie vom Atlantik bis zum Pazifik und wieder zurück gejagt. Sie mußten ihre Frauen und Kinder schützen, und sie kämpften um ihre Existenz. Beim Tode Custers glaubten sie, ihren größten Feind los zu sein.«

»Verteidigungsschlacht«, kritzelten die Journalisten auf ihre Notizblöcke.

In St. Louis, seit *Scout of the Plains* traditioneller Endpunkt von Wills Tourneen, näherte sich inmitten hektischer Vorbereitungen in der Hotelhalle ein stämmiger, graubärtiger Mann mit schütterem Haar und einer Haut, die in Farbe und Struktur an lederne Chaps erinnerte, die man auf einem Corralzaun hängengelassen hat. Er trug einen Abendanzug. Will schüttelte die ausgestreckte Hand, dann erkannte er ihn, schloß ihn in die Arme und brüllte: »Kommen Sie, begrüßen Sie einen alten Feind!«

Mit einer Hand auf dem Rücken des Mannes schob er Reporter und Autogrammjäger zur Seite, die sich um den Medizinmann drängten. »Sitting Bull, dies ist General E. A. Carr, der letzte Commander der 5. Kavallerie. Es ist höchste Zeit, daß ihr beiden alten Krieger euch die Hände schüttelt.«

»Ich bin stolz, deine Bekanntschaft unter glücklicheren Umständen zu machen«, sagte Carr und hielt Sitting Bull die Hand hin.

Der Hunkpapa schaute ihn unter der Krempe seines Schmetterling-Stetsons hervor an und hielt die Hände unter der Decke verschränkt. Nach einem langen Augenblick ließ Carr seine Hand sinken. Er sagte etwas Freundliches zu Will und zog sich zurück.

»Häuptling brüskiert General«, schrieben die Reporter.

Sitting Bull, eine lebende Gestalt aus einem Wachsfigurenkabinett, ertrug die Pfiffe und Buhrufe ein letztes Mal und zog sich in sein Zelt zurück, nachdem er sich Annie Oakleys Auftritt angesehen hatte, ein stiller Mann, abgeschirmt durch seinen Kreis loyaler Sioux unter den Mitspielern.

Bei einer kleinen Feier auf dem Ausstellungsgelände, das nach der letzten Vorstellung für die Presse und die Öffentlichkeit geschlossen wurde, führte Will den weißen Hengst, den der Indianer während der Spielzeit geritten hatte, in die von Karbidlampen erhellte Arena und reichte Sitting Bull die Zügel.

»Denk daran, ihn zu parieren, wenn in der Nähe Schüsse krachen«, sagte Will. »Er ist darauf dressiert, beim Klang von Schüssen aufzusteigen und auf der Hinterhand zu tänzeln.«

Sitting Bulls graue Augen glitzerten. Einen Augenblick lang verharrte er reglos und hielt die Zügel schlaff in der Hand. Dann umfaßte er den Oberarm des Scouts mit der anderen Hand und drückte ihn kurz. Annie Oakley, deren Gesicht noch vom Auftritt gerötet war, kam herbei und schlang die Arme um den kleinen alten Krieger. Dann ging ein Mitglied der Schauspieltruppe nach dem anderen im Gänsemarsch vorbei, um Sitting Bull die Hand zu drücken und ihm Glück zu wünschen. Als alle Lebewohl gesagt hatten, wurde der weiße Hengst ans Heck des Wagens gebunden, der mit Decken und Kisten mit Kandiszucker und Austern in Dosen vollbeladen war, und ein Fahrer kletterte neben den Hunkpapa, und sie fuhren zur Bahnstation, eskortiert von Kriegern zu Pferde. Sitting Bull schaute nicht zurück.

»Ich wünsche, wir hätten ihn zu einer weiteren Spielzeit überreden können«, bemerkte Arizona John, während er den Abreisenden nachsah.

Will sagte: »Noch so eine Spielzeit wie die letzte, und er könnte Manhattan zurückkaufen.«

Die Hilfsarbeiter brachen die Zelte und Buden ab, damit sie zu den Depots auf der Scout's Rest Ranch transportiert werden konnten. Will schüttelte den Männern die Hände, küßte die Frauen auf die Wangen und sagte, daß er sie im Mai wiedersehen würde. Dann kehrte er heim zu seiner Familie. Er nahm Johnny Baker mit, den Arta und Irma inzwischen als Bruder akzeptierten. Louisa kam nicht mehr in die Stadt, um ihren Mann abzuholen.

12

Will faltete seine Serviette und legte sie neben seinen leeren Teller. »Laß uns schießen.«

Johnny Baker, der diese vertraute Geste erwartet hatte, entschuldigte sich, stand vom Tisch auf und ging hinaus, um die Winchester '76 zu holen, die Will ihm geschenkt hatte. Er stieß fast mit der kleinen Irma zusammen, die ihrer Schwester und dem Dienstmädchen half, das Geschirr abzuräumen. Als er mit der Winchester auf dem Weg hinaus war, hielt er wie immer an, um Louisa für die Mahlzeit zu danken. Sie nickte wortlos und trieb ihre Töchter zu den abendlichen Lektionen ins Nähzimmer. Johnny war sich nie sicher, ob Louisa es billigte, daß er soviel Zeit dort verbrachte. Er war zu jung, um ihre mütterlichen Bedenken darüber zu erahnen, daß ein Junge im Teenageralter in der Nähe ihrer Mädchen herumlungerte. Dabei waren die fünfjährige Irma und die siebzehnjährige Arta ohnehin außerhalb seiner Reichweite, selbst wenn er versucht hätte, sich ihnen zu nähern. Er interessierte sich nur für Feuerwaffen, seit er zehn gewesen war und zufällig in einem Geschäft in North Platte auf eine von Ned Buntlines Buffalo-Bill-Geschichten gestoßen war. Als es während der Partnerschaft von Cody und Carver mit der Wild West Show auf und ab gegangen war, hatte sich der Junge auf der Ranch vorgestellt und um eine unbezahlte Rolle in der Show gebettelt. Er hatte seine alte Flinte mitgebracht, und als der Scout gezögert hatte, hatte er ihm gezeigt, wie er auf dreißig Yard Entfernung Nägel in einen Zaun treiben konnte. Will fand den Jungen vielversprechend, und er engagierte ihn. Johnny warf die Glaskugeln, mit denen Will Doc Carvers Fünfcentstücke ersetzt hatte. Zwischen den Vorstellungen gab er Johnny Unterricht im Schießen, und mit ein wenig Hilfe von Annie Oakley und Frank wurde der Junge bald zum jüngsten Meisterschützen im Westen.

Sie ritten von Welcome Wigwam hinaus zur Scout's Rest-Ranch, Will auf Old Charlie, Johnny auf einer leichtfüßigen braunen Stute, ein weiteres Geschenk seines Mentors und Ersatzvaters.

Wie immer schlug das Herz des Jungen schneller, als sie das Ranchtor passierten und auf die viertausend Acres Ranchland ritten, auf denen tausend Arcres Alfalfa Gras hoch und smaragdgrün bis zum Horizont im Wind wogte. Jenseits davon grasten Rinder und Büffel, und in den großen Waldstücken, die Artas wegen angepflanzt worden waren, gab es Elche und Rehe. Will hatte einmal zugegeben, daß er nie in die sanften braunen Augen der Rehe blicken und gleichzeitig den Abzug betätigen könne. Hier hatten er und Texas Jack und Buffalo

Chips und Wild Bill und Billy Comstock, der mit Will um den Titel Buffalo Bill gekämpft hatte, wilde Prärieindianer gejagt und waren von ihnen gejagt worden. Jetzt waren diese Krieger heruntergekommen und lebten zahnlos in den Reservaten. Alles schien lange Zeit her zu sein, und doch waren die Indianer erst zu Lebzeiten des Jungen von der Prärie verschwunden, auf der jetzt Getreide und Mais wuchsen.

Sie hielten beim burgartigen Hauptgebäude, um Wills Schwester Julie und ihrem Mann Bill Goodman, dem Verwalter der Ranch ihre Aufwartung zu machen. Goodman, mit den Ochsenschultern und dem ehrlichen Gesicht, rieb im Stall seinen schaumbedeckten Braunen ab.

»Es war schrecklich trocken«, klagte Wills Schwager, nachdem sie sich begrüßt hatten. »Ich glaube, wir werden 160 Acres im Nordosten verlieren, wenn es nicht bald regnet.«

»Leg Bewässerungsgräben an«, sagte Will.

»Der Platte führt fast kein Wasser mehr. Es wird teuer werden.«

»Es wird noch teurer werden, soviel Alfalfa zu verlieren.«

»Ich weiß nicht, Will. Du steckst mehr Geld in die Bewässerung, als du herausholst, und jedesmal, wenn es aussieht, als würde es sich lohnen, kaufst du Land dazu, und dann muß das auch noch bewässert werden.«

»Die Show hat eine Million brutto in dieser Spielzeit eingebracht. Ich kann es mir erlauben.«

»Colonel«, warf Johnny entschuldigend ein, »wir versäumen das Büchsenlicht.«

Sie verabschiedeten sich von Goodman und ritten zur Südweide. Sie kamen an Corrals vorbei, in denen sich einige der 1500 Pferde befanden, die Will gezüchtet hatte. Die halberwachsenen Fohlen liefen in Kreisen und warfen die Köpfe hoch, und ihre unbeschlagenen Hufe wirbelten Klumpen von Erde und Mist auf.

Will pflockte die Reitpferde im Freien an und ging mit einer Wurfmaschine und einem Armvoll Tontauben fort. Nach hundert Yards warf er einen Blick zurück, um zu sehen, ob Johnny bereit war. Dann lud er die Wurfmaschine, betätigte sie und katapultierte eine der schwarzgelben Tonscheiben in eine weite, hohe Bahn. Johnny legte die Winchester an und visierte die Tontaube an. Dann drückte er ab. Der Karabinerkolben stieß gegen seine Schulter, und ein Stück der Tontaube flog davon. Der Rest trudelte zu Boden, während das Krachen des Schusses in den fernen Hügeln verhallte.

»Tut mir leid, Colonel!« Johnny hebelte eine neue Patrone ein.

»Treffer ist Treffer«, rief Will. »Versuchen wir die nächste.«

Diesmal traf die Kugel die Tontaube genau in der Mitte und zerfetzte sie in kleine Stücke. Wills Freudenschrei war wie das Echo der Freude des Jungen.

Vier weitere Tontauben folgten, die letzten beiden auf einmal. Johnny zerschoß die ersten beiden, erwischte ein Stück der dritten und verfehlte die letzte. Sie vervollständigte ihren Flug mit unverschämter Grazie.

Johnny lud auf und vesuchte es von neuem. Das nächste Tontaubenpaar explodierte gehorsam, dann eine einzelne Tontaube, dann drei. Will variierte das Schema listig, doch Johnny hatte schnelle Reflexe und gute Augen. Er endete an diesem Tag mit einer Trefferzahl von siebzehn zu zwanzig. Dann war Will an der Reihe, und der Junge assistierte.

Der Scout begann mit Lucrezia Borgia, dem umgebauten Springfield-Zündnadelgewehr, das ihn sicher durch die Indianerkriege gebracht hatte. Dann wechselte er für die Schüsse auf mehrere Ziele auf das Winchester-Repetiergewehr. Zu Anfang verfehlte er zwei Tontauben, während er sich daran gewöhnte, Kugeln statt Sand zu verfeuern, wie es in der Arena der Fall war. Glaskugeln dieser Größe sind schwerer zu treffen als Tontauben, und er war einer der wenigen Scharfschützen auf der Welt, der vertraulich zugegeben hätte, daß er nicht so gut war wie dieses weibliche Phänomen Annie Oakley. Während er das Gewehr auflud, erzählte er, daß Hickok auf hundert Schritte Entfernung zehn Kugeln durch das ›o‹ in einem Saloonschild geschossen und zu Pferde aus vollem Galopp ein Astloch in einem Baumstamm getroffen hatte.

Johnny liebte diese letzte Stunde des Tageslichts, wenn die Schule aus war, die Arbeit auf der Ranch erledigt war und es für die Männer nichts zu tun gab außer Schießen und Geschichten erzählen. Er wünschte, er hätte ein eigenes Abenteuer zum besten geben können, und er war sich schmerzlich bewußt, daß Will im gleichen Alter seinen ersten Indianer getötet hatte, von Mormonen überfallen worden und für den Pony Express geritten war, doch ein Abend mit Colonel Cody war soviel wert wie ein ganzes Jahr auf den Prärien.

Er fürchtete sich vor den Mahlzeiten, die von Artas bekümmertem Schweigen und den Spannungen zwischen Will und Louisa beherrscht wurden. Es war jetzt ein wenig besser mit Arta, seit sie den jungen Mr. Boal kennengelernt hatte, doch während sie aufblühte, schien sich die Kluft zwischen ihren Eltern zu vertiefen.

Beim Schießen gab es nur einen Mann und einen Jungen und Ziele zum Zerstören, einfache Ziele und sofortige Befriedigung. So verbrachten sie die Stunde, in der die angepflanzten Wälder im Westen in der untergehenden Sonne Feuer zu fangen schienen und die Nacht sich purpurn niedersenkte, und so erlebten sie die milden Tage zwischen der nachlassenden Glut des Sommers und der Vorahnung des Winters. Was konnte sich ein Junge mehr wünschen, als den Duft von Alfalfa-Gras im Wind Nebraskas einzuatmen und mit Buffalo Bill auf Tontauben zu schießen?

Der Winter kam. Will und Johnny, in Kuhlederjacken mit dem Fell nach innen, ritten über das schneebedeckte Ranchland und halfen, zitternde Färsen aus Löchern im Eis des Flusses zu ziehen. Der Scout fluchte, daß weißer Dampf vor seinem Gesicht hing, und er rief sich in Erinnerung, daß er in dem Winter, in dem er zwölf geworden war, ähnliche Arbeit für Alexander Majors getan hatte. Nate Salsbury kam oftmals nach Welcome Wigwam, um mit Will über die kommende Spielzeit zu diskutieren. Diese Gespräche nahmen für gewöhnlich die Form von Schulbelehrungen an, wenn der Manager Will Kostümzeichnungen, Ausrüstungspläne und neue Drehbücher zeigte, für die er sich bereits entschieden hatte und die längst bezahlt waren. Bei diesen Anlässen sagte sich Johnny, daß der Mann, nach dem die Show benannt wurde, mehr wie ein Angestellter wirkte. Will nickte automatisch zu Nate Salsburys Vorschlägen, als wären es Befehle. Es bedrückte Johnny, daß sich sein Idol so duckmäuserisch benahm wie ein dummes Kind in Anwesenheit seines Vaters, und er entschuldigte sich im allgemeinen bei diesen Treffen. Die Erde wurde wärmer.

Mai 1886.

Ein weißer Zug zog einen gespenstischen Streifen durch die dunklen Städte an der Bahnlinie. Auf den neuen Waggons prangte in protzigen Goldlettern BUFFALO BILL'S GREAT WILD WEST. Der Zug enthielt 240 Schausteller, Buchhalter, Schreiber, Bühnenarbeiter, ein komplettes Kraftwerk, Tiere, eine Kulisse, die eine Berglandschaft Wyomings auf Segeltuch darstellte. Musikinstrumente, Koffer mit Kostümen, Bauholz und genug Waffen für einen neuen Krieg an der Siedlungsgrenze.

St. Louis, Terre Haute, Dayton, Wheeling, Washington D.C., New York City.

Ein neues Programm begann in Staten Island am zehnten Jahrestag der Vernichtung der 7. Kavallerie, der Schlacht am Little Big Horn: Schreiende Rothäute, schmetternde Trompeten, stürzende Pferde, zischende Pfeile und ätzender, blauer Rauch.

Buck Taylor stand mit geliehenen blonden Locken inmitten des dichter werdenden Rings Wilder, dann der letzte ohrenbetäubende Knall und Totenstille, während der grelle weiße Strahl des Scheinwerfers Buffalo Bill auf das Schlachtfeld folgte, das von blaugekleideten Leichen übersät war. Er schritt mit gesenktem Kopf, während auf der Segeltuchkulisse das Wort TOO LATE aufblitzte – ZU SPÄT.

Die patriotischen New Yorker brüllten Häuptling Red Cloud und American Horse Beleidigungen zu, als sie neben dem Star während der Parade die Eighth Avenue hinaufritten, doch sie strömten zusammen, um zu sehen, wie die federgeschmückten, ehemaligen Krieger vor einer Kulisse mit Wolken und einem Pferd fotografiert wurden.

Die Hotels an der Fifth Avenue nahmen die Schauspieler, Techniker und Arbeiter auf – jetzt gab es Zimmer mit Fenstern für die Indianer, und sie brauchten nicht mehr in Abstellkammern neben der Küche zu schwitzen. Will und sein Trupp belegten eine Suite im alten Fifth Avenue Hotel. Dort empfingen er und Nate Salsbury den aristokratischen Gouverneur Hill, Mark Twain mit seiner Zigarre und weißem Anzug, P. T. Barnum, humpelnd und fast blind, den alten eifersüchtigen, vergessenen, langhaarigen Henry Irving (Arizona John stellte den Besucher, der ein Jahrzehnt später in den Ritterstand erhoben wurde, als einen ›britischen Schauspieler von nicht geringer Bedeutung‹ vor) und den brasilianischen Prinz Dom Augusta, dessen Schlachtschiff im Hafen in der Nähe der, vor kurzem errichteten, kupferfarbenen Freiheitsstatue ankerte.

Die Honoratioren konkurrierten mit Pagen, die mit gekühltem Champagner zur Präsidenten-Suite gingen und diese mit fünf-Dollar-Goldstücken wieder verließen. Unterdessen drängten sich die Berühmten und Unbekannten auf der Staten-Island-Fähre, um zuzuschauen, wie Buck Taylor neue Revolvermodelle erfand, und um von Con Croner zu hören, wie er Jesse und Frank James in North Platte aus dem Zug holte.

Einen Monat vor der Eröffnung des Madison Square Garden begrüßte Will in Unterhemd und Nadelstreifenhose Salsbury an der Tür seiner Suite. Der Manager runzelte die Stirn, als er das Glas in der Hand des Scouts sah.

»Kein Grund zur Aufregung, Nate«, sagte Will dröhnend. »Ich arbeite heute nicht, erinnerst du dich?«

Salsbury zuckte mit den Schultern und trat ein, wobei er seinen Derbyhut abnahm. Sein dunkles Haar lichtete sich an den Schläfen und sein Bart war graugesprenkelt. Drei Jahre mit einem 14-Stunden-Tag hatten ihn altern lassen und an seiner eisernen Konstitution gezehrt. Er schnüffelte.

»Ich mag dein Rasierwasser. Lavendel, nicht wahr?«

Will grinste ein wenig verlegen. »Komm raus, Missy«, rief er.

Eine Frau Mitte 20 kam aus einem anderen Zimmer der Suite. Ihr rotes Haar war hinten zusammengesteckt, und ihr rotbrauner Faltenrock raschelte beim Gehen. Salsbury vertiefte sich scheinbar in ein Gemälde an der Wand, während sein Partner der Rothaarigen in den Mantel half und sie zur Tür hinausbegleitete.

»Du wirst immer jünger«, bemerkte der Manager, als draußen auf dem Gang die Fahrstuhltüren zurasselten.

»Nein, du wirst einfach älter.« Will nahm eine Flasche vom Servierwagen und entkorkte sie.

»Wenn das für mich sein soll, danke!« sagte Salsbury. »Es ist noch heller Tag.«

»Es ist nicht für dich.« Will schenkte sich ein.

Sie setzten sich auf die mit Satin bezogene Couch und diskutierten über die Manhattan-Show. Salsbury plante ein ›Drama der Zivilisation‹, das die Entwicklung der Nation von der Landung der Pilgerväter bis zum gegenwärtigen Zeitpunkt aufzeichnen sollte. »Wir gehen tiefer in die amerikanische Geschichte, weil sie das sehen wollen, wenn wir in Europa auftreten.«

»Europa?« Der Scout kam vom Servierwagen zurück, nachdem er sein Glas zum zweiten Mal aufgefüllt hatte.

Sein Oberkörper wirkte unter der dünnen Baumwolle seines Unterhemds muskulös wie eh und je, doch ohne den breiten Ledergürtel begann sein Bauch hervorzutreten. Er war 40 und sah ein paar Jahre älter aus, jedoch auf gewisse Weise attraktiv für Frauen, mit Lachfältchen um die Augenwinkel und grauen Strähnen im Haar und Spitzbart.

»Ja, wir fahren im Frühjahr nach England. Wir haben doch schon darüber diskutiert. Ein Typ namens Robinson in Yorkshire stellt eine amerikanische Handelsausstellung zusammen, und ich schicke Arizona John rüber, um die Einzelheiten für eine Einbeziehung der Wild West Show zu klären. Es wird das einzige wahre amerikanische Angebot zu Queen Victorias Goldenem Jubiläum sein.«

»Es wird nicht einfach sein, all diese Indianer und Tiere zu verschiffen. Noah hatte es da leicht.«

»Es ist eine große Fähre wie die von Staten Island«, sagte Salsbury und erlaubte sich ein seltenes Grinsen. »Die *State of Nebraska.* Ich finde, das paßt.«

»Gefällt mir.« Will trank sein Glas zum drittenmal leer und sprang auf, nicht weniger standfest als bei der Begrüßung seines Partners. »Verdammt, Nate, darauf müssen wir einen trinken, oder es wird nicht gutgehen.«

Der Manager betastete seinen Bauch und glaubte sein Magengeschwür zu spüren. »Also gut«, stimmte er schließlich zu. »In England ist die Sonne untergegangen.«

Im Madison Square Garden gab es Zuschauerrekorde, als die Elite der Park Avenue fünfzig Dollar pro Eintrittskarte zahlte, um neben den Metzgern von Brookly zu sitzen und zu sehen, wie Steele McKayes Windmaschine ein Indianerdorf umblies und die Deadwood-Kutsche durch die Arena schlingern ließ wie ein Spielzeugboot durch einen Teich.

Viele dieser Zuschauer waren im folgenden Frühjahr an der Battery, als Buffalo Bill's Wild West an Bord der *State of Nebraska* nach England aufbrach, während die Band »Oh, Susannah!« spielte und Konfetti flog, wie verspäteter Schnee. Einige der 18 Büffel im Laderaum brüllten erschreckt, als die Dampfpfeife schrillte.

Die Frühjahrsstürme brachen mitten auf dem Ozean über die *State of Nebraska* herein. Das Schiff stampfte und schlingerte auf einer schäumenden See, und seine Decks waren glitschig vom Salzwasser. Buck Taylor, dessen schulterlanges Haar glatt und naß herabhing und dessen Flanellhemd und Jeans steif waren, klopfte an die Tür von Wills Kabine und trat ein, ohne auf eine Antwort zu warten. Der Scout räkelte sich auf seinem Kapitänsstuhl, hielt ein Glas in einer Hand und eine Flasche in der anderen. Eine Rochester-Lampe schwang von der Decke und warf abwechselnd Schatten und Licht über die Kabinendecke. Buck Taylor, der sich ducken mußte, um nicht mit dem Kopf an die niedrige Decke zu stoßen, hielt sich am Türgriff fest, um das Gleichgewicht zu bewahren.

»Colonel, die Roten sind alle krank. Ich glaube, die springen über Bord, sobald sie herausfinden, wo das ist.«

»Sag ihnen, sie sollen sich hinter mir aufstellen.« Will leerte den Inhalt der Flasche ins Glas.

Wo ich auch hinkomme,
Ob zu Fuß, mit dem Bus,
Ob mit Bahn oder Droschke,
Überall sehe ich Buffalo Bill
Auf jeder Reklamefläche
Von East End bis zum Westen
Gibt er sich mit Hut, Rock
Und Schmachtlocken zum besten

Londoner, die daran gewohnt waren, das rußgeschwärzte Mauerwerk vom Picadilly und Whitehall mit Arizona Johns reißerischen Plakaten beklebt zu sehen, lachten über dieses Zitat in der Zeitung und sangen es auf den Royal Albert Docks in Gravesend, wo behelmte Bobbys die Menge zurückdrängten, während ein Schlepper die *State of Nebraska* zum Land zog. Eine kleine, einheimische Kapelle an Bord des Schleppers schmetterte ›The Star-Spangled Banner‹, und die Band der Wild West Show antwortete mit ›Yankee Doodle‹. Das Resultat war eine ekstatische Kollision von Blasmusik.

Will, mit hochgestülptem Stetson und einer Jacke aus Sämischleder, die mit weißem Fuchspelz besetzt war, stand winkend unter der farbenfrohen Ansammlung grüngesichtiger Indianer und bleicher Cowboys an der Reling und hoffte, daß der Whisky in seinem Magen blieb. Die Indianer schwankten ein bißchen unter ihren Federn. Häuptling Red Shirt, prächtig geschmückt mit einer Federhaube, deren Schleppe über das Deck schleifte, lehnte sich schwer auf seine Lanze. Sein Glaube an die Sioux-Tradition war wiederhergestellt. Der Aberglaube sagte, daß Böses über diejenigen Krieger hereinbrechen würde, die es wagten, den Großen Teich zu überqueren. In der Tat hatten High Heron und Has-No-Horse bereits ihren Besitz weggegeben, damit sie ohne irdische Last das Land des Schattens betreten konnten, und Sergeant Bates, der noch vor kurzem zur Blaurock-Armee gehört hatte, sprach nicht mehr über seine Rolle im Bürgerkrieg des Weißen Mannes. Er hatte es vorgezogen, mit einer Flasche und einem Eimer unter Deck zu bleiben.

Der Schädel des Häuptlings dröhnte von der unbekannten Marschmusik und dem ständigen Gebrüll an Land. Der Weiße Mann war anscheinend in all seinen Zelten laut.

Gnädig hörte die Musik auf, und nur das Kreischen von Möwen und das Stimmengewirr der Menge waren noch zu hören. Als die Gangway an Ort und Stelle war, sprang Arizona John Burke mit einem gefältelten weißen Hemd und einem Zehn-Gallonen-Hut an Bord, begleitet von einer Gruppe bärtiger Männer in Cuts und mit Seidenzylindern.

Arizona John schüttelte Will die Hand und stellte die Direktoren der amerikanischen Handelsausstellung vor, die von Lord Ronald Gower angeführt wurden.

Seine Lordschaft, groß und dünn und mit einem Van-Dyke-Bart wie der Wills, jedoch pechschwarz und an den Enden gewichst, schüttelte dem Scout herzlich die Hand. »Ich heiße Sie im Namen der Regierung des Britischen Empire Ihrer Majestät willkommen. Es wurden Sondergenehmigungen erlassen, um Ihnen zu gestatten, Ihre Tiere an Land zu bringen, und es wartet ein Bootszug, um Sie und Ihre Gesellschaft zum Earl's Court Gelände in Kensington zu bringen.« Er lächelte gewinnend, stählerne Zähne eines britischen Adligen funkelten hinter dem gewichsten Schnurrbart, und seine Stimme verlor den amtlichen Tonfall. »Ich wäre äußerst geehrt, wenn Sie eine Einladung zum Dinner auf meinem Familiensitz annehmen würden.«

Will erwiderte das Lächeln. »Eure Lordschaft, ich wüßte nicht, mit wem ich auf meiner ersten Englandreise lieber dinieren würde.« Er stellte Nate Salsbury vor, der für den Anlaß einen Cutaway und Seidenhut trug, und zählte die Namen der Langhaarigen auf, die in Westernkleidung bei ihm standen.

Die Männer des Empfangskomitees zuckten der Reihe nach zusammen, als Buck Taylor die ausgestreckten Hände mit seinem stahlharten Griff drückte. Schließlich gesellte sich eine große dunkeläugige Frau mit kastanienfarbenem, hochgesteckten Haar zu der Gruppe. Sie trug ein blaues Seidenkleid, das das Licht einfing und reflektierte. Will berührte sanft ihren Ellenbogen. »Meine Tochter, Arta Cody.«

Lord Gower zog den Hut und machte Arta ein Kompliment. Er sah sie immer noch an, während er zu Will sagte, daß sie natürlich mit ihrem Vater zum Dinner eingeladen sei. Mit strahlender Miene erwiderte Will warnend, daß sie in den Staaten versprochen sei. Arta errötete und warf ihm einen Blick zu, der ihn unangenehm an ihre Mutter erinnerte.

Earl's Court war eine Drittelmeile groß und hatte offene Tribünen für zwanzigtausend Zuschauer, überdachte Tribünen für weitere zehntausend und Stehplätze für noch einmal zehntausend. Die amerikanische Handelausstellung belegte eine Reihe von langen, überdachten Gebäuden, und der Rest des

Geländes war für die Wild West Show reserviert und bis jetzt für 130000 Dollar ausgerüstet.

Den ganzen Tag lang, unter der regen Anteilnahme von Schaulustigen und Journalisten, die bis von Edinburgh kamen, trieben Cowboys auf schaumbedeckten Pferden störrische, erschreckte und stolpernde Tiere eine verstärkte Rampe hinab in die Arena zu speziellen Ställen, und die texanischen Longhorns starrten aus blutunterlaufenen Augen zu den schreienden Leuten, die den Weg säumten. Kaminfeger und Lampenanzünder bewunderten die Fülle amerikanischer Flüche. Einer der zehn Elche verursachte eine kleinere Panik, als er mit bebenden Nasenflügeln auf die Menge zusprang, während der Sonnenschein auf den Spitzen des Geweihs schimmerte. Der Elch schloß sich jedoch wieder der Herde an, als ein Cowboy hingaloppierte und ihm mit der Gerte einen scharfen Schlag auf die Schnauze gab. Danach nannten ihn die Zuschauer Disraeli.

Die Leute ließen die ›roten Indianer‹ hochleben, und einer der Mutigen bat Buck Taylor um ein Autogramm, weil er ihn mit seinem langen Haar und dem herabhängenden Schnauzbart für Buffalo Bill hielt. Er erfüllte den Wunsch und signierte fröhlich mit ›James Butler Hickok‹.

Als die Tiere untergebracht und gezählt worden waren, rief Will die Kapelle zusammen und ließ sie den Zuschauern zuliebe ›God Save the Queen‹ spielen. Das Publikum applaudierte und pfiff vor Begeisterung. Dann brach eine Gruppe Reporter aus der Menge hervor und eilte auf den Star zu, wobei sie ihre Notizblöcke und Bleistifte hervorholten. Wills ›Langhaarige‹ setzten sich in Bewegung, um ihnen den Weg zu blokkieren, doch Will trat um sie herum und sah den Reportern entgegen wie Custer seinem Untergang.

»Haben Sie Häuptling Grazy Horse getötet?«

»Nein, er wurde von einem verräterischen Agentur-Indianer ermordet.«

»Wen halten Sie für den größten Indianerkämpfer?«

»General Nelson A. Miles.«

»Wie war Wild Bill Hickok?«

»Er war ein großartiger Mann und einer der tödlichsten Schützen mit Gewehr oder Revolver, der je lebte.«

»Was halten Sie von der Konservativen Party?«

»Das kann ich nicht sagen. Ich bin noch zu keiner eingeladen worden.«

Die Fragen flogen wie Sioux-Kugeln, so zahlreich und so schnell, daß er nur eine von dreien beantworten konnte. Als er gefragt wurde, ob Annie Oakley wirklich allein ihre Quäker-Familie während einer tagelangen Belagerung vor feindlichen Indianern verteidigt habe, wie Arizona John und Prentiss Ingraham behaupteten, riet er den Reportern, sie selbst zu interviewen. »Sie steht dort drüben.« Nein, er plane nicht, für das Amt des Präsidenten im Jahre '88 zu kandidieren. Ja, Sitting Bull war sein Freund. Nein, er sah keinen Widerspruch darin und in seiner urkundlich belegten Erklärung, daß er ebenfalls mit Custer befreundet gewesen war. Sie fragten ihn nach seiner Meinung über die Queen, und er erwiderte, daß er sie für die größte Frau seit der Heiligen Johanna halte und sich darauf freue, Ihre Majestät in Earl's Court zu unterhalten.

»Da gibt es keine großen Chancen«, spottete der Gentleman vom *Manchester Guardian.* »Das alte Mädchen hat keine öffentliche Veranstaltung mehr besucht, seit Albert '61 starb.«

»Vielleicht hat niemand daran gedacht, sie zu fragen«, überlegte Will.

Während sich der Rest der Wild West Show zum Essen an lange Tische setzte, zog Will seinen besten Frack an, dazu einen weißen Sombrero, reichte Arta den Arm, die ein Abendkleid aus Satin trug, das ihre Mutter entworfen und genäht hatte, und nahm eine wartende Kutsche zu Lord Gowers Landsitz. Dort wurde der Scout einer schwindelerregenden Folge von Earls und Dukes und Herzoginnen und Baroninnen und Ladys als ›Colonel Cody‹ vorgestellt. Anfangs sprach er sie mit ihren Titeln an, doch nach dem Genuß von Wein vergaß er, wer welchen Titel hatte, und ging dazu über, sie mit ›Hoss‹ und ›Missy‹ anzureden, sehr zum Entzücken aller bis auf eine Gruppe gebräunter Offiziere, die gerade erst von Indien zurückgekommen waren. Die Männer in Uniform blieben für sich, warfen harte Blicke zu den Amerikanern und sagten nichts, bis ein Major, der neben Will saß, dem Westmann mitten in einem Bericht über die Schlacht von Slim Buttes blutunterlaufende Augen und eine Nase mit geplatzten Äderchen zuwandte und bemerkte: »Wie ich höre, sind Sie Colonel.«

Will unterbrach seine Geschichte, um höflich zu erwidern, daß er von Gouverneur Thayer von Nebraska zu einem Colonel der Nationalgarde ernannt worden sei. Der andere schien die Erklärung zu überhören.

»Ihr Yankees seid verdammt vernarrt in militärische Titel. Sir, ich glaube, wir müssen mal rüberkommen und euch mal ordentlich Dresche geben.«

»Was, wieder?«

Die Zuhörer am langen Tisch zögerten, dann brachen sie in Gelächter aus, klatschten und brachten den verwirrten Major damit zum Schweigen. Die anderen Offiziere grinsten und brachten einen Trinkspruch auf den Scout und seine Tochter aus.

Nach einem Napoleon Brandy als Schlummertrunk, den sie im Jagdzimmer Seiner Lordschaft unter dem Kopf eines Keilers mit scharfen Hauern tranken, gähnte Will und schüttelte seinem Gastgeber die Hand. Er bemerkte, daß in England genauso schnell der Morgen dämmerte wie ein Amerika und ging in den Speiseraum zurück, um nach Arta zu sehen. Er hatte schmerzliche Erinnerungen, als er sie in einer Ecke entdeckte, wo sie vorgab, einem jungen Captain zuzuhören, der über den Kampf von Majuba Hill erzählte. Er befreite sie aus dessen Gesellschaft. In der Kutsche auf der Rückfahrt nach Kensington machte sie eine Bemerkung über seine ungewohnte Schweigsamkeit.

Er tätschelte ihr satinbedecktes Knie. »Dein Papa dachte nur darüber nach, wie hübsch du heute abend aussiehst und wie sehr du deiner Mutter ähnelst. Sie war in deinem Alter, als wir uns kennenlernten.«

Sie legte eine Hand auf seine, und sie fuhren schweigend durch die englische Nacht, die so dunkel wie der geduldige Tod war.

Die Witwe von Whitehall stieg aus der vierspännigen Kutsche und ging mit Hilfe eines Stockes und ›God Save the Queen‹ hinter ihrem Rücken zu ihrer Loge. Sie sah zu den Schauspielern, die sich mit dem Hut in der Hand in der Arena versammelt hatten, wie ein großes Kreuz, das von Kardinälen umgeben war.

Die berühmte, schwarze Robe und der Hut waren wie dunkle Flecke der Trauer unter der roten Livree der Vorreiter. Die dunklen Kleider der königlichen Frauen, die ihr nacheiferten, und die grauen Anzüge ihrer Begleiter bildeten einen Kontrast zu dem Wirbel der bunten Fähnchen und den Kostümen in der Arena. Als Lord Gower Colonel Sir Henry Ewart hinter der königlichen Gesellschaft die Stufen hinaufgeleitete, flüsterte einer der Amerikaner, der inzwischen an das Kommen und Gehen von Prinzen und Premierministern gewohnt war: »Teufel, sie sieht aus wie 'ne Großmutter.«

»Das ist sie für die Hälfte der gekrönten Oberhäupter Europas«, erwiderte Nate Salsbury.

Will stieg auf Old Charlie und galoppierte neben Sergeant Bates, der Kavallerie-Uniform trug, zur königlichen Loge. Der Scout schwenkte das Sternenbanner. Die alte Frau in der Mitte der Loge zögerte, dann erhob sie sich mit offensichtlichen Schwierigkeiten und verneigte sich. Die Zuschauer tobten vor Begeisterung. Überwältigt reichte Will das Sternenbanner an Sergeant Bates weiter, der es sinken ließ. Zu diesem Zeitpunkt war jeder in der Loge aufgestanden. Die Frauen verneigten sich, die Männer des Militärs salutierten, und die Kapelle spielte ›The Star-Spangled Banner‹.

Bob Haslam, der vom Ende der Haupttribüne aus beobachtete, ein Freund aus den Tagen beim Pony Express und ein Veteran von Captain Jack Slades Trupp, der das Cheyenne-Lager überfallen hatte, schüttelte den ergrauten Kopf und spuckte einen Strahl Tabaksaft aus. »Überall, wo der verrückte Kerl hingeht, macht er Geschichte.«

Die Queen war mit der Absicht gekommen, nur eine Stunde zu bleiben, doch sie sah sich die ganze Show an, das Ponyrennen der Indianer, die Parade der amerikanischen Geschichte aus Kolonialzeiten, den ›Ersten Skalp für Custer‹, Annie Oakley und Johnny Baker, die blaue Glaskugeln zerschossen, und den Überfall auf die Deadwood-Kutsche.

Will löste John Nelson auf dem Fahrersitz neben dem fröhlichen Prinz von Wales, Edward, ab, ein häufiger Besucher der Proben, und, wie Will, ein fanatischer Pokerspieler. In der Kutsche repräsentierten die Könige von Griechenland, Dänemark, Sachsen und Belgien ihre Länder zum Jubiläum. Sie hielten ihre Seidenhüte fest und klammerten sich an die Wagenwände, während die Kutsche rumpelte und schlingerte und der Fahrer die Peitsche über den Köpfen der Gespannpferde knallen ließ, um den Indianern zu entkommen.

Nach der Rettung half Will dem pausbäckigen Thronfolger des Königreichs herab und öffnete den Kutschenschlag für die begeisterten, schwatzenden Monarchen.

»Colonel«, sagte Edward und schnippte Asche von einem brennenden Pfeil von seinem Ärmel, »ich wette, daß Sie noch nie vier Könige wie diese in der Hand hatten.«

Der Scout zwinkerte ihm zu. »Ich habe oft vier Könige gehabt, doch der Prince von Wales macht das zu einem Royal Flush.«

Das Protokoll schrieb vor, daß weibliche Majestäten eine Hand darboten, mit der Handfläche nach unten, und sie sich küssen ließen. Die 16jährige Kunstschützin Lillian Smith, mit der Sitte vertraut gemacht, doch überwältigt vor Aufregung, schüttelte der Prinzessin von Wales die Hand. Das Gesicht der Prinzessin, das über die Jahre hinaus vom Warten auf den Aufstieg ihres Mannes faltig geworden war, erstrahlte. Sie erwiderte das herzliche Händeschütteln der Kunstschützin.

Die Wangen der Queen nahmen ungewohnte Farbe an, als der große Scout in seiner Wildlederkleidung und mit der diamantenen Krawattennadel des russischen Großherzogs ihr die Hand küßte und ausführlich die Fragen über sein Leben auf den Prärien beantwortete.

»Sagen Sie, Colonel, wie viele Indianer haben Sie getötet?«

»Majestät, sagen wir mal, daß ich nie einen tötete, der es nicht verdiente.«

Häuptling Red Shirt senkte den gefiederten Kopf mit der Reserviertheit und Würde eines europäischen Botschafters vor der ›weißen Oma‹ und ließ durch einen Halbblut-Dolmetscher erklären, daß er eigens über den Großen Teich gekommen sei, um sie zu sehen. »Mein Herz ist froh in mir.«

Die Monarchin erwiderte seine Verneigung, und ihre Augen glänzten. Sie machte den Squaws Komplimente über die Indianerkinder, die sie von ihr begutachten ließen, betrachtete interessiert eine schöne Winchester mit Silbereinlagen, die Miß Smith zur Schau stellte, und bewunderte Wills Säbel mit dem goldenen Griff, der ihm von den Offizieren der U. S. Army in Anerkennung seiner Verdienste geschenkt worden war. Sie sah zu Annie Oakley hinab und sagte: »Sie sind ein sehr, sehr tüchtiges kleines Mädchen.«

An diesem Abend füllte die Queen viele Seiten ihres Tagebuchs mit den Eindrücken von dem schneidigen amerikanischen Scout, sie schwärmte wie ein verliebtes Schulmädchen.

Journalisten wanderten durch das Indianercamp, wichen knurrenden, gelben Bastardhunden aus und skizzierten Squaws, die an offenen Feuern vor den farbenfrohen Tipis Mahlzeiten zubereiteten. Als dem Reporter der *Evening News* ein Löffel aus Büffelhorn mit dunklem Eintopf angeboten wurde, probierte er es widerstrebend.

»Das schmeckt ja vorzüglich«, lobte er.

»Fetter junger Hund ist das Beste«, sagte die Squaw, erfreut über das Kompliment.

»Der Rote Mann verändert sich mit jedem Jahr«, erklärte Häuptling Red Shirt dem Korrespondenten des *Sheffield Leader* mit Hilfe des Dolmetschers. »Der Indianer der nächsten Generation wird nicht wie der Indianer der letzten sein. Unsere Büffel sind fast alle verschwunden, das Rotwild ist völlig ausgestorben und der Weiße Mann nimmt immer mehr von unserem Land.« Er schwieg einen Augenblick lang. Dann sprach er hastig weiger und spuckte die Konsonanten fast aus. Unsicher fügte der verlegene Dolmetscher hinzu: »Doch die Regierung der Vereinigten Staaten ist gut. Gewiß, sie hat uns unser Land weggenommen, doch jetzt gibt sie uns Nahrung, damit wir nicht verhungern. Sie erzieht unsere Kinder und lehrt sie, Farmen zu bestellen und Farmgeräte zu benutzen. Unsere Kinder werden die Zivilisation des Weißen Mannes lernen und wie er leben.«

»Häuptling wirkt schlechtgelaunt«, berichtete der Journalist.

Will und Arta nahmen Zimmer in der Regent Street, wo der Scout amerikanische Würdenträger empfing, James G. Blaines Politikergrinsen erwiderte und dem steifen, professorenhaften Joseph Pulitzer die Hand schüttelte, der jetzt erblindet und zu krank war, um noch seine *New York World* herauszugeben.

»Leise, Herr Colonel, leise bitte«, bat der nervöse Verleger auf Deutsch und zuckte vor der dröhnenden Stimme seines Gastgebers zurück. »Leiser, leiser bitte.«

Rußlands Großherzog Michael brachte Grüße von seinem Bruder Alexis und bekannte vertraulich, daß er zwar nach London gekommen sei, um eine Braut zu finden, daß er aber äußerst geehrt sei, wenn er einen Passagierplatz in der Deadwood-Kutsche wärmen dürfe.

Will ahmte Oscar Wildes entsetzte Miene nach, als die Indianer an ihm vorbeijagten, tauschte Kampferfahrungen mit Krimbewohnern und Veteranen des Französisch-Preußischen Krieges aus und hörte sich aufmerksam europäische Wiedergaben der griechischen Sagen an.

»Dieser Herkules muß ein ziemlich guter Typ gewesen sein«, sagte er und schenkte ein. »Und jetzt möchte ich Ihnen von Wild Bill erzählen.«

Die Show überwinterte in Manchester, wo der Prinz von Wales sie fast täglich besuchte und schließlich dem Star eine goldene, mit Rubinen besetzte Uhr schenkte. Bewegt umarmte Will den zukünftigen König und schenkte ihm den Säbel mit dem goldenen Heft.

Am Ende der Spielzeit in England im folgenden Mai wurde Wills herzliches ›Lebewohl und auf Wiedersehen‹ mit einem ungefeilten aber donnernden Chor ›For He's a Jolly Good Fellow‹ aus zwanzigtausend Kehlen beantwortet, die heiser vom Jubeln waren. Die Menschenmenge, die sich am Kai versammelte, um die Abfahrt des *Persian Monarch* mit der Fracht der Büffel und Pferde und Waffen und erschöpften, aber lächelnden Showleuten an Bord zu sehen, war größer als diejenige, von der die britischen Soldaten beim Aufbruch nach Afrika angefeuert worden waren.

»Alter Freund, deine Reisen sind vorbei.«

Will atmete tief ein und stieß die Luft langsam aus. Er nickte den Arbeitern an Deck zu, die sich am Dollbord vesammelt hatten. Sie hoben das Segeltuch an, zogen die fast steife Leiche unter der Flagge der Vereinigten Staaten hervor und trugen sie zur Reling. Der 21jährige Charlie, der den Krieg um die Prärien überlebt hatte, glitt mit einem leisen Platschen in das ruhige Wasser, bewegte sich einen Augenblick lang auf und ab und tauchte dann unter die metallfarbene Oberfläche zu seiner Ruhestätte, die weit von dem Land entfernt war, das er gekannt hatte.

Die Wild West Show kehrte heim, begrüßt von Blaskapellen. Es gab Geschenke und Ansprachen, und man bereitete sich auf einen Wiedersehensauftritt in Staten Island vor, während der Star die Berühmten und Reichen, die gekommen waren, um sich in der Wärme seiner Energie zu sonnen, im Waldorf-Astoria unterhielt. Als die Veranstaltung zu Ende war, ruhte sich Will mit Louisa, Arta und Irma, die jetzt erwachsen war, inWelcome Wigwam aus und besuchte seine Schwester Julia und deren Mann Bill Goodman auf der Scout's Rest Ranch. Dort schoß er Hühnern, die für das Dinner bestimmt waren, mit Kugeln aus den zusammenpassenden, silber- und goldverzierten Revolvern, durch die Kehle. Die Waffen waren ihm in New York von der ›Colt Patent Arms Company‹ geschenkt worden.

Will ritt mit Gill Goodman über das Ranchland, plante neue Bewässerungskanäle und die Anpflanzung weiterer Bäume für den südwestlichen Abschnitt, und er schoß Wachteln und Tontauben mit Johnny Baker.

Als er die Fahnenabzüge für eine neue Ausgabe seiner Autobiografie korrigierte, sagte er zu Louisa: »Ich spielte in Windsor Castle, doch ich bin viel, viel lieber daheim.«

Sie nähte weiter, ohne etwas zu sagen.

Im Herbst 1888 begann Nate Salsbury über die Pariser Weltausstellung zu reden.

»*Vive,* Bouff-lo Bieel! *Vive* Annie Oakliee! *Vive les* Cowboys *et les sauvages!*«

Mitglieder der Show wurden in Kostüm und in Zivil erkannt, wenn sie in Restaurants aßen oder in Bistros tranken, in Droschken und im O-Bus fuhren oder über die Champs-Elysees spazierten. Dort drängten sich Pariser in den Läden, in denen Büffelfelle und Wildlederhemden ausgestellt waren, und standen Schlange, um eine schnelle Übersetzung von Prentiss Ingrahams *Border Romances of Buffalo Bill* zu kaufen. Sie wurden gefeiert wie keiner in dieser Stadt seit Austerlitz. Wills ergrauende Haarmähne und der Spitzbart waren so bekannt wie Napoleons Stirnlocke, und wer gesehen hatte, wie Little Missy Kerzen auf rotierenden Wagenrädern ausschoß und zu Pferde aus vollem Galopp Sechsschüsser vom Boden schnappte und damit Glaskugeln zerschoß, die von Frank Butler hochgeworfen wurden, brauchte keine Aufforderung, sich um das stille Quäkermädchen an Straßenecken zu versammeln und sie um ein Autogramm zu bitten.

Während öffentlicher Auftritte wurde die Company mit Fragen über den amerikanischen Westen bestürmt, und die kühnsten unter den Schaulustigsten strichen den Indianern über die nackten Arme, um festzustellen, ob die Bronzefarbe abging. Die Krieger, von denen viele die Show auf ihrer ersten Reise nach Europa begleitet hatten und sich gerne an die reservierten und höflichen Briten erinnerten, hielten wenig von den temperamentvolleren Franzosen.

Will bedankte sich bei Thomas Edison, der die Ausstellung mit seiner Frau besuchte, für die Erfindung der Kohlenfaden-Glühlampe. »Ohne Sie könnten wir nur eine Vorstellung am Tag geben und müßten bei Einbruch der Dämmerung Schluß machen«, rief er dem Erfinder ins gesunde Ohr.

Während Prinz Roland Bonarparte bei den Indianern sein Englisch ausprobierte, verbrachte Will viele quälende Stunden damit, französische Verben zu konjugieren, um sich mit der Vicomtesse Chardon de Briailes unterhalten zu können, und er bewies bei der spanischen Exkönigin Isabella, die in der Deadwood-Kutsche mitfuhr, wie schnell er etwas Spanisch gelernt hatte.

Der Schah von Persien zwängte seinen majestätischen Hintern bei anderer Gelegenheit auf denselben Sitzplatz in der Kutsche und bezeichnete das Erlebnis anschließend als den Höhepunkt seiner Europareise.

In den Zelten und Ställen auf dem Ausstellungsgelände wurde Rosa Bonheur mit ihrem viktorianischen schwarzen Hut und dem Kittel oftmals gesehen, wenn sie vor der Staffelei und den Farben saß und still und diskret den Scout ein paar Jahre jünger malte, der auf seinem weißen Pferd Billy in einem fransenbesetzten Hemd und einem, vom Wasser fleckigen Stetson aus den alten Tagen posierte.

Als das Gemälde fertig war, und Will es als Geschenk erhielt, ließ er es sorgfältig verpacken und schickte es per Schiff heim nach Welcome Wigwam.

Innerhalb von Tagen wimmelte es im Bois de Boulogne von Künstlern. Sie malten die Indianer und die muskulösen Percheron Pferde, die die Wagen zogen und halfen, Zeltstangen aufzurichten. Aus alter Gewohnheit baten die Indianer die Maler um gelbe und zinnoberrote Farbe für die Kriegsbemalung.

Annie Oakley, die ihre Kostüme selbst anfertigte, bestellte einige Pariser Kleider, um sie zu Kostümen umzuarbeiten, und verteilte Ideen an die Modeschöpfer, die von der Kleidung des amerikanischen Westens fasziniert waren, die sie in ihrem Kostümkoffer hatte, der zugleich als Garderobentisch diente.

Am Ende des Sommers ging die Wild West Show auf Tournee durch Südfrankreich und fuhr dann mit dem Zug nach Barcelona. Dort regnete es.

»Einige Leute mögen Regen«, grollte Will und schenkte aus einer Taschenflasche Whisky in seinen Kaffee. Regen trommelte auf die Zeltbahn über ihm. Im Zelt roch es nach dem feuchten Leder seiner Stiefel und nach der Ölhaut, die neben dem Ofen trocknete. »Ich habe ihn nie gemocht«, fuhr Will fort. »Es hatte den Anschein, als wäre gerade dann jedesmal eine Botschaft über die Prärie zu bringen gewesen, wenn es wie aus Kübeln gegossen hat und ich der einzige, verfügbare Reiter war.«

Er hob die Taschenflasche hoch, hob die Augenbrauen und sah Nate Salsbury fragend an, der auf der anderen Seite des Feldtisches saß und seine Hände an einer dampfenden Porzellantasse wärmte. Der Manager schüttelte den Kopf.

»Außerdem erinnert mich der Regen an das Wetter, das wir in der Spielzeit in New Orleans hatten«, fügte Will hinzu und schlürfte laut.

»Frank Richmond hat die Grippe.« Salsbury, der sich selbst erkältet hatte, schneuzte sich verdrossen. »Wenn es ihm morgen nicht besser geht, werden wir von jemand anderem das Programm ansagen lassen müssen.«

»Wenn überhaupt jemand da ist, dem etwas gesagt werden muß.«

»So schlimm stehen die Dinge nun auch wieder nicht. Wir haben allerhand Reklame gemacht.«

»Wir können froh sein, wenn wir die Ausgaben wieder hereinholen. Wenn diese Spanier keinen Stierkampf im Programm angekündigt sehen, bleiben sie zu Hause.«

»Arizona John macht Aufnahmen von den Indianern vor der Statue von Kolumbus, die er in der Stadt entdeckt hat. Die Zeitungen sollten sich darauf stürzen. Sie können hier inzwischen Fotos abdrucken.« Seine optimistischen Worte klangen hohl in der feuchten Luft.

Will gab noch einen Schuß Whisky in seinen Kaffee. »Ich finde, wir sollten unsere Verluste in Grenzen halten und nach Italien weiterziehen. Dort ist jedenfalls das Wetter besser.«

»Wir halten hier bis zum Ende der Woche durch. Wenn bis dahin nicht . . .«

Salsbury verstummte. Arizona John Burke hatte sich durch den Zelteingang geduckt, ohne sich anzukündigen. Wasser tropfte von seinem Hut und dem Poncho. Sein breites Gesicht war rot angelaufen, und er war außer Atem. »Wir haben Schwierigkeiten!«

»Was ist los, ist dein Blitzpulver naß geworden?« fragte Will mit schwerer Zunge.

»Da ist ein Gesundheitsinspektor der Regierung im Indianercamp. Er will die Show unter Quarantäne stellen.«

»Warum?« Salsbury sprang auf.

Burke zögerte. »Pocken.«

Will nahm seinen Übermantel.

Die drei Männer gingen zum Indianercamp. Dort hielten sich fünfzehn Männer in Uniformen auf, die aus einer komischen Oper hätten stammen können. Die Uniformierten hielten Waffen im Anschlag, trieben die Indianer zusammen und drängten sie grob auf ihre Tipis zu. Abseits stand ein blasser kleiner Mann mit einem flachkronigen schwarzen Hut, den er bis über die Augen gezogen hatte, und einem gelben Regenumhang, der wie eine Zeltbahn bis zu seinen Fußspitzen hing und durch den Schlamm schleifte. Er schnüffelte angewidert die Luft zwischen sich und Will und stellte sich in stark akzentuiertem Englisch als Dr. Miguel Razaforte vom Gesundheitsministerium vor.

»Was höre ich da von Pocken?« fragte Will. Der Regen, der unter seine Hutkrempe tropfte, dampfte auf seinem geröteten Gesicht.

»Die Blattern, Influenza, Gott weiß, was sonst noch. Ihre Leute sind sehr krank. Es ist meine Pflicht, meine Landsleute vor der Krankheit zu schützen, die Sie einschleppen.«

Der Scout legte einem Sioux, der an ihm vorbeigestoßen wurde, eine Hand auf den Arm. »Bad Heart, ist jemand in eurem Zelt krank?«

»Die Squaw meines Bruders Dog steht nicht auf. Er schlug sie, doch sie steht immer noch nicht auf. Der böse Geist kommt in ihren Mund, wenn sie schläft.« Er eilte weiter, eingehüllt in ein nasses, stinkendes Büffelfell.

»Sechs Ihrer Indianer haben Grippe«, sagte Razaforte. »Erbrechen, Durchfall, Fieber. Ihr Mitarbeiter Richmond ist ebenfalls davon befallen. Er wird noch vor dem Ende der Woche sterben.« Razaforte ignorierte die bestürzten Mienen der Zuhörer und fuhr fort: »Einer Ihrer Leute, Ihrer *trabajadores,* ihrer ...« Er suchte nach dem richtigen Wort, und sein dünner schwarzer Schnurrbart zuckte.

»Arbeiter.«

»Si, Arbeiter. Er hat die Pocken. Es gibt viele Kranke in Barcelona, Señores.« Er wies nervös mit einer schmalen Hand zu einer Gruppe zerlumpter Landstreicher, Spanier, die nichts mit der Show zu tun hatten, die sich in der Wärme nahe beim Eingang des Küchenzelts drängten. »Es ist schlimm, daß Sie diesen Abschaum hierher gelassen haben. Man hätte Sie davor warnen sollen, daß sie Seuchen einschleppen.«

Unwillkürlich wich Salsbury vor den zerlumpten Gestalten zurück. »Wollen Sie unsere Show einstellen?«

»Es ist meine Pflicht. Sechs Wochen kommt keiner rein und keiner raus. Länger, wenn es Tote gibt.«

»Sechs Wochen! Nur hier herumsitzen, kostet uns viertausend Dollar pro Tag.«

»Das ist nicht meine Sache. Diese Männer haben den Befehl, jeden zu erschießen, der versucht, diesen Platz zu verlassen.« Seine schwarzen Augen blickten gelassen. »Ich werde medizinische Hilfe und Pflege veranlassen. Es wird Ihnen natürlich alles in Rechnung gestellt werden, einschließlich der Kosten für die Einäscherung der Toten. Willkommen in Barcelona, Señores.« Er verneigte sich leicht und ging.

Zornig fuhr Will zu Arizona John herum und verlor dabei fast das Gleichgewicht, was ihn noch wütender machte. »Es ist dein Job, auf die Indianer aufzupassen. Warum habe ich nicht eher etwas davon erfahren?«

»Es ist ebenso neu für mich, Will.« Arizona John wich ein wenig zurück. »Sie beschweren sich immer über irgend etwas, das liegt in ihrer Natur. Wie sollte ich wissen, daß diesmal etwas an ihrer Nörgelei dran ist.«

»Du wirst dafür bezahlt, um es zu wissen.«

»Hattest du es schon mal mit Influenza und Pocken zu tun?« fragte Salsbury den Scout und versuchte ihn zu besänftigen, denn er befürchtete, sein Partner würde mit den Fäusten auf Burke losgehen.

»Ein wenig.« Es wirkte. Wills Zorn ließ nach. Er furchte nachdenklich die Stirn. »Stellt fest, welche Indianer krank sind und trennt sie von den anderen. Posten auf Wache vor ihre Tipis. Sie sollen aufpassen, daß kein Kranker das Tipi verläßt, aber sie sollen um Himmels willen nichts berühren. Zündet ein paar Schwefelfeuer an. Verbrennt Schießpulver. Ich will, daß jeder von der Show pro Tag fünf Minuten im Rauch steht. Das hilft, um den Gifthauch abzutöten. Keine Ausnahmen, Nate. Es sind also du und ich und John ebenfalls davon betroffen.«

Salsbury und Burke kümmerten sich um die Vorbereitungen. Sie trommelten Cowboys zusammen, die widerwillig als Wächter bei den verseuchten Zelten dienten, während die gesunden Indianer ihre Tipis ein paar hundert Yards entfernt aufschlugen. Die Squaws und Kinder und Verwandten im Quarantäne-Camp klagten und weinten. Der erkrankte Hilfsarbeiter wude auf eine Pritsche im Zelt gelegt, in dem die leichte Ausrüstung untergebracht war. Bald kam ein zweiter Erkrankter hinzu, und dann folgten weitere mit Ausschlag und Fieber.

Frank Richmond, der Show-Direktor schien sich in der zweiten Nacht zu erholen und starb am folgenden Morgen. Zu diesem Zeitpunkt war der erste Hilfsarbeiter gestorben, und zwei andere waren im Delirium. Aus dem Indianercamp erklang unterdessen der klagende Todesgesang, bei dem sich Will stets die Nackenhaare aufgerichtet hatten, wenn er ihn nach blutigen Gefechten auf den Prärien gehört hatte.

»Wie viele Tote sind es jetzt?« Will hob die Stimme, um im Prasseln des Regens und dem Heulen des Sturms gehört zu werden. Durch den offenen Zeltzugang konnte er Schauspieler und Hilfsarbeiter sehen, die sich abmühten, Segeltuch zu sichern, das im zunehmenden Sturm losgerissen worden war. Blitze zuckten über den dunklen Himmel.

»Zwei starben an Pocken«, rief Salsbury zurück, »und acht Indianer an Grippe. Ich habe keinerlei Hoffnung mehr für die anderen Kranken.« Panik schimmerte in den Augen des Managers. Er hatte sich einen Verbandmullstreifen um die untere Gesichtshälfte gebunden. Er war ein Hypochonder und hatte entsetzliche Furcht vor dem Tod. Will hatte seinen Partner nie mehr geschätzt als in den letzten Tagen, in denen Salsbury ständig Kontakt mit seiner Hauptfurcht gehabt und dennoch seine Aufgabe fortgesetzt hatte. Jetzt erkannte der Scout die ersten Risse in der Fassade.

»Wir müssen von hier weg, Nate. Pocken löschten die Mandan-Indianer und fast die Pawnees aus. Wenn wir hierbleiben, werden wir alle sterben.«

»Und wie sollen wir fortkommen? Die Regierung hat die Wachtposten verdoppelt. Sie werden schießen, um zu töten.«

»Wir sterben so oder so. Auf diese Weise haben wir wenigstens eine Chance, nicht kampflos umzukommen.« Will sah die Furcht in den Augen des Managers und lachte beruhigend. »Es wird nicht dazu kommen. Ich höre auf dich in geschäftlichen Dingen, Nate, doch nun sind wir in meinem Zuständigkeitsbereich. Ich habe nicht nur hier herumgesessen und getrunken, während du mit den anderen Feuer angezündet und Kranke von Gesunden getrennt hast. Ich habe für uns alle eine Fahrt mit einem Trampdampfer nach Italien gebucht.«

Salsbury zog den Verbandmull vom Mund. »Und wie sollen wir an Bord gelangen? Keiner kommt an diesen Wachtposten vorbei.«

»Beleidige mich nicht. Ich führte mal einen Trupp Schießer in ein Cheyenne-Camp, ohne auch nur einen Hund aufzuwekken. Ich kann hundertmal duch die Linie dieser schwerhörigen Spanier reiten, und sie hören nichts Lauteres als meinen Schatten.«

»Wann hauen wir ab?« Nachdem er sechs Jahre lang Wills Geschichten gehört hatte, war Salsbury immer noch voller Zweifel. Doch er wollte es glauben.

»Heute nacht.«

»Heute nacht? In so einer Nacht?«

»Vielleicht möchtest du lieber des Mittags an einem schönen strahlenden Tag verschwinden, wenn sich die ganze spanische Flotte im Hafen sonnt.«

»Es ist zu riskant! Selbst wenn der Dampfer nicht untergeht, wie willst du über 250 Leute an all diesen Soldaten vorbeischmuggeln?«

»Nicht nur die Leute. Wir nehmen die Tiere und Ausrüstung mit. Wir werden sie brauchen, wenn wir in Neapel auftreten.«

»Verdammt, Will, das ist der falsche Zeitpunkt für deinen berühmten Hillibilly-Humor!« Salsburys Ausbruch grenzte an Hysterie.

Der Scout zerrte an seinen Stiefeln. Er stampfte auf dem teppichbelegten Zeltboden auf, und bei dem dumpfen Laut verstummte der Manager. Will stand auf. Die beiden hatten die gleiche Größe, doch der Scout wirkte mit den hochhackigen Stiefeln noch etwas größer.

»Ich war nicht immer im Showgeschäft, Nate. Das vergißt du

manchmal. Hör zu. Du gehst zum Kassenzelt und holst zweitausend in Zehnern und Zwanzigern. Sag Jule Keene, daß ich dich geschickt habe, und unterschreibe. Bring das Geld her. Dann holst du Arizona John, Buck Taylor, Johnny Baker und jeden Arbeiter, den du bekommen kannst, und sagst ihnen, sie sollen das Camp abbrechen. Die Zelte und Tipis mit den Kranken bleiben stehen. Wir lassen die Kranken hier, damit sie ärztlich behandelt werden können. Alles andere wird in die Wagen verladen und ist in zwei Stunden abfahrbereit. Ich weiß nicht, ob es länger dauern wird. Alles verstanden?«

Salsbury nickte. »Wofür ist das Geld bestimmt?«

»Phil Sheridan sagte mir mal, daß man keine Attacke reiten soll, ohne die richtigen Waffen einzusetzen.«

Die großen Percheron-Pferde schnaubten und wieherten, und ihre Hufe rutschten in Schlamm und Wasser, als fluchende Männer mit Hilfe der Tiere die großen Zeltstangen hinabzogen. Die Stangen wurden schnell zusammengeklappt und in völliger Dunkelheit in Wagen verladen. Grelle Blitze rissen die Arbeiter aus der Schwärze, während Donner grollte und Regen in ihre Gesichter peitschte. Die Mitglieder der Gruppe durften jeder ein Gepäckstück mitnehmen. Sie kletterten auf die Wagen, und ihre Regenumhänge raschelten wie Blechplatten. Vom Donner erschreckte Büffel und Langhorns brüllten und muhten und bewegten sich unruhig in ihren Pferchen.

»John, kannst du die Indianer nicht dazu bringen, sich etwas mehr zu beeilen?« drängte Salsbury den Publizisten, der den Abbau der Tipis beaufsichtigte.

»Nicht, wenn sie arbeiten und gleichzeitig über die Schulter blicken. Sie glauben, daß ihre getöteten Feinde in der Nacht zurückkehren, um sich zu rächen. Die Geisterkräfte sind am stärksten, wenn der Himmel zürnt, sagt Red Shirt.«

»Dann haben sie Will noch nicht erlebt.«

Sie warteten im Wolkenbruch, eine Kolonne von Wagen und Tieren, die sich über eine halbe Meile auf einer schlammigen, kahlen Fläche erstreckte, die zwei Stunden zuvor noch ein Zeltlager gewesen war. Die Pferde stampften und froren. Dann rief Will, auf einer schwarzen Stute an der Spitze der Kolonne, dem ersten Fahrer etwas zu. Der Mann schlug mit den Zügeln und trieb sein Gespann an. Die anderen folgten seinem Beispiel. Blitze erhellten die zurückbleibenden Zelte und Tipis, als die ersten Wagen vorbeirollten. Im grellen Schein waren die ernsten Gesichter der Familienmitglieder zu sehen, die sich entschieden hatten, bei ihren Kranken zurückzubleiben. Dann wurden sie wieder von der Dunkelheit eingehüllt.

Johnny Baker, der das Privileg hatte, das weiße Pferd Billy des Colonels zu reiten, hielt sich bei den Cowboys auf und schlug von Zeit zu Zeit mit der Reitgerte nach Ohren und Kruppen ausbrechender Tiere. Ein Blitzschlag fällte etwa zweihundert Yard voraus einen Baum, und in diesem Augenblick starrte der Junge im gleißenden Licht in das Gesicht eines uniformierten Spaniers, der so nahe stand, daß er das Pferd mit der Gewehrmündung berühren konnte. In der Finsternis, die sofort wieder einsetzte, wartete Johnny wie erstarrt auf die Reaktion des Wachtpostens. Würde er Alarm schreien oder ohne Warnung schießen?

Johnny zuckte zusammen, als es krachte. Dann erkannte er, daß es nur Donner war. Es gab keine Reaktion des Wachtpostens, und Johnny sagte sich, daß der Mann zu geblendet gewesen war, um etwas erkennen zu können. Der Junge wußte nichts von den zweitausend Dollar, die Will durch Salsbury hatte besorgen lassen.

Die Tiere wurden über eine verstärkte Gangway an Bord eines heruntergekommenen Frachters getrieben, und die Fracht wurde verladen. Der Frachter schlingerte und ächzte im Sturm, während Will auf Englisch und Spanisch mit dem schwarzbärtigen Kapitän auf der Brücke diskutierte und gestikulierte. Schließlich beendete Will den Streit, indem er dem Mann Geld in die schmutzige Hand drückte. Decksleute und Cowboys spannten ein Netzwerk von Seilen zwischen den Decks, um zu verhindern, daß die nervösen Tiere fielen. Das Schiff lief ohne Positionslichter aus in die aufgewühlte Schwärze des Mittelmeers.

»Seht mal!« rief Johnny aufgeregt und wies über die Schulter.

Nate Salsbury beobachtete die uniformierten Spanier, von denen es plötzlich am Kai wimmelte. Razaforte mit seinem nassen Hut und dem glänzenden Regenumhang schüttelte die Faust im Schein einer Laterne und schrie etwas, das im Sturm und Rauschen des Regens unterging.

»Nett von ihm, uns zum Abschied zu winken«, sagte Salsbury und ging unter Deck.

Will teilte die Kabine eines Maats mit Arizona John, der sich hineinschleppte und sich auf die Kante seiner Koje fallenließ, die ächzte und quietschte. Das enge Quartier stank nach Petroleum und abgestandenem Schweiß.

»Alles klar?« Der Scout lag in der anderen Koje und schrieb im Schein der hin und her schwankenden Lampe einen Brief an Arta.

»Die Indianer bekommen jede Menge Büffelfleisch, und die Longhorns tun ihr Bestes, um sich gegenseitig aus Furcht zu Tode zu spießen. Abgesehen davon sind wir sicher wie auf Staten Island. Ich glaube, bei der nächsten Reise bleibe ich zu Hause. Ich bin zu alt und zu fett für all diesen europäischen Luxus.«

Der Frachter mit der Wildwest Show an Bord wogte in der Nacht ölige Wellen hinauf und hinab.

Neapel funkelte unter einer strahlenden Sonne, und der blaue Vesuv war ein Ersatz für die Kulisse mit der Wyoming-Landschaft, während die Wettrennen der Indianerponys und das ›Drama der Zivilisation‹ vor dem rauchenden Hintergrund stattfanden.

Als auf der Tribüne ein Streit wegen reservierter Plätze ausbrach, ordnete Salsbury eine Überprüfung sämtlicher Eintrittskarten an und stellte fest, daß einer der notorischen Betrüger der Stadt über zweitausend Tickets gefälscht und überzählig verkauft hatte. Er vermied einen Aufruhr, indem er Johnny Baker und Wills Neffe Ed Goodman zu den wütenden Kartenbesitzern schickte und Freikarten für spätere Vorstellungen verteilen ließ. Neapolitanische Polizisten kamen, notierten seine Anzeige in ledergebundene Notizbücher, tippten an die Mützen und gingen. Doch die ausverkauften Vorstellungen machten schnell alle Verluste wett. Von Neapel aus ging es weiter nach Mailand, Verona und Venedig, wo sie vor gewaltigen Zuschauermassen auftraten.

In Venedig ließ sich Will in einer Gondel mit vier besorgt aussehenden Kriegern fotografieren und rauchte mit Red Shirt Zigarren auf dem Markusplatz, während es ringsum von Venezianern und Tauben wimmelte. In Rom machten die amerikanischen Cowboys, herausgefordert vom Herzog von Sermoneta, seine wilden Hengste zu zähmen, kurzen Prozeß mit den Menschenkillern, zur großen Enttäuschung der zuschauenden Römer, die in Erwartung eines Blutbads gekommen waren. Einige von ihnen buhten. Um sie zu versöhnen, forderte Will die italienischen Reiter heraus, es mit den Broncos zu versuchen. Die Amerikaner lachten gutmütig, wenn die Möchtegernreiter abgeworfen wurden, doch Will beendete den Wettstreit, als die erschreckten Pferde wegen der Sporen und Ketten zu bluten begannen, die hier benutzt wurden.

Er schaute sich das Kolosseum an, seufzte und wählte eine stabilere Arena für die Vorstellungen. Die Indianer, entnervt vom Echo in der Gewölbepracht des Vatikans und von Arizona Johns strikten Protokollvorschriften, verhöhnten die Schweizer Garde mit ihren gestreiften Hosen, schauten jedoch andächtig, als Papst Leo XIII. mit seiner hohen Tiara und Yards von weißem Satin und einem goldenen Gewand zwischen ihren farbenfrohen Reihen erschien.

Zum Christentum bekehrte Indianer knieten sich mit einigen der Cowboys und Burke hin, um den päpstlichen Segen zu empfangen. Eine schwangere Squaw wurde ohnmächtig. Nichtchristliche Indianer murmelten abergläubisch, als ein heiliger Mann der Sioux vortrat und sich um die Squaw kümmerte. In dieser Nacht starb eine andere Frau im Indianerdorf. Der heilige Mann bemalte sich und tanzte und warf Phosphor in ein Feuer.

»Der weiße heilige Mann hat schlechte Medizin«, sagte ein großer Oglala mit grauen Haaren zu Arizona John. »Tötet Squaw.«

»Unsinn. Die Frau war gebrechlich, seit wir Spanien verließen. Es ist ein Wunder, daß sie die Fahrt übers Mittelmeer überlebte.«

»Wir reisen jetzt heim. Neun Oglala, vier Miniconjou, einige Cut Fingers.« Er machte das Zeichen für Cheyenne. »Einige Squaws und Kinder. Nicht mehr Europa.«

»Ihr könnt nicht einfach kommen und gehen, wann und wo es euch gefällt«, sagte Arizona John. »Ihr seid Mündel der Regierung der Vereinigten Staaten unter der Vormundschaft der Wild West Show. Colonel Cody wird mächtig ärgerlich, wenn er hört, was ihr vorhabt. Sein Herz wird zornig sein.«

»Sag es Cody. Wir kehren jetzt heim.« Der Sioux wandte sich ab.

Arizona John fand Will, als sich der Scout in seinem Zelt angeregt mit einem uniformierten Zollbeamten unterhielt und sein, im Schnellkurs erlerntes Italienisch mit heftigen Gesten unterstrich. Will hörte sich Arizona John an und sagte dann: »Wenn ein Indianer einen Entschluß gefaßt hat, kann ihn kein Weißer umstimmen.«

»Du willst sie doch nicht einfach ziehen lassen?«

»Sie sind unsere Schützlinge, keine Gefangenen. Doch sie werden nirgendwohin gehen, solange ihnen keiner eine Passage bucht. Sag ihnen, sie sollen bis Deutschland aushalten, und wenn sie dann immer noch weg wollen, werde ich jemanden mit ihnen zurückschicken.«

»Wenn sie uns verlassen, werden die anderen mit ihnen gehen.«

Will seufzte. »John, du hast in den letzten fünfzehn Jahren mehr Zeit mit Indianern verbracht als ich in meinen Jahren auf den Prärien. Hast du immer noch nichts über sie gelernt? Sie flattern nicht davon wie Vögel von einem Telegrafendraht, nur weil einige von ihnen Heimweh haben. Sie brauchten zwanzigtausend Jahre, um für ein paar Stunden am Little Big Horn zusammenzufinden. Glaubst du wirklich, das tun sie abermals um einer toten Squaw willen?«

Burke gab keine Antwort. Der Scout nickte, als hätte er dennoch etwas erwidert. »Geh jetzt und sag ihnen, was ich dir erklärt habe, und laß mich eine ernsthafte Bestechung fortsetzen. Diese arme Karikatur einer örtlichen Obrigkeit will, daß ich für jedes Tier nach dem Gewicht eine Gebühr bezahle, bevor man uns in Florenz auftreten lassen will.«

Er setzte die Diskussion mit dem Uniformierten fort. Der dunkelhäutige, kleine Mann hatte bei der Unterhaltung der Amerikaner von einem zum anderen geblickt, doch der Ausdruck seiner olivgrünen Augen verriet, daß er nichts verstanden hatte.

Der große Oglala nahm Arizona Johns Worte mit ausdrucksloser Miene hin.

»Ich habe dich gehört«, sagt er, als Arizona John geendet hatte. Dann wandte er sich um, kehrte in sein Tipi zurück und ließ den unsicheren Arizona John stehen. Doch die Indianer blieben bis zur Tournee durch Deutschland.

In Deutschland eroberten die angemalten roten Männer und ihre vermeintlichen Feinde Berlins Kurfürstendamm und begeisterten das Publikum einen Monat lang. Eine Generation, die mit Karl Mays Geschichten aufgewachsen war, verfolgte die Show so informiert wie jedes Publikum in New York und Chicago und zählte jeden gefallenen Krieger, wie preußische Stabsfeldwebel beim Gleichschritt zählten. Fette Bürger mit Federhauben stolzierten über die Wilhelmstraße, hatten ihre geblähten Westen mit Orden besteckt und hielten Tomahawks in den Händen.

Zwischen Vorstellungen neigte Will höflich den Kopf zu einem Junker mit einer straffsitzenden, schwarzen Uniform und einen Monokel, der sofort die Hacken zusammenschlug und stramm stand, wenn Will ihn ansprach. Der Mann hielt ein Zeichenbrett in einer Hand und einen Kohlestift in der anderen.

»Er sieht nicht wie die Künstler aus, die ich in Paris gesehen habe«, sagte Will zu Arizona John, während er den Offizier beobachtete, der mit kräftigen schnellen Strichen skizzierte, wie die Pferdepfleger die Tiere fütterten.

»Er ist Colonel oder irgend etwas Besonderes im Stab von Hindenburg. Hier kann man seit kurzem kaum ausspucken, ohne eine Uniform zu treffen. Sie scheinen verdammt interessiert daran zu sein, wie wir mit dem Personal und den Tieren umgehen.«

»Vielleicht wollen sie selbst eine Show machen.«

»Das ist es, was mich beunruhigt.«

Der rheumakranke Joseph William Louis Luitpold, Onkel des verrückten Königs Otto und Prinzregent von Bayern, besuchte die Show mit seinen erwachsenen Töchtern in München und kam wieder, um sich Annie Oakleys Waffen anzusehen und um zuzuschauen, wie sie eine Münze traf, die in die Arena geworfen wurde. Während er herumschlenderte, ging ein Bronco durch, der von den Cowboys Dynamite genannt wurde, und raste auf ihn zu. Annie stieß den Prinzregenten aus dem Weg. Fortan trug die Kunstschützin während ihrer Zeit bei der Wild West Show ein goldenes Armband, in das die Krone und das Monogramm von Luitpold eingraviert waren, ein Geschenk des dankbaren, zukünftigen Monarchen. Prentiss Ingraham schlachtete den Zwischenfall für seine Werbeprospekte aus.

Von München aus ging es mit dem Zug durch die Alpen, und das Teekesselpfeifen der Lok hallte zwischen den verschneiten Gipfeln als Echo wider. Will kehrte vom Salonwagen zurück und ließ sich auf seinen Sitz neben Nate Salsbury sinken, der mit geschlossenen Augen dasaß und ein Hauptbuch auf dem Schoß liegen hatte.

»Alles in Ordnung, Nate?«

»Ich bin nur müde.« Er sprach, ohne sich zu bewegen.

»Das kommt nicht überraschend. Ich weiß nicht, wann du überhaupt schläfst.«

»Ich auch nicht.«

»Es ist ungesund, Partner.«

»Es waren anstrengende Jahre. Dein Anteil allein von dieser Tournee läuft auf eine Million hinaus. Du kannst Louisa schreiben und ihr mitteilen, daß du dein Versprechen doch wahrgemacht hast.« Salsbury hatte von dem Wagnis seines Partners gehört, der 1889 in Kansas eine Stadt hatte aufbauen wollen und dabei gescheitert war.

»Ich werde es brauchen. Arta hat vor, diesen Boal-Knaben zu heiraten. Ich habe ihnen von München aus telegrafisch Geld überwiesen.« Will legte eine Pause ein und beobachtete, wie das Sonnenlicht auf dem Bart des Mangers schimmerte. Salsburys Wangen waren eingesunken und er hatte dunkle Ringe unter den Augen. »Bist du wirklich fit?«

Salsbury nickte und schloß das Hauptbuch. »Ich werde alt.«

»Du bist in meinem Alter.«

»Nicht, wenn du die Zeit dazuzählst, die ich mit dem Addieren von Zahlenreihen verbracht habe, wenn jeder andere schlief oder sich angenehme Stunden machte.« Er schwieg einen Augenblick lang. »Ich möchte, daß du einen Mann kennenlernst, wenn wir daheim sind. Sein Name ist Jim Bailey.«

»Der Zirkusmann?«

»Genau. Ich denke daran, ihn als dritten Partner aufzunehmen.«

Will starrte ihn an. »Warum? Wir kommen doch gut zurecht!«

»Wir werden nie besser zurechtkommen. Die Kunst ist es, zu bleiben, wo wir sind, und das wird nicht leicht sein bei einer Konkurrenz wie Pawnee Bill und Adam Forepaugh und Dutzenden anderer, die eigene Tourneen durch Europa planen. Wir werden neue Ideen und frisches Blut brauchen. Bailey hat beides. Mir gehen die Einfälle aus.«

»Du bist einfach nur müde. Das hast du selbst gesagt.«

»Das war eine Lüge. Mit mir stimmen ein Dutzend Dinge nicht, und ich bin sicher, daß mich jedes einzelne umbringt, wenn ich mich nicht schone. Kurz gesagt, diese Tournee hat mich ein paar Jahre meines Lebens gekostet, die ich kaum erübrigen kann.«

»Du trinkst nicht genug«, scherzte Wll.

»Ich hatte schon mit Bailey zu tun. Er hat einige Ideen, die dir gefallen werden.«

»Nichts Hirnrissiges und kein Beiprogramm, Nate. Darüber haben Arizona John und ich uns geeinigt, bevor du dazukamst.«

»Ich bitte dich nur, dich mal mit Bailey zu treffen. Wenn er dir nicht gefällt, bleibt er draußen. Das ist doch ein faires Angebot.« Er sank wieder auf den Sitz zurück und schob seinen Hut über die Augen.

Der Scout runzelte die Stirn. »Jedesmal wenn ich das Wort ›fair‹ höre, vergewissere ich mich, ob ich noch meine Brieftasche habe.«

Salsburys einzige Antwort war ein leiser Schnarchton. Der Zug ratterte weiter als Kontrapunkt.

14

Das Arbeitszimmer war wie ein Museum.

An den Wänden wimmelte es von präparierten Büffelschädeln, Bogen, Lanzen und Melton Priors gerahmten Zeichnungen der Königin Victoria, als sie die Wild West Show begrüßt hatte. Yellow Hands Kriegshaube und der präparierte Skalp flankierten einen gewaltigen steinernen Kamin, über dem Rosa Bonheurs beeindruckendes Gemälde von Buffalo Bill hing, während das Gewehr Lucrezia Borgia, dessen ursprünglich bläuliche Färbung zu nacktem Stahl abgegriffen war, in der Ecke lehnte. Der Rest der Ausstattung sah wie zufällig zusammengepfercht aus, kleinere Dinge, die in Ecken geworfen worden waren und größere Souvernirs, die an den Wänden lehnten. Eine Fotografie von William Tecumseh Sherman, signiert von dem General, stand unpassend zwischen Familienporträts auf einem Rollschreibtisch, der mit Papieren übersät war. Trotz allem hatte der Raum eine gemütliche Unordentlichkeit, die nach Tabak riechende Unbekümmertheit eines Zimmers, in dem Arbeit erledigt, gelegentlich ein Drink verschüttet und ein Leben gelebt worden war. Ein alter Schuh eines Raums, in dem sich der Besucher seltsam heimisch fühlte. Das Zimmer war Teil einer Suite, die ein Badezimmer und ein Bad einschloß, und jeder Raum trug den Stempel seines Bewohners.

Die Tür wurde geöffnet und ließ mehr Wärme und einen Sonnenstrahl in Person eines großen Mannes herein. Der Mann trug verschlissene Reitkleidung und einen großen Hut, der schief auf dem Kopf saß. Es war eine geballte Ladung Jugend mit rostfarbenem, langen Haar, Bart und Falten um die Augen. Die Hand des Besuchers wude von einer überraschend schmalen und kleinen Hand ergriffen, die Sehnen wie Pianosaiten hatte, und geschüttelt, bis das Blut protestierend zu seinem Handgelenk hinaufwich.

»Willkommen auf Scout's Rest, Hoss«, sagte Will mit einer Stimme, die wie das anhaltende Tuten einer Dampffeife klang. »Hat meine Schwester Ihnen kein Glas gefüllt? Keiner verläßt diese Ranch mit leerem Magen oder nüchtern.«

»Sie bot mir etwas an, Colonel«, erwiderte der Besucher und

wich ein wenig zurück wie jeder, dem die Tür eines Backofens plötzlich vor der Nase auffliegt. »Es ist ein bißchen früh für mich, befürchte ich.«

Will lachte, und der berühmte Bariton ließ fast die Fenster erzittern. »Davon hätten wir Sie auf der Jagd schnell genug geheilt. Ich riet dem Großherzog, jeden Morgen die Augen mit Whisky zu öffnen, und ich hörte, daß er das immer noch mit Wodka tun.«

»Der russische Großherzog Alexis? Oder Michael? Sie haben beide kennengelernt, glaube ich.« Der Gast holte ein Notizbuch hervor und kramte nach einem Bleistift.

Will zog an einem verzierten Klingelzug. »Alexis. Sie schrieben in Ihrem Telegramm, daß Sie vom *Omaha Herald* sind?«

»Jawohl, Sir. Meinem Verleger liegt viel daran, das erste ausführliche Interview mit Buffalo Bill seit der Rückkehr der Wild West Show aus Europa zu veröffentlichen.«

Das Dienstmädchen kam an die Tür des Arbeitszimmers. Will nahm an, daß der Journalist nichts wollte, und bestellte Whisky und Wasser für sich. »Nur ein bißchen von letzterem«, sagte er und zwinkerte dem Mädchen zu. Als es sich zurückzog, nahm er einen Stapel dicker Alben von einem lederbezogenen Lehnstuhl und legte sie auf den Boden, wobei er sich für die Unordnung entschuldigte.

»Mein Haus in der Stadt, Welcome Wigwam, brannte völlig nieder, während ich in South Dakota war«, erklärte er. »Gott sei Dank wurde niemand verletzt. Als ich von dem Brand erfuhr, gab ich telegrafische Anweisung, Rosa Bonheurs Gemälde zu retten und den Rest den Flammen zu überlassen. Doch unsere tapfere kleine Feuerwehr holte fast alles von Wert heraus, und es sieht so aus, als müßte ich das Haus wieder aufbauen, damit ich Platz für all die Sachen habe.« Er nahm den Hut schwungvoll ab und warf ihn auf einen Haken neben der Tür. Der Hut segelte durch das Zimmer, traf den Haken und blieb hängen.

Als der Besucher Platz genommen hatte, erklärte er, daß er vom Pech der Familie Cody gehört hatte. »Es muß hier eng sein, wenn Sie alle und die Familie Ihrer Schwester unter einem Dach leben.«

»Nun, Scout's Rest ist keine Grassodenhütte mit einem kleinen Anbau, und da Julia und Bills Sohn noch in Europa sind und meine Arta bei ihrem Ehemann lebt, reiben wir uns nicht so sehr aneinander.« Er grinste jeden möglichen Protest nieder. In Wirklichkeit kamen Julia und Louisa kaum in ihren besten Zeiten miteinander aus, und das Zusammenleben war wie das zweier läufiger Dachsweibchen. Ob der Journalist die Lüge ahnte oder nicht, er wechselte jedenfalls das Thema.

»Wie fanden Sie Europa?«

»Leicht. Ich ging einfach an Bord, und da war es. – Vielen Dank, Missy.« Er nahm ein großes Glas voll klarer Flüssigkeit von den Mädchen entgegen, das einen Knicks machte, sich zurückzog und die Tür hinter sich schloß. »Doch ich muß etwas klären, was Sie zuvor ansprachen. Die Wild-West-Show kam nicht mit mir zurück. Sie wartet auf mich in Elsaß-Lothringen, wo ich sie zusammen mit einigen Sioux und Cheyennes verließ, um all die Büffelscheiße zu widerlegen, daß ich die Indianer nicht gut behandele, für die ich die Verantwortung habe. *Pardon ma français,* Hoss.« Die Lachfältchen um seine Augen verzogen sich, als er den Journalisten über das Glas hinweg ansah.

»Das scheint mir ein so gutes Anfangsthema wie jedes andere zu sein. Wie erklären Sie sich, daß diese Gerüchte entstanden?«

»Die Herde ist voller junger Böcke, die versuchen, den alten Bullen abzulösen. Ich nehme an, daß sie eine Chance witterten, als diese Indianer in Italien Heimweh bekamen und taten, als wollten sie die Show verlassen. Doch es waren die gleichen Böcke, die ich mit zurückbrachte, und sie hörten im Nu mit dieser Art Gerede auf.«

»Einige Leute dachten, den Indianern wäre eingeimpft worden, was sie Gutes über ihre Behandlung sagen sollen.«

Für einen Augenblick nahmen Wills gutmütige Züge einen härteren Ausdruck an. Dann lächelte er, neigte sich vor und tätschelte seinem Gast ein Knie. »Haben Sie jemals versucht, einen Indianer dazu bringen, etwas zu tun oder zu sagen, was er nicht will?«

Der Journalist gab zu, daß er erst vor kurzem von Philadelphia gekommen war und noch keinen Indianer in natura gesehen hatte. Sein Gastgeber lachte.

»Sagen wir, es erfordert ein Maß an Geduld und Ausdauer, das ich niemals aufbringen könnte.«

»Doch diese Pressekonferenz im Osten war gewiß nur ein Abstecher. Sie wurden von Präsident Harrison gebeten, im Ghost-Dance Konflikt zu verhandeln.«

»Nein, das kam erst, als ich wieder hier war.« Will war jetzt ernst. »Ich bot General Miles meine Dienste an, und er nahm dankbar an. Mein Plan sah vor, meinen alten Freund Sitting Bull zu überreden, sich in Staatsgewahrsam zu begeben und abzuwarten, bis sich diese Sache mit dem indianischen Messias, die unsere Armee auf den Plan gerufen hat, von selbst erledigt.«

»Was hat Sie aufgehalten?«

»Billige Politik, Hoss. Ich war auf der Schwelle von Sitting Bulls Camp am Grand River, hatte eine Wagenladung seines bevorzugten Kandiszuckers und einen Trupp bewaffneter Männer dabei, um mit den feindlichen Kriegern in Sitting Bulls Umgebung fertig zu werden, als ein Telegramm aus Washington kam, das General Miles' Befehle aufhob. Wenn das nicht der Fall gewesen wäre, dann wäre der Hunkpapa jetzt sicher unter Hausarrest, und die größte Sorge in der Agentur wäre nur, ob die Dürre den Mais vernichtet.«

»Statt dessen bereitet sich die Armee auf einen weiteren Indianerkrieg vor.«

»Krieg? Zur Hölle!« Diesmal erzitterten die Fensterscheiben tatsächlich. »Es wird wieder eine 7. Kavallerie vernichtet werden, diesmal nur umgekehrt eine rote. Die Indianer verlassen sich auf ihre bemalten Hemden, die angeblich Kugeln abprallen lassen. Das wäre nicht übel, denn die Roten haben nur ein paar Winchester und die verrosteten, alten, einschüssigen Springfields, die sie Custer abgenommen haben. Jesus, es gibt nicht mal genug Büffel, damit die Indianer Sehnen für Bogen fertigen können!«

Der Ausbruch hatte den Journalisten überrascht. Als er schließlich wieder in den Notizblock schrieb, setzte sich der Gastgeber zurück und nippte an seinem Drink. Mit ruhiger Stimme sagte er: »Sie verschwenden hier Ihre Zeit, Sohn. Sie sollten draußen in den Badlands sein und sich ansehen, wie ein stolzes Volk in den Tod geht.«

Eine Zeitlang war nur das Schaben des Bleistifts auf dem Papier zu hören. Dann brachte der junge Journalist die Sprache auf Wills Jugendzeit in der Siedlungsgrenze. Die Miene des Scouts hellte sich etwas auf, und er erzählte alles, wobei er große Anleihen bei Ned Buntline und der Show *Buffalo Bill* nahm, die nach fast zwanzig Jahren vergessen war.

»Als ich acht war, wurde mein alter Vater in Salt Creek, Kansas, von einem Mann namens Dunne niedergestochen, weil er sich gegen die Sklaverei ausgesprochen hatte. Der Mob wollte ihn dann in Stücke reißen, doch ich kämpfte die tobende Meute nieder, bis ein Nachbar kam und mir half, Pa in einen Wagen zu bringen.«

Der Reporter, ein schlanker Junge mit unschuldigen Blick und einem hoffnungsvollen Schnurrbart, schrieb alles mit kindlichem Vertrauen auf. Als Will an die längst verschwundene Handelsstation zurückdachte, half ihm die Erinnerung daran, wie das Ereignis auf der Bühne dargestellt worden war. Er erzählte ein paar Lügen über seine Erlebnisse im Bürgerkrieg und lud dann seinen Gast ein, das ganze Ranchland zu besichtigen.

Will wählte für sich einen rotbraunen Wallach aus dem Stall und sattelte eine Fuchsstute für den Journalisten.

»Auf Erkundung ritten wir immer Wallache«, erklärte er, als er aufsaß. »Hengste wiehern Indianer-Stuten zu, wenn man versucht, in Deckung zu bleiben.«

Er zeigte dem Journalisten die beiden Seen, die er nach seinen Töchtern Arta und Irma benannt hatte, und die Rinder, die auf der Büffelgrasfläche weideten, sie sich hoch und grün bis zum Horizont erstreckte. Dann wies er nach Süden.

Keine drei Tagesritte in dieser Richtung hatte ich eine Auseinandersetzung mit Major William B. Royall, der im Jahre '68 vorübergehend die 5. Kavallerie befehligte. Er schickte mich auf Büffeljagd, damit das Regiment Fleisch bekam, doch als ich nach Wagen fragte, um das Fleisch zu transportieren, sagte er: ›Es ist nicht meine Gewohnheit, meine Wagen auszuschicken, bevor ich weiß, ob überhaupt etwas abzuholen ist‹. Will imitierte den West-Point-Tonfall. »Am nächsten Tag sonderte ich sieben gesunde Büffelkühe aus einer kleinen Herde aus und jagte sie geradenwegs ins Biwak, bevor ich sie erschoß. Die Soldaten hechteten in alle Richtungen auseinander, um sich in Sicherheit zu bringen. Royall stand da mit einem großen Büffel zu seinen Füßen und wollte wissen, was zur Hölle ich da treibe. Ich sagte ihm, ich hätte mir gedacht, die Büffel dazu zu bringen, daß sie sich selbst transportieren.«

»Colonel, Sie sind wohl der berühmteste Mann des Jahrhunderts«, sagte der Journalist und versuchte beim Reiten zu schreiben. »Haben Sie darüber schon einmal nachgedacht.«

Will überlegte einen Augenblick lang. »Nun, es ist die Hölle, im Theater in der Reihe zu warten.«

Sie ritten eine Erhebung hinauf, von der aus sie die verzweigten Bewässerungskanäle sehen konnten, die den gewundenen Platte River im Norden mit einem schnellfließenden Creek verbanden, der das Ranchland von Osten nach Westen teilte. An der östlichen Grenze standen die Gebäude von North Platte wie Schachfiguren auf einem Brett. Das umliegende Land war flach wie ein Wagenboden.

»So etwas sehen Sie nicht in Europa«, sagte Will. »Dort können Sie sich nicht umdrehen, ohne jemand den Ellenbogen ins Auge zu stechen. Ich glaube, das ist einer der Gründe, weshalb sie dort ständig kämpfen. Jemand stößt immer einem anderen den Ellenbogen ins Auge.«

»Glauben Sie, daß es Krieg zwischen Frankreich und Deutschland geben wird?«

»Sohn, ich würde lieber nackt mit einem Indianer kämpfen, als solch eine Frage beantworten.«

Sie ritten gemächlich zum Ranchhaus zurück, während das Blau des Himmels im Westen in einen Bronzeton überging. Ein paarmal begegneten sie Rancharbeitern, die auf dem Weg zur großen Weide waren. Stets tippten sie sich mit zwei Fingern an den Hut, der übliche Gruß unter Scouts, und sagten: »Tag Colonel.« Er nannte sie alle ›Hoss‹. Als der Journalist ihn danach befragte, gab er mit einem beschämten Grinsen zu, daß er sich zwar an die Truppenstärke von jeder Einheit entsinne, für die er als Scout geritten war, daß er aber keinen Namen behalten könne.

Bevor sie sich bei den Ställen trennten, legte Will dem Reporter eine Hand auf die Schulter.

»Denken Sie daran, was ich über einen Ausflug in die Badlands sagte, Hoss. Sie sollten sich das ansehen. Wenn das vorüber ist, werden Sie Indianer nur noch auf Ausstellungen sehen.«

Der junge Mann zuckte unter seinem harten Griff zusammen und versicherte Will, den Rat zu beherzigen. Will schaute ihn prüfend an. Dann seufzte er, gab ihn frei, schüttelte ihm die Hand und schaute zu, wie er in seinen Buggy kletterte.

»Philadelphia!« Will schüttelte den Kopf und ging ins Haus, um etwas zu trinken.

Der Morgen graute in Standing Rock. Rötlicher Schein färbte die niedrigen Kuppen der klippenartigen Hügel im Osten. Wills Atem bildete weiße Dampfwölkchen und mischte sich mit dem des weißhaarigen James McLaughlin in der grauen, dünnen Luft. Der Indianeragent und der Mann, der Yellow Hand getötet hatte, hatten einander wenig zu sagen.

Plötzlich tauchte ein Soldat mit der protzigen Uniformjacke der neuen Kavallerie und einem lächerlichen Spitzhelm auf, der an die Helme der Preußen erinnerte. Der Soldat führte einen alten Hengst am Zügel, dessen neue Hufeisen auf der gefrorenen Erde klirrten. Obwohl das Pferd knochig und mager in den Jahren geworden war, in denen es nur Gras als Futter bekommen hatte, war es größer als jedes Indianerpony und hatte kräftige Muskeln. Will streichelte den weißen Kopf. »Ruhig, Freund. Du erinnerst dich an mich, nicht wahr?«

»Sitting Bulls Familie hat darum gebeten, daß das Pferd der Wild West Show zurückgegeben wird«, erklärte McLaughlin. »Er vergaß niemals Ihre Großzügigkeit, und er sprach oft von Ihnen.«

Will streichelte das Pferd hinter den gespitzten Ohren und sagte nichts.

Plötzlich fluchte der Indianeragent. Das Pferd scheute bei dem unvermittelten Ausbruch. »Es war ein blödes Mißverständnis! Die Indianerpolizisten glaubten, Sitting Bulls Sioux-Krieger wollten schießen, und Sitting Bulls Sioux-Krieger dachten dasselbe von den Indianerpolizisten. So schoß jemand. Wir versuchen immer noch festzustellen, wer es war.«

»Warum die Mühe? Sitting Bull wird nicht wieder lebendig, wenn Sie es herausfinden.«

»Ihr Plan war ebenfalls keine Lösung«, sagte McLaughlin heftig. »Vielleicht wären Sie jetzt ebenfalls tot, und dann hätten wir es mit einem großen Krieg zu tun. Das Kriegsministerium brennt darauf, seine neuen Hotchkiss Waffen unter richtigen Schlachtfeld-Bedingungen zu testen.«

»Ich glaube, davor hatten Sie von Anfang an Angst. Deshalb versuchten Sie in jener Nacht hier in dem Posten, mich betrunken zu machen, weil Sie hofften, mir ginge es am nächsten Morgen zu schlecht, um zu Sitting Bull loszureiten. Als das nicht klappte, schickten Sie ein Telegramm an Harrison, damit er den Haftbefehl für ungültig erklärte.«

McLaughlin lächelte grimmig. »Sie haben in jener Nacht ein paar Männer unter den Tisch getrunken, die eine eisenharte Konstitution haben. Einige von diesen Veteranen, die Whisky wie Wasser trinken, sind immer noch wacklig auf den Beinen.«

Will band das Pferd am Heck seines Ranchwagens an. »Nichts für ungut, ich finde, Sie sind ein guter Indianeragent. Ganz gleich, wie wir die Sache sehen, ihre Leichen sind kalt.« Er hielt McLaughlin die Hand hin.

Der Agent zögerte und ergriff sie dann.

»Sonderbar«, sagte er, als der Scout auf den Fahrersitz kletterte und die Zügel losband. »Als die Schießerei noch im Gang und Sitting Bull tot war, scheute das Pferd, stieg und begann auf der Hinterhand zu tänzeln. Die Indianer, die das sahen, schwören, daß die Seele des alten Mannes in den Körper des Pferdes eingegangen ist.«

»Er ist darauf dressiert zu tanzen, wenn er Schüsse hört«, erklärte Will. »Vielleicht nahm er an, wieder in der Arena zu sein.«

»Vielleicht.«

Will reiste mit dem Pferd und einem Ersatz für die Indianer, die in ihren Reservationen geblieben waren, wieder nach Europa. Black Heart, Short Bull, Kicking Bear, Long Wolf, Yankton, Charlie, Scatter und Revenge wanderten seekrank durch die Zuckergußdörfer und die Eiskremgipfel von Elsaß-Lothringen und posierten vor Arizona Johns unvermeidlicher Kamera vor der Kulisse des Londoner Tower. Victoria lud die Wild West Show nach Windsor Castle ein und vertraute ihrem Tagebuch an, daß Colonel Codys Bart grau geworden war. ›Sitting Bulls letztes Pferd‹ übertraf jeden anderen Akt der Show außer Annie Oakleys Auftritt und dem des Stars. Später ritt er das Pferd anstelle des alten Billy, der wie der alte Charlie zuvor auf der Heimfahrt an Bord des *Persian Monarch* eingegangen war. Indianer, die an der vorangegangenen Reise teilgenommen hatten, erklärten neugierigen Stammesgefährten, daß das Seebegräbnis ein Tribut an den Todesgeist sei, um eine sichere Reise zu gewährleisten.

»Auf Wiedersehen, William. Schreib den Mädchen.«

An der Tür hielt ihm Louisa eine gepuderte Wange hin, die er flüchtig mit den Lippen berührte. Ihre Haut war rauh, ihre Figur wurde matronenhaft und in ihrem Haar gab es bleifarbene Strähnen. Sie beklagte sich nicht mehr, daß er sie allein ließ, wenn er zu seinen häufigen Reisen aufbrach. Sie begleitete ihn auch nicht mehr zur Bahnstation.

Bill Goodman half, das Gepäck in den Wagen zu laden. »Fährst du mit, Irma?« fragte er.

»Nur bis zur Station.« Will legte seiner Tochter sanft die Hand auf die Schulter.

Irma trug ein Cape und ein Kapotthütchen. Sie war ein strahlendes schönes Kind, das im Aussehen und Wesen auf seinen Vater kam. Arta war mit 13 still und in sich gekehrt gewesen, doch Irma war lebhaft und keck. Goodman half ihr auf den hinteren Sitz und wandte sich seinem Schwager zu. Man mißt sein Alter an den Leuten, die einen umgeben, und der Scout fragte sich, wann Goodmans Haare weiß geworden waren.

»Will, es ist ein höllisch schlechter Zeitpunkt, um es zur Sprache zu bringen, doch in letzter Zeit bist du so selten da, daß man kaum mit dir reden kann. Die finanzielle Lage der Ranch ist schlecht. Ich kann den Angestellten mit knapper Not diesen Monat den Lohn zahlen.«

»Was geschah mit den zehntausend Dollar, die ich im letzten Sommer überwies?«

»Du hast das meiste davon gebraucht, um Welcome Wigwam zu Ende wiederaufzubauen. Ich wollte nichts sagen, aber . . .«

»Ich habe jetzt keine Zeit, um mich darum zu kümmern. Wenn ich in Chicago bin, telegrafiere ich der Bank, weitere zehntausend von meinem Konto zu überweisen.«

Goodman sah verlegen aus. »Ich dachte, du würdest mir erlauben, die fünfhundert Acres im Südwesten zu verkaufen. So könnten wir Ausgaben sparen und in diesem Jahr noch einen Gewinn machen.«

»Nein. Ich erwäge sogar, weitere tausend im Norden zu kaufen. Sie stehen zu einem günstigen Preis zum Verkauf.«

»Das wird ein teures Vergnügen.«

Will klopfte ihm auf den breiten Rücken. »Führ die Ranch nur weiter wie bisher, Bill. Ich höre, daß man bis runter nach Mexico über die Scout's Rest redet.«

»Sollte mich nicht wundern.« Goodman kletterte auf den Fahrersitz.

In der Station überließ Will Goodman und einem schwarzen Gepäckträger das Reisegepäck und hob Irma aus dem Wagen. Er stieß ein Ächzen aus. Schmerzen schossen durch seinen Rücken.

»Hier an dieser Stelle schüttelte dein alter Vater dem Großherzog Alexis die Hand. Der Russe war so groß wie ein Telegrafenmast, doch er konnte ein Gewehr in die Luft hochhalten und trotzdem den Himmel verfehlen. Sein Bruder Alexander ist jetzt Zar. Phil Sheridan war damals ebenfalls hier. Und Custer. Sein Haar war nicht wirklich gelb, obwohl man ihn Yellowhair nannte, sondern rot wie ein Präriefeuer.«

»Ich weiß, Papa. Das hast du mir schon erzählt.«

Er neigte sich hinab, um sie zu küssen, und spürte abermals ein scharfes Reißen im Rücken. Als der Schaffner die Abfahrt ankündigte, schüttelte Will seinem Schwager die Hand, stieg auf die Plattform, winkte, ging in den Waggon und winkte von seinem Sitzplatz abermals. Beim schrillen Pfeifen der Lok schien der Boden unter seinen Füßen zu erzittern. Als der Zug mit einem Ruck anfuhr, dachte Will darüber nach, daß seine Tochter fast so groß wie sein Schwager war. Die Zeit glitt wie ein Schatten über seine Gedanken.

Auf der Reise nach Chicago verbrachte er viel Zeit im Salonwagen mit James A. Bailey. Bailey war ein kleiner, drahtiger, sprunghafter Mann in seinem Alter, der eine randlose Brille trug, einen Spitzbart hatte und eine Arroganz zeigte, die den Scout ärgerte. Einige der alkoholischen Konferenzen begannen in Nate Salsburys Anwesenheit, doch nach ein paar Minuten entschuldigte sich der ergrauende Manager unweigerlich, um sich in sein Abteil zu legen und mit Kopfschmerzen oder verdorbenem Magen fertig zu werden. Dann holte Bailey seine Aufzeichnungen und Diagramme zur Neugestaltung der Show hervor und plapperte über Beleuchtung und Ausrüstung und die Reihenfolge der Auftritte wie eine verrückte Mischung aus einem aufgeregten Professor und einem Marktschreier. Will sah sich die Kreise und Quadrate und Entwürfe an und nickte, als verstünde er alles, und er sagte sich, daß er nicht dagegen zu opponieren brauchte, wenn es gut genug für Nate Salsbury war. Doch er protestierte, als sein neuer Partner Vorstellungen für nur einen Abend erwähnte.

»Das geht nicht. Wir brauchen Tage allein für den Aufbau.«

»Das sagte auch Barnum, doch ich zeigte ihm, wie es schneller und in kleinerem Rahmen geht. Ich mietete einen speziell ausgerüsteten Zirkuszug und verdoppelte im ersten Jahr den Gewinn.«

»Die Wild West Show ist ein historisches Ereignis und kein Zirkus. Ich will sie nicht verkleinern.«

»Ich rede von Aufgeblähtem, von einem unnötig großen Apparat. Trickreiter *und* Trickschützen sind Unsinn, wenn wir Leute verpflichten können, die beides sind. Und, Will, haben Sie je einen in Ihrem Leben entlassen? Die Reklameabteilung allein ist fast so groß wie die ganze andere Organisation.«

»Das ist Major Burkes Gebiet. Reden Sie mit Arizona John.«

»Arizona John kann mich auf den Tod nicht ausstehen. Er muß es von Ihnen hören.«

»Damit er *mich* auf den Tod nicht ausstehen kann, was?«

Baileys Brillengläser reflektierten die angespannten Gesichtszüge des Scouts. »Das ist Ihr Problem, Colonel. Sie sind zu anständig für das Schaugeschäft.«

Will ging zu Salsbury, der in seinem Schlafabteil Pillen nahm, und erzählte ihm von der Unterhaltung.

»Hör auf ihn, Colonel. Er könnte recht haben.« Der Manager sprach Will inzwischen ausschließlich mit seinem militärischen Titel an.

»Du warst nicht bei dem Gespräch dabei, Nate. Er hält Anständigkeit für einen Fehler.«

»Es gibt so viele unanständige Erfolge wie anständige Pleiten.«

Der Scout verließ ihn, und seine Miene war noch finsterer als bei seinem Kommen. Bailey suchte Salsbury Minuten später auf und gab seine Version des Streits zum besten.

»Er hat einen Dickschädel wie ein Büffelbulle und den Geschäftssinn eines 16jährigen«, stimmte Salsbury zu. »Zehn Jahre lang hatte ich Angst davor, ihn aus den Augen zu lassen, weil ich dachte, er könnte eine seiner großzügigen Stimmungen bekommen und diesen Schmarotzern, die er Partner nennt, Gratisanteile an der Show geben. Ich habe hunderte Stunden statt mit Arbeit damit verbracht, mir seine Geschichten über Kit Carson und Wild Bill und all die anderen anzuhören, und er hat niemals die gleiche Version erzählt. Ich wußte nie, wann er die Wahrheit erzählte oder log. Jetzt bist du dran, Jim. Was glaubst du, weshalb ich dich ins Spiel gebracht habe?«

»Ich dachte, weil dir meine Ideen zur Verbesserung der Show gefallen.«

»Das sagte ich dem Colonel. Ich denke nicht, daß er es mehr glaubte als du.«

»Wenn du die Sache so siehst, warum hast du mir dann nicht deine ganze Beteiligung verkauft, anstatt nur die halbe?«

»Weil der Colonel und ich trotz aller Differenzen ein erfolgreiches Gespann sind.« Er schob den Korken in die Pillenflasche zurück. »Und weil ich ihn mag. Gott helfe mir, aber ich mag diesen albernen, angeberischen Hurensohn.«

In diesem schnellebigen Jahr 1893 zog die Chicagoer Weltausstellung mehr Leute an, als sich je in der Geschichte der Vereinigten Staaten an einer Stelle versammelt hatten. Ihre Buggys und Kutschen verstopften die State Street und den Michigan Boulevard. Die Menschen drängten sich in den Straßenbahnwagen und auf den Bahnsteigen der Illinois Central, und die Massen belasteten die neue Konstruktion der Hochbahn, die eigens für sie errichtet worden war, und drohten, die Seedampfer zu versenken, die von und zum Ausstellungsgelände fuhren. Faire Organisatoren erklärten traurig, daß auf dem Ausstellungsgelände kein Platz für die Wild West Show sei. Salsbury wollte sich die Chance nicht entgehen lassen. Er mietete einen großen, freien Platz gegenüber dem Haupteingang an der 63. Street und ließ Arizona John ankündigen, daß die Show an sieben Tagen stattfinde, einschließlich an Sonntagen, wenn die Weltausstellung geschlossen war. Zwischen Ende April und Ende September kamen sechs Millionen Leute, um die Indianer auszubuhen und zuzuschauen, wie die Glaskugeln zerplatzten.

»Ladies and Gentlemen, erlauben Sie mir, Ihnen eine Versammlung der kühnsten Reiter der Welt vorzustellen.«

Ein schwungvolles Schwenken des großen weißen Stetsons, der Boden erbebte, und dann die Parade der gefiederten Krieger – Sioux, Apachen, Pawnees und Cheyennes auf Ponys, die grell angemalt waren wie Karussellpferde und in deren Mähnen und Schweife frisch aussehende Skalps geflochten waren; hinter ihnen die schwarzen Bärte und flatternden weiten Hosen der Kosaken auf ihren großen Arabern; Victorias Ulane in Paradeuniform; Wilhelms Potsdamer Garde mit ihren gefiederten scharlachroten Helmen und Waffenröcken in derselben Farbe; die U. S. Kavallerie mit ihren Feldhüten und Stulpenhandschuhen; mexikanische Vaqueros in schwarzem Samt mit Silberstickerei; amerikanische Cowboys mit ledernen Beinschürzen und Halstüchern; Gauchos aus Argentinien, die ihre tödlichen Bolas schwangen; das Klirren und Rasseln französischer Kürassiere in alten Brustharnischen; die lockere Formation der Texas Rangers unter der texanischen Flagge.

Die Zuschauer klatschten sich die Finger wund und holten Kodak-Kameras hervor, um das Ereignis zu fotografieren. Die beliebten kleinen schwarzen Apparate hielten die Wiederauferstehung des Pony Express fest. Die Leute fotografierten die kleine Annie Oakley, die ihre Scharfschützen-Rekorde übertraf, den Sioux-Überfall und das Rodeo der Cowboys.

In den kleineren Zelten rings um das Hauptzelt kauften die Fans signierte Bilder und kistenweise Prentiss Ingrahams Buffalo-Bill-Romänchen – die Dime Novels kosteten jetzt einen Vierteldollar.

Die Reporter drängten sich um Arizona John und seine großen Oglalas und fragten Häuptling Rain-in-the-Face nach Einzelheiten aus, wie er George Custers Bruder Tom getötet hatte. »Der kleine Bruder des weißen Langhaars schlug und trat mich im Arrestlokal in Fort Lincoln. Ich wartete. Ich nahm Haar.« Er posierte auf Krücken für die Fotos.

Will stand in seinem Chicagoer Hotel für Besucher zur Verfügung. Johnny Baker, jetzt ein erwachsener Mann, der die Cody-Uniform trug – Wildleder und schulterlanges Haar – kam mit seiner Frau ins Hotel. Für Will war er nur ›Johnny‹, und wenn er die schlanke Gestalt und das bartlose Kinn anschaute, sah er in ihm immer noch den unterernährten Jungen mit einer alten Jagdbüchse. Johnny schaute grinsend zu, während der alte Mann einen Nachmittag damit verbrachte, die jungen Frauen zu entzücken, die in der Erwartung gekommen waren, einen schwankenden Indianerkiller mit Whiskyatem zu sehen und sich in ihn zu verlieben.

Im Buggy auf der Rückfahrt zu ihrem Hotel, sprach Johnnys Frau über die vollendeten Manieren des Scouts und die bemerkenswert schöne Frau, die am anderen Kopfende des Tisches gesessen hatte. »Du hast mir gar nicht gesagt, daß er eine so junge Frau hat«, tadelte sie Johnny.

»Hat er auch nicht«, sagte Johnny und wechselte das Thema.

Die Frau hieß Viola Katharine Clemmons. Sie war eine kaum bekannte britische Schauspielerin gewesen, als Will sie beim zweiten Gastspiel der Wild West Show in London kennengelernt hatte. Sie war größer und hübscher als Louisa und trug ihr goldenes Haar in der Mitte gescheitelt und zu kleinen Löckchen gedreht.

Will mochte ihren weichen Akzent und die Art, wie sie seinen Geschichten mit großen Augen und vielen unschuldigen Fragen lauschte und ein Interesse zeigte, das seine Frau schon lange nicht mehr heuchelte.

Sie hatten sich zunächst heimlich getroffen, doch da Wills Bild auf jeder Wand zwischen Gravesend und Soho klebte, hatten sie bald die alberne Heimlichtuerei aufgegeben. Fotos von ihnen, die beim Besuch von Oper oder Theater zeigten und auf denen der alte Scout ihr lächelnd aus Kutschen half oder Türen für sie öffnete, erschienen im gesamten Empire. Gerüchte über die Affäre gelangten über den Ozean zu Louisa, obwohl Arizona John alles tat, um es zu verhindern.

Will nahm ihre schrille Strafpredigt bei seiner Rückkehr hin, und in seinem verletzten Stolz schickte er Viola ein Telegramm und bezahlte ihr die Überfahrt nach Amerika. Als sie klagte, daß sie dort keine Arbeit finden werde, nahm er Kontakt mit einem New Yorker Theateragenten auf und bot ihm an, ein Stück zu finanzieren, irgendeines, wenn Viola Katherine Clemmons die Hauptrolle darin spielte. Nach seiner eigenen Schätzung gab er über fünfzigtausend Dollar für seine neue Liebe aus. In seiner Hast, zurück zum Hotel und zu Viola zu gelangen, eilte Will durch das Camp, paffte eine Zigarre und zog eine Schar von Reportern hinter sich her, die sich bemühten, mit ihm Schritt zu halten und gleichzeitig auf ihre Notizblöcke zu schreiben.

»Stimmt es, daß Sie dem Papst im Vatikan einen Auftritt in der Wild West Show angeboten haben?«

Er lotste die Reporter zu Nate Salsbury und den beduinischen Reitern, die seine Partner vom Mittelmeer mitgebracht hatten, und stahl sich davon, während Salsbury seine Arabischkenntnisse bei einem großen Häuptling mit Burnus und Bart demonstrierte. Zweimal hielten Besucher den Scout an, um sich mit Buffalo Bill fotografieren zu lassen. Gerade noch rechtzeitig entdeckte er Arizona John, der mit weiteren Reportern auf ihn zuhielt, und machte sich durch das Indianercamp davon, um zur Rückseite seines Zelts zu gelangen. Dort schüttelte er den Kindern die Hand, die sich mit glänzenden Augen vor dem Eingang versammelt hatten, und lud sie ins Zelt ein, wo sie Yellow Hands Skalp berühren und Wills verzierte Colts betrachten durften. Das Zelt war stets voller Kinder, und die Jungen sahen alle aus wie Kit, der seit siebzehn Jahren tot war.

15

»Danke, Mr. Beck, doch ich habe die Nase davon voll, seit ich '68 versuchte, eine Stadt zu gründen«, sagte Will.

George T. Beck schüttelte seinen großen rosigen Kopf. »So wird es nicht sein, Colonel. Wir erwarten ein schwunghaftes Touristengeschäft wegen der heißen Quellen in der Nähe, und so wäre nichts damit gewonnen, wenn wir auf eine andere Gegend umsiedelten, selbst wenn wir das wollten, was wir natürlich nicht tun würden, ohne unsere Geldgeber davon in Kenntnis zu setzen. Ich habe andere Investoren, darunter Mrs. Phoebe Apperson Hearst, die Mutter des New Yorker Zeitungsverlegers, und ich führe Verhandlungen mit der Burlington Railroad über den Bau einer Nebenlinie in die Stadt. Es mangelt mir nur an fünfzigtausend Dollar und einem Namen wie Ihrem, um die Schau anzuleiern, um es mal so auszudrükken, haha.« Er grinste und zeigte vorstehende Zähne.

»Wie wollen Sie den Ort nennen, Mr. Beck?«

»Shoshone, nach dem Fluß, der das Wasser liefert.«

Will füllte ihre Gläser aus der bernsteinfarbenen Flasche, die auf dem Schreibtisch in seinem Arbeitszimmer stand. »Gefällt mir«, sagte er und hob sein Glas. »Gefällt mir verdammt!«

Im Frühjahr 1895 begannen sie mit dem Bau am Fuß des Carter Mountain im nordwestlichen Wyoming. Sie legten besonders breite Straßen an, um bei Bränden Feuerschneisen zu haben, brauten 150 Meilen Wasserkanäle und errichteten ein behelfsmäßiges Gebäude für die Bauarbeiter und Zimmerleute und eine Schule für die Kinder. Will kam, um den Bauplatz zu inspizieren. Er erbaute eine Hütte auf dem Berg und telegrafierte Goodman, um mit Ranchgeldern weiteres Land in der Umgebung zu kaufen. Als Goodman erklärte, daß jeder Cent für den Betrieb von Scout's Rest gebraucht werde, bat Will Nate Salsbury um fünftausend Dollar.

»Ich weiß nicht, Colonel«, sagte der Manager ernst. »Den Bürgern wird es nicht gefallen, daß sie für ein Faß Wasser, das vom Shoshone River herantransportiert wird, einen Vierteldollar bezahlen müssen.«

»Das brauchen sie nur, bis die Kanäle in Betrieb sind. Die

Lehmerde ist dort 21 Fuß tief. Farmer werden ihre Felder bewässern können und ihre Feldfrüchte wachsen sehen. Ich sage dir, ich werde all meinen Besitz verkaufen, um dich zu bezahlen, wenn wir nicht im nächsten Sommer das erste Geld verdienen.«

Salsbury stellte einen Scheck über die gewünschte Summe aus. »Ich hoffe, du hast nicht vor, an Bailey mit derselben Bitte heranzutreten«, warnte er und tupfte Löschpapier über die Unterschrift. »Er wird dir glauben.«

Die Investoren beantragten in Washington ein Postbüro, doch der Postminister, der bereits ein Büro in der Shoshone Reservation genehmigt hatte, legte sein Veto ein. Die Partner steckten die Köpfe zusammen und trafen eine glückliche Entscheidung. Sie nannten die Stadt Cody.

Will ließ Louisa und Irma kommen. Sie besichtigten in einem offenen Kutschwagen die Stadt, in der es nach Sägemehl roch, und die Umgebung, während der stolze Mitbegründer die Pläne für ein zukünftiges ›Irma Hotel‹ erklärte und die Schwefelquellen zeigte, in denen einst Indianer gebadet hatten, um sich von bösen Geistern zu befreien. Will sprach über die Postkutschenstationen, die er längs der Straße zum Yellowstone Nationalpark erbauen wollte, um Touristen zu beherbergen. Louisa war nicht beeindruckt.

»Der einzige Unterschied zwischen diesem Ort und Rome, Kansas, besteht darin, daß es hier keine Wilden gibt«, sagte sie. »Jedenfalls keine Roten.«

»Damals war ich jünger und dumm, Mama. Diesmal werde ich die Eisenbahn benutzen und nicht sie mich. Die Linie führt über diesen Bergrücken dort drüben.«

»William, du bist fünfzig Jahre alt. Wann wirst du erwachsen?«

Louisa und Irma brachen am nächsten Morgen nach North Platte auf.

Die Hütte des alten Scouts war stets voller Gäste, die kamen, um ihre blassen Körper in die warmen Quellen zu tauchen und Elche und Bergschafe zu jagen. Einer der Gäste, ein großspuriger junger Mann aus dem Osten mit einem faßartigen Oberkörper und Brille, zeigte grinsend die Zähne in einer freundlichen Grimasse, als er den anderen Gästen die Hand schüttelte. Dann führte er die Unglücklichen, die zu seinem Jagdtrupp zählten, steile Berghänge hinauf, ließ sie durch reißende Bäche waten und vom ersten Tageslicht bis zur Abenddämmerung durch dichtes Unterholz tappen, wobei er die ganze Zeit von der Qualität des rauhen Lebens faselte. Dann blieb er die halbe Nacht auf, trank Whisky und diskutierte mit Will über das Ranchgeschäft und die zunehmenden Schwierigkeiten mit Kuba, legte sich zwei Stunden schlafen und war im Morgengrauen wieder auf, um einen weiteren Ausflug in die Wildnis zu unternehmen. Nur wenige erinnerten sich an seinen Namen, doch Will nannte ihn Teedie und stellte ihn als Polizeikommissar aus New York City vor.

Nate Salsbury, jetzt ein Partner bei dem Cody-Projekt, wenn auch ein widerwilliger, blieb nur eine Nacht in der Hütte. Als Will und der benachbarte Earl of Portsmouth versuchten, einander Spielkarten aus den Händen zu schießen und sich Blechdosen als Zielscheiben auf die Köpfe stellten, zog es der kränkelnde Manager der Wild West Show vor, den Rest seiner Besuchszeit im vergleichsweisen Frieden bei Hammerschlägen und knarrenden Wagenfedern in der Stadt zu verbringen.

Mitglieder der Show kamen und gingen zwischen den Spielzeiten. Annie Oakley und Frank Butler schossen in den umliegenden Wäldern auf die Köpfe von Eichhörnchen. Johnny Baker brachte seine beiden kleinen Töchter mit, sehr zum Erstaunen Wills und zum Entzücken der kinderlosen Kunstschützin, die sich mit den Mädchen fotografieren ließ.

Viola Katherina Clemmons lehnte Wills Einladung höflich ab. Sie telegrafierte aus Chicago, daß sie mit Proben für ein Stück beschäftigt sei, daß er finanziere. Er tröstete sich mit einigen der Frauen, die seine Jagdgäste mitbrachten, schrill lachende Denver-Sirenen mit harten Gesichtern unter der Schminkschicht und Schönheiten aus dem Süden mit Rüschenkleidern und Honigstimmen und Dollarblick. Es waren gute Zeiten, und der Whisky floß gratis am Carter Mountain.

Nicht so das Wasser. Die Arbeiter, die Kanäle gruben, kämpften gegen Moskitos und gegeneinander, hackten ihren Weg durch Wurzeln, brachen ihre Schaufeln an Fels und kürzten Gräben ab, um einen Abstecher zu Codys Saloon und den Spieltischen und Frauen im Hinterzimmer zu machen. Als in Alaska Gold gefunden wurde, verkauften viele ihre Parzelle und kauften Fahrkarten nach San Francisco und weiter nach Norden. Fast über Nacht verschwanden die Arbeitskräfte. Die Bauleitung forderte von den Investoren mehr Geld, um neue Arbeiter anzuwerben und die Löhne zu erhöhen. Will war unter den ersten, der seinen Anteil mit Geld beisteuerte, das er sich von Jim Bailey und den Banken geliehen hatte, denen er Welcome Wigwam und Scout's Rest als Sicherheit überschrieben hatte.

Nate Salsbury hielt sich aus der Sache heraus. Auf den Rat der Ärzte hin hatte er sein Arbeitspensum auf die Hälfte reduziert und die meisten Manager-Aufgaben Bailey aufgehalst, der eifrig seine Pläne für Gastspiele an nur einem Abend an einem Ort vorantrieb. Will lenkte sich von dieser Blasphemie und seinen Herzensproblemen dadurch ab, indem er weiteres Geld in Cody steckte. Er kaufte Land, warb im Osten um Kunden, ließ eine Druckmaschine aus Duluth herantransportieren und gründete die erste Zeitung der Stadt, die *Shoshone Valley News.* Voraussichtliche Käufer drängten sich in den Buggys und Kutschwagen, die er ihnen zur Verfügung stellte, standen in Sechserreihen an der Bar, ›um einen auf Buffalo Bill zu trinken‹ – und kehrten mit ausgeglichenen Bankkonten heim.

»Die Abstauber von Gratisdingen kommen immer vor den ernsthaften Investoren«, ermunterte George T. Beck seinen berühmten Partner in einem Brief, der die Wild West Show während der 1897er Spielzeit in Brooklyn erreichte. Will beantwortete den Brief nicht.

Das Kriegsschiff *Maine* explodierte und sank im Hafen von Havanna, als die Proben für die Frühjahrsspielzeit begannen. Als McKinley Spanien den Krieg erklärte und Wills alter Freund Teedie einige Cowboys von der Wild West Show für ein Kavallerieregiment rekrutierte, überredete Arizona John seinen Chef, eine Erklärung an die Presse zu geben: Wenn die Armee Will das Kommando über sechshundert Sioux-Krieger gebe, werde er den Krieg binnen Wochen siegreich beenden.

»Also gut, schreib etwas, und ich unterzeichne es«, sagte der

Colonel zerstreut. Am Ende der Woche hatte er die Unterhaltung schon vergessen.

»John! Arizona John!«

Der junge Dexter Fellows, ein früherer Journalist mit ernstem Gesicht, der viel von der Publicity-Arbeit des rheumakranken Burke übernommen hatte, eilte zu dem Zelt, aus dem Will den Kopf steckte und nach Arizona John rief.

»Hol den Major!« brüllte Will.

Arizona John tauchte einen Augenblick später auf. Er trug graue Flanellunterwäsche anstelle eines Hemdes unter der Jacke. Will hielt ihm das Telegramm unter die Nase.

Kriegsministerium
Washington D. C.

COLONEL CODY:

ERFREUT SIE BEI IHREM EXPEDITIONSKORPS KUBA WILLKOMMEN ZU HEISSEN! WANN KÖNNEN SIE KOMMEN, UM DAS KOMMANDO ZU ÜBERNEHMEN?

GENERAL NELSON A. MILES

»Was jetzt, John? Ich stecke bis zum Hals in Verpflichtungen, und du hast für meine Einberufung gesorgt!« Will stopfte seinen Bauch in eine Reithose aus Drillich und mühte sich ab, sie zuzuknöpfen.

»Ich weiß nicht.« Burke las das Telegramm noch einmal. »Wir machten das Angebot, als sich Wounded Knee abzeichnete, und wir wiederholten es, als es aussah, es könnte wieder einen Krieg mit Mexico geben. Washington lehnte beide Male ab.«

»Bring mich da heraus.«

»Ich kann den Zeitungen sagen, du wartest auf Befehle oder so.«

»Es ist mir gleichgültig, was du ihnen sagst. Bring mich da heraus, oder ich besorge dir richtige Majorsklamotten und nehme dich mit.«

Dewey nahm Manila, und Roosevelt nahm San Juan Hill ein, während sich der Held vom Warbonnet Creek immer noch in den Zeitungen über die kriminelle Trägheit und Schlamperei

Washingtons ausließ, eine Verdrehung der Tatsachen, die er noch betrieb, als ein geschlagenes und blutendes Spanien um Frieden bat. Am Ende der Tournee flüchtete Will vor Reportern und Louisa zur TE-Ranch, dem neuen Besitz, den er am Big Horn Basin entwickelte, nachdem ihm Salsbury erneut Geld geliehen und eine Bank in Cheyenne eine zweite Hypothek auf Scout's Rest bewilligt hatte. Vierhunderttausend Acres Weide fütterten ein paarhundert Hereford- und Black Angus Rinder – entgegen der lauten Einwände Bill Goodmans, der Will geraten hatte, die widerstandsfähige Rasse der texanischen Longhorns zu halten, um einen weiteren katastrophalen Winter wie 1886–87 zu überstehen.

Bei Johnny Bakers erstem Besuch ohne Familie nahm Will ihn zu einem Ausflug mit, bei dem sie übernachteten.

»Höllisch windig hier draußen«, bemerkte der junge Scharfschütze, als er sich dicht ans Feuer am Ufer des Shoshone River kauerte. Die Flammen des Lagerfeuers zuckten und flackerten in den eisigen Windböen, die vom Berg herabfauchten.

Will blies in einen Zinnbecher mit dampfenden Kaffee, in den er einen Schuß Whisky gegossen hatte, um den bitteren Geschmack zu mildern.

»Dieses Land ist dem Paradies so nahe, daß du die Brise vom Himmel spüren kannst. Wenn die Engel mit den Flügeln schlagen, kommt der Wind genau durch dieses Tal herab.« Will legte eine Pause ein. »Ich habe Lulu um die Scheidung gebeten.«

Johnny sah von seinem Kaffeebecher auf. »So?«

»Sie will sich nicht scheiden lassen.«

»Hast du etwas anderes erwartet?« Johnny trank.

»Ehrlich gesagt, ja. Ich dachte, sie wäre so unglücklich wie ich. Ich würde ihr jedes Stückchen vom North-Platte-Besitz überschreiben, und ich habe ihr eine jährliche Zahlung angeboten, wenn sie einwilligt. Doch sie ist offenbar versessen darauf, mich noch unglücklicher zu machen. Ich gehe mit ihr vor Gericht.«

»Tu das nicht, Colonel. Sie wird einen Narren aus dir machen.«

»Ich habe soeben erst dem Waldorf-Astoria eine Ladung Möbel bezahlt, die sie kurz und klein schlug, nachdem sie bei meinem Zimmer im Hoffman House anrief und sich Viola meldete. Wenn sie mich zu einem noch größeren Narren machen kann, wird das sehenswert sein. Sie hat übrigens einmal versucht, mich zu vergiften«, fügte er hinzu.

»Aber sie hat dich nicht vergiftet.«

»Ich war tagelang krank. Doch das ist alles noch freundlicher als das, was sie mir in all diesen Jahren angetan hat. Seit unserer Heirat hat sie mich keine Minute mit ihrer Nörgelei in Ruhe gelassen. Ein Mann kann es nicht hinnehmen, ständig zu hören, daß er kein Mann ist.« Er schenkte noch etwas Whisky aus der Taschenflasche in den Kaffee. »Sobald ich sie los bin, werde ich Viola heiraten.«

»Das wird einen höllischen schlechten Eindruck machen.«

»Ein neues Jahrhundert kommt. Auf Geschiedene schaut man nicht mehr naserümpfend herab, wie es früher der Fall war. Die Leute werden toleranter. Ich habe ihr eine Chance zu einer völlig legalen Trennung geboten. Jetzt gibt es Krieg und Rummel in der Presse.«

»Bei einer Scheidung sind die Leute immer auf der Seite der Frau. Ihre Anwälte werden schmutzige Wäsche waschen und alles über dich und Viola ausschlachten, und du wirst verlieren. Schlimmer noch, die Öffentlichkeit wird gegen dich sein. Du würdest dein Publikum verlieren.«

»Das wäre mir nur recht.«

Johnny sah seinen Mentor an.

»Wenn man alt wird, hat man nicht mehr den Wunsch, ständig durchs Land zu tingeln«, sagte Will. »Ich will nicht als Schaumann sterben. Ich habe diese falsche Verehrung manchmal satt.«

Orangefarbener Feuerschein kroch über die hageren Züge des alten Scouts, ließ seine Wangen hohl wirken und betonte die dunklen Ringe unter seinen Augen. Johnny sah, daß etwas kurz in diesen Augen aufflackerte, und er spürte den kalten Wind in seinem Rücken. Er legte noch einen Ast ins Feuer und hob die verrußte Emaillekanne vom flachen Stein neben den Flammen, wo der Kaffee warmgehalten wurde.

»Trinken wir den Kaffee aus, Colonel«, sagte er. »Morgen müssen wir früh aufstehen.«

»Wie ich zu Barnum sagte: Ein Zirkus ist ein lebender Organismus. Um erfolgreich zu bleiben, muß er weiter atmen, sich bewegen, wachsen. Man kann dem Publikum nicht immer dieselben Dinge bieten und erwarten, daß die Leute treue Anhänger bleiben.«

Während dieser Worte zog Jim Bailey seine Partner durch das Nebenzelt und stellte ihnen den Feuerschlucker, den Gaukler, den Gedankenleser und die Schlangenbeschwörerin vor, die ein knappsitzendes Kostüm trug und eine Python um ihren maskulinen Körper geschlungen hatte. Schließlich ließ er Will mit einem Liliputaner auf den Schultern für einen von Arizona Johns Fotografen posieren.

»So ist das beim Beiprogramm«, sagte er. »Die Hauptattraktion wird immer die Wild West Show sein, doch die ausgefallenen Dinge am Rande werden die Oberhand gewinnen. Es ist ein neues Jahrhundert, das vor neuen Konzepten und unentdeckten Versprechen strotzt. Wir können die Leute nicht mehr mit dem alten Kram von den Stühlen reißen.«

»Nein«, sagte der Star, »das können wir nicht.«

Salsbury sagte nichts. Er hatte mal einen Schwächeanfall während einer hitzigen Auseinandersetzung mit Bailey wegen der Nebenschau-Idee bekommen, aber er hatte es geschafft, daß Wills angekratztes Selbstvertrauen bei dem Zwischenfall nicht noch mehr litt. Baileys anmaßende Respektlosigkeit vor den Idealen, auf denen die Wild West Show gegründet worden war, ärgerte Salsbury nur halb soviel wie die Erkenntnis, daß es sein Fehler gewesen war, ihn als Partner zu akzeptieren. Es bedrückte ihn, daß er zu krank war, um mit den ihm bekannten Waffen zurückzukämpfen, und daß Will zu ungeschult in Geschäftsdingen war, um zu begreifen, daß das Problem über die Billigung zusätzlicher Programmteile hinausging, die sie beide abstoßend fanden. Überdies schien Bailey der Ansicht zu sein, daß die Show in Schwierigkeiten gewesen war, als er aufgetaucht war, um sie zu ›retten‹. Die unglückliche Bilanz im Jahr vor seiner Beteiligung konnte ihn nicht von diesem Standpunkt abbringen, und die Vorschläge des Managers wurden hochnäsig zur Seite gewischt mit der unweigerlichen Formulierung: »Wie ich schon zu Barnum sagte ...«

Doch Salsbury, der jetzt weißbärtig war und dessen zweireihiges Jackett um seinen abgemagerten Körper schlotterte, war nicht in der Verfassung, um nachtragend zu sein, ganz zu schweigen davon, daß sich seine Verantwortlichkeiten als Manager immer mehr verringert hatten. Er versäumte viele Eröffnungsvorstellungen bei Gastspielen nur an einem Abend, und als sich die Gesellschaft am Ende der Spielzeit 1901 auf eine neue Tournee nach Europa vorbereitete, reichte er Will eine blasse, zitternde Hand und informierte ihn darüber, daß er seine Beteiligung an Bailey verkauft hatte.

Im Gesicht des alten Scouts arbeitete es. »Bist du sicher, daß du das so willst, Nate?«

»Es ist keine Frage des Wollens. Das Fleisch ist schwach.«

»Ich wünsche, ich könnte mit dir aufhören.«

»Du wirst dich nie zurückziehen, Colonel. Die Leute werden das nicht zulassen.«

Salsbury starb im nächsten Jahr. Die Nachricht verschlug Will die Sprache. Für ihn waren Show-Leute so etwas wie unsterblich gewesen. Er war doppelt schmerzerfüllt, als Salsburys Familie auf sein Kondolenzschreiben mit einem Brief antwortee, aus dem hervorging, wen sie für Nates frühen Tod verantwortlich machten.

Will erinnerte sich daran, daß er sich einst mit Nate, seiner Frau und dem neugeborenen Baby hatte fotografieren lassen, und er konnte die Erinnerung nicht mit dieser Veränderung in Zusammenhang bringen.

Zu diesem Zeitpunkt verdiente die Show Geld in London und Marseille, doch trotz aller Bemühungen Arizona Johns interessierten sie ein kleineres Publikum und hatten auch weniger Publicity.

»Das liegt an diesem J. T. McCaddon und seiner International Show«, grollte Will. »Er steckt diese Wildwest-Ausstellung in seinen Zirkus, um uns das Geschäft zu verderben.«

Bailey stimmte zu. »Er hat Sie mit George Sangers Zirkus auf der anderen Seite in die Zange genommen. Wie ich schon Barnum sagte, dies ist kein Geschäft, sondern ein Dschungel. Klebe deine Plakate über die der Konkurrenten, und wenn sie sich beschweren, mach soviel Reklame daraus, wie du kannst.«

»Ich wünsche, wir hätten Butler und Oakley bei dieser Tournee dabei.«

Am 29. Oktober 1901 um 3 Uhr 20 krachte in der Nähe von Lexington, Virginia der zweite Teil des weißen Zuges gegen einen langsamen Güterzug. Die Show reiste in diesem Jahr in drei Abteilungen, doch niemand hatte den Lokführer des Güterzugs informiert, der wieder auf die Hauptstrecke gefahren war, nachdem er die erste Abteilung hatte passieren lassen. Beide Lokbesatzungen konnten noch abspringen, bevor sich die beiden Lokomotiven ineinander verkeilten. Metall kreischte, und Splitter flogen umher.

Annie Oakley wurde aus ihrem Bett geschleudert und prallte gegen die Ecke ihres Spezialkoffers. Sie erlitt innere Verletzungen. Dampf strömte aus zerfetzten Kesseln, und Waffen blitzten und krachten, als unverletzte Cowboys die gepeinigt wiehernden Pferde von ihren Qualen erlösten. Frank Butler trug seine stöhnende Frau zu einem Rangiergleis, wo die dritte Abteilung des Zuges zu einer behelfsmäßigen Krankenstation geworden war.

»Wir haben an die hundert Pferde verloren, Colonel«, berichtete Buck Taylor später. »Darunter Pap und Eagle. Ich nehme an, Gott hielt seine Hand über die Leute.«

»Was ist mit Little Missy?«

»Sie ist auf dem Weg in ein Hospital in New Jersey wegen irgendeiner Operation.«

»Wird sie schießen können, wenn es ihr besser geht?«

»Ich habe den Doc gefragt.« Der Cowboy legte eine bedeutungsschwere Pause ein.

Will sah ihn vom Eingang seines Zelts aus an. Er war bei der ersten Abteilung gewesen und hatte von dem Unfall erst erfahren, als er in Danville eingetroffen war. »Nun?«

»Er sagte, er müsse erst wissen, ob es ihr zuvor besser gehen wird.«

Im St. Michaels Hospital in Newark operierten die Ärzte, um die innere Blutung zu stoppen. Sie richteten Annies gebrochenes Handgelenk und behandelten ihren verstauchten Rücken. Will schickte Blumen und ließ die Krankenhausrechnungen aus der Show-Kasse bezahlen. Inzwischen nannte sie jeder von der Show Little Missy, und Butler und Oakley hatten angekündigt, daß sie nicht mehr länger mit der Wild West Show auftreten würden.

»Auch bei keiner anderen«, vertraute Will traurig Jim Bailey an.

Alte Freunde in London und auf dem Kontinent. Edward, jetzt auf dem Thron, mit weißem Bart und kränkelnd, doch mit funkelnden Augen, wenn die Sprache auf die Tage der Deadwood-Kutsche und Buffalo Bills ›Royal Flush‹ kam. Der Großherzog Michael von Rußland, der den Scout in Wien mit einem Bärengriff umarmte und ihm einen besonders feinen Sattel als Geschenk von seinem Bruder, dem Zaren, überreichte.

»Wie alt sind Sie, Will?« fragte Michael.

»Sechzig.«

»Erst? Na, da sind Sie ja noch ein Junge!« Sie lachten schallend, und Will füllte von neuem die Gläser.

Bevor sie England verließen, las Johnny Baker in der Gesellschaftsspalte der Londoner *Times* einen kurzen Artikel über Viola Katherine Clemmons und ihren Ehemann Howard Gould von der Wall Street. Als er Will den Artikel zeigte, zuckte der Scout nur mit den Schultern und gab einem Kind ein Autogramm. »Ich würde lieber eine Million Indianer managen als eine Soubrette.«

Johnny feierte im stillen das Ende von Wills Scheidungsplänen.

In Italien besuchte der amerikanische Humorist George Ade die Show und schenkte der Schlangenbeschwörerin eine Kiste, aus der eine mechanische Schlange sprang, wenn sie den Deckel öffnete. Ihre Schreie alarmierten die gesamte Truppe.

In Frankreich grassierte Drüsenfieber bei der Pferdeherde. Gesundheitsinspektoren der französischen Republik untersuchten die leidenden Pferde und gaben den Soldaten in ihrer Begleitung Zeichen, woraufhin die Männer ihre Waffentaschen öffneten. Will stoppte die Soldaten und wählte ein Erschießungskommando aus Cowboys aus, die mit der Show reisten. Am ersten Tag erschossen sie 42 der besten Pferde, und bis zum Ende der Woche waren es 200.

»Wir reisen hier mit nur hundert Pferden ab«, sagte Arizona

John grimmig zu Reportern und zuckte bei jedem Schuß aus den Pferchen zusammen. »Je weniger darüber gesagt wird, desto besser.«

Keine Musikkapellen und Würdenträger, sondern nur die New Yorker und Touristen, die zufällig da waren, warteten auf den Docks, als die Wild West Show von ihrer vierjährigen Tournee durch Europa zurückkehrte. Es gab eine Sondervorstellung im Madison Square Garden. Während des Angriffs von San Juan Hill – eine beliebte Nummer in England und Frankreich, wo die Abneigung gegen Spanien fast so stark geworden war wie in Amerika – wies Will Jim Bailey ernst auf die Reihen leerer Plätze hin.

»Ja«, sagte sein Partner. »Am Broadway läuft der Film *The Great train Robbery.*«

»Schauspieler, die vor Kameras auftreten!« Will strich angewidert seine Hutkrempe glatt. »Warum sehen sich die Leute so etwas an, wenn sie hier alles in Wirklichkeit sehen können?«

»Ich weiß es nicht, Colonel. Vielleicht sind sie die Wirklichkeit leid.«

In Cheyenne bot der Richter Stadtpolizisten auf, um die Menschenmenge zurückzuhalten, und doch stieg die Temperatur im Gerichtssaal von der Körperwärme zu vieler Leute, die sich auf den harten engen Bänken drängten und an der hinteren Wand standen. Es roch nach Wolle und Schweiß und gebratenen Hähnchen aus den mit farbigen Tüchern bedeckten Eßkörben, die einige der Frauen auf dem Schoß hielten. Die Leute auf den Stehplätzen bildeten eine Gasse für den auffallenden alten Mann mit dem grauen Stetson und dem dreiteiligen, schwarzen Anzug, und die Zuschauer auf den Sitzplätzen neigten sich angespannt vor, um die untersetzte Frau in schwarzer Trauerkleidung auf der Zeugenbank verstehen zu können.

»William ist einer der freundlichsten und großzügigsten Männer, die ich je kannte. Wenn er nüchtern war, war er liebenswürdig und aufmerksam. Wenn ich ihn für mich allein hätte, gäbe es keine Schwierigkeiten. Seine Umwelt hat ihn veranlaßt, mir dies anzutun.«

Eine Frau auf der Galerie weinte laut. Will, der mit seinem

Anwalt an einem Tisch innerhalb der Abgrenzung zum Zuschauerraum saß, reagierte nicht auf die Worte. Er trug einen Trauerflor für Arta – die ruhige, dunkle Schönheit Arta, die in Spokane gestorben war.

»Die Entscheidung ihres Vaters hat ihr das zarte Herz gebrochen«, hatte Louisa dem Gericht unter Tränen gesagt. Er erinnerte sich daran, wie gut Arta hatte reiten können.

Louisas Anwalt, bisher der Anwalt der Familie, ein rundlicher Kahlkopf mit der Leichenbittermiene eines professionellen Trauergastes und grauen Aschef lecken auf der Weste, befragte sie unterwürfig in einem leisen, ehrfürchtigen Tonfall, so daß jeder im Saal einschließlich Richter die Ohren anstrengen mußte, um ihn verstehen zu können.

»Mrs. Cody, Ihr Gatte beschuldigte sie der wiederholten Nichterfüllung Ihrer – äh – ehelichen Pflichten. Würde es Ihnen etwas ausmachen, auf diese Anschuldigung zu antworten?«

Sie errötete leicht, und ihr Blick traf sich mit dem Wills. »Ich werde nicht darauf antworten, sondern ihn nur daran erinnern, daß ich ihm vier Kinder geboren habe.«

»Viermal in 38 Jahren«, murmelte der Kläger.

»Haben Sie etwas gesagt, Colonel?« rief der Richter.

»Nichts, Euer Ehren.«

»Mrs. Cody«, fuhr der Antwalt fort, »ihr Mann behauptet darüber hinaus, daß Sie an einem gewissen Weihnachtstag versuchten, ihn zu vergiften, indem Sie ihm einen Zigeuner-Liebestrank namens –«, er schaute auf ein Blatt Papier in seiner Hand, »– namens Dragonerblut in den Kaffee schütteten. Ist das wahr?«

Ein nervöses Kichern ging durch die Zuschauerreihen auf der Galerie und verstummte schnell, als der Richter mit dem Hämmerchen um Ruhe mahnte.

»Ich gebe die Tat zu«, antwortete Louisa, »aber nicht die Absicht, die er mir unterstellt. Es war sowohl ein vergeblicher wie verzweifelter Versuch, Williams Liebe wiederzugewinnen und ihn von den üblen Fesseln des Alkohols zu befreien, denn dieses Elixier warb damit, daß es von der Alkoholsucht befreit. Nur eine Frau, die Ihrem Mann wirklich treu ergeben ist, würde solch eine Anstrengung unternehmen.«

»Wir fühlen mit Ihnen«, rief eine Frau, die zwei Reihen hinter Will saß.

»Entfernen Sie die Frau«, wies der Richter den Gerichtsdiener an.

Louisas Aussage und die der Zeugen, die tagelang vernommen worden waren, höhlten Wills Fall unaufhaltsam aus. Er saß mit hocherhobenem Kopf und starrem Gesichtsausdruck da, während seine Affäre mit Viola Katherina Clemmons breitgetreten wurde (›Ich nehme an, er will eine junge Frau‹) und seine häufige Abwesenheit von zu Hause und der Familie zur Sprache kamen, und er lachte einmal laut auf, als eine Mrs. H. S. Parker erklärte, daß Will während seiner Londoner Engagements ›romantische Beziehungen‹ zu Königin Victoria unterhalten hatte. Der Richter klopfte mit dem Hammer, bis die allgemeinen Heiterkeitsausbrüche verstummten. Er wies den Gerichtsschreiber an, die Aussage aus dem Protokoll zu streichen. Die Presse war da, um für die Leser im ganzen Land zu berichten.

Wills Scheidungsantrag wurde abgelehnt, und es wurde angeordnet, daß er seiner Frau die Gerichtskosten in Höhe von 318 Dollar bezahlte. Das tat er niedergeschlagen und verschwand aus dem Gerichtssaal, während Louisas Freunde der Siegerin gratulierten und einen Fotografen niederschlugen, der auf der Treppe vor dem Gericht ein Foto von ihr machen wollte.

Zwei Tage später fand ein Arbeiter auf der TE-Ranch außerhalb der Stadt Cody den Besitzer auf dem Boden seines Ranchhauses, umgeben von leeren Flaschen. Der Mann schaffte es, Will gewaltsam eine halbe Gallone kochendheißen Kaffee einzuflößen, bevor Will ihn mit einem Fausthieb den Kiefer brach.

17

Wyoming überwinterte unter einem zinnfarbenen Himmel. Das Gras des vergangenen Jahres lag flach unter silbernen Halbkreisen von verkrusteten Schnee. Dunst hüllte die fernen Berge im Westen mit ihren weißen Gipfeln ein. Die Hufeisen der Pferde klangen hell auf eisenharter Erde, und aus den Nüstern der Tiere drangen milchige Dampfwölkchen. Die hartgesichtigen Cowboys mit ihren verbeulten Hüten und Felljacken, deren Kragen hochgestellt waren, atmeten grauen Dampf aus und spuckten glänzenden braunen Tabaksaft, der zischte, wenn er den Boden traf. Ihre Jacken wölbten sich über ihren Waffen.

»Es ist mir scheißegal, unter wessen Schutz die Roten stehen, und wenn es die gottverdammte U. S. Regierung ist«, sagte der Sprecher der Gruppe, ein wolfsgesichtiger Rancher mit einem Kreis von schwarzem Schnurrbart und Bart, der wie mit Kohle um seinen Mund geschmiert zu sein schien, und seine kleinen Augen glitzerten in schmalen Schlitzen in seinem braunen Gesicht.

»Mein Daddy kämpft für dieses Land hier gegen die Cheyennes, und ich habe nicht vor, mir graue Haare wachsen zu lassen, weil eine Horde Digger-Utes Tiere von der Herde klaut, mit der er angefangen hat.« Die anderen murmelten Zustimmung.

Will wickelte die Zügel seines Schecken ums Sattelhorn und schnitt mit dem Messer, mit dem er Yellow Hand skalpiert hatte, ein Stück von einem gefrorenen Priem ab. Er hatte seit zwanzig Jahren keinen Kautabak mehr gekaut, und bei dem bloßen Gedanken daran, begannen seine verbliebenen Zähne zu schmerzen. Doch es war wichtig, das Vertrauen dieser harten Männer zu gewinnen, die Blut sehen wollten.

»Dies ist eine inoffizielle Expedition, die nichts mit der Regierung zu tun hat«, erklärte Will und schob das Kautabakstück in den Mund, um es hinter der rechten Wange auftauen zu lassen. »General Miles hat mich um den Gefallen gebeten, mit den Renegaten zu sprechen und sie dazu zu bewegen, in ihre Reservationen in Colorado zurückzukehren. Dies hier sind George T. Beck und Hank Fulton, Partner von mir aus Cody.« Er wies auf den rotgesichtigen Beck und auf den blondbärtigen Fulton, der ein befreundeter Investor war. Der Sprecher der anderen erwiderte nicht ihre stillen Grüße.

»Ihr werdet 'ne Menge reden müssen mit nur einer Waffe für drei alte Männer.«

Kichernd klopfte Will auf den verschrammten Kolben von Lucrezia Borgia, der aus dem Scabbard ragte. »Indianer sind empfindsame Wesen. Ich möchte den Eindruck vermeiden, daß wir auf einen Kampf aus sind.«

»Wir sind nicht so feinfühlig«, bemerkte einer der anderen Rinderzüchter. Seine Gefährten brummten Zustimmendes.

»Es ist nur eine Horde hungriger Waisen, die verlernt haben, von dem Land zu leben, wie es ihre Väter taten«, sagte Will. »Viele davon sind Frauen und Kinder. Es würde euch keinen Ruhm einbringen, wenn ihr ihresgleichen töten würdet.«

»Wir haben etwas anderes gehört.« Der Schwarzbart wirkte zum ersten Mal bei dieser Begegnung unsicher. »Man sagte uns, es seien blutrünstige Krieger mit neuen Winchester Gewehren.«

»Das stimmt nicht. Glauben Sie, General Miles würde es riskieren, drei alte Männer mit nur einem Gewehr mit ihnen reden zu lassen, wenn es blutrünstige Krieger mit neuen Waffen wären?«

Die Rinderzüchter zogen sich ein Stück zurück, um im Flüsterton zu beraten.

»Was glaubst du, wie sie sich entscheiden?« fragte Beck.

Will zuckte die Achseln.

Schließlich trieb der Sprecher des Trupps sein Pferd auf sie zu. »Ihr könnt mit den Bastarden reden. Wenn das nichts nutzt, werden wir Mister Colt und Mister Winchester für uns sprechen lassen.«

»Harte Kerle«, bemerkte Fulton, als das Trio fortritt und die Blicke der Rinderzüchter in ihrem Rücken spürte.

»Sie reden groß. Schwenke ein vollgekacktes Indianerbaby vor ihren Gesichtern, und sie hauen in alle Richtungen ab.« Der Scout neigte sich zur Seite und spuckte den Priem aus.

In dieser Nacht schliefen sie auf dem harten Boden und erwachten am Morgen steif und brummig und husteten Schleim. Die Kälte steckte ihnen in den Gliedern, und als sie ritten, rieben sie sich die Innenseiten der Oberschenkel wund, und Nadeln schienen zwischen ihre Schulterblätter zu stechen.

Nach vier Tagen fanden sie die Renegaten-Horde. Die Indianer kampierten am Ufer eines träge fließenden Creeks, in dessen braunem Wasser schmutzige Eisstücke trieben. Ihre Tipis bestanden aus geflickten Decken, die über frisch gefällte Pfähle gespannt waren. Die drei Weißen hatten sie von einer Anhöhe aus ein paar Minuten lang beobachtet, bis eine Gruppe junger Männer die mageren Ponys von den Pflöcken losbanden und aufsaßen, um den Eindringlingen entgegenzureiten.

»Dein Major Burke sollte hier sein, um sich das anzusehen«, sagte Beck zu Will.

»Ich lud ihn ein, doch er sagte, er sei zu rheumakrank, um auf einem Pferd zu sitzen. Außerdem gibt es hier wenig genug für seine Reklamekampagnen.«

Die Utes trugen Armeedecken und abgetragene Büffelfelle über grober Wollkleidung. Viele von ihnen hatten Hüte des Weißen Mannes auf, deren Kronen sie herausgeschnitten hatten, damit ihre Köpfe atmen konnten, wie sie es bezeichneten. Die Squaws beobachteten besorgt vom Camp aus, als ihre Männer zehn Yards vor den Weißen die Ponys zügelten. Babys weinten.

Will pickte den Anführer heraus, ein Krieger Anfang 20 mit negroiden Zügen, dessen Haar zu Zöpfen geflochten über sein schmutziges weißes Baumwollhemd fiel. Will sprach langsam und unterstrich seine Worte mit Zeichen.

»Die Sioux nennen mich Pahaska, Langhaar. Der weiße Kriegshäuptling, den dein Volk Bearcoat Miles nennt, hat mich geschickt, um euch aufzufordern, in eure Heimat in Colorado zurückzukehren, oder es wird Schwierigkeiten für euch geben.«

»Dies ist unsere Heimat«, erwiderte der Ute.

»Nicht mehr. Ihr errichtet eure Zelte auf Land, das euch nicht mehr gehört, und ihr ernährt euch von den Rindern der Landbesitzer. Sie sind sehr zornig. Sie würden dein Volk vernichten. Der weiße Häuptling will nicht, daß dies geschieht. Hier bläst der kalte Wind durch eure Decken, die nicht so gut wie Büffelfelle sind. Eure Kinder schreien nach Nahrung, die ihr ihnen nicht geben könnt, und eure Ponys sind schwach und mager. Kehrt zurück in die Reservation, wo ihr wohlgenährt und stark werdet und in warmen Hütten lebt.«

»Niemand wird wohlgenährt in der Reservation. Die weißen Häuptlinge essen Fleisch, während unsere Kinder ihren Magen mit Wasser füllen. Wir werden hierbleiben.«

»Wenn ihr hierbleibt, werden böse weiße Männer eure Squaws und Kinder erschießen und eure Tipis niederbrennen, während ihr unterwegs seid, um Rinder zu stehlen.«

»Wenn die weißen Männer kommen, werden wir sie mit Waffen empfangen.« Der Ute breitete seine Decke auseinander, um ein verschrammtes Henry Gewehr zu zeigen, das über dem Widerrist seines Pferdes lag.

»Wenn ihr einen weißen Mann erschießt, werden zwei andere seine Stelle einnehmen, wie immer. Sie werden eure Squaws und Kinder erschießen und eure Tipis niederbrennen.«

»Vielleicht«, sagte der Ute, »werden wir dich erschießen.«

Nun zeigten auch die anderen Krieger ihre Waffen. Fulton und Beck zogen erschrocken an den Zügeln ihrer Pferde. Die Tiere schnaubten.

Will regte sich nicht. »Es wäre kein großer Sieg. Wir sind alte Männer, und unsere Tage sind gezählt. Wenn du uns erschießen läßt, werden andere kommen und eure Squaws und Kinder töten und eure Tipis niederbrennen.«

»Welches Verbrechen hat unser Volk begangen, daß wir wie Sklaven leben müssen?« Die Stimme des Kriegers brach. »Dein Volk ist ohne Ehre. Was ist eure Medizin?«

»Sie werden eure Squaws und eure Kinder erschießen und eure Tipis niederbrennen«, wiederholte Will, der bewußt immer die gleiche Formulierung gewählt hatte.

Die Indianer tauschten Blicke, und Will sah ihnen an, daß er gewonnen hatte. Der Anführer der Utes sprach leise, ohne dem Scout in die Augen zu sehen.

»Wir werden zurückkehren, Langhaar. Von selbst.«

Will sagte, daß diese Entscheidung eines großen Häuptlings

würdig sei und fügte hinzu: »Es wäre ebenso gut, wenn ihr auf dem Rückweg nicht mehr Rinder tötet, als ihr wirklich braucht.«

Der junge Ute erwiderte feierlich, daß er versuchen werde, diesen Rat zu beherzigen. Dann zog er sein Pony um die Hand und führte die anderen ins Camp zurück. Die drei Weißen beobachteten eine Zeitlang, während die Tipis abgebrochen und in Schleppbahren umfunktioniert wurden, mit denen die Kinder und die wenige Habe, wie Kochutensilien, transportiert wurden.

»Du warst ziemlich hart zu ihnen, findest du nicht?« fragte Hank Fulton den Scout.

»Ich habe ihnen nur die reine Wahrheit gesagt«, erwiderte Will. »Alles andere hätten sie durchschaut.«

Beck rieb sich mit dem Ärmel übers Gesicht, das trotz der Kälte schweißbedeckt war. »War das so während der Indianerkriege?«

»Kaum, denn wir sind noch am Leben.«

»Als sie diese Repetiergewehre zeigten, konnte ich mir vorstellen, wie sich Custer gefühlt haben muß. Telefone und Automobile und Indianerpalaver passen einfach nicht zusammen. Das ist, als tanze man ein Menuett zu Ragtime-Musik.«

»Arme Bastarde.« Will nahm die Zügel. »Arme, dumme, herrliche Bastarde.«

Will lebte jetzt nicht mehr in North Platte. Statt dessen empfing er Freunde und geschäftliche Besucher in der engen Hütte in Cody und legte sich ein Alkohollager im Salonwagen an, wenn er nach Nebraska fuhr, um die erwachsene Irma zu besuchen, während Louisa, nach dem Scheidungsversuch eingeschnappter und scharfzüngiger denn je, die alten Waffen abstaubte.

Jedesmal, wenn er von Wyoming zurückkehrte, brauchte er mehr Alkohol, um über seinen Besuch hinwegzukommen. Bei Jagdexpeditionen im Shonshone River Country blieben unzählige leere Flaschen und Frauenunterwäsche zurück, während die Jäger aus voller Kehle unzüchtige Lieder sangen und auf Bäume ballerten, wodurch sie das Wild meilenweit im Umkreis in Panik versetzten.

Will verkaufte Land und Rinder, um die Steuern und Hypothekenzahlungen aufbringen zu können, mit denen Scout's Rest belastet war, doch irgendwie ging das Geld stets für andere Dinge drauf. Eine Kupfer- und Goldmine in Arizona, eine Druckmaschine für Schwester Helen und ihren Mann, einen Lithographen, Bauten auf dem Besitz in Cody, Bewässerungskanäle für beide Ranches. Die Regierung hatte begonnen, das Wassernetz der Stadt unter ihre Kontrolle zu nehmen und ihm diese Kopfschmerzen zu ersparen, und nach der Fertigstellung der Burlington Bahnlinie verdiente Will Geld mit dem Irma Hotel und schließlich durch Siedler, die Parzellen kauften, doch das meiste Geld brauchte er, um seine vielen Darlehen zu tilgen.

Bailey war keine verläßliche Geldquelle mehr. Wie Salsbury vor ihm, zeigte er Anzeichen der Schwäche unter der Last, Manager der Show zu sein, und Arzt- und Medizinkosten verschlangen das meiste seines Anteils vom schwindenden Gewinn.

Als der frühere Zirkusmann auf der TE-Ranch eintraf, um mit den Vorbereitungen für die Spielzeit 1907 zu beginnen, war Will entsetzt über Baileys Veränderung. Baileys grau gewordener Backenbart schien sein Professorengesicht zu einer eingefallenen Maske hinunterzuziehen, und sein selbstsicheres Marktschreierbellen war zu einem zögernden, zittrigen Angststimmchen geworden.

Eines Tages, während sein eigens entworfener Zirkuszug die Zelte für ein weiteres Glied in der endlosen Kette von abendlichen Einzelvorstellungen aufschlug, legte sich Bailey ins Bett, um rasende Kopfschmerzen auszuschlafen. Er stand nie wieder auf.

Ein paar Tage nach der Beerdigung erhielt Will ein Schreiben von einer New Yorker Anwaltskanzlei, in dem ihm mitgeteilt wurde, daß die Familie von James Anthony Bailey seinen Anteil an der Wild West Show anstelle von Geld, das er seinem letzten Geschäftspartner – also Will – schuldete, abgetreten habe.

»Was soll ich tun, John?« fragte Will Burke.

Der Publizist, bis zum baumwollartigen Bart in dampfendem

Badewasser, zuckte mit den Schultern. »Mit der Show aufhören.«

Will verkaufte Scout's Rest an ein Makler-Syndikat aus dem Osten. Er erhielt dafür nur einen Bruchteil dessen, was er hineingesteckt hatte, und benutzte das Geld, um die Pfändung der Ranch in Wyoming zu verhindern.

Er schüttelte denjenigen Mitgliedern der Show die Hände, die sich woanders Arbeit suchen wollten, umarmte Johnny Baker, schaute den Wagen mit den Zelten und der ehrwürdigen Deadwood-Kutsche nach, die zum letzten Mal aus der großen Remise fuhren, und kehrte heim. Heim nach Welcome Home und Louisa. Die Hütte in Cody war zu sehr mit Erinnerungen erfüllt.

»Der alte, verkommene Kerl«, sagte Louisa, als sie ihn zur Tür hereinkommen sah.

Major Gordon W. Lillie, ›Pawnee Bill‹, ein Freund aus alten Tagen, war ein alternder Gigant, der dick geworden war. Mit langen, kastanienfarbenen Locken, einem herabhängenden Schnauzbart, bestickter Wildlederkleidung und langschäftigen Stiefeln posierte er für Fotografen. Der Mann, der oftmals fälschlich für Buffalo Bill gehalten wurde, saß an einem Feldtisch dem Original gegenüber und hielt die Schreibfeder über den Vertrag, mit dem der Zusammenschluß von *Pawnee Bill's Far East* und *Buffalo Bill's Wild West* besiegelt wurde. Als das letzte Blitzlicht erlosch und die Feder ernsthaft über das Papier kratzte, hellte sich die finstere Miene des weißhaarigen Scouts auf, und er atmete auf.

»Wird die Show so groß werden wie zuvor?« fragte ein Reporter.

»Größer denn je«, antwortete Lillie mit seinem polternden Baß, »wie alle Veranstaltungen im Freien.«

»Was ist mit der Deadwood-Kutsche?« wollte ein anderer Reporter wissen.

»Ich erwarb sie mit allem sonst, als ich den Anteil des verstorbenen Mr.Bailey an der Wild West kaufte.«

Fragen über Fragen: »Ist Buffalo Bill ein Partner oder nur ein Angestellter?«

Major Lillie zwinkerte Will zu, der daraufhin leise kicherte und sagte: »Jungs, ich habe seit '76 für keinen außer mir selbst gearbeitet, und ich bin zu alt, um das zu ändern. Ich bin zur Hälfte beteiligt.«

In Wirklichkeit war ihm von Lillie eine kostenlose Partnerschaft angeboten worden. Lillie war sich als erfahrener Veranstalter nur zu bewußt, daß Buffalo Bill ein Publikumsmagnet war.

»Was ist mit Annie Oakley?«

»Sie macht eigene Tourneen durch das Land«, sagte Lillie. »Wir hoffen, sie 1912 bei uns zu haben.«

»Ich dachte, dies wäre Buffalo Bills letzte Tournee?«

»Das ist sie«, sagte Will, leicht verärgert darüber, daß man ihn in der dritten Person ansprach.

»Müde, Bill?« fragte jemand.

»Wenn ich glaubte, ich müßte als Showstar sterben, würde ich morgen aus dem Geschäft aussteigen. Ich möchte nicht mit dem Gedanken abtreten, daß die Leute sagen: ›Oh, da ist ein weiterer alter Schauspieler tot.‹ Wenn ich sterbe, sollen mich die Leute von Wyoming, die auf dem Land leben, das durch meine Arbeit und meinen Einsatz furchtbar gemacht wurde, in Erinnerung behalten als den Mann, der Wyoming für die Zivilisation erschloß.«

»Er möchte Rancher sein«, schrieben die Journalisten.

Es gab noch viele Fragen, doch Major Lillie bemerkte die wachsende Anspannung in den Zügen seines Partners. Er wimmelte die Reporter mit vielem Schulterklopfen und dem Versprechen von Freikarten für die Eröffnungsvorstellung ab und komplimentierte sie hinaus.

»Alles in Ordnung mit dir, Will?« fragte er, als sie allein waren und er wieder Platz nahm.

»Mir geht's prächtig.«

»Komm schon, altes Roß. Du redest mit Pawnee Bill. Mir kannst du nichts vormachen.«

»Wenn man dich so reden hört, könnte man denken, du kämst tatsächlich aus dem Westen.« Will schnitt eine Grimasse. »Also gut, Bill, ich will es dir sagen. Es ist meine Blase. Sie ist ständig voll, als würde sie zerplatzen, doch wenn ich zu pinkeln versuche, werde ich nur ein paar Tropfen los. Ich fühle mich wie eine Kuh, die ständig gemolken werden muß.«

»Hast du einen Arzt aufgesucht?«

»Mehrere. Es ist eine Erkrankung der Prostata, wie sie es nennen. Ich wußte gar nicht, daß ich eine habe, bis sie mir die Hölle bereitete. Sie muß operiert werden, sagen sie.«

»So laß die Operation machen.«

»Vielleicht nach der Spielzeit. Wenn ich Zeit habe.«

»Wenn es eine Frage des Geldes ist, werde ich dir vorschießen, was immer du brauchst.«

»Es geht nicht um Geld. Mein Name steht auf dem Vertrag und das Versprechen einer vollen Tournee für den halben Gewinn. Ich unterzeichne nichts und besiegele nichts per Handschlag, ohne eine Gegenleistung zu erbringen.«

Lillie lehnte sich zurück. »Es ist also deine Blase.«

»Ich wünsche verdammt, daß es die von jemand anders wäre.«

»Buffalo Bills letzte Tournee«, lautete die Ankündigungsreklame. Erwachsene, die den berühmten Scout niemals in Aktion gesehen hatten, und diejenigen, die als Kinder auf den Zuschauerplätzen gesessen hatten, kamen mit *ihren* Kindern, um zu sehen, wie er Glaskugeln zerschoß und Yellow Hand besiegte. Sie applaudierten begeistert, wenn sich der dick gewordene, alte Mann erhob und den großen Federschmuck schwenkte, nachdem er auf die eindringliche Bitte einer Frauenorganisation zugesichert hatte, den Skalp nicht mehr zur Schau zu stellen.

Das Publikum verharrte in gespanntem Schweigen, wenn der alte Mann allein ins Scheinwerferlicht kam, manchmal zu Pferde, doch immer öfter in einem Buggy, weil die Schmerzen in seinem Unterleib zunahmen, und manche Träne wurde vergossen, wenn er zum letztenmal den großen Hut abnahm und Lebewohl sagte.

»Dieser Abschiedsbesuch ist mein letzter Gruß und ein Lebewohl für euch alle ...«

Die Zuschauer weinten offen in Detroit und Chicago, in Wichita und oberhalb der Grenze in Toronto. Sie erhoben sich von ihren Sitzplätzen, um dem alten Mann mit dem gesenkten weißhaarigen Kopf zuzujubeln, dem Bezwinger von Tall Bull und Yellow Hand, dem Mann, der Wild Bill Hickok das Leben gerettet hatte, nachdem er von Cheyennes mit einer Lanze verletzt und angeblich tot zurückgelassen worden war, Custers Rächer, der Mann, der Kit Carson und Königin Victoria die Hände geschüttelt hatte und den alten Westen in Kisten verpackt und um die Welt geschickt hatte, um ihn auf der Bühne wiederaufleben zu lassen.

»Dieser Abschiedsbesuch ist mein letzter . . .«

In Austin und Atlanta empfing man ihn mit dem Rebellenschrei und schloß eine blutige Wunde, die sich 1854 in der Salt Creek Trading Post geöffnet hatte. Ein Veteran der Konföderierten, der bei Westport gekämpft hatte, erhob sich mit Hilfe seiner Enkelsöhne aus dem Rollstuhl, um seinem alten Feind zu salutieren.

»Dieser Abschiedsbesuch . . .«

Big Bill Taft dinierte mit ihm im Weißen Haus in Washington und ließ sich mit ihm fotografieren. Der Präsident legte einen Arm um die Schultern des Scouts, und Will grinste, um nicht vor Schmerzen aufschreien zu müssen.

»Dieser Abschied . . .«

Die Zuschauerzahlen gingen im zweiten Jahr zurück. Das Publikum bekam keine feuchten Augen mehr bei der vertrauten Ansprache, und gelegentlich lachte sogar jemand spöttisch.

Major Lillie fügte ein paar Musikautomaten zum Beiprogramm hinzu und verschickte Telegramme. Alte Freunde schlossen sich der Show in Denver an, Johnny Baker mit grauen Strähnen in den Locken und Little Missy, mit 52 knorrig und weißhaarig. Sie hatte sich von den Verletzungen erholt und brach vor kleinerem Publikum immer noch ihre alten Rekorde als Kunstschützin.

Die Wiedervereinigung wurde mit einer Wochenschau-Kamera gefilmt, und später ruckten kupferfarbene Gestalten wie Fliegen an einer Angelschnur über die Leinwand.

»Miß Oakley, stimmt es, daß Sie einst das Ende einer Zigarre abschossen, die Kaiser Wilhelm im Mund hielt?«

»Das falsche Ende.«

Zwischen den Auftritten ruhte sich Will im Haus seiner Schwester May in Denver aus. Schließlich nahm er eine Einladung zum Lunch in einem privaten Eisenbahnwagen an, der einem großen, sanftmütigen Mann gehörte, der sich als Harry H. Tammen vorstellte und der mit seinem Partner Fred Bonfils Besitzer der *Denver Post* und des Shells-Floto Circus war.

»Ja, Annie Oakley ging mal mit dieser Organisation auf Tournee«, erinnerte sich der Scout, als er umgeben von rotem Plüsch und poliertem Messing eine der 75-Cent-Zigarren seines Gastgebers rauchte.

»Nein, das war der Sells *Brother* Circus.« Tammen, mit rosiger Gesichtshaut und dem Lächeln eines Erdhörnchens, kicherte und fummelte an dem goldenen Elchzahn, der an seiner Uhrkette hing. Die beiden waren unzertrennlich. »Ich nannte meinen Zirkus ursprünglich ›Floto Dog end Pony Show‹, nach einem Vorschlag des Sportredakteurs der *Post*. Dann verpflichtete ich einen Verwandten der Sells', um seinen Namen verwenden zu können. Sie hätten die Ringling Brothers toben hören sollen, nachdem sie alles Drum und Dran der Sells' mit dem gleichen Ziel kauften. Aber es war natürlich alles völlig legal und unanfechtbar. So mache ich meine Geschäfte.«

Ein schwarzer Kellner servierte Highballs, und dann setzten sich die beiden, um Roastbeef und gefüllte Krabben aus Alaska und Kaviar zu essen und Rotwein zu trinken. Will fand einen bereitwilligen Zuhörer in seinem Gastgeber. Er erzählte Geschichten über die Siedlungsgrenze und malte sein erstes Gespräch mit der verstorbenen Queen aus, wobei er die Rollen von Colonel Sir Henry Ewart und der Duchess von Athole und Victoria selbst spielte, während sein Zuhörer lachte und Wein nachschenkte. Schließlich gab Tammen dem Kellner frei, und sie zogen sich mit neuen Highballs in ein Paar tiefer Polsterstühle zurück.

»Was kann ich für Sie tun, Mr. Tammen?« fragte Will und lockerte seinen Gürtel um ein Loch.

Tammen wischte sich die Lachtränen ab und schneuzte sich in ein seidenes Taschentuch. »Eigentlich wäre das meine Frage an Sie, Colonel. Ich bin ein Spekulant, wie er im Buche steht. Verkehr, Kommunikation, Immobilien, Unterhaltung – in welche Richtung auch immer der Wind des Fortschritts bläst. Mir ist zu Ohren gekommen, daß Sie einen Geldgeber suchen.«

»Das ist mir neu. Die Wild West Show läuft besser denn je«, log Will.

»Kommen Sie, kommen Sie, Sir. Ich habe meine Quellen.«

»Was bieten Sie an?«

»Was fordern Sie?«

Will ließ seinen Drink im Glas kreisen.« Ich brauche zwanzigtausend Dollar, um einige persönliche Verpflichtungen zu erfüllen.«

»Zwanzigtausend? Die sollen Sie bekommen, Sir.« Tammen zog eine Lade des Eichentisches zu seiner Linken auf und holte Feder, Tintenfäßchen und ein Scheckbuch hervor. Will schaute fasziniert zu.

»Einfach so?« fragte er.

»Oh nein, nein, nein. Natürlich nicht. Ich bin nicht Sankt Nikolaus, obwohl man mir schon gesagt hat, daß ich dem ehrwürdigen Gentleman ähnele.« Seine Sprache und seine Leibesfülle erinnerten den Scout sehr an Ned Buntline. »Ich werde einen Schuldschein mit einer Laufzeit von sechs Monaten auf Ihren Anteil an der Cody-Lillie-Show akzeptieren, sozusagen als Geste des Vertrauens darauf, daß Sie am Ende der Spielzeit zahlen.«

»Darauf können Sie sich verlassen. Ich werde pünktlich zahlen.«

»Ich bin überzeugt davon. Doch mein Partner, Mr. Bonfils, wird auf einer zusätzlichen Sicherheit bestehen.« Er neigte sich vor, und der wabbelnde Bauch hing über fette Schenkel. »Ich möchte Ihnen auch, unabhängig von dieser Vereinbarung, ein äußerst lukratives Angebot als Zugnummer für den Sells-Floto-Circus am Ende der laufenden Spielzeit unterbreiten.«

Will zögerte. »Pawnee Bill ist ein guter Freund und ein angenehmer Partner.«

»Es mangelt ihm an den Möglichkeiten, Ihre Mitwirkung in der Werbung richtig herauszubringen. Buffalo Bill, mein lieber Colonel Cody, ist eine Institution, keine kleine Nummer für ein Beiprogramm. So sollte er vorgestellt werden.«

»Sie sagen ›Buffalo Bill‹ als wäre er nicht hier und redete nicht mit ihnen.«

»Er ist mehr als ein gewöhnlicher Mann und größer als wir beide zusammen.« Tammen streckte ihm die sehr saubere, sehr rosige und plumpe Hand hin. »Was sagen Sie, Sir? Schließen wir einen Pakt?«

Für einen Sekundenbruchteil zögerte Will. Dann drückte er die Hand. Sie fühlte sich feucht und sehr warm an.

Als Major Lillie von der Entscheidung seines Partners hörte, wurde er blaß. Im Schein der elektrischen Lampe in seinem Zelt war zu sehen, daß sein Schnurrbart und das Haupthaar gefärbt waren. »Du hast doch noch nichts unterzeichnet?« fragte er hoffnungsvoll. »Wenn du nichts unterschrieben hast, kannst du da herauskommen und Tammen sagen, daß du für diese Show verpflichtet bist.«

»Wir haben es per Handschlag besiegelt, Bill.«

»So etwas bedeutet nichts für einen Mann wie H. H. Tammen.«

»Aber für mich.«

»Du hast mir ebenfalls die Hand geschüttelt und darüber hinaus einen Vertrag unterzeichnet. Du hast an diesem Tisch gesessen und eine nette kleine Rede gehalten, wie gut dein Wort und deine Unterschrift sind.«

»Eine Menge Leute, denen ich die Hand geschüttelt habe, waren hinter Geld her, das ich nicht habe, und Tammen hat es.«

»Der Buffalo Bill, den ich kannte, stand zu seinen Verpflichtungen.«

»Nicht daß ich undankbar wäre«, sagte Will leise. »Es ist für mich eine Frage des Überlebens.«

Das Feuer erlosch in Lillies Augen, und Asche der Betroffenheit blieb zurück. »Warum bist du nicht zuerst zu mir gekommen? Wir hätten schon eine Lösung gefunden.«

»Du bist so pleite wie ich. Ich wollte nicht, daß du dir höfliche Worte überlegen mußt, um nein zu sagen.«

»Du hast mehr Feunde als jeder, den ich kenne.«

»Es sind nicht meine Freunde, obwohl ich sie dafür hielt. Wenn ich nur ein Fünfcentstück für jedes Versprechen ›Wenn Sie je etwas brauchen, Colonel, wenden Sie sich nur an mich‹ bekommen hätte, wäre ich jetzt nicht in der Klemme. Sie sind stets beschäftigt und haben keine Zeit, wenn ich mit ihnen sprechen will.«

»Was ich über Tammen gehört habe, klang nicht gut. Die Indianer würden sagen, er ist ein Mann ohne Ehre.«

»Im Augenblick interessiert mich das nicht. Für mich zählt nur, daß er ein Mann mit zwanzigtausend Dollar ist.«

»Ich hoffe, das löst all deine Probleme.« Der Tonfall des Majors war eisig. »Er hat dich dafür gekauft.«

Die Show verließ Sacramento und Reno und hinterließ Futterrechnungen für ein paar tausend Dollar, drückte sich in Portland um die Begleichung einer Rechnung für Reklameplakate und kehrte im Juli 1913 nach Denver zurück. Sie ließen eine Reihe ärgerlicher Hotelbesitzer, bei denen sie nicht bezahlt hatten, und uninteressierte Zuschauer zurück.

»Es liegt an den verdammten Filmen«, klagte Lillie. »Sie ziehen das zahlende Publikum an wie Magneten. Filme reisen in Blechbehältern, und auf Filmen braucht man Büffel nicht zu füttern oder hinterher sauberzumachen.«

»Ich sah einen Film, als ich das letzte Mal in New York war«, sagte Will. »Sie verderben einem die Augen. Die Leute werden sie bald leid werden.«

»Ich hoffe, wir existieren dann noch.«

Tammen empfing Will in seinem privaten Salonwagen. Er trug denselben dreiteiligen schwarzen Anzug und den Elchzahn an der Uhrkette wie bei der letzten Begegnung. Im Verlauf der Unterhaltung mußte der Scout dreimal die Toilette im Badezimmer aufsuchen. Bei den Highballs holte Tammen den Schuldschein hervor.

»Ich würde überhaupt nichts davon erwähnen, doch er ist längst überfällig, und Sie haben noch keinen Cent bezahlt«, sagte er mit gespielter Verlegenheit.

»Ich werde mein Versprechen erfüllen.«

»Daran habe ich nie gezweifelt.« Er lächelte wie ein Erdhörnchen, stieß mit Will an und hob sein Glas. »Auf den Erfolg.«

Am nächsten Morgen wurde Will in seinem Zelt aus dem Schlaf gerissen. Jemand rüttelte an seiner Schulter, und ein fremdes junges Gesicht war über ihm. So viele Cowboys waren in so kurzer Zeit in seine und Lillies Dienste getreten und wieder ausgeschieden, daß er es aufgegeben hatte, sie im Gedächtnis zu behalten.

»Große Schwierigkeiten, Colonel«, sagte der junge Mann.

Der Scout trug noch seinen Anzug, den er angehabt hatte, als er Tammen am Vorabend besucht hatte. Benommen erleichterte er seine Blase in einen Emailletopf und stolperte aus dem Zelt. Er blinzelte in dem grellen Sonnenschein. Zwischen den Schaustellern in Kostümen und dem Hilfspersonal in Arbeitskleidung fielen die vier Männer in grauen Anzügen auf wie Pickel. Drei der Männer trugen Schrotflinten. Der vierte, ein schlanker, gebräunter Mann mit einem grauen Schlapphut, entdeckte Will und nickte in diese Richtung. Die Gruppe setzte sich in Bewegung und hielt auf Will zu.

Will wirbelte herum und packte den jungen Cowboy am Arm.

»Hol die Geldkassette aus dem Kassenzelt und bring sie schnell vom Gelände fort.«

»Das geht nicht, Colonel«, sagte der junge Mann traurig. »Sie haben sie bereits.«

Will sah von neuem zu den vier Männern. Einer hatte seine Schrotflinte unter den Arm geklemmt und trug die schwarze Geldkassette mit beiden Händen. Will ließ den Arm des Cowboys los, und der junge Mann rieb ihn nach dem harten, schmerzhaften Griff.

»William F. Cody?« fragte der Mann mit dem Schlapphut.

Als Will nickte, zog der Mann seine Jacke zur Seite, um einen Stern auf seiner Weste zu zeigen. »Wir sind vom Adams County Sheriff's Office. Wir haben eine gerichtliche Verfügung, allen Besitz der Buffalo Bill's Wild West und Pawnee Bill's Far East zu beschlagnahmen anstelle von sechzigtausend Dollar, die Sie der U.S. Lithographing Company schulden.« Er zog ein langes gefaltetes Schreiben aus einer Innentasche.

»Ich telegrafierte der Gesellschaft letzten Montag, daß wir bald für die Plakate zahlen.«

»Das interessiert mich nicht. Ich habe den Befehl, hier alles zu beschlagnahmen.«

»Und dann?«

»Diese Beamten werden auf dem Gelände bleiben. Jeder

Versuch, Besitz wegzuschaffen, wird als Diebstahl betrachtet, und der Täter wird verhaftet und angeklagt.«

Der Sheriff wandte sich ab, wies zwei Männern ihre Positionen an und nahm dem dritten die Geldkassette ab. Dieser Mann ging mit der Schrotflinte neben dem Sheriff, als er die Geldkassette durch das Indianercamp zu einem neuen schwarzen Tourenwagen trug, der mit aufgeklapptem Verdeck am Haupttor parkte. Will ging mit ihnen.

»Ich meine, was geschieht mit alldem hier?« fragte er. »Wollen Sie einfach alles verrotten und die Tiere verhungern lassen?«

»Das entscheidet der Richter. Wahrscheinlich wird er eine Auktion anordnen, wenn nicht binnen einer angemessenen Frist irgendeine Zahlung erfolgt.«

Er hob die Kassette über die niedrige Tür beim Beifahrersitz und stellte sie auf den Wagenboden.

Dann stieg er ein und ließ den Motor an. Doch bevor er die Bremse löste, sah er Will mit einer Miene an, die den Scout verwirrte.

»Ich tue nur meinen Job, Colonel Cody. Einen Job, den ich nicht hätte, wenn ich mich nicht entschlossen hätte, ein Gesetzesmann zu werden, nachdem ich als Zwölfjähriger ein Buch über Buffalo Bill gelesen habe.«

Er legte den Gang ein, setzte zurück, schaltete abermals und fuhr durch das Tor hinaus, und zurück blieb eine braune Staubwolke. Der Mann mit der Schrotflinte schritt zwischen den Zelten davon.

»Tammen«, sagte Major Lillie.

Will wandte sich um und sah seinen Partner vor dem Zelt stehen und dem davonfahrenden Auto nachblicken.

»Es ist nicht sein Werk«, entgegnete Will.

Pawnee Bill ging ins Zelt, nachdem er Will mit einem langen Blick bedacht hatte, der ihn an Louisa erinnerte.

Die Auktion zog eine größere Menschenmenge an, als die Show sie in den letzten beiden Jahren gesehen hatte. Die Leute kamen von überall her, um sich die Rinder aus Indien, Kamele aus der Sahara, Broncos, Arbeitspferde, Ochsen, Käfige und die mit Spiegeln versehenen Wagen anzuschauen und dafür zu bieten. Der weiße Zug wurde an Interessenten einer Bahngesellschaft im Osten verkauft. Die goldenen Aufschriften wurden übermalt und die Gänge in den Waggons verengt, um mehr Sitzplätze zu schaffen. Die Menge ignorierte Major Lillies Flugblätter, mit denen er aufforderte, nicht zu kaufen. Die Leute lachten, als ein knochiges Pony hinter einem schnaufenden Percheron in die Arena geführt wurde, und schnappten nach Luft, als ein großer, sonnenverbrannter Westmann mit einer kurzen Zigarre zwischen den Zähnen 150 Dollar für das Pony bot.

»Verkauft an den Gentleman aus Lincoln«, rief der Auktionator und ließ den Hammer knallen.

Der Mann, der das Pony ersteigert hatte, war Colonel C. J. Bills, ein mit Will befreundeter Rancher und alter Partner, der viele harmonische Sonntagnachmittage mit Will auf der Scout's Rest Ranch verbracht und mit ihm auf vierzig Schritte Entfernung Knospen von den Bäumen geschossen hatte.

»Wenn ich dieses Knochengestell nicht ersteigern kann«, hatte er auf dem Weg nach Denver geschworen, »dann werde ich es stehlen.«

Das Pferd war Isham, das Tier, das Will jahrelang in den Shows geritten hatte, und als die Transaktion erledigt war, reichte Colonel Bills seinem alten Freund Will die Papiere und veranlaßte, daß das alte Pferd zur TE-Ranch transportiert wurde.

»In den alten Tagen nannten wir einen Mann ohne Reitpferd einen Farmer«, sagte er, bevor Will ihm danken konnte. »Und bei Gott, ich will verdammt sein, wenn ich Buffalo Bill je hinter einem Pflug sehen werde.«

17

Die Sonne des Spätsommers verdorrte das harte Präriegras, das einen dunklen Kontrast zu dem blutroten Schimmer der bemalten und gefiederten Krieger in dem Dorf aus bunten Tipis bildete. Vielfarbig gemalte Pferde drängten sich auf einem Hügelrücken oberhalb des Flusses. Will, in abgewetzter brauner Wildlederkleidung, die er nicht mehr getragen hatte, seit er vor fast 30 Jahren für Rose Bonheurs Gemälde posiert hatte, und mit einem Stetson, der dunkle Flecken von Schmutz und Schweiß aufwies, verlagerte vorsichtig sein Gewicht im Sattel und wartete verzweifelt auf das Kommando zum Einsatz. Er fühlte sich schwach.

»Angriff!«

Er gab dem weißen Hengst die Sporen und preschte den Hang hinunter ins Indianercamp. Dabei feuerte er mit einem Colt nach links und rechts, wie er es von Wild Bill Hickok in dem Cheyenne-Camp gesehen hatte, als er gerade fünfzehn geworden war. Seine gefiederten Ziele brüllten und fielen. Schließlich zügelte er den Hengst vor dem Tipi des Häuptlings, gerade als der Indianer den Tomahawk über den Kopf seiner weißen Gefangenen schwang. Er zielte über den ausgestreckten Arm hinweg und feuerte seinen letzten Schuß ab. Der Häuptling taumelte zurück, ließ den Tomahawk fallen, drehte sich um seine Achse und stürzte auf die Seite.

»Schnitt!«

Will wartete einen quälenden Augenblick lang, bevor er aus dem Sattel glitt. Seine Knie gaben nach, als er stand, doch er konnte sich am Sattelhorn festklammern, bis der Schwächeanfall vorüber war.

»Großartig, Colonel«, sagte der Regisseur und schlug dem Scout auf den Rücken, daß Staub aufwolkte. »Von jetzt an nennen wir Sie ›Cody, bei dem eine Aufnahme genügt‹.«

Will grinste schwach. »Das wär's dann für mich?«

»Noch eine Aufnahme, Colonel. Ich möchte alles wenigstens aus zwei Blickwinkeln haben.«

Will unterdrückte ein Stöhnen. Der Regisseur war ein dicker Mann in mittleren Jahren, dessen breites Kinn und die Stupsnase Will an Bronco Bill Irving erinnerte, der bei der Eröffnungsvorstellung der Wild West Show fast ein Unglück für die Journalisten heraufbeschworen hätte. Der Regisseur nannte sich tatsächlich Bronco Billy, obwohl seine einzige Verbindung mit der Geschichte der Prärien ein paar kurze Filmszenen während der Dreharbeiten in New Jersey von *The Grat Train Robbery* gewesen waren. Außerdem hatte er ein paar Hauptrollen in einer Reihe populärer Kurzwestern gespielt, die von seiner Filmgesellschaft, den Essanay Productions, produziert worden waren.

Abrupt wandte er seinem Schauspieler den Rücken zu und gab dem Mann hinter der handbetriebenen Kamera an der offenen Seite des, nur aus drei Wänden bestehenden Tipis, Anweisungen für neue Einstellungen.

Der Indianerhäuptling stand auf, staubte seine Leggings ab und sah sich nach seinem Tomahawk um. Unterdessen führten die blauuniformierten Kavalleristen, mit denen Will ins Indianercamp geritten war, ihre Pferde zurück zu den markierten Positionen auf dem Hügel. Die Mitglieder der Film-Crew trugen ebenfalls Kavallerie-Uniformen, damit sie keine Aufnahme verdarben, wenn sie in eine ›Kugel‹ wanderten.

»Jeder auf seinen Platz«, sagte Bronco Bill und wandte sich um. »Sie auch, Colonel.«

Die Aufnahme erforderte drei Versuche. Beim ersten Mal ging etwas mit der Kamera schief, beim zweiten Mal bekam Will einen schrecklichen Krampf in der rechten Hand und ließ den Revolver fallen, als er gerade feuern sollte. Die Platzpatrone knallte, als die Waffe am Boden aufschlug. Schließlich gelang die dritte Aufnahme, und Will reichte die Zügel einem Assistenten und ging zurück zum Zelt, das ihm als Garderobe diente. Drinnen zog er seine Hose hinunter und leerte den Gummibeutel, den er um die Hüften geschnallt vor dem Unterleib trug und der voller Urin war, in einen Kammertopf. Er konnte diese wesentliche Funktion nicht mehr steuern. Der medizinisch verordnete Auffangbeutel ersparte ihm Peinlichkeiten in der Öffentlichkeit, doch er machte das Reiten zu einer noch größeren Qual als der Zustand selbst. Will zog die Hose wieder hoch, als Johnny Baker eintrat.

»Wann wirst du dich endlich operieren lassen?« sagte der Scharfschütze in tadelndem Tonfall.

Will zog den Korken aus einer neuen Flasche Roggenwhisky und füllte einen übergroßen Bierkrug auf dem Feldtisch. Sein Vertrag mit Tammen erlaubte ihm nur drei Drinks pro Tag. Es stand nichts darin, wie groß sie waren.

Johnny ließ das Thema fallen und setzte sich auf einen der Klappstühle. »Nun, wie findest du das Filmgeschäft jetzt?«

»Es ist schwieriger zu organisieren und abzuwickeln als drei Zirkus-Unternehmen. Sonst sehe ich keinen großen Unterschied zwischen Film und Arena.«

»Das sagst du nur, weil es deine Idee war. Tammen stellte nur das Geld zur Verfügung.«

Will ließ sich vorsichtig auf seinen Stuhl sinken und trank. Er wartete, bis die Wärme seine Wirbelsäule hinaufkroch. »Hat Miles dir wieder Schwierigkeiten gemacht?« fragte er dann.

»Damit hat er nie aufgehört. Für ein 74jähriges, aus der Armee ausgeschiedenes Kriegsroß benimmt er sich verdammt wie ein temperamentvoller Schauspieler. Jetzt besteht er darauf, daß alle elftausend Soldaten, die er während des Wounded-Knee-Feldzugs befehligte, aufgeboten werden, wenn wir die Schlacht im Film darstellen.«

»Wie viele bekommen wir?«

»Nur dreihundert. Mehr will uns die Army nicht ausleihen. Ich habe sie gefragt.«

»Laß sie vierzigmal an der Kamera vorbeimarschieren. Nelson konnte nie einen Pferdesoldaten vom anderen unterscheiden.«

»Das ist einen Versuch wert. Mit den Indianern wird es nicht so leicht werden.«

»Worüber beklagen sie sich diesmal?«

»Das gleiche Problem wie bisher. Sie wollen nicht, daß die Wounded-Knee-Schlacht über den Gräbern ihrer toten Kämpfer gefilmt wird. Man redet davon, daß sie echte Patronen statt Platzpatronen benutzen wollen, wenn wir filmen.«

»Iron Tail sagte mir das. Ich treffe mich heute Nachmittag hier mit den Stammesältesten.«

»Wenn man die Roten so hört, könnte man denken, wir hätten noch Krieg.«

»Für sie hat er nie aufgehört.«

Die indianischen Veteranen der Wild West Show, Iron Tail, Short Bull und No Neck kamen zu der Versammlung und brachten zwei jüngere Sioux mit, die Will nicht kannte. Ihre Gesichter waren finster, sie hatten die Lippen zusammengepreßt, und Will bemerkte einen brutalen Zug um ihren Mund. Im schummrigen Licht im Zelt war es schwierig, die alten Freunde von den Fremden zu unterscheiden. Der Impulsivste war No Neck. Als sich der Staub nach dem Blutbad von Wounded Knee gesenkt hatte, hatte man ihn schreiend vor dem niedergebrannten Tipi seiner getöteten Eltern gefunden. Wann immer eine braune Faust auf den Feldtisch schlug, dann war es seine.

»Du nennst dies eine Schlacht«, sagte er scharf, »doch es war ein Massaker. Mein Volk war im Verhältnis 50 zu eins unterlegen. Auf jeden Krieger im Dorf kamen zehn Frauen und Kinder und Alte, die zu schwach und krank zum Kämpfen waren. Sie wollten sich ergeben und erhielten den Frieden des Weißen Mannes – Feuer und Blei.« Seine Augen schienen zu brennen.

»Das Kriegsministerium leiht uns nicht seine Soldaten, wenn wir sie in einem schlechten Licht darstellen«, erklärte Will.

Iron Tail sagte: »Dies ist die Sache, die No Necks Herz traurig macht, doch nicht unsere Herzen. Mein Volk wird nicht über die Ruhestätte unserer Ahnen trampeln.«

»General Miles besteht darauf, daß wir das Ereignis filmen, wo es sich abspielte. Es war die einzige Möglichkeit, seine Zustimmung zur Mitarbeit zu erreichen.«

»Bearcoat Miles ist ein großer Krieger, aber ein dummer Mann«, sagte Iron Tail. »Es wird Ärger geben.«

Einer der jüngeren Krieger stieß einen Grunzlaut aus. »Er wird nicht so groß reden, wenn unsere Waffen sprechen und seine Pferdesoldaten fallen und nicht mehr aufstehen wie diejenigen, die heute fielen. Vielleicht wird er unter denjenigen sein, die liegenbleiben.«

»Das wäre sehr unklug«, sagte Will mit ruhiger Stimme. »Wenn ihr echte Patronen in der gespielten Schlacht abfeuert, wird euch die Armee verfolgen. Es wird kein Versteck für euch geben. Man wird die Schuldigen gefangennehmen und als Mörder anklagen. Der Henker wird ihnen die Schlinge um den Hals legen und sie aufhängen, und sie werden mit gebrochenem Genick oder stranguliert sterben. Diejenigen des Stammes, die ihre Brüder anstiften, werden unter den ersten sein, die aufgehängt werden.«

Einige der Indianer griffen sich verunsichert an die Kehle. No Neck hieb mit der Faust auf den Tisch.

»Der Friede des Weißen Mannes ist immer der gleiche. Wir werden ihm nicht helfen, diese Lügen zu verbreiten.«

Will schlug mit der flachen Hand auf den Tisch. Bei dem scharfen Klatschen zuckte der Indianer zusammen. Johnny Baker, der an der Seite des Tisches saß, warf einen schnellen Blick zu dem Colonel. Wills Gesicht war wie eine Maske. Als die Stille anhielt, entspannten sich seine Züge und verloren die Härte. Schließlich holte er tief Luft und atmete langsam aus.

»In der Welt des Weißen Mannes«, sagte er ruhig, »habt ihr zu tun, was man euch sagt.«

Nach einer scheinbaren Ewigkeit erhob sich Iron Trail und zog die Decke um die fleckige Haut seines Oberkörpers. »Wir gehen jetzt.«

Die Indianer verließen hintereinander das Zelt. No Neck ging als letzter, und er bedachte die beiden Weißen mit einem flammenden Blick.

Johnny starrte immer noch Will an. Allein mit ihm, sagte er: »Ich habe ihm die Wahrheit gesagt.«

»Das meine ich ja.«

Will blies Staub von seinem Bierkrug. »Morgen werden wir wissen, ob es etwas genutzt hat.«

Abermals trommelten viele Pferdehufe am Wounded Knee, Waffen krachten wie das Prasseln eines Buschfeuers und Rauch wehte über die blauuniformierten und roten Leichen auf dem Schlachtfeld. Schließlich schrie Bronco Bill »Schnitt!« und es gab eine Pause. Dann erhoben sich die ›Toten‹, holten fertig gedrehte Zigaretten aus den Waffenröcken und blickten finster auf neue Risse in ihre Mokassins und Leggings.

Der Film mit dem gewichtigen Titel ›Die letzten Indianerschlachten‹ oder ›Vom Kriegspfad zur Friedenspfeife‹ wurde im Frühjahr 1914 in den Filmtheatern der Nation gezeigt, und er zog so viele Zuschauer an wie die drei ersten Spielzeiten der Wild West Show zusammen. Die Leute kamen, um den großen Scout zwischen Kulissen aus Bettlaken in Schwarz und Rot in Aktion zu sehen. Wills Anteil an den Einnahmen hörte bei H. H. Tammen auf, der einiges davon seinem Star im voraus bezahlt hatte, um es mit seinem Gehalt als Schauspieler für den Sells-Floto Circus zu verrechnen. Anders als Nate Salsbury und Jim Bailey trennte sich der Magnat aus Denver gern von dem Geld und erhielt dafür um so mehr Schuldscheine mit Wills Unterschrift.

»Hundert Dollar plus 40 Prozent der Bruttoeinnahmen, die über dreitausend Dollar pro Tag hinausgehen«, sagte er dem Scout am Herbstanfang, »das macht Sie zum höchstbezahlten Unterhaltungskünstler dieses Jahrhunderts. Sie werden in nullkommanichts wieder in den schwarzen Zahlen sein.«

»Nullkommanichts« war die richtige Bezeichnung. Will lieh sich von seinem Arbeitgeber Geld, um die Gläubiger zu besänftigen, überwies mehr an Hank Fulton in Cody für die Organisation der Touristen-Ranch, die Hank und George T. Beck mit ihm als Partner angefangen hatten, und schickte den Rest des Geldes an seine Schwester Helen und ihren Mann Hugh Wetmore, dessen Druckgeschäft eine Pleite geworden war. Auf jede Bitte um Geld antwortete Tammen mit dem vertrauten Eichhörnchen-Lächeln und ließ sich einen weiteren Schuldschein geben.

In der Show führte der Scout die Parade durch die Arena an, zerschoß Glaskugeln, die ein junger Scharfschütze in die Luft warf, den er in seiner Geistesabwesenheit manchmal ›Johnny‹ nannte, und dann mußte er die Abschiedsrede halten, immer die Abschiedsrede. Immer häufiger sprach er vom Fahrersitz eines Einspänners aus, weil er vor Schmerz nicht im Sattel sitzen konnte.

St. Louis, Topeka, Omaha und die meisten kleineren Städte dazwischen. Ein anderer Abend, eine weitere Stadt, und er wußte selten, wo er gerade war. Zwischen Auftritten ruhte er sich in seinem Zelt aus, trank drei Bierkrüge Whisky pro Tag und knurrte jeden an, der den Kopf ins Zelt steckte, es sei denn, es war ein Fan oder ein Kind. Tammen sah, daß Will oft umgeben von Kindern fotografiert wurde.

Der Clown von Denver, wie ihn einige inzwischen nannten, schwankte durch überfüllte Straßen in einem Leinenhemd, das so weiß wie die Gipfel der Rocky Mountains war, und einer Hose, deren Bügelfalte so scharf wie ein Skalpmesser waren. Wenn er alte Kumpel sah, schrie er über die Straße »Hey, altes Roß«, und die Leute wandten noch Straßenblöcke weiter den Kopf. Er schenkte den Kindern, die ihm folgten, 25-Cent-Stücke, und wenn ihm die Quarters ausgingen, verteilte er Silberdollars, bis seine Taschen leer waren.

Seine Runden durch die Stadt endeten meistens vor der *Post.* Dann ging er in das Zeitungsgebäude und pumpte Tammen oder dessen Partner Bonfils um weiteres Geld an. An Sauregurkentagen riefen ihn Reporter an ihre Schreibtische und stellten ihm Fragen über Wild Bill und Sitting Bull, und sie grinsten, wenn bei Wills Stentorstimme aufgeschreckte Reporter den Kopf aus ihren Büros steckten.

Einmal traf er Johnny Baker auf der Straße. Johnny war soeben von einer eigenen Londoner Tournee zurückgekehrt. Die beiden schüttelten sich die Hände, klopften einander auf die Schulter und gingen in einen Saloon, wo jeder den alten Scout kannte.

»Wie stehen die Dinge, Colonel?« fragte Johnny.

»Bestens, bestens. Hearst will, daß ich für sein Monatsmagazin eine Artikelserie schreibe, und ich verhandele, um die 101-Ranch-Show von den Gebrüdern Miller zu kaufen. Bei dem Krieg in Europa ziele ich auf ein Militärspektakel ab, das Jess Willard übertrifft.«

»Du bist also nicht mehr bei Tammen?« Johnny trank einen Schluck Bier.

»Wenn der Verkauf von Scout's Rest vertraglich geregelt ist, werde ich mich aus meinem Vertrag freikaufen.«

Johnny lächelte leicht und nickte, doch das Lächeln erreichte nicht seine Augen. Der helle Sonnenschein, der durch das Fenster fiel, schimmerte auf silbernen Strähnen in Johnnys langem Haar.

Der Verkaufserlös von Scout's Rest wurde von Anwälten

und Firmen eingetrieben, bei denen Will Schulden hatte. Major Lillie hatte Will wegen Vertragsbruch verklagt. Will unterschrieb einen weiteren Schuldschein bei Tammen.

Als der Sells-Floto-Circus gegen Ende der 1914er Tournee in Lawrence, Kansas, gastierte, schickte Will einen Hilfsarbeiter zu Tammen, um ihm auszurichten, daß er ihn in seinem Zelt sprechen wolle. Der Spekulant, der in seinem Privatwagen mit einer attraktiven Rothaarigen in grünem Satin Wein trank, erwiderte gereizt, daß er beschäftigt sei und daß der Scout gefälligst zu ihm kommen solle, wenn er nicht bis morgen warten könne.

»Verzeihung, Sir. Er sagte mir, ich solle Ihnen ausrichten, daß er zu rheumakrank sei, um zu Ihnen zu gehen.«

Ein ungeduldiger und ärgerlicher Tammen betrat das Zelt, in dem Will am Klapptisch saß. Die gold- und silberverzierten Revolver, die ihm von der Colt Patent Arms Company geschenkt worden waren, lagen vor Will.

»Setzen Sie sich und wir werden über meinen Vertrag diskutieren«, sagte Will.

»Ich weiß nicht, was es da zu diskutieren gibt.« Doch Tammen nahm Will gegenüber Platz.

»Ich verlasse den Zirkus, wenn wir in Denver sind.«

»Das werden Sie nicht tun. Wir haben einen Vertrag.«

»Nach zwei Jahren bei Ihnen betrachte ich meine Schulden als voll bezahlt.«

Tammen kicherte, und sein Kinn wabbelte. »Sie haben ja kaum die Zinsen beglichen, ganz zu schweigen von der Kreditsumme. Wenn Sie das anders sehen, können Sie sich mit meinen Anwälten unterhalten.« Er wollte aufstehen.

»In den schlimmen Zeiten vermied ich das Töten nach Möglichkeit«, sagte Will. »Ich möchte Sie nicht töten, doch wenn es keine Gerechtigkeit mehr gibt, werde ich's tun.«

Tammen setzte ein Lächeln auf. Doch dann erstarb das Lächeln auf seinem teigigen Gesicht. Er erstarrte mitten im Aufstehen. »Sie können mir nicht drohen.«

Eine zitternde alte Hand glitt auf einen der Revolver zu.

Tammen sprach hastig weiter. »Was glauben Sie, wo Sie sind, Sie alter Furzer, immer noch im wilden Westen? Ich bringe Sie wegen versuchter Erpressung vor Gericht. Ich mache Sie fertig!«

»Das haben Sie schon.« Wills Finger schlossen sich um den Coltgriff.

Tammen erhob sich und wich einen Schritt zurück. »Also gut, Sie bekommen, was Sie wollen. Ich entlasse Sie aus dem Vertrag. Doch das bedeutet, daß Ihre Geldquelle versiegt. Denken Sie darüber nach. Was werden Sie anfangen, wenn Ihre Gläubiger Sie auffressen?«

»Darauf warten, bis sie mich wieder ausspucken, wie Sie es soeben getan haben.« Will zog jetzt den Colthahn mit beiden Daumen zurück. Tammen ging.

Eine ganze Minute lang verharrte Will. Dann entspannte er den Colt und schüttete den restlichen Whisky aus der Flasche in den Bierkrug. Der Flaschenhals klirrte heftig am Rand des Krugs.

Als der Zeitpunkt zum Kauf der 101-Ranch-Show kam, hatte Will das Geld nicht, und so schloß er sich der Show als bezahlter Schausteller an. Diesmal war Johnny Baker da, um ihn in den Sattel zu heben und ihm nach dem Auftritt vom Pferd zu helfen. Der Urin schwappte im Beutel vor Wills Unterleib.

»Wirst du bald diese Operation machen lassen, Colonel?« fragte Johnny mit erhobener Stmme. Die Trommelfelle des alten Mannes hatten in den Jahren gelitten, in denen sie so oft dem Krachen der Schüsse ausgesetzt gewesen waren.

»Die Ärzte sagten mir, daß es zu spät dazu ist.«

Als der Winter kam, begleitete er die Show *The Last Indian Battles* in einem rumpelnden Automobil auf der Tournee quer durch den Kontinent. Von Schmerzen gepeinigt, stieg er auf die umgewandelten Bühnen von Opernhäusern und Hörsälen, um über Little Phil Sheridan und Cump Sherman und Curly Custer und das Duell am Warbonnet Creek zu erzählen, während der Filmvorführer den Film einlegten.

Im Frühjahr folgte eine weitere Tournee mit der 101-Ranch-Show und Johnny. Im Sommer kam Furcht zu den Schmerzen, und er sah sie in seinen Augen, wenn er sich vor dem Spiegel rasierte. »Ich habe Angst dort draußen vor all diesen Leuten zu sterben, Johnny. Ich träume schon davon.«

Johnny versuchte, ihn mit einem Scherz aufzuheitern, doch als es ihm nicht gelang, wechselte er das Thema. Will ging kaum noch in den Baderaum, und wenn er in den Spiegel schaute, sah er die Gelbsucht in seinen Augen, als ob der Urin bis in seinen Schädel emporgestiegen sei. Er hielt seine Abschiedsrede in Portsmouth, Virginia, wobei er die Novemberkälte in den Gliedern spürte, und schüttelte Johnny die Hand, als er wieder im Zelt war. Es war noch der alte kräftige Händedruck.

»Wir bleiben in Verbindung, hörst du? Auf dem Heimweg mache ich in Chicago Zwischenstation, um mit einigen Geldgebern für eine neue Show zu verhandeln, und ich werde all die Kunstschützen brauchen, die ich zusammenbekommen kann. Annie Oakley ebenfalls.«

»Es wird wie in den alten Zeiten sein, Colonel.«

Sie schüttelten sich immer noch die Hände, bis Johnny erkannte, daß der alte Mann Mühe hatte, auf den Beinen zu bleiben. Als sie einander losließen, drang ein Schwall Luft, die zu kalt für Virginia war, unter der Zeltwand herein und ließ Johnny erschauern. Er verabschiedete sich und ging.

In Chicago, wo General Sheridan ihn als 26jährigen in die Gesellschaft eingeführt hatte, und wo die Wild West Show 1885 ihre erste erfolgreiche Spielzeit begonnen hatte, verschob Will das Treffen mit den potentiellen Geldgebern, indem er eine Grippe vortäuschte. Sein Unterleib schien in Flammen zu stehen, die Lunge war voller Flüssigkeit, und er hatte nicht mehr die Kraft, eine kurze Treppe hinaufzusteigen.

Er schlief im Expreß nach Denver auf Schienen, auf denen einst der weiße Zug gefahren war. Als er sah, wie seine Schwester May bei seinem Anblick erschrak, lehnte er freundlich ihre Einladung zum Bleiben ab. »Ich fühle mich besser in meinen Bergen.«

Er erholte sich etwas, um an einem Dinner teilzunehmen, das zu seinen Ehren im Irma Hotel in Cody gegeben wurde. Dabei tauschte er mit Bob Haslam Erinnerungen an Captain Jacks nächtlichen Feldzug gegen die Cheyennes aus und trank mit einem Kumpel, der ebenfalls ein Opfer des Mormonenüberfalls auf den Wagentreck gewesen war, auf Alexander Majors Wohl, wobei er sich mit einem breiten Grinsen gen Himmel für den starken Alkohol im Glas entschuldigte.

Die Gäste drückten ihm die blasse Hand, klopften ihm auf die knochigen Schultern, sahen ihm in die Augen und gingen traurig nach Hause.

Als Ned Frost, der Vormann der TE-Ranch, zögerte, seinen Arbeitgeber in seinem neuen Dodge über das Ranchland zu fahren, schlug Will ihm mit erstaunlicher Kraft auf die Schulter und scherzte: »Du brauchst dir keine Sorgen zu machen, Ned. Ich habe doch oft genug gesagt, daß ich nicht in einem Automobil auf meiner eigenen Ranch abkratzen werde.«

Der Vormann fügte sich und erfüllte dem Colonel die Bitte, von Zeit zu Zeit anzuhalten und den Motor abzustellen, während der alte Mann mit dem Handrücken das Eis von der Windschutzscheibe rieb und über das scheinbar endlose Ranchland schaute, über dem bläulich-schwarze Wolken trieben.

»Es wird dunkel, Colonel«, sagte Ned Frost, als sie so lange auf einer Hügelkuppe geparkt hatten, daß sich auf beiden Seiten der Windschutzscheibe eine Eisschicht gebildet hatte. Der Schnee war gefroren und nahm eine graue Färbung an.

»Ja, es wird dunkel«, stimmte Will zu und wies ihn an, zurückzufahren.

Diese Stunden in der Kälte hatten ihm am nächsten Morgen eine Erkältung eingetragen, und als er seinen Platz im Zug einnahm, hustete, röchelte und nieste, flüchteten die Passagiere neben ihm auf Plätze an der anderen Seite des Gangs.

In Denver legte er sich in Mays Haus ins Bett und versäumte eine weitere Verabredung mit möglichen Geldgebern.

Der junge Dr. East untersuchte seine Augäpfel, machte eine Blutuntersuchung und diagnostizierte eine Harnvergiftung.

»Was können Sie mir dagegen geben?« fragte Will.

»Ich? Nichts.« Der Doktor klappte seine Arzttasche zu. »Es gibt Mineralbäder in Glenwood Springs, die Ihnen Erleichterung verschaffen könnten. Ich mache einen Termin mit Dr. W. W. Crook dort für Sie ab. Er steht in dem Ruf, Wunder zu vollbringen.«

»Und genau das ist nötig, nicht wahr?«

Dr. East rückte seine schwarzumrandete Brille zurecht. »Colonel Cody, nach allem, was ich über Ihre Angewohnheiten gehört habe, würde ich sagen, daß Sie schon seit zehn Jahren nur durch ein Wunder leben.«

Im Mineralbad brach Will in Dr. Crooks Behandlungszimmer zusammen. Als er auf der Untersuchungsliege, umgeben von Ammoniakgeruch, zu sich kam, erklärte ihm der Wunderdoktor, ein sehr großer, schlanker Mann mit dünnen schwarzem Haar und mit weißen Tupfern wie Mörserrauch über den Ohren, daß er nach Hause reisen solle. »Ich werde Sie begleiten.«

Will stellte keine Fragen.

Im Schlafwagen auf dem Weg nach Denver träumte er. Wild Bill in Wildleder mit einem Revolver in einer Hand und den Zügeln in der anderen, der Präriehunden an der Straße von Horseshoe Bend nach St. Louis die Augen ausschoß, wo das Pferd Old Mountain um Haaresbreite gegen eine Galopperstute aus Illinois verloren hatte. Carson und Bridger, die in Fort Laramie darüber stritten, wie ein Northern Cheyenne einen Eulenschrei imitiert. Ned Buntline auf dem Rücken von Powder Face, wie er Whisky aus einer Taschenflasche in sich hineinschüttete, ohne mit seinem Klagelied über Teufel Alkohol aufzuhören. Das Leuchten in Sitting Bulls grauen Augen, als er ihm die Zügel des tänzelnden Pferdes überreicht hatte, Custer, der herangaloppierte und den Revolver auf einen Büffelbullen leerschoß, wobei sein Haar hinter ihm flatterte und unter einem strahlendblauen Himmel wie Blut in einem Kupfertopf schimmerte. Großherzog Alexis, der lächelnd weiße Zähne zeigte und dessen blaue Augen wie die eines begeisterten Kindes funkelten, während er Spotted Tails Krieger tanzen sah und der Feuerschein über ihre glänzenden Körper zuckte. Yellow Hand, der mit flatternden Federn den Warbonnet Creek auf seinem hageren Schecken durchquerte, die Lippen seines zinnoberrot und schwarz angemalten Gesichts zu einem herausfordernden Grinsen verzogen. Johnny Bakers breites Lächeln, wenn seine Kugel eine Tontaube zerschmetterte. Little Missy, die rot wurde, als Queen Victoria ihr sagte, sie sei ein ›sehr, sehr tüchtiges, kleines Mädchen‹. Staub und Schwarzpulverrauch in Wyoming und das Erlegen von Büffeln in Spuckweite der Ausflügler aus St. Louis, um gegen Billy Comstocks Trefferzahl zu gewinnen.

Die Pferde, fast so berühmt, wie er es war: Old Mountain, schnell wie der Wind im Felsland Wyomings. Powder Face, das Kriegspferd, das auf Trompetensignale reagierte wie ein 30jähriger Mann. Brigham und Buckskin Joe, für die Büffeljagd gezüchtet, die nur für die wilde Jagd in der Herde lebten, für Lucrecia Borgias tiefes Donnern und den Geruch des Bluts, der ihnen scharf in die Nüstern stieg. Old Charlie und Billy, Veteranen, die sich verdrossen mit dem Zirkusleben und den Reisen in stinkenden Zwischendecks von Schiffen abgefunden hatten. Isham und McKinley, die geborenen Schaupferde, die ihre Rolle von New York bis San Francisco gespielt hatten und fett vom Hafer und Applaus geworden waren. Alle tot bis auf das letzte Pferd, das mit den anderen Tieren der 101-Ranch-Show überwinterte und auf seinen nächsten Reiter wartete.

Winter in den Great Plains. Ein Laken aus blendendem Weiß zwischen den Horizonten. Der Wind schälte die obere Schicht ab und wirbelte die harten Körner wie weiße Funken gegen entblößte Haut und stach wie Nadeln in die Nase. Der Atem von Pferden, Maultieren und Männern mischte sich in dicken Wolken. Wild Bill drehte blaugefrorene Hände über einem winzigen Feuer.

»Dort runter, das ist der leichteste Weg. Rennt runter, rutscht runter oder fallt runter – nur kommt runter!«

»Sie träumen, Colonel. Beruhigen Sie sich.«

Will öffnete die Augen und richtete den Blick auf Dr. Crooks ziegenartiges Gesicht. Der Arzt saß neben seinem Bett im Schlafwagenabteil. Blasses Sonnenlicht fiel auf die Wand gegenüber dem Fenster. Will fragte seinen Gefährten, ob es irgendeine Verwandtschaft zu General George Crook gab, doch er schlief wieder ein, bevor er die Antwort hörte.

Louisa und Irma erwarteten ihn am Bahnhof. Sie hatten einen Wagen dabei, um ihn zu Mays Haus zu fahren. Seine Tochter Irma näherte sich den mittleren Jahren und sah immer noch attraktiv aus. Sie hatte Lachfältchen um die Augen wie ihr Vater und zinnfarbene Strähnen im dunklen Haar. Lulus Gesicht war schlaff und runzlig geworden in den Jahren, in denen sie mit zusammengekniffenen Augen auf ihre Näharbeiten gestarrt hatte. Will grinste sie schwach an.

»Ich sagte dir, daß ich aufhören werde, Mama, wenn ich zu alt werde.«

Sie sah ihn verwundert an. Sie erinnerte sich nicht daran.

Reporter und Fotografen drängten sich auf dem Bahnsteig. Sie schossen Fragen wie Siouxpfeile auf ihn ab, als er sich von dem Arzt und Irma stützen ließ und so tat, als hätte er keine Hilfe nötig. Was war nur aus dem Blitzpulver geworden? Als er zum ersten Mal den Stoff hatte aufgleißen sehen, hatte er das Gefühl gehabt, das Herz klopfe ihm bis zu den Zähnen. Jetzt konnte jeder Idiot mit einem Auge und einem Finger Fotos machen. Old-Fire-in-his-Hand würde sich im Grabe umdrehen.

»Wie fühlen Sie sich, Buffalo Bill?«

»Fragen Sie sich das selbst, wenn Sie 70 sind.«

»Haben Sie vor, sich zur Ruhe zu setzen?«

»Hölle, nein! Im Frühjahr starte ich mit einer größeren und besseren Show als Mr. Griffith sie für all seine Kameras und modernen Tricks auf die Beine bekommt.«

»Buffalo Bill in Denver eingetroffen. Zu krank für die Heimkehr nach Wyoming«, meldete die *Denver-Post.* Tammen hatte seine Redakteure angewiesen, die Story bis zu ihrem Ende an die große Glocke zu hängen. Reporter kampierten vor dem Rasen vor Mays Haus. Sie aßen gebratene Hähnchen aus fettigen Tüten und tranken dazu Whisky aus Taschenflaschen. Sie hatten ihre Kragen hochgestellt, um sich gegen den eisigen Januarwind zu schützen. Immer wieder blickten sie zu dem Fenster im ersten Stock und schlossen Wetten für einen Dollar pro Wettschein ab, wann es soweit war.

Der alte Mann lag in hellem Sonnenlicht und nahm nur verschwommen Dr. Easts vogelartige Bewegungen an seinem Bett wahr. Er träumte halbwach. Verleger Stringfellows zornfunkelnde Augen, der offene Mund wie ein Loch in seinem behaarten Gesicht, aus dem er die Sklavereigegner verdammte. Big Isaac Cody, Wills Vater, wie ein Fels in der Brandung, bis das Messer eine scharlachrote Fontäne auslöste und der Fels ins Wanken geriet.

Die Mississippi Jaeger Flinte, die gegen Wills Schulter stieß, und ein einsamer Indianer, der zu Boden stürzte und wie ein Stoffbündel in den trüben Platte River rollte. Die ersten Bürger von Rome, Kansas, die Gewehre und Sechsschüsser hoben, um für den Mitbegründer der Stadt und seine junge Frau Salut zu schießen. Rotglühende Eisenpflöcke, die in Becher mit Bier zischten, das von Evan's Kavallerie umgeleitet worden war. Der schwindelerregende Geruch von reinem Alkohol in einem geschlossenen Raum. Wild Bill verwundet und vor Schmerz brüllend, während er sich unter Wills Händen aufbäumte. Ned Buntline, der im Alkoholnebel neue Ideen entwarf und in einem Hotelzimmer, in dem es von Fliegen wimmelte, Szenen aus *Scouts of the Plains* als Pantomimen vorführte. Das Aufgehen des Vorhangs und der Ritt auf die Bühne. Kits mädchenhaftes Gesicht und blonde Locken auf dem Zuschauerrang. *Hallo, Papa!* Will, wie er mit Little Missy zu Sergeant Bates' Banjo im Mittelgang des weißen Zugs tanzt, während draußen die Landschaft in einem Wirbel von Grün und Gelb vorbeizufliegen scheint. Das Publikum, das seinen Namen auf Französisch und Deutsch, Italienisch und in einem Schweizer Dialekt ruft. Arizona John Burke, breit wie das Hinterteil eines Büffels, in Wildleder mit Fransen und Perlen, der den Indianern zeigt, wie sie vor dem Papst knien sollen, und der sich anschließend wieder auf die Beine müht wie eine Kuh, die sich aus dem Flußschlamm aufrichtet. Der Baubeginn des Irma Hotels in Cody und das Knallen von Korken aus Champagnerflaschen zur Feier. Nelson Miles, der sich mit seinen 74 Jahren auf einen Sattel müht, um vor Bronco Bills Kamera zu posieren. Der warme Atem eines Babys auf seiner rauhen Wange. Arta? Nein, Orra. Beide waren jetzt mit Kit zusammen. Man sollte seine Kinder nicht überleben. Der Gestank von verbranntem Segeltuch, die geheime Befriedigung, ›William Frederick Cody‹ in ein neues Wagenbrett zu brennen. *Wer erschlug Abel? Ich nicht, Sir.* McCarthy, der Treckboß, der von dem toten Indianer zu dem Jungen schaut und sich am Bart kratzt.

»Es dauert nicht mehr lange. Ich kann kaum noch den Puls fühlen.«

Ich habe nie irgend etwas davon geglaubt, Pa. Selbst wenn die Show als Reingewinn eine Million im Jahr eingebracht hat und es Gerede gab, mich als Kandidaten gegen Cleveland aufzustellen, habe ich nie ein Wort davon für wahr genommen. ›Gott hat keinen schlimmeren Narren erschaffen als einen Menschen, der sich selbst belügt‹, hast du gesagt. Doch du hast nie gesagt, daß es soviel Spaß macht, Pa. Ich glaube, du hast vielleicht nicht lange genug gelebt, um diesen Teil zu erfahren.

Das Rechteck von butterfarbenem Sonnenlicht wurde kürzer und glitt von der Bettdecke fort. Dr. East, der den Puls des Patienten mit Hilfe seiner Taschenuhr zählte, spürte um 12 Uhr 5 ein abnorm starkes Pochen der Vene an der Unterseite des blassen Handgelenks und wartete auf den nächsten Pulsschlag. Nach zehn Sekunden steckte er seine Taschenuhr ein. Die halbgeöffneten Augen des Patienten nahmen einen sanften Ausdruck an und wurden feucht wie nasser brauner Samt. Die Familienmitglieder, Irma und May, hielten die andere Hand. Mays Ehemann Lew Decker und Louisa standen bei der Tür und schauten überall hin nur nicht zu dem Mann auf dem Bett, sie hatten die Veränderung noch nicht bemerkt. Dieser Augenblick war einer jener im Leben eines Arztes, die erfüllt sind mit geheimem Wissen. Als er seine Worte wählte, stellte Dr. East mit leichter Überraschung fest, daß das kleine Schlafzimmer viel größer wirkte als noch einen Augenblick zuvor.

Als Johnny Baker in seinem Haus in North Platte das Telegramm las, hatte er den entgegengesetzten Eindruck; das Zimmer schien zu klein zu werden. Ohne seiner Frau etwas über das Telegramm zu sagen oder ihr mitzuteilen, wohin er wollte, zog er ein Paar pelzbesetzter Stiefel und seine gefütterte Jacke an, wählte eine alte Winchester aus den vielen neueren und zuverlässigeren Gewehren in seinem Arsenal, sattelte sein Lieblingspferd und ritt los.

Die Luft war scharf unter einem trüben, metallfarbenen Himmel. Braunes Gras ragte durch freie Flächen im Schnee und tupfte das flache Land mit dem Farbton von frisch präpariertem Wildleder. Als er weit genug hinausgeritten war, saß er ab und holte einen Stapel gelber Tontauben und die Abschußvorrichtung aus den Satteltaschen. Er verbrachte ein paar Minuten damit, den Wurfapparat mit Tontauben zu füllen und alles vorzubereiten, während das Pferd neues Gras an schneefreien Stellen knabberte. Dann lud er die alte Winchester, hebelte eine Patrone ein und zog an der Schnur der Abschußvorrichtung für die Tontauben. Die erste Tontaube beschrieb einen trägen gelben Bogen vor dem bedeckten Himmel. Seine Kugel zerschmetterte sie auf vierzig Yard Entfernung.

In der nächsten Stunde zerschoß Johnny Baker Tontauben, während der von Menschenhand angelegte Wald im Westen in der untergehenden Sonne Feuer zu fangen schien und sich der Abend mit purpurnem Schein ankündigte.

EPILOG

This Old Bill ist eine Geschichte, in der Fakten mit Legende verquickt sind und die auf dem Leben von William Frederick ›Buffalo Bill‹ Cody basiert – Büffeljäger, Scout, Pony-Express-Reiter, Postkutschenfahrer, Rancher, Pionier, Schausteller und Lügner. Wegen seiner Liebe für Übertreibungen und seiner gewitzten Art, sich wichtig zu machen, und weil viele, die ihn kannten, nur zu gern ihre eigenen Interessen förderten, indem sie bei dem Spaß mitmachten und ihn manchmal sogar übertrafen, ist es doppelt schwierig, das wahre Leben dieses bemerkenswerten Amerikaners zu erforschen. Unglaubwürdigkeit, normalerweise ein nützlicher Ansatzpunkt, um die Wahrheit von der Erfindung zu trennen, ist kaum eine Hilfe, wenn das, was über das Thema bekannt ist, genauso unerhört ist wie das, was sich als falsch erwiesen hat. So ist es bei Buffalo Bill, und das ist der Grund für dieses Buch.

Nun zur Legende. Einige verzerrte Darstellungen in diesem Buch sind beabsichtigt und im Interesse der Spannung und Unterhaltung so geschildert. Die verkürzten ersten beiden Wagentrecks und die beiden separaten Vorstellungen der Wild West Show vor Queen Victoria im Jahre 1887 sind die auffälligsten Beispiele dafür. In anderen Fällen, angesichts zweier oder mehrerer widersprüchlicher Berichte über dasselbe Ereignis mit keinem klaren, geschichtlichen Hinweis auf die wahre Version, hat der Autor die glaubwürdigste Möglichkeit gewählt. Wiederum in anderen, bei denen es sich um eine schwache Glaubwürdigkeit und eine romantische Unwahrscheinlichkeit handelt, hat er sich auf Kosten der Genauigkeit für die Romantik entschieden. Es ist schließlich sein Buch, und der geneigte Leser wird vielleicht, wenigstens teilweise, seiner Entscheidung zustimmen.

Eine letzte Anmerkung scheint angezeigt. Als der Autor dieses Buch vorbereitete, hatte er das Vergnügen, einen äußerst lebhaften älteren Gentleman kennenzulernen, der als kleiner Junge Buffalo Bill während einer seiner letzten Tourneen traf, und so schüttelte er die Hand desjenigen, der die Hand desjenigen schüttelte, der die Hände von Kit Carson, Wild Bill Hikkok, George Armstrong Custer, Sitting Bull und Queen Victoria geschüttelt hat. Auf diese Weise dreht sich das Rad der amerikanischen Geschichte immer weiter.